Luanne G. Smith

Der Zauber von Wein und Lavendel

Luanne G. Smith

Der Zauber von Wein und Lavendel

Roman

Aus dem Amerikanischen
von Vanessa Lamatsch

PIPER

Mehr über unsere Autorinnen, Autoren und Bücher:
www.piper.de

Wenn Ihnen dieser Roman gefallen hat, schreiben Sie uns unter Nennung des Titels »Der Zauber von Wein und Lavendel« an *empfehlungen@piper.de*, und wir empfehlen Ihnen gerne vergleichbare Bücher.

Unser Versprechen für mehr Nachhaltigkeit
Klimaneutrales Produkt
FSC®-zertifiziertes Papier
Hergestellt in Europa

FSC
www.fsc.org
MIX
Papier aus verantwortungsvollen Quellen
FSC® C083411

Deutsche Erstausgabe
ISBN 978-3-492-70617-9

Titel der amerikanischen Originalausgabe:
»The Vine Witch«, 47North, Seattle 2019

Satz: Satz für Satz, Wangen im Allgäu
Gesetzt aus der Adobe Caslon Pro
Druck und Bindung: CPI Books GmbH, Leck
Printed in the EU

I

Die Augen der Kröte schwebten über der Wasserlinie, während in ihrem Maul eine Motte flatterte. Sie blinzelte, um die Flügel an ihrer Zunge vorbeizuzwingen, dann folgte ein Moment des Ekels. Die Seltsamkeit der Situation sickerte durch ihr Krötenhirn, bis sie zu der Überzeugung kam, dass es besser wäre, die zarten Motten mit den gelben Flügeln in Zukunft zu vermeiden.

Unbeeindruckt schwamm sie ins trübe Flachwasser, um sich dort zwischen das Schilf zu schieben. Die spätherbstliche Sonne schien an den fast kahlen Halmen vorbei auf ihren Körper. Als sie die Wärme in sich aufnahm, erlaubte sie ihren Lidern, sich zu entspannen. Doch durch die Energie der Sonne folgte neuer Hunger. Sie wischte sich mit einem Vorderbein über das Maul und dachte gerade darüber nach, ob sie am schlammigen Ufer nach Schnecken suchen sollte, als eine zweite Merkwürdigkeit ihre Instinkte aufmerken ließ. Sie nahm Formen und Farben plötzlich intensiver wahr, und das nicht nur durch ein Lichtspiel. Ein braunes Blatt sank taumelnd auf das schwarze Wasser. Ein silberner Fisch mit pinkfarbenen Kiemen knabberte direkt unter der Oberfläche an einem Insekt. Eine leuchtend neongrüne Libelle sauste über den Teich.

Ihr Krötenhirn registrierte die smaragdgrüne Farbe des

Insekts, die sie an ein Amulett erinnerte, während sie gleichzeitig die Nasenlöcher blähte, weil ihr der Gestank von Fisch und dreckigem Wasser in die Nase stieg. Wie hatte sie bisher den abgestandenen, unangenehmen Geruch des Flachwassers nicht wahrnehmen können? Ein kalter Schauer lief über ihre ledrige Haut und trieb sie aus dem schmutzigen Wasser.

Die Haut. Es wurde Zeit, sich zu häuten.

Das Zittern setzte vollkommen unkontrolliert ein, wie es einmal die Woche geschah, seit ihre Erinnerungen als Kröte begonnen hatten. Ihr Körper krümmte sich ohne ihr Zutun, als sich die äußerste Schicht ihrer Haut streckte und hob und sich von ihren Beinen, dem Rücken und dem empfindlichen Bauch löste. Sie drehte und wand sich, um die abgeworfene Hülle mit den Vorderbeinen über den Kopf zu schieben wie eine Frau, die ein durchsichtiges Nachthemd abstreift. Dann nahm sie die zusammengeknüllte Haut ins Maul und begann zu schlucken. Das musste sie immer tun, auch wenn sich ihr der Grund dafür entzog.

Sie blinzelte heftig und beförderte die Haut tiefer in ihren Schlund, als sie eine seltsame Regung in ihren Knochen vom Schlucken abhielt. Ihre Innereien verkrampften und bewegten sich und sie würgte die Haut wieder nach oben. Ein scharfer Stich durchfuhr ihren gewölbten Rücken, als hätten sich Klauen in ihr Fleisch gegraben. Panik ließ ihre Instinkte zum Leben erwachen. *Spring zurück ins Wasser, bevor sich der alte Fuchs mit seinen Zähnen noch einen Zeh holt!* Doch dann erwachte ihr anderer Geist – derjenige, der tief verborgen wie ein Juwel in ihrem Unterbewusstsein geruht hatte. Der verborgene Smaragd der Intelligenz erkannte den Schmerz als das hoffnungsvolle Zeichen, das er darstellte, und die Hoffnung sorgte dafür, dass sie stillhielt, obwohl sich ein Riss über ihrer Wirbelsäule öffnete und sie fast in zwei Teile riss.

Weit gespreizte Zehen gruben sich in den Schlamm, als aus vier Fingern fünf wurden, die sich nach und nach verlängerten. Ein menschliches Gesicht presste sich von innen gegen die warzige Haut und zwang das Maul und die Nasenlöcher der Kröte, zu reißen und sich aufzulösen. Die Metamorphose beschleunigte sich. Schultern, Arme und Bauch wuchsen. Braunes Haar, überzogen mit einer Art Geburtsschleim, ergoss sich über ihren Rücken. Keuchend schnappte sie nach Luft, füllte ihre Lunge damit und öffnete die Augen für die Welt – wiedergeboren.

Immer noch im Schlamm sitzend bewegte sie vorsichtig die Finger, dann wagte sie es, mit den Händen die heilige Geste zu formen, als hielte sie das Gesicht der Weisheit selbst. Wärme erfüllte sie. Ihr Bewusstsein erwachte zum Leben. Die Fesseln des Fluchs lösten sich auf.

Elena.

Der Name schoss ihr so schnell durch den Kopf, dass sie ihn fast für ein Phantom hielt. Dann stieg eine Flut an Erinnerungen auf. Sie war Elena, Elevin des Allwissenden und Tochter des Chanceaux-Tals. Und sie war frei.

Als ihr Körper aus seiner Erstarrung erwachte, glitten schlammverschmierte Hände über Brüste, Rippen und Bauch, um sicherzustellen, dass alles in Ordnung war – bis das warme Fleisch unter ihrer Berührung durch das Teichwasser auskühlte. Sie wagte es, den Blick zu senken, und verschluckte sich fast an einem gepressten Schrei. Riesige, fleckige Beine mit Schwimmfüßen verweilten in schrecklicher Sturheit. Sie trat um sich und schüttelte die Gliedmaßen, doch sie blieben auf groteske Art mit ihrem Körper verbunden.

»Was für ein Dämonenzauber ist das?«, rief sie. Doch sobald die Panik verklang, atmete sie einmal tief durch und erlaubte ihrem Geist, das Problem ruhig zu betrachten, wie sie es immer getan hatte.

Die starken Alkaloide, welche die Kröte über die Haut abgab, hatten den Fluch mit der Zeit zersetzt. Vielleicht brauchte sie nur einen letzten Schub, um die Verwandlung zu beenden. Sie zügelte ihren Abscheu, griff nach der abgeworfenen Krötenhaut und legte sie sich wieder auf die Zunge. Die giftigen Rückstände darauf schmeckten nach verrottetem Schilf und bitteren Kräutern. Doch als die Sonne in ihrem Blickfeld plötzlich einen Heiligenschein bekam und das Gift durch ihr Blut tanzte, schickte sie einen stummen Dank an das Allwissende, das sie die Wege der Magie gelehrt hatte.

Nach einem letzten, quälenden Moment war ihre Verwandlung abgeschlossen. Lange Beine, schwach, aber willig, hielten sie aufrecht, als sie aufstand. Elena hob das Gesicht zum Himmel, um anhand der auch tagsüber sichtbaren Sterne die Entfernung nach Hause abzuschätzen. Nackt, aber nicht länger auf die Sonne als Wärmequelle angewiesen, verließ sie die Sümpfe. In ihrer Brust brannte die Rachsucht wie eine heiße Flamme.

2

Elena schob einen dünnen Schuh auf ihren rechten Fuß und schwor, sich aus dem ersten Fuchs, der ihren Weg kreuzte, einen Pelzmantel anzufertigen. Sie würde ihren Zeh niemals wieder wachsen lassen können, egal, wie viele Tränke sie auch zusammenbraute. Nicht einmal Grand-Mère in ihren besten Jahren hatte solche Magie wirken können. Wenn sie nur ein wenig Johanniskraut oder ein paar Malvenblätter besäße, dann könnte sie zumindest eine Salbe anfertigen, um die Blasen zu beruhigen, die sich nach so vielen Kilometern in den Schuhen einer anderen Person gebildet hatten.

Oh, wie schön wäre es, sich endlich wieder in ihren Lagerraum zurückzuziehen, umgeben von Tinkturenfläschchen, Puderkrügen, getrockneten Kräutern und Blumen, die an Bändern von der Decke hingen. Doch sie ging davon aus, dass all das inzwischen verschwunden war. Sie würde von vorne anfangen müssen. Der Gedanke erschöpfte sie.

Ihre Magie war verkümmert, dessen war sie sich sicher. Die Wahrnehmung der Ziegenhirtin zu beeinflussen war ihr schwerer gefallen, als es sollte. Eine kleine Prise zerstampfter Zikoriensamen ins Gesicht der Hirtin war alles, was nötig sein sollte, um die Erinnerung daran zu vernebeln, dass sie eine nackte Frau aus dem Wald hatte treten sehen. Doch Elena selbst hatte die Begegnung zitternd und unsicher zurückgelassen. Und obwohl sie einen halben Käse in der Kitteltasche der Hirtin gefunden hatte, überlegte sie, ob es nicht klüger gewesen wäre abzuwarten, bis jemand mit angemessener Kleidung auf der Straße vorbeikam. Inzwischen bedauerte sie, dass der gestohlene Mantel nach Dung roch. Und ohne die richtige Unterkleidung – einige Dinge ließ man besser zurück – kratzte der Wollkittel der Ziegenhirtin auf ihrer zarten, neuen Haut. Immerhin war sie nun fast zu Hause. Sie würde jedes Leid ertragen, wenn es bedeutete, dass sie bald durch die Eingangstür von Château Renard treten konnte, um von Grand-Mères heilenden Händen begrüßt zu werden.

Wenn ihre Einschätzung der Mondphasen korrekt war, war gerade der November hereingebrochen, die Zeit des Frostmondes. Es war vier Tage her, seit sie aus dem Fluch erwacht war. Doch welches Datum war heute? War ein Jahr vergangen? Zwei? Sicherlich war sie kein ganzes Jahrzehnt verschwunden gewesen. Obwohl die Magie schwach und wässrig durch ihre Adern floss, spürte sie nicht die schwere Last der Zeit auf den Schultern. Ihr Haar zeigte kein Grau, ihre Beine waren schlank und stark genug, um ausdauernd zu laufen, und sie hatte keine schmerzenden Zähne. Wenn sie sich in Bezug auf die Zeit nicht irrte, sollte *er* noch am Leben sein. Elena dankte dem Allwissenden dafür, dass es ihr gelungen war, den Fluch zu brechen, bevor es ihm vergönnt gewesen war, einen friedlichen, natürlichen Tod zu sterben.

Der Gedanke an Rache katapultierte sie wieder auf die Füße. Im Gehen füllte sie ihre Taschen mit getrockneten Weißdornbeeren, verkümmerten Samen und feuchtem Moos. Ein paar verdrehte, getrocknete Schöllkrautblätter, frostgebeutelte Blüten, Rinde von einem Weidenbaum – Elena wusste, wie sie all das zerstoßen und zu heilenden Pulvern verbinden konnte. Sie wusste auch – dieser Gedanke kam ihr, als sie an den Samen eines vertrockneten Fingerhuts schnüffelte –, welche tödlichen Kombinationen möglich waren. Tränke, die einen Mann in die Knie zwingen konnten, weil sein Herz in der Brust explodierte. Als sie aus dem Fluch erwacht war, hatte sie bereits Mordlust verspürt, doch jetzt, wo sie ihre Fingerspitzen sanft über die Pflanzen gleiten ließ, die diese Tat möglich machten, brannte das Verlangen in ihr nur noch heißer.

Die Gedanken erfüllt von Giften, beugte sie sich vor, um einen ausgefransten Pilz von einem verrottenden Baumstamm zu pflücken, dann stieg ihr plötzlich der Geruch von schwelenden Weinreben in die Nase. Trotz ihrer finsteren Gedanken hob sie den Kopf und lächelte. Das war der Geruch ihrer Heimat.

Elena rannte in ihren schlecht passenden Schuhen, bis sie die Kuppe eines Hügels erreichte. Dort zogen sich die Bäume zurück, der Himmel erstreckte sich vor ihr und die wogenden Hügel von Château Renard zogen sich durch das Tal. Aus der Ferne wirkte der Weinberg, als wäre alles in Ordnung. Das schenkte ihr den Mut weiterzugehen.

Ordentliche Reihen dunkel verfärbter Reben, alt und knorrig wie die fähigen Hände von Grand-Mère, empfingen sie auf halber Strecke ins Tal. Der Beschnitt für den Winter hatte begonnen. Drei Männer arbeiteten mit ihren *Brouettes* im Weinberg. Rauch stieg von Fässern auf, in denen die Zweige des letzten Jahres verbrannt wurden. Die Asche voller Mineralien sollte anschließend auf dem Boden verteilt werden, um im großen Kreislauf von Leben und Tod die Wurzeln des Weins im Winter zu nähren. Elena trat zwischen die Weinstöcke, ließ die Fingerspitzen über die frisch geschnittenen Spitzen gleiten. Die raue Rinde war ihr so vertraut wie ihre eigene Haut.

»Darf ich mich an Ihrem Feuer wärmen?«, fragte sie den ersten Arbeiter, dem sie begegnete – einen glatt rasierten Mann, der eine runde Brille mit Drahtgestell und eine graue

Schiebermütze auf dem Kopf trug. Er zuckte zusammen, als hätte sie sich aus dem Rauch materialisiert. »Ich wandere seit Stunden. Meine Finger sind vollkommen durchgefroren.« Ihr war kalt, doch vor allem musste sie Informationen sammeln, bevor sie sich dem Haus näherte.

»Woher kommen Sie?«

Sie hielt die Hände über das schwelende Feuer. Sie erkannte weder den Mann, der sie anstarrte, noch die anderen, die ihre Hälse reckten, um sie besser erkennen zu können. Wo war Antonio? Margaretta? Dies waren alles neue Gesichter. »Ist Ariella Gardin immer noch Hausmutter von Château Renard?«, fragte sie.

»Sie lebt hier, ja«, antwortete der Mann, ohne sich bewusst zu sein, wie sehr er damit ihre Ängste beruhigte, »aber falls Sie nach Arbeit suchen, wir werden erst im Frühjahr wieder Leute anstellen.«

Sie fand die Ahnungslosigkeit des Manns fast charmant. Doch angesichts ihres Aussehens konnte sie ihm seine Vorurteile kaum übel nehmen. Elena sah zu den Wolken auf und verließ sich auf ihre Intuition. »Sie haben Glück, wenn es bis zum Schneefall noch eine Stunde dauert. Achten Sie darauf, die Kohlen zu wenden, damit das Feuer nicht erlischt.«

Der Mann blinzelte in unangenehmem Schweigen, während Elena sich ein letztes Mal über den Kohlen die Hände rieb. Mit einem Achselzucken setzte sie sich Richtung Haus in Bewegung. Es dauerte eine gute Minute, bis die Männer hinter ihr etwas von *sorcière* flüsterten, während das Schnippen der *sécateurs* an den Reben wieder einsetzte. Elena starrte das alte Gebäude an und ein Schauder ließ sie tief in ihrem Inneren frösteln. Man sah dem Haus sein Alter an, es war imposant mit sechs Schlafzimmern, wenn auch definitiv kein Herrenhaus. Auf dem Dach über der Tür fehlten drei Schindeln und in der Mauer neben dem vorderen Fenster hatte sich ein nicht gerade schmaler Riss aufgetan. Natürlich senkten sich Häuser mit den Jahren … doch wie viel Zeit war vergangen?

Niemand reagierte auf ihr Klopfen, also legte sie die Hand auf die Klinke. Die Tür widersetzte sich, als wäre Elena eine Fremde. Sie musste sich mit so vielem erst wieder vertraut machen.

Elena schlüpfte durch die Hecke, um es an der Küchentür zu versuchen, spähte durchs hintere Fenster und entdeckte eine ältere Frau in einem hochgeschlossenen, schwarzen Kleid an der Arbeitsfläche. Das lange Haar der Frau war an den Seiten aufgesteckt, sodass ihre silbernen Locken sich um ihren schlanken Hals legten. Die Frau zögerte, eine Tasse Mehl unsicher in der Hand, bevor sie den Kopf schüttelte und den Inhalt in eine Schüssel aus Porzellan gab. Beim Anblick von Grand-Mère rannen Tränen über Elenas Wangen, doch sie trocknete ihr Gesicht eilig mit dem Ärmel, bevor sie an die Tür klopfte.

»Du kannst die Eier auf die Stufen stellen, Adela«, sagte die alte Frau, ohne von ihrer Aufgabe aufzusehen. »Das Geld liegt unter dem Geranientopf.«

Vorsichtig öffnete Elena die Tür einen Spaltbreit. »Du hast früher nie Geranien über den Winter gezogen. Du hast sie lästig genannt.«

Ariella Gardin, Grande Dame eines der ältesten und bekanntesten Weingüter im Chanceaux-Tal, drehte sich erschrocken um, einen Krug mit Milch in den Händen. »Wer ist da?«

Elena strich sich die Haare aus dem Gesicht und trat einen Schritt näher. »Ich bin's.«

Der Krug zersprang auf dem Boden, sodass Milch sich in alle Richtungen über die Terrakotta-Fliesen ergoss und Elenas Schuhe durchnässte.

Grand-Mère kniff die Augen zusammen, als starre sie einen Geist an. »Das kann nicht sein.« Sie umrundete die

Milchpfütze und griff nach Elenas Hand. Die alte Frau studierte die Linien in Elenas Handfläche, atmete den Duft ihrer Haare ein und rieb dann über ihrem Kopf Daumen und Finger aneinander, um nach Verzauberungen zu suchen. All das ließ Elena voller Freude über sich ergehen.

»Du bist es wirklich.« Die alte Frau hob ihre Hände in einer heiligen Geste, um das Allwissende zu preisen, bevor sie Elena umarmte. »Ich wusste immer, dass du eines Tages zurückkehren würdest.«

»Woher wusstest du das, wenn ich mir dessen selbst kaum bewusst war?«

Elenas Mentorin wedelte wegwerfend mit der Hand und schloss die Tür. »Du hast immer in der Gunst des Allwissenden gestanden.«

Elena war überzeugt, dass bei ihrer Geburt ein anderer Schatten auf sie gefallen war, doch sie sagte nichts.

Jetzt, wo sie nach so langer Zeit wieder in der Küche stand, fühlte sie sich irgendwie fremd … als wäre sie ein Gast. Sie schob es auf die ungewöhnlichen Düfte, die sich mit den vertrauten verbanden – ein Hauch von maskuliner Haarpomade, Terpentin von Stiefelwichse und der leicht modrige Geruch von ledergebundenen Büchern waren unter dem trauten Duft von Brot und Käse und Grand-Mères Lavendelseife auszumachen. Veränderungen waren zu erwarten gewesen, doch gleichzeitig verstärkten sie nur das unangenehme Gefühl, dass mehr Zeit vergangen war, als Elena geahnt hatte.

Als die alte Frau die Bescherung auf dem Boden bemerkte, presste sie in hoffnungsloser Verärgerung die Hände an die Wangen. Sie griff nach einem Lappen und ging in die Knie, um die Milch aufzuwischen und die Scherben einzusammeln. Bevor Elena protestieren konnte, hatte die alte Frau sich bereits an der ersten scharfen Kante in einen Finger geschnitten.

»Lass mich das machen«, sagte Elena und kniete sich ebenfalls hin. »Ich habe dich überrascht. Ich hätte dir eine Taube schicken sollen, um meine Ankunft anzukündigen.«

»Das war nur das Ungeschick des Alters.« Grand-Mère gab ihr den Lappen. »Pass auf. Milch und Blut zusammen sind ein böses Omen.«

Sofort stieg der alte Kinderreim in Elenas Gedanken auf: »Schlamm und Seide, Milch und Blut, sie zu mischen tut niemals gut.«

»So es geschieht.«

»Das Glück entflieht.«

»Und der Teufel zeigt seine Wut«, beendete die alte Frau den Reim, bevor sie einen Tropfen Blut von ihrer Fingerspitze leckte.

»Ich erinnere mich gut an deine Lektionen, Grand-Mère.«

Die alte Frau spähte zu Elena auf, bevor sie den Finger wieder aus dem Mund nahm. »Ich war mir nicht sicher, ob ich lange genug leben würde, um noch einmal zu hören, wie mich jemand so nennt.«

Die zwei Frauen waren nicht wirklich verwandt, doch Elenas Verbindung zu Grand-Mère fühlte sich oft stärker an als eine Blutsverwandtschaft – verbunden durch das *terroir* und die Magie der Arbeit, die sie im Weinberg geleistet hatten. Gleichzeitig senkten die beiden die Köpfe, drückten über der Milch eine Stirn an die andere, wie sie es so oft getan hatten, als Elena noch ein Mädchen gewesen war.

»Ich habe ein Zittern in meiner linken Hand gespürt, als ich heute Morgen aufgestanden bin«, sagte Grand-Mère. »Ich hatte keine Ahnung, dass du es warst, die ich gespürt habe. Es ist so lange her, dass ich dachte, es wäre einfach nur der Wetterwechsel.«

Elena umklammerte den Lappen und wappnete sich. »Wie lange?«

Die alte Frau dachte darüber nach, als sie aufstand, um die Scherben in den Mülleimer zu werfen. »Müssen jetzt sieben Jahre sein.« Dann drehte sie sich um und nahm die Schultern zurück, als habe sie gerade all ihren Mut zusammengenommen. »Wo warst du die ganze Zeit über?«

Sieben Jahre!

Elenas Herz verkrampfte sich bei dieser Nachricht für einen kurzen Moment. Sie hätte nie gedacht, dass sie sieben Winter in diesem stinkenden Teich damit verbracht hatte, Motten und Schnecken zu fressen, einfach, um zu überleben. »Es war ein Fluch. Ich konnte mich gerade erst befreien.«

»Die ganze Zeit über? Ich dachte, du hättest vielleicht … an einem anderen Ort neu angefangen.«

»Der Fluch sollte dauerhaft sein.« Elena runzelte die Stirn. »Nur, dass jemand im Studium der Gifte nachlässig war und die neutralisierende Wirkung der Bufotoxine unterschätzt hat, wenn sie über längere Zeit aufgenommen werden.«

»Ein dauerhafter Fluch?« Grand-Mère presste eine Hand ans Herz. »Gute Güte, bist du dir sicher?«

Elena ließ ihren feuchten Lappen in die Spüle fallen und setzte sich an den Küchentisch. Zum ersten Mal seit Jahren fühlte sie sich sicher. Sie begann, ihr Martyrium zu beschreiben – auch, dass sie gerade genug ihres Verstandes behalten hatte, um jede Woche ihre giftgetränkte Haut zu essen und nicht wieder hochzuwürgen, obwohl der Fluch versucht hatte, jede Erinnerung an ihre menschliche Existenz zu tilgen. Während sie erzählte, bereitete Grand-Mère ein einfaches Mahl aus Brot, Käse und Wein zu.

»Eine Kröte?«, fragte Grand-Mère ungläubig, als sie den Teller vor Elena abstellte. Sie setzte sich auf den Stuhl ihr gegenüber, eine Hand an die Wange gedrückt. »Es ist Ewigkeiten her, dass Transmogrifikation praktiziert wurde. Wer könnte so etwas getan haben?«

»Bastien. Wer sonst?«

»Bastien?« Die alte Frau starrte Elena mit offenem Mund an. »Aber ihr solltet heiraten. Ihr wolltet …«

»Wir hatten einen Streit.« Elenas Gesicht wurde vor Scham heiß. »Sobald er den Ring auf meinen Finger geschoben hatte, hat er Forderungen gestellt.«

»Forderungen?«

Elena vergrub das Gesicht in den Händen. »Er meinte, als seine Ehefrau wäre ich verpflichtet, ihm zu dienen. Dass es mir nicht zustünde, ihm etwas zu verweigern.«

»Die Ehe ist immer auch ein Kompromiss. Oft mehr für die Frau, das gebe ich zu, aber …«

»Er hat nichts verstanden. Er wusste, dass ich eine Weinhexe bin, dass ich eigene Verpflichtungen zu erfüllen hatte, dass ich nicht jeder seiner Launen nachgeben konnte. Ich hatte endlich meinen ersten, herausragenden Jahrgang geschaffen. Und er hat von mir erwartet, all das beiseitezuschieben, um nur der Erfüllung seiner Träume zu dienen. Der Ehrgeiz und die Gier dieses Manns! Wie konnte ich mich in Bezug auf ihn so sehr irren?«

Grand-Mère zuckte diplomatisch mit den Schultern. »Er hatte immer große Pläne.«

»Ich habe ihm gesagt, dass ich lieber eine glückliche Jungfer als seine unglückliche Ehefrau bin, und habe ihm den Ring vor die Füße geworfen.«

Grand-Mère schob ein Ohr nach vorne, als hätte sie die Worte nicht richtig verstanden. »Du hast die Verlobung aufgelöst?«

»Mir blieb keine andere Wahl«, sagte Elena und griff nach dem Weinglas. Es war sieben Jahre her, dass sie ein Glas in der Hand gehalten oder das seidige Bouquet von Château Renards Pinot noir gerochen hatte. Sie ließ den Wein im Glas kreisen, bevor sie es an die Nase hob. Sie brauchte die säubernde Kraft des Weins an diesem Tag mehr als jemals zuvor. »Bastien mag es nicht, zurückgewiesen zu werden, nicht mal, wenn er im Unrecht ist. Und er kann es nicht leiden, zum Narren gemacht zu werden. Nicht von einer Frau. Ich bin mir sicher, dass er deswegen eine dahergekommene Fay bezahlt hat, mich zu verfluchen und zum Schweigen zu bringen. Er muss es getan haben.« Das Gewicht des Vorwurfes lastete schwer auf Elena. »Wer auch immer die Hexe war, sie hat mich auf der Straße überrumpelt, kurz bevor ich das Haus erreichen konnte. Ich hatte kurz angehalten, um in die Schattenwelt zu gleiten und zu sehen, wie es ihm geht. Sie hat mich angegriffen, als mein Blick für einen Moment auf etwas anderes konzentriert war. Dieses ›Nein‹ hat mich alles gekostet.«

Die alte Frau massierte sich die Schläfen, als leide sie plötzlich unter Kopfschmerzen. »Kann jemand vom Charlatan-Clan gewesen sein. Gewöhnlich halten sie sich nördlich der Stadt auf, aber sie nehmen Auftragsarbeiten an. Sie sind ein derber Haufen, aber verschlagener, als man ihnen zutraut«, fügte sie hinzu und rieb sich die Augen. »Und sie gehören nicht zu denjenigen, die sich dem Studium eingehend genug widmen, um herauszufinden, dass ein Fluch dadurch geschwächt werden kann, dann man seine eigene, giftgetränkte Haut frisst. Was Kröten von sich aus niemals tun würden.«

Elena schauderte bei dem Gedanken daran, wie die warzige, giftige Haut durch ihre Kehle geglitten war. Sie nahm einen Schluck Wein, um die Erinnerung zu vertreiben, doch falls sie sich Erleichterung erhofft hatte, wurde sie tief enttäuscht. Sie schmeckte keine Andeutung des Aromas von Gewürz und Rosenblüten, für die die Renard-Weinberge bekannt waren. Stattdessen traf der Geschmack von Kreide und Pilzen ihren Gaumen. Eine schlechte Flasche?

Dann, als sie schluckte, kam ihr ein schrecklicher Gedanke. Was, wenn mit dem Wein alles in Ordnung war? Was, wenn ihre Sinne durch den Fluch dauerhaft gestört waren? Dann würde sie Bastien zweimal töten.

Erfüllt von leiser Panik hob Elena das Glas, um die Opazität des Weins zu prüfen. Sie war noch damit beschäftigt, ihre Angst in Worte zu fassen, als die Hintertür aufschwang und der Arbeiter eintrat, dessen *brouette* sie geteilt hatte. Ihm folgte ein kalter Windstoß, der die Vorhänge bauschte und Schneeflocken über den Boden trieb. Der Mann schloss die Tür und schlug eine feuchte Kappe an seiner Hose ab, bevor er sie an einen Haken an der Wand hängte. Sein schroffes Erscheinen sorgte dafür, dass sie den Wein zur Seite stellte und ihre aufsteigenden Ängste zurückdrängte.

Der Arbeiter hielt inne und entschuldigte sich für die Störung, während er mit dem Hemdsaum den Schnee von seiner Brille wischte. Währenddessen warf er Elena kurze Seitenblicke zu. Sie konnte nicht anders, als zu bemerken, wie fein sein Gesicht geschnitten war – stolz geschwungene Brauen, die nachdenklich gesenkt waren, Wangenknochen in perfekter Geometrie und ein stolzes, kantiges Kinn.

Grand-Mère stand eilig auf. »Das ist Elena Boureanu. Ich bin mir sicher, ich habe sie schon einmal erwähnt.« Sie eilte zurück zu der Rührschüssel auf der Arbeitsfläche und begann erneut, Mehl abzumessen. »Elena, das ist Monsieur Jean-Paul Martel. Er ist ...«

»Ja, wir haben uns auf dem Feld kurz unterhalten. Sie müssen der neue Vorarbeiter sein.«

»Etwas in der Art.« Er setzte die Brille wieder auf, dann hielt er sich eine Hand vor die Nase. Seine wenig diskrete Geste musste bedeuten, dass er den Gestank des Ziegenmists wahrgenommen hatte, der am Saum ihres Mantels klebte. »Es ist mir ein Vergnügen, Sie kennenzulernen, Mademoiselle Boureanu«, sagte er barsch, dann fügte er höflicher hinzu: »Ich lasse dich zu deinem Gast zurückkehren, Ariella. Gib mir Bescheid, wenn das Abendbrot bereit ist.«

Sobald er verschwunden war, beobachtete Elena Grand-Mère dabei, wie sie sich darüber aufregte, dass keine Milch mehr im Kühlfach lagerte. Ihre Gedanken immer noch eingesäuert vom schlechten Wein, fragte sie: »Warst du so verzweifelt auf der Suche nach guten Kräften, dass die Arbeiter jetzt schon im Haus verkehren dürfen?«

»Jean-Paul ist nicht einfach nur ein Arbeiter.« Grand-Mères Ellbogen bewegten sich auf und ab, während sie Wasser in den Teig für das Gebäck knetete. »Er isst gerne pünktlich um fünf Uhr, damit er vor Einbruch der Dunkelheit noch einmal nach draußen gehen und die Weinberge kontrollieren kann.«

»Wieso hast du ihm nicht verraten, wer ich bin?«

Die alte Frau hielt in ihrer Arbeit inne und sah in den wirbelnden Schnee. Ein Windstoß rüttelte am Fenster. Grand-Mères Schultern sanken nach unten, als fehlte ihr die Kraft, sie noch länger oben zu halten. »Ich habe ein fürchterliches Schlamassel angerichtet.«

Die alte Frau sah zur Decke, als könne der Himmel ihr Absolution erteilen, dann gestand sie, was alles schiefgelaufen war: Die letzten fünf Jahre hatte es Missernten gegeben. Entweder die Trauben waren in schrecklicher Dürre vertrocknet oder Regen hatte die Ernte so lange hinausgezögert, dass die Früchte verschimmelt waren. Bei der letzten Ernte waren die Schalen von dunklen Flecken gesprenkelt gewesen und hatten dafür gesorgt, dass der Wein nach verbranntem Kork schmeckte. Und es gab nichts, was Grand-Mère dagegen tun konnte, weil ihr Geist und ihre Magie langsam nachließen.

Zuerst waren es nur kleine Dinge gewesen. Sie hatte vergessen, bei Vollmond ein paar Knochen in die Erde zu geben, oder hatte es versäumt, die Glockenzauber ins Blätterdach zu hängen, um vor heftigem Wind zu warnen. Oder sie hatte die falschen Schutzworte gemurmelt, als die Lufttemperatur sich dem Gefrierpunkt näherte, sodass die Trauben auf sich selbst gestellt blieben. Grand-Mère vollführte während ihrer Erzählung abwehrende Gesten, als bereite ihr der Gedanke, alt zu werden, körperliche Schmerzen. Es war ein Schlag für ihr Ego, ihre Verletzlichkeit einzugestehen, doch sie wusste, dass die Weinberge wegen ihrer nachlassenden Kräfte gelitten hatten. Es dauerte nicht lange, bis die Verkaufszahlen des Weinguts wegen der schlechten Jahrgänge einbrachen und die Leute begannen, davon zu sprechen, dass Château Renard vom rechten Weg abgekommen war.

Schon allein das Versagen, die Weinberge zu schützen, war eine Schande für eine so bekannte Weinhexe wie Madame Gardin. Doch der größte ihrer Fehler hatte darin gelegen, ihre Steuern nicht zu zahlen. Die Natur war anpassungsfähig und glich Fehler aus, doch die Regierung war strikt in der Forderung ihres Anteils. Château Renard, eines der ersten Häuser, das in diesem Tal Wein produziert hatte, befand sich plötzlich in der Position, drei Jahre Steuern nachzahlen zu müssen – ohne Geld, um die Schulden zu begleichen.

»Sie haben damit gedroht, das Land zu beschlagnahmen«, sagte Grand-Mère mit einem Seufzen. »Haben vorgeschlagen, dass ich verkaufe und den Ruf der Renards rette, soweit es noch möglich ist.«

Die Nachrichten schmeckten so bitter wie der Wein. Und nichts davon ergab Sinn. Die Weinberge waren seit zweihundert Jahren von einer Generation zur nächsten weitervererbt worden. Ihr Ruf fußte auf einer langen Geschichte herausragender Weine, einem wunderbar reichhaltigen *terroir* und der stetigen Fürsorge hingebungsvoller Weinhexen.

»Es muss ein Missverständnis dahinterstecken. Eine Art Missgeschick«, sagte Elena, weil sie es nicht glauben wollte. »Grand-Père hat genug Geld zurückgelegt, um ein oder zwei schlechte Jahre zu überstehen.«

»Ich gebe nicht gerne zu, wie schlecht ich die Dinge ohne deine Hilfe verwaltet habe. Ich dachte, ich besäße die Gabe noch, doch anscheinend ist mein Hirn so vertrocknet wie ein alter Apfel.«

»Du musst doch sicherlich Mahnungen wegen der Steuern erhalten haben?«

»Nun, sicher. Und ich weiß, dass ich gewisse Summen bezahlt habe. Doch laut den Briefen war es nie genug. Die ganze Sache hatte einen fauligen Geruch«, sagte Grand-Mère kopfschüttelnd. »Besonders, als Bastien aufgetaucht ist, um ein Angebot für das Anwesen abzugeben.«

»Er hat es gewagt, seine Visage hier zu zeigen? Nach dem, was er getan hat?« Elena vergrub die Fingernägel so heftig in ihren Handflächen, dass sie damit rechnete, Blut zu sehen. »Er hat versucht, Château Renard zu kaufen?«

»In den letzten Jahren hat er im ganzen Tal vom Niedergang bedrohte Weingüter aufgekauft. Es hat nicht lange gedauert, bis er hier aufgetaucht ist, Geld in der einen und eine Flasche Wein in der anderen Hand. Seinen Wein.« Grand-Mère schnaubte abfällig. »Es war eine sehr kurze Begegnung.«

Elena konnte nur den Kopf schütteln. Alles, was dieser Mann tat, schrie nach Gier und Verrat. Und jetzt hatte er versucht, den Ort zu kaufen, an dem ihr Herz, ihr Blut und ihre Seele sich mit der Erde verbunden hatten. Wenn es eine Hoffnung gab, an der sie sich festklammern konnte, dann die, dass es ihm nicht gelungen war, Château Renard zu stehlen.

Elena legte einen Arm um Grand-Mères Schultern, um sie zu beruhigen. »Es ist nicht zu spät. Jetzt, wo ich wieder zu Hause bin, können wir das in Ordnung bringen. Wir werden das Geld irgendwie aufbringen.«

»Nein, du verstehst nicht. Ich habe Château Renard verkauft.«

»Verkauft? Aber das ist unmöglich. An wen?«

»An mich«, sagte Jean-Paul, der mit einer Flasche Wein und zwei zusätzlichen Gläsern in den Türrahmen getreten war.

3

Elena stand draußen zwischen den Weinreben. Weiche Schneeflocken sanken sanft auf ihre Schultern. Seit sie verflucht worden war, hatte sich eine unnatürliche Kälte in ihrem Körper ausgebreitet, und der letzte Ort, an dem sie sich aufhalten wollte, war draußen in der Kälte. Doch sie konnte nirgendwo sonst hin. Dieser *Mann* hatte das einzige Heim gekauft, das sie kannte. Er hatte sogar ihr altes Schlafzimmer mit dem Blick über die östlichen Weinberge für sich beansprucht. Das Licht, das dort oben im Fenster leuchtete, verspottete sie, während sie in ihrer gestohlenen, stinkenden Kleidung zitterte … ohne einen Ort, an den sie gehen konnte. Ohne Zuhause.

Oh, wie durchtrieben er war, indem er Grand-Mère erlaubte, weiterhin im Haus zu wohnen, nachdem er ihre Schulden bezahlt hatte. Klug von ihm, es so zu arrangieren, dass alles ihm gehörte, er aber trotzdem vom Prestige ihres Familiennamens und ihrem vermeintlichen Segen profitierte. Sterbliche Männer – welcher Fehler ließ ihre Affenhirne glauben, dass ihre Pläne wichtiger waren als alles andere?

Vielleicht hätte sie ihm diese Beleidigungen nicht ins Gesicht schreien dürfen, bevor sie aus dem Haus gestürmt war. Doch wie sollte sie ohne das Haus, die Weinberge und die Ernte jemals neu anfangen? Sie war diesen Weinbergen verpflichtet, seit sie fünf Jahre alt war. Sie war die Weinhexe von Château Renard. Das *terroir* und sie waren eins. Wenn sie sich darauf nicht mehr verlassen konnte, wie sollte sie jemals das Leben zurückerobern, das Bastien ihr gestohlen hatte?

Elena starrte mit tränenverhangenem Blick zum Haus auf. Sie konnte den Gedanken nicht ertragen, dass dieser schwachsinnige Mann die Weinberge gekauft hatte und zuließ, dass Wein in schlechten Fässern reifte. Konnte er den Schimmel denn nicht in jedem Schluck des Gesöffs, das er hergestellt hatte, schmecken? Grand-Mères Fähigkeiten mochten nachgelassen haben, doch trotzdem fiel es schwer zu begreifen, wie die Sache hatte so schlimm werden können. Selbst wenn der Mann nicht wusste, wie man Fässer ordentlich mit brennendem Schwefel desinfizierte, Grand-Mère wusste es. Nein, hier ging mehr vor sich. Es ging nicht nur um die Fässer. Die Trauben selbst waren korrumpiert. Elena konnte die Fäulnis immer noch auf ihrer Zunge schmecken.

Doch die Probleme des Weinbergs waren nicht mehr die ihren.

Da sie es nicht länger ertragen konnte, in die Abgründe ihrer unsicheren Zukunft zu schauen, tat Elena das, was sie in solchen Situationen immer tat: Sie vertraute auf ihre Intuition.

Sie wanderte eine Reihe von Weinreben entlang und legte die Hand auf einen der ältesten Stöcke, gepflanzt von Grand-Père, als er noch ein junger, frisch verheirateter Mann gewesen war. Der Rebstock, schwarz und knorrig vom Alter, hatte seine Äste bereits in Erwartung des Winters verhärtet, doch Elena wusste, dass die Lebenskraft tief in seinen Adern ruhte. Sie schloss die Augen und umfasste den Ast fester, konzentrierte sich, als sie die Quelle des Lebens in der Pflanze und in sich selbst anzapfte.

Auch wenn ihre Magie am Anfang flackerte, verband sich die Energie schon bald mit dem System der Versorgungsadern unter der Rinde. Nach ein paar tiefen Atemzügen fand sie den Pulsschlag der Pflanze. Der Rebstock war erschöpft, daran bestand kein Zweifel. Nicht wegen Vernachlässigung oder Schwäche, sondern durch … etwas anderes. Elena lehnte sich mit angehaltenem Atem vor. Ihre Sinne wurden schärfer, als sie in die Schattenwelt glitt. Sie folgte dem Blick ihres dritten Auges und entdeckte einen Strang aus schwarzer Energie, der sich von der Wurzel ausgehend in den Rebstock hinaufzog. Sie hob den Blick und entdeckte ein mit den Rebstöcken verschlungenes Muster aus Zaubern und Flüchen. Doch keiner der Zauber war stark genug, um die Melancholie zu erklären, die sie tief in den Wurzeln des Weins spürte. Dies war ein tiefgreifender Missstand, ein Klagegesang, der tief in ihr widerhallte. Sie sehnte sich danach, den Schmerz zu verstehen, doch das Gefühl zog sich zurück und verschwand aus ihrer Wahrnehmung. Sie gab den Ast frei und ihre Energie löste sich aus dem Rebstock.

Sie erholte sich noch von der Erfahrung, als sich vom Haus her Grand-Mère mit einem wollenen Schultertuch in den Händen näherte. »Ich habe mir immer gewünscht, ich wäre mit der Schattensicht geboren worden. Was für ein bemerkenswertes Talent.«

Und eine Schwäche, dachte Elena, weil sie sich nur zu gut daran erinnerte, wie ihr in ihrer Trance aufgelauert worden war. Und jetzt, nach ihrer Rückkehr, konnte sie das Gefühl nicht verdrängen, dass sie erneut überrumpelt worden war.

Grand-Mère streckte ihr das Schultertuch entgegen, dann rieb sie Daumen und Fingerspitzen aneinander, um die Luft zu testen. »Es ist schlimm, nicht wahr? Der Zauber? Ich kann das elektrische Knistern des Fluchs jedes Mal spüren, wenn ich aus dem Haus trete. Ich habe versucht, mit ein paar Hexereien zu kontern, doch nichts, was ich tue, scheint einen Unterschied zu machen.«

Elena legte sich das Tuch um die Schultern. »Es ist nicht

ein einzelner Zauber. Es ist ein ganzes Geflecht aus Flüchen, das sich durch den gesamten Weinberg zieht. Ich befürchte, dass die üblichen Beschwörungen keinen Effekt darauf hätten. In der Mitte des Geflechts gibt es eine schwarze Aura. Ein gegenläufiger Fluch, der sich jedem Versuch widersetzt, etwas in Ordnung zu bringen.«

»Raffiniert. Bastien hat mich gewarnt, dass meine Weigerung, das Gut an ihn zu verkaufen, Konsequenzen haben würde.«

»Als ich mit Bastien verlobt war, wollte er, dass ich die Weinberge seiner Nachbarn sabotiere«, sagte Elena. Ihr Blick glitt auf der Suche nach weiteren Zaubern über die Weinberge. »Deswegen haben wir uns gestritten. Es ging nicht einfach um den üblichen Unsinn, den alle anstellen. Er wollte Flüche. Bösartige Magie, die echten Schaden anrichtet. Er hatte diesen großartigen Plan entwickelt, die kleineren Winzer unter Druck zu setzen, damit er ihr Land kaufen und seine Anbauflächen verdoppeln kann. Ich habe mich geweigert und gedroht, seine Absichten öffentlich zu machen. Anscheinend hat er nun jedoch jemand anderen gefunden, der das für ihn erledigt hat.«

»Ah.« Grand-Mère verarbeitete dieses Geständnis und sah in das Schneegestöber über ihren Köpfen auf. »Ich sollte dich warnen, dass er seit deinem Verschwinden in der Welt aufgestiegen ist. Sein Plan scheint funktioniert zu haben. Inzwischen besitzt er mehr Grund im Tal als jeder andere. Er hat sogar eine Bierhexe angestellt, die seine Besitztümer überwacht. Wahrscheinlich steckt sie hinter dem Zaubergeflecht.«

»Eine Bierhexe aus den Alpen auf einem Weinberg? Ich hätte nicht gedacht, dass diese Art der Arbeit eine Bierhexe interessieren würde. Das erklärt allerdings die Komplexität der Magie. Es ist nämlich nicht nur das Geflecht aus Flüchen, das mich beunruhigt. Irgendetwas stimmt mit den Reben nicht. Ich verstehe das Problem nicht ganz … aber ich spüre eine Art Melancholie. Nicht wirklich ein Zauber und bestimmt keine Krankheit.« Elena ließ die Finger über eine Knospe an einem frisch beschnittenen Zweig gleiten, ohne weitere Hinweise zu finden.

»Du gehörst hierher, Elena. Es liegt dir im Blut.« Grand-Mère rieb ihr in einer unterstützenden Geste die Schultern. »Selbst wenn ich dir die Weinberge nicht mehr vermachen kann.«

Bei dem Gedanken daran, dass Grand-Mère die Weinberge verloren hatte, stiegen erneut Tränen in Elenas Augen. »Ich hätte lieber Liebestränke aus einem Karren verkauft oder zehn Stunden am Tag aus der Handfläche gelesen, als an einen … Geschäftsmann aus der Stadt zu verkaufen.«

»Es hat mir das Herz zerrissen, das Gut zu verkaufen.« Die alte Frau sah über die schneebedeckten schwarzen Weinstöcke hinweg. »Aber glaubst du wirklich, ich würde mein Lebenswerk einfach an irgendwen verkaufen? Schon länger, als du lebst, sage ich Ernten voraus und locke mit meiner Kraft guten Wein in die Welt. Und genauso lang lese ich die Absichten von Männern. Ich kann dir versichern, dass es Jean-Paul nicht einfach um Profit geht. Selbst wenn er ein Sterblicher ist, der Magie als Aberglaube abtut, trägt dieser Mann sein Herz am rechten Fleck. Er will einen Wein schaffen, der des Namens Renard würdig ist. Ich glaube, dein Vorwurf, er würde meinen Ruhm nur ausnutzen, um Geld zu machen, hat ihn tief getroffen.« Erneut rieb sie den Daumen über ihre Fingerspitzen, als wolle sie seine Gefühle noch einmal testen. »Könnte sein, dass du dich dafür entschuldigen musst – er besitzt durchaus Stolz –, doch abgesehen davon hat er dir liebenswürdigerweise erlaubt, als mein Gast hier zu wohnen, bis du wieder festen Boden unter den Füßen hast.«

»Und was wird er sagen, wenn er erfährt, wer ich bin? Er will bestimmt keine Hexe, die ihm hilft. Er ist ein Außenseiter, der glaubt, dass schlechter Wein durch wissenschaftliche Erkenntnisse in Ordnung gebracht werden kann.«

»Stimmt. Er glaubt, er wäre ein Opfer von ungünstigem Wetter und erschöpfter Erde.«

Elena schnaubte. »Wäre ihm dieses Glück nur vergönnt.«

»Komm«, sagte Grand-Mère und hakte sich bei ihr ein. »Er wäre nicht der erste Mann, der feststellen muss, dass eine seiner festen Überzeugungen sich als falsch entpuppt. Doch jetzt möchte ich dir erst einmal etwas zeigen, was dich vielleicht aufmuntern kann.«

Sie hinterließen eine Spur aus Fußstapfen im Schnee, als sie zum Fassreifungsraum hinter dem Haupthaus gingen. Während Grand-Mère die Kellertür mit einem Schlüssel öffnete, der an dem großen Schlüsselbund an ihrer Hüfte gehangen hatte, stampfte Elena mit den Füßen auf, um den Schnee abzuschütteln. Die alte Frau nahm eine Lampe von einem Regalbrett im Eingangsbereich und rieb die Finger aneinander, bis eine kleine Flamme aufflackerte. Entmutigt gestand sie Elena, dass dies die einzige echte Magie war, die sie noch wirken konnte, dann hielt sie die Finger an den Docht. Weiches Licht erhellte eine dunkle Rampe. »Nach dir«, sagte Grand-Mère.

Die Luft füllte sich mit dem Duft feuchter Erde, rauchiger Eiche und einem Hauch von süßer Vanille, als die beiden in den uralten Gang traten. Die mächtige Kombination aus Gerüchen und Erinnerungen verband sich in Elenas Herz und Lunge und nährte ihren Geist. Bevor Flüche und Pech sich ihrer bemächtigt hatten, hatte sie jedem, der es hören wollte, versichert, dass der Duft eines Weinkellers eine ganz eigene Heilmagie besaß. Sie atmete tief durch und nahm die wohltätige Energie in sich auf.

Ihre Schritte auf den unregelmäßigen Pflastersteinen hallten von den Wänden wider, als sie den Hauptraum des Kellers betraten. Ein großes Rechteck, vor fünfhundert Jahren aus gelbem Stein erbaut, mit einer niedrigen Tonnengewölbedecke. Eine handgeschmiedete Eisenlampe hing an der Decke von einer Kette, während einfache, weiße Kerzen, die in alten Weinflaschen steckten, auf mehreren der vierzig Fässer standen, die sich vor den Wänden entlangzogen. Ein Raum, unberührt von der Zeit. Diese Umgebung beruhigte Elenas Unsicherheit auf eine Weise, die sie bei ihrem letzten Aufenthalt zwischen den Fässern vor sieben Jahren niemals hätte vorhersehen oder verstehen können.

Grand-Mère pustete über ihre Fingerspitzen, um die Lampe an der Decke zu entzünden, dann bedeutete sie Elena, ihr in den hinteren Teil des Raums zu folgen. »Ich weiß, dass du wahrscheinlich Fässer öffnen möchtest, doch deswegen habe ich dich nicht hergebracht.«

Über die Jahrhunderte waren drei kleinere Räume an den ursprünglichen Gang angebaut worden. Im größten davon lagerten Flaschen herausragender Jahrgänge. Das Zimmer ähnelte einer Bibliothek, die ihre schönsten Bücher präsentierte. Außerdem konnte hier auch ein wohlhabender Kunde an einem Tisch stehen und die Vorzüge des neusten Pinot noir kosten. Im zweiten Raum lagerten die gebogenen Stäbe, mit denen der Weintrub umgerührt wurde, ein oder zwei Weindieb-Pipetten, um Proben des gärenden Weins zu nehmen, und zusätzliche Rechen, Besen und Körbe. Doch ganz hinten, versteckt zwischen den Fässern, gab es noch einen kleinen Raum mit einer schweren Eichentür. Elena wagte kaum zu hoffen.

»Jean-Paul hat sich mehrmals danach erkundigt«, sagte Grand-Mère, »doch ich habe ihm erklärt, ich hätte den Schlüssel schon vor Jahren verloren. Auf jeden Fall denkt er, es wäre einfach ein weiterer Lagerraum mit ein paar alten Flaschen und ein paar gebrochenen Fassbändern darin.« Sie nickte Elena zu. »Mach nur. Versuch es.«

Ein Kribbeln rann über Elenas Haut, als sie vor die Tür

trat. Sie konnte quasi fühlen, wie die Energien darauf warteten zusammenzuströmen. Behutsam legte sie die Hand über das Schloss und flüsterte ihr geheimes Wort. »Vinaria.«

Nichts.

Der alte Fluch saugte ihrer Magie immer noch das Leben aus.

»Versuch es noch mal.«

Sie nickte, dann atmete sie tief durch und konzentrierte all ihre Energie in der Handfläche über dem Schloss. »Vinaria!«, befahl sie.

Zu Elenas Erleichterung klickte es im Schloss und die Tür schwang auf.

Innen sah der Raum genauso aus, wie sie ihn verlassen hatte. Fläschchen, Krüge und getrocknete Kräuter befanden sich noch in dem hohen Regal an der Wand. Auf dem Arbeitstisch, der fast die Hälfte des Raums einnahm, lag nach wie vor ihre Handwaage, die selbst kleine Mengen exakt abmessen konnte, neben dem kleinen Brenner mit dem Becherglas, den sie nutzte, um ihre Tränke auf ihre reinste Form zu reduzieren. Auf einem Regalbrett diente ein schwerer Mörser aus Granit als Buchstütze, um ein halbes Dutzend Zauberbücher mit Goldprägung auf dem Rücken aufrecht zu halten. Vom Stößel erstreckte sich ein kleines Spinnennetz mit glitzerndem Staub darin bis zum Regal. Elenas gerettete Besitztümer verschwammen zu einem wässrigen Mosaik, als ihr Tränen in die Augen stiegen.

»Ich war mir sicher, dass all das weg ist.«

Grand-Mère hob die Lampe, um die oberen Regalbretter besser zu beleuchten. »Ich habe mich aus ein paar Krügen bedient, um über die Jahre einen Löffel voll von diesem und jenem zu entnehmen, aber davon abgesehen ist alles, wie du es zurückgelassen hast.«

Elena schraubte den Deckel von einem Behälter mit Rosmarin und roch am Inhalt. Nicht mehr auf der Höhe seiner

Kraft, aber noch brauchbar. Die Libellenflügel in ihrer Flasche glitzerten noch, genauso wie die Käferpanzer und die Splitter von Katzengold. Das Bienenwachs war spröde und hart, wurde in ihren Händen aber fast sofort wieder weich. Tatsächlich wirkte das meiste benutzbar. Der Verkauf des Weinguts war ein Gräuel … aber wenn es ihr gelang, diesen Jean-Paul-Kerl von ihrem Wert zu überzeugen, könnte sie ihre eigenen Pläne vielleicht doch noch retten.

»Es ist möglich, die Weinberge wieder genesen zu lassen«, sagte sie und glaubte diese Aussage aus vollem Herzen, da sie nun wieder von all ihren Besitztümern in diesem Raum umgeben war. »Mit ein wenig Glück sehen wir schon zur Erntezeit Resultate.«

»Seit wann hat Glück etwas damit zu tun?« Lächelnd stellte Grand-Mère die Lampe auf den Arbeitstisch. »Ich werde dich allein lassen, damit du dich mit allem wieder vertraut machen kannst. Wenn du fertig bist, komm ins Haus. Ich werde ein Gästezimmer für dich vorbereiten.«

Doch Elena dachte nicht daran, ins Haus zurückzukehren. Sie verbrachte Stunden damit, eine Bestandsaufnahme all der Flaschen, Salben und zerstoßenen Kräuter zu machen, die sie vor sieben Jahren zurückgelassen hatte. Sie blätterte durch Bücher, wischte den Arbeitstisch ab und sortierte eine Truhe mit alten Kleidern aus. Dann, als der Schlaf lockte, zog sie eine dicke Wolldecke hervor und legte sich mit Blick auf die Weinfässer auf die Pflastersteine. Sie nutzte einen Trick, an den sie sich aus kindlichen Experimenten mit ihrer Schattensicht erinnerte, drückte das Ohr gegen den Boden und schloss die Augen – und bald schon lauschte sie auf die Schritte der Mönche, die vor langer Zeit als Erste in diesem Keller gearbeitet hatten. Ihre Stimmen, die historische Gesänge in einer alten, vergessenen Sprache sangen, summten innerhalb der Steine.

Elena atmete den Duft von Wein und Eiche ein, während

sie ihrem Körper zum ersten Mal seit Tagen erlaubte, sich zu entspannen. Unter diesen neuen Umständen in Château Renard zu bleiben, stellte ein Risiko dar. Das hatte sie in dem Moment erkannt, als dieser Mann sich seine Füße auf dem Türvorleger in der Küche abgewischt hatte. Doch sie gehörte hierher. Ohne die Weinberge würde sie niemals ihre volle Kraft zurückgewinnen. Und genauso wenig wäre sie fähig, Rache zu nehmen – denn nur ein Leben für ein Leben konnte das Sehnen in ihrem Herzen befriedigen. Sie wusste nicht, warum das Allwissende sie so auf die Probe stellte, doch sie würde Tribut für die Jahre fordern, die ihr gestohlen worden waren. Wenn das bedeutete, dass sie auf dem Weg dorthin unangenehme Kompromisse eingehen musste, nun, dann sollte es so sein.

4

Jean-Paul erreichte den südlichen Hang des Weinbergs in dem Moment, in dem die ersten Sonnenstrahlen über den Hügel glitten. Er arbeitete gerne in der frischen Morgenluft, mit der Sonne im Rücken und den herbstlichen Gerüchen von Holzrauch und nassem Laub in der Nase, mit einem Hauch von strengem Fuchsgeruch aus einem nahe gelegenen Bau. Welch ein Unterschied dazu, wie er die letzten zehn Jahre seines Lebens verbracht hatte, eingeschlossen in ein Eckbüro eines großen Gebäudes in der Stadt, die Nase in Büchern und juristischen Verträgen vergraben.

Jura hatte seine Vorteile, war aber niemals Jean-Pauls Wahl gewesen. Seit er ein Junge gewesen war, hatte man ihm gesagt, dass er die Universität besuchen musste, um die vermeintliche Pflicht gegenüber seinen Vorfahren zu erfüllen. Denn die Familie Martel praktizierte das Recht. Sie hatten Umgang mit den zylindertragenden Reichen und Schönen im Palais Opéra. Sie aßen *Foie gras* und Kaviar bei Maurice's, tranken guten Wein im *Moulin à Farine* und verbrachten den Sommer in mittelständischem Komfort an der sonnigen Küste.

Und außerdem fielen sie einem frühen Tod zum Opfer. Das Herz hatte die Tendenz, sich zu verhärten, wenn es gezwungen wurde, in einem zwei Nummern zu kleinen Leben zu funktionieren, ohne den Nährstoff von Träumen. Zumindest hatten das Jean-Pauls Schlussfolgerungen ergeben. Der Tod seines Vaters hatte ihn davon überzeugt, dass er etwas ändern musste, bevor sein Herz weiter schrumpfte. Und so war er aufs Land geflohen, wo man allein zwischen ruhenden Weinreben wandern, frische Luft atmen und seinen Träumen eine Chance geben konnte.

Doch verdammt sollten die Trauben sein. Und verdammt der Wein.

Als er gelesen hatte, dass Château Renard zum Verkauf stand, hatte er sein Glück kaum fassen können – eine einzigartige Gelegenheit, ein Stück der Geschichte des Tals zu besitzen und Teil des Vermächtnisses bekannter Winzer zu werden. Natürlich hatte er Gerüchte gehört, dass die alte Gutsbesitzerin nicht mehr ganz auf der Höhe war, doch Wein zu machen war sein geheimer Wunsch gewesen, seit er vor einem Jahrzehnt den ersten Schluck vom Pinot noir dieser Weinberge getrunken hatte. Die sinnlichen, vielschichtigen Geschmäcker von Pflaume und Kirsche, mit einem perfekten Unterton von Eiche und Feuerstein. Er wollte dieses Bouquet perfektionieren, koste es, was es wolle.

Doch irgendetwas lief immer schief. Drei Jahre lang hatte er sich selbst die Schuld gegeben, wann immer der neueste Renard-Pinot zu schnell über die Zunge glitt und wie ein marmeladiger Nachgeschmack verschwand. Gleichzeitig vermutete er jedoch, dass die alte Gutsbesitzerin mehr darüber wusste, was mit dem Wein nicht stimmte, als sie zugegeben hatte, als sie ihm das Land verkauft hatte. Er hatte gehofft, dass sie ihm ihr Geheimnis verraten würde, nachdem er sie dazu eingeladen hatte, weiterhin im Haus zu wohnen. So hätte er das Problem in Ordnung bringen können, doch die alte Frau hatte auf seine Nachfrage nur mit den Achseln gezuckt und die enttäuschenden Ernten auf Flüche und Pech geschoben.

Das gesamte Tal war besessen von Weinhexen und ihrem angeblichen Einfluss auf die Weinberge. Er wusste, dass die meisten großen Weingüter eine Hexe beschäftigten, um ihre Magie wie eine Art Signatur in den Wein zu übertragen. Es war offensichtliche Scharlatanerie. Ein altmodischer Brauch verknüpft mit Aberglauben, von den Einheimischen genutzt, um ihren Wein an leicht zu beeindruckende Urlauber zu verkaufen. Doch Jean-Paul hatte genug Bücher gelesen, um zu wissen, dass ein guter Wein keine magische Aura brauchte, um fantastisch zu schmecken. Seine Recherchen hatten ihm verraten, dass es bei der Weinbereitung um solch einfache Dinge ging, wie die pH-Werte im Boden auszugleichen oder die Trauben zu ernten, wenn sie am süßesten waren, um dann dem Gärungsprozess seinen Lauf zu lassen. Obwohl nichts davon funktioniert hatte, seit er das Weingut übernommen hatte, hoffte er immer noch, das Ruder herumreißen zu können. Wenn nur das verdammte Wetter mitspielen würde.

Er fachte die Kohlen in der *brouette* an, dann zog er seine Schere heraus, um die letzten Reihen junger Reben zu beschneiden. Das Wissen, dass er die Möglichkeit besaß, das Wachstum des nächsten Jahres zu beeinflussen, indem er die Zweige kürzte, erfüllte Jean-Paul mit Optimismus. Das gehörte zu den kleinen Dingen, von denen er glaubte, sie richtig zu machen. Er genoss das Gefühl, allein im Weinberg zu stehen, der Herr seines Schicksals an diesem frischen Morgen.

»Sie sind zu zuvorkommend.«

Er drehte sich überrascht um und entdeckte diese Boureanu-Frau hinter sich. Wie machte sie das? Es war schon das zweite Mal, dass er nichts von ihrer Anwesenheit geahnt hatte, bis sie direkt neben ihm stand. »Wie bitte?«, fragte er, während er sich vergeblich bemühte, sich nicht anmerken zu lassen, dass sie ihn überrumpelt hatte.

»Die Bewässerungsmethode, die Sie eingerichtet haben, um die neuen Reben zu versorgen, wird die Pflanzen verwöhnen«, fuhr sie fort, während sie eine Hand über die harten Stöcke gleiten ließ. »Die Wurzeln sind wie Kinder. Man darf sie nicht verzärteln, sonst werden sie faul.«

Er richtete sich auf, um die Frau anzusehen, und bemerkte mit Erleichterung die Veränderungen zu gestern in ihrem Aussehen. Sie hatte richtige Kleidung gefunden, auch wenn diese seltsam altmodisch wirkte. Das Mieder erzeugte diese Hühnerbrust, die Frauen in der Stadt inzwischen mieden, und der schwarze Wollrock fiel bis auf den Boden, ohne den leisesten Blick auf ihre Knöchel zu ermöglichen. Doch ihr Haar war eine ansprechende Verbesserung. Weiche Locken umschlossen ihr Gesicht und fielen über ihre Schultern … statt des Vogelnests, das sie gestern zur Schau getragen hatte. Jean-Paul war froh, dass sie ihre Locken nicht aufgesteckt hatte. Und Gott sei Dank roch sie jetzt nach Lavendelseife.

Er räusperte sich, weil er den Drang verspürte, sein Vorgehen zu verteidigen. »Die Reben brauchen bei diesen unsicheren Bedingungen alle Fürsorge, die möglich ist. Ich werde dieses Frühjahr keinen weiteren Weinberg an die Dürre verlieren.«

»Sie müssen den Wein in harten Zeiten seinen eigenen Weg finden lassen. Das wird ihn stärker machen.«

Er deutete mit der Schere auf einen Zweig. »Wenn er überlebt.«

»Das wird er.« Die Frau kniete sich vor einen Weinstock und strich den Schnee zur Seite. Dann packte sie eine Handvoll feuchter Erde und rieb sie zwischen den Handflächen, bevor sie die Erde unter ihre Nase hielt. Sie schloss die Augen, als erinnere sie sich an einen angenehmen Traum. Er wusste, was sie roch: Feuerstein, Eiche, Kreide und Feuer.

»Zumindest ist der Nährboden nicht das Problem«, sagte sie, als sie ihre bernsteinfarbenen, katzengleichen Augen wieder öffnete. »Die Kalzium- und Kalkkomponenten sind noch intakt.« Sie sah auf fast entwaffnende Weise zu ihm auf, als könnte sie mit einem Blick in sein Herz und seinen Geist vordringen. »Ich wollte mich für gestern entschuldigen«, sagte sie. »Nach Hause zu kommen und festzustellen, dass das Weingut verkauft wurde … das war eine unangenehme Überraschung. Könnte sein, dass ich ein paar ungerechtfertigte Dinge gesagt habe. Es tut mir leid.«

Ihre stotternde Entschuldigung ließ ihn vermuten, dass sie es nicht gewöhnt war, im Unrecht zu sein. Er nickte, mehr als bereit, die Angelegenheit auf sich beruhen zu lassen. »Und mir tut es leid, dass Sie nicht früher davon erfahren haben. Ich habe zur Zeit des Verkaufs versucht, Madame Gardins Verwandte aufzuspüren, doch es gab keine Aufzeichnungen über lebende Angehörige. Hätte ich gewusst, dass sie eine Enkelin hat, hätte ich Ihnen damals geschrieben, um Sie wissen zu lassen, dass Sie gerne kommen und hier bleiben können und sich keine Sorgen machen müssen.«

»Sie ist nicht wirklich meine Großmutter. Zumindest sind wir nicht blutsverwandt.«

»Oh, ich habe das einfach angenommen.«

»Ich habe sie immer Grand-Mère genannt, aber sie ist eher meine Mentorin.« Die Frau brach eine vertrocknete Rebe ab und roch daran, bevor sie einen purpurfarbenen Faden darum band. Es wirkte wie die nervöse Geste eines Kindes, das seine Hände beschäftigen wollte. »Ich wurde aufs Weingut gebracht, als ich fünf Jahre alt war. Als Lehrling für Madame Gardin und ihren Ehemann Joseph, nachdem meine Eltern gestorben waren.«

»Sie wurden als Kind hierher geschickt, um alles über Weinbau zu lernen.«

»Unter anderem.«

Es fiel Jean-Paul schwer, sich vorzustellen, dass die Frau, die vor ihm stand, jemals ein Kind gewesen war. Sie besaß eine entschlossene Ausstrahlung, die jeder Unschuld widersprach. »Aber Sie sind wie eine Enkelin für Madame Gardin. Das konnte ich erkennen.«

»Wir stehen uns sehr nah.« Sie warf die Rebe in die *brouette* und beobachtete, wie der Faden Feuer fing. »Deswegen bin ich zurückgekehrt. Das Weingut ist das einzige Zuhause, das ich je gekannt habe.«

Jean-Paul sah über die Schulter zum Haus zurück. Er war klug genug, ihr keine persönlichen Fragen zu stellen – wie zum Beispiel, wohin sie für all diese Jahre verschwunden war. Trotzdem befand er sich jetzt in der unangenehmen Situation, dass diese Fremde, die so vertraut war mit seinem Land, aus dem Nichts aufgetaucht war und das Weingut ihr Zuhause nannte. Es hatte für ihn kein Problem dargestellt, die alte Frau nach dem Verkauf bleiben zu lassen. Er wollte nicht beschuldigt werden, er hätte Madame Gardin im Alter auf die Straße gesetzt, obwohl sie keinen Ort hatte, an den sie gehen konnte. Doch was hatte er mit dieser Frau zu schaffen? Sie bedeutete Ärger. Das hatte er geahnt, kaum dass er sie in der Küche gesehen und gefühlt hatte, wie ihm Hitze in die Schläfen stieg. Und doch musste sie, wenn sie von dem alten Meister Joseph Gardin unterrichtet worden war, ein oder zwei Tricks kennen, wie man aus diesen pingeligen Reben Wein machte.

»Das Wetter ist nicht das Einzige, was Ihnen Probleme bereitet«, sagte sie, als hätte sie seine Gedanken gelesen. »Aber es ist noch nicht zu spät. Wenn Sie es erlauben, kann ich helfen.«

Die Art, wie sie am Haus aufgetaucht war, als hätte sie harte Zeiten hinter sich, die Wildheit in ihrem Blick, nachdem sie erfahren hatte, dass das Weingut verkauft worden war, der Hunger, der jetzt in ihren Augen stand, während sie auf eine Antwort wartete – all das beschäftigte Jean-Paul, während er über ihr Angebot nachdachte.

»Unglücklicherweise habe ich Ihnen gestern die Wahrheit gesagt, als ich erklärt habe, wir würden niemanden einstellen. Ich kann es mir kaum leisten, die zwei Feldarbeiter zu bezahlen, die ich gerade beschäftige.«

Die Frau schlang ihr Schultertuch enger um den Körper, als müsse sie sich wappnen, bevor sie sprach. »Manchmal geht es bei der Weinherstellung um mehr als das, was man sehen und messen und schmecken kann. Das ist der Teil, den ich Ihnen beibringen kann. Ich könnte als Ihre Partnerin arbeiten. Sie an dem teilhaben lassen, was ich über die Weinbereitung weiß – Wissen, für das viele Männer ein Vermögen zahlen würden. Und im Gegenzug dafür möchte ich nur angehört werden, wenn es um den Herstellungsprozess geht, und ich brauche ein Dach über dem Kopf. Und vielleicht Anteil an den Kochkünsten von Grand-Mère.«

Ihr letzter Kommentar zauberte ein Lächeln auf Jean-Pauls Lippen, obwohl er wusste, dass er ihr Angebot ausschlagen musste. Er hatte jedes Buch über die Weinherstellung gelesen, das er in die Finger hatte bekommen können, hatte Seminare der berühmten Yemeni-Brüder besucht und sich die Weinberge von Bastien du Monde angesehen, dem das erfolgreichste Weingut im Tal gehörte. Er hatte so viel darüber gelernt, wie man die subtilen Töne verschiedener Trauben hervorlockte, wie er nur konnte. Er wusste alles über die Wissenschaft der Weinherstellung.

Und doch faszinierte ihn diese katzenäugige Frau, die mit unerschütterlichem Selbstbewusstsein erklärte, sie könnte den guten Ruf des Renard-Weinguts wiederherstellen.

Jean-Paul verstand die Techniken des Handwerks – vom Beschneiden und Pflanzen über das Pressen und Abfüllen -, aber war es möglich, dass es ein Geheimnis gab, das aus dem Gewöhnlichen etwas Außergewöhnliches machte? Irgendwelche uralten Weisheiten, die von Generation zu Generation weitergegeben wurden und ihm für immer verborgen bleiben würden, wenn er dieses Angebot abwies?

Er mochte tief an seine Methodik glauben, doch selbst er war nicht närrisch genug zu ignorieren, dass auch Instinkt und Intuition beim Prozess der Weinherstellung eine Rolle spielen konnten. Wenn diese Frau auch nur die Hälfte von Monsieur Gardins Geheimnissen kannte und bereit war, Seite an Seite mit ihm auf dem Weinberg zu arbeiten, wäre sie ihr Gewicht in *Coq au vin* wert.

Er streckte ihr seine Hand entgegen. »In Ordnung. Kost und Logis im Austausch für Ihre Hilfe.«

»Nur noch eine Sache«, sagte sie. »Ich will stille Partnerin sein, zumindest bis zur *Veraison*. Es wäre besser, wenn gewisse Leute noch nicht erfahren, dass ich Ihnen helfe. Oder dass ich wieder auf dem Weingut bin.«

Ah, sie meinte Du Monde. Jean-Paul hätte niemals zugegeben, dass er gelauscht hatte, doch er hatte mehr von ihrem Gespräch mit Madame gehört, als er sich hatte anmerken lassen. In Bezug auf ihre Gründe, dem hochgeschätzten Winzer nicht begegnen zu wollen, konnte er allerdings nur raten.

»Dann sollte auch ich noch etwas hinzufügen«, sagte er. Seine Verhandlungsfähigkeiten waren zwar eingerostet, aber nach Jahren der juristischen Arbeit tief in ihm verankert. »Ich glaube an Wissenschaft und Fortschritt, Mademoiselle. Ich habe den anderen Arbeitern bereits mitgeteilt, dass ich keinen abergläubischen Unsinn akzeptieren werde, wie er auf anderen Weingütern gang und gäbe ist. Keine Glückszauber, keine Amulette gegen den bösen Blick und keine Drehungen gegen den Uhrzeigersinn, bevor man den Weinberg betritt.«

Sie zog eine Augenbraue hoch und er wartete darauf, dass sie widersprach, wie der Rest der Arbeiter es getan hatte.

Stattdessen schluckte sie ihren Ärger herunter, nickte zustimmend und streckte ihm die Hand entgegen. Mit widerwilliger Bewunderung schüttelte er ihre Finger und fühlte ihre eiskalte Haut an seiner, als sie ihre Abmachung besiegelten.

5

Der Buchrücken knirschte, steif durch mangelnde Benutzung, als Elena das Buch der Schatten auf dem Arbeitstisch aufschlug.

»Pst«, sagte sie und blätterte durch die Seiten, bis sie die Anmerkungen fand, nach denen sie gesucht hatte. Während sie las und dabei wichtige Seiten markierte, entspannte sich das Buch endlich und seufzte wohlig unter ihren gleitenden Fingerspitzen. »Ich habe dich auch vermisst«, sagte sie und las weiter.

Abwechselnd begleitet von zweifelndem Stirnrunzeln und optimistischen Bissen in die Unterlippe schrieb sie eine Liste von Möglichkeiten heraus, zumindest für die ersten Flüche auf dem Weinberg, die sie erkannt hatte. Sie hegte die Hoffnung, die Zauber nach und nach alle entwirren zu können, wie das Fadenspiel eines Kindes, ohne dass der neue Besitzer den Verdacht bekam, dass sie Magie einsetzte.

Zu Beginn hatte sie gedacht, dass dies der schwerste Teil werden würde, doch die Einschränkung ihrer Magie verhinderte sowieso, dass sie große Zauber wirkte. Jegliche Beschwörungen lagen wie Staub auf ihrer Zunge. Auch wenn es ihr in der letzten Nacht gelungen war, ihre Trance zu halten, vermutete sie, dass sie an einer Art vorübergehender Linsentrübung litt, die ihre Schattensicht beschränkte. Wie sonst ließ sich erklären, dass es ihr nicht gelang, den Ursprung der Melancholie in den Weinreben zu identifizieren?

Ihre Magie wirkte unbeständig, aber vielleicht entsprach diese Schwäche der einer Muskelzerrung … und sie musste ihre Kräfte einfach wieder durch Übungen anregen. Oder vielleicht war es wie eine eingeschlafene Hand, sodass sie kribbelnde Schmerzen empfinden würde, sobald ihre Magie zurückkehrte. Hatte sie nicht einen kleinen Stich von … irgendwas … empfunden, als der Wunschfaden Feuer gefangen hatte, der Sterbliche sie trotz seiner Vorurteile zu seiner Partnerin gemacht und ihre Übereinkunft mit einem Handschlag besiegelt hatte?

Dieser Mann … Als sie ihn heute Morgen im Weinberg zur Rede gestellt hatte, hatte er eine privilegierte Aura ausgestrahlt. Er war in der Stadt aufgewachsen und voller Bücherwissen, intelligent und großzügig, ja, und doch unwissend, wenn es um den Glauben an die Vorsehung ging. Ihm war beigebracht worden, nur das zu glauben, was er sehen, fühlen, hören, schmecken oder riechen konnte. Es hatte einmal eine Zeit gegeben, zu der Elena sich gefragt hatte, wie es wohl war, mit einem so beschränkten Geist geschlagen zu sein – bis sie sich in der Haut eines anderen Lebewesens gefangen wiedergefunden hatte.

Fühlte es sich so an, sterblich zu sein?

Sie empfand einen unerwarteten Moment des Mitgefühls, als sie die Zehen in ihren weichen Schuhen bewegte – na ja, abgesehen von einer Ausnahme. Obwohl der alte Fuchs sie fast bei lebendigem Leib gefressen hätte, war Elena glücklich über diese körperliche Erinnerung an ihr Martyrium. Der Schmerz hielt das Feuer der Rachsucht in ihr am Leben, fachte die Kohlen des Hasses an, die Tag und Nacht in ihr glühten. Aus diesem Grund würde sie auch ihre Magie vor dem Sterblichen verbergen und ihn glauben lassen, dass die Welt, die er sah, auch die Welt war, in der er lebte.

Eine Seite des Zauberbuchs regte sich leicht, als wäre eine sanfte Brise darüber geglitten. »Ja?«, fragte sie. Die Worte »Haare aus der Mähne eines Wolfes« schimmerten in schillernder grüner Tinte auf der Seite. »Ah, natürlich. Kluges Buch. Du hast es gefunden.«

Sie sortierte das obere Regalbrett, um das wollähnliche Fell zu finden. Wenn man die Haare in Lanolin tauchte und mit Baumwolle zu einem Kerzendocht verzwirbelte, würde der Rauch der Flamme das Gift vertreiben, das in letzter Zeit jede Nacht ungehindert über die Weinberge wehte. Die Toussaints aus dem Alden-Tal hatten diesen speziellen Zauber schon einmal gegen Château Renard eingesetzt, um das Wachstum der Weinreben zu behindern. Grand-Mère hätte eigentlich selbst fähig sein müssen, dem Fluch entgegenzuwirken. Aber die alte Frau war scheinbar wirklich nicht mehr in Bestform, wenn sie dem schädigenden Nebel so lange erlaubt hatte, über dem Gut zu verweilen. Bei Menschen stahl das Alter oft entweder ihr Gehör, ihre Sicht oder ihren Geist. Doch wenn die Natur unfreundlich war, verloren Magiewirkende sogar ihre Intuition.

Als Elena das Wolfsfell nicht zwischen den Gläsern voller Zähne und Klauen fand, wo sie es erwartet hatte, durchsuchte sie eine Schublade, bis sie einen Umschlag fand, der mit »Haare, Schwänze und Schnurrhaare« beschriftet war. Darin fand sie die nötige Zutat, doch sie war neugierig, was Grand-Mère während Elenas Abwesenheit noch verlegt hatte. In der Schublade ruhte ein halbes Dutzend Umschläge. In einem befand sich getrockneter Eulenkot, in einem weiteren die Schwanzfeder einer Nachtschwalbe und in einem wiederum anderen eine gepresste Schlüsselblume in Wachspapier. Jeweils nützliche Zutaten für verschiedene Tränke, doch nicht dort aufbewahrt, wo Elena es sich wünschte. Sie zog die verbliebenen Umschläge aus der Schublade, um herauszufinden, welche Geheimnisse sich darin verbargen, als ein einzelnes Blatt Papier auf den Tisch fiel.

Elenas Finger zitterten, als sie den verblassten und brüchigen Zettel aufhob, der mächtiger war als alles, was sie bisher berührt hatte. Darauf war die Tintenzeichnung eines imposanten Hauses zu sehen und darüber stand in kühnen Buchstaben »Domaine du Monde«. Dies war das Etikett für Bastiens ersten Rotwein – den Wein, bei dessen Geburt sie geholfen hatte, kurz bevor sie in den Hinterhalt von Bastiens Fluch geraten war.

Schon seit dem Moment, als sie ins Tal zurückgekehrt war, hatte ihr Gewissen sie gedrängt, Bastien zur Rede zu stellen. Sie umklammerte die Tischkante, um sich wieder einmal davon abzuhalten, die Straße hinterzulaufen und einen mit Flüchen belegten Ziegel durch eines seiner Fenster zu werfen. Zeit und Geduld, ermahnte sie sich selbst. Rache, die gären durfte, gewann an Macht. Doch während Elena das Haus auf dem Etikett anstarrte, fühlte sie, wie ihre Entschlossenheit ins Wanken geriet. Es gab einen Weg, diesen Ort zu sehen, ohne tatsächlich dort aufzutauchen. Auch diesem Drang hatte sie bisher widerstanden, doch je länger sie das Bild anstarrte, desto stärker wurde der Impuls, ihrer Neugier nachzugeben – bis sie sich dabei ertappte, wie sie die Grenze in die Schattenwelt überschritt.

Ihr Blick verdunkelte sich, die Wände um sie herum verschwanden und ein schwarzer Himmel öffnete sich über ihr, als Sicht und Geräusche am Rande ihres Bewusstseins verschwammen. Ihr Geist flog über eine verlassene Straße vier Meilen das Tal entlang, dann materialisierte sich Bastiens Château aus den Schatten, in dem sie zahllose träge Nachmittage damit verbracht hatte, sich einzubilden, sie wäre verliebt.

Die letzten Jahre hatten das Haus auf unerwartete Weise verändert. Das Haupthaus sah aus wie in ihrer Erinnerung, doch jetzt erhob sich zu beiden Seiten je ein hoher Turm. Um einen Balkon im zweiten Stock zog sich eine neu errichtete Balustrade, die einem Sterngucker eine malerische Sicht auf den nächtlichen Himmel bieten mochte. Und um das Grundstück zog sich inzwischen ein Zaun aus Schmiedeeisen, mit aufwendig verzierten Spitzen sowie Amuletten und Schutzzaubern im gebogenen Metall. Als Elena das Tor passierte, fühlte es sich für sie an, als wären Blitze im Metall eingefangen worden. So etwas war ihr noch nie begegnet. Die Zauber der Bierhexe waren sogar noch besser, als sie bereits vermutet hatte. Die meisten Hexen brauchten ein ganzes Leben, um solch fordernde Magie zu meistern.

Ein Licht im Fenster ganz oben im östlichen Turm zog Elenas geistiges Auge nach oben. Die Silhouette einer Frau ging hinter der Scheibe vorbei. Auch wenn es für Bierhexen ungewöhnlich war, auf einem Weingut zu arbeiten, konnte Elena die Entscheidung dieser Frau in Anbetracht von Bastiens Erfolg nachvollziehen. Für manche war Macht das einzige Elixier, das zählte. Und die besaß Bastien. Alles, was er je berührt hatte, strahlte seine Macht aus. Elena fragte sich jedoch, ob die Hexe hinter der Scheibe wusste, wozu Bastien fähig war, wenn er nicht seinen Willen bekam. Hatte die Frau bereits Teile ihres Selbst für ihn kompromittiert?

Genau in diesem Moment erlosch das Licht und ein Gesicht spähte durch die Scheibe. Ein zweiter Blick aus dem dritten Auge stach durch den Vorhang der Schatten und suchte nach einem Eindringling. Elena wusste, dass sie nicht sichtbar war, zumindest nicht in ihrer körperlichen Form, doch sie zog sich trotzdem zurück. Dennoch fühlte sie weiter diese psychische Präsenz, als würde eine geisterhafte Lampe suchend über den Hof geschwungen. Dies war ihre erste Begegnung mit einer Bierhexe aus dem Norden und bisher schienen die Gerüchte über ihre außergewöhnlichen Fähigkeiten der Wahrheit zu entsprechen. Die Wahrnehmung der

Bierhexe war in ihrer Wachsamkeit fast angriffslustig. Das Wissen, dass Bastien diese Art von Schutz besaß, versetzte Elenas Hoffnungen auf einen einfachen Rachefeldzug einen Dämpfer, doch sie würde niemals aufgeben. Nicht, bis ihr Herz nicht den Frieden gefunden hatte, den es verdiente.

Elenas Geist flog rasch zurück in ihren Körper und sie öffnete die Augen. Das Weinflaschenetikett war ihren Fingern entglitten. Sie hob es erneut hoch und ihre Gedanken versanken noch einmal in den Tiefen von Bastiens Verrat. Mit tränenverhangenem Blick hielt sie das Etikett an die Flamme der Kerze und beobachtete, wie das Papier Feuer fing, sich aufrollte und schließlich in einem Häufchen Asche verging. Sie gestattete einer einzelnen Träne, sich mit dem grauen Staub zu vermischen, dann kehrte sie die Aschereste zusammen und versiegelte sie in einem Umschlag. Mit schwungvollen Bewegungen ihres Stiftes beschriftete sie das Papier mit »Bittere Asche« und stopfte den Umschlag in die Schublade. Dann blätterte sie eine Seite ihres Zauberbuchs um und richtete ihre Gedanken auf das Studium der Gifte.

6

Grand-Mère und Elena rollten eine *brouette* in den Weinberg und taten so, als würden sie die alten Stöcke auf dem östlichen Hang beschneiden, während Jean-Paul sein Pferd vor dem Wagen einspannte. Endlich fuhr er auf die Straße und in Richtung Dorf. Ein dünner Faden Holzrauch stieg aus der *brouette* auf, als die beiden Frauen ihm mit ihren *sécateurs* hinterherwinkten. Sobald er nicht mehr zu sehen war, zog Elena Talgdochte aus ihrer Tasche und machte sich daran, Gegenzauber zu errichten.

Sie und Grand-Mère befanden sich hier genau im Zentrum des Weinguts. Vier Strähnen Wolfsfell, eine für jede Himmelsrichtung, knisterten und brannten zu ihren Füßen. Elena rezitierte den Zauber aus ihrem Buch, die Worte flach und formlos in ihrem Mund. Ein rauchiger Schleier erhob sich von den Dochten und breitete sich über den Weinbergen aus. Und obwohl eine Brise Elenas Röcke bewegte und Regen drohte, ihre unbedeckten Köpfe zu benässen, schien der Zauber den Rauch lange genug über den Weinbergen zu halten, um die ruhenden Weinstöcke mit seiner schützenden Magie zu umhüllen. Für einen Spaziergänger sahen die winterlichen Weinberge nicht anders aus als sonst, denn diese waren oft vom treibendem Rauch aus den Brandfässern bedeckt. Doch für jede Magiewirkende mit der Nase im

Wind schickte Elena hiermit eine Warnung, dass Château Renard nicht länger als Abladeplatz für anonyme Flüche dienen konnte.

»Nun, damit wäre der erste Fluch aufgelöst«, sagte Grand-Mère und formte mit ihren Händen die heilige Geste, um das Allwissende zu preisen. »Endlich sollten die Blätter wieder tief atmen können, wenn sie sich nächstes Frühjahr öffnen.«

Elena beobachtete, wie die Dochte bis auf den Boden verbrannten, und dachte besorgt darüber nach, wie viel Zeit vergangen war. »Wie oft geht er ins Dorf?«

»Gewöhnlich einmal die Woche. Manchmal öfter, wenn es Geschäfte zu erledigen gibt.«

Das war nicht oft genug. Nicht, wenn Elena all diese Zauber entwirren wollte, die in den Weinbergen verknotet waren, bevor die Zeit des Wachstums begann. »Ich weiß nicht, wie ich es schaffen soll, die Zauber weiterhin vor ihm zu verbergen. Er wird herausfinden, dass er mit einer Weinhexe arbeitet ... und was dann?«

»Er lebt seit drei Jahren mit mir zusammen und hat nichts gemerkt. Allerdings bin ich dieser Tage so nutzlos wie eine Sterbliche ... weswegen das wohl nicht viel bedeutet.«

Grand-Mère grub in der *brouette* herum und zog einen Tonbehälter von der Größe eines kleinen Kürbisses hervor. In die Oberfläche war ein Kreis mit Pfeilen eingeritzt, die in die vier Himmelsrichtungen zeigten. Das war eine der vier Zauberflaschen, die die beiden mitgebracht hatten, um Krankheiten und negative Energie abzuwehren, die von unterirdischen bösen Zaubern ausgestrahlt wurden.

»Deine Sinne sind lediglich an den Rändern ein wenig ausgefranst«, sagte Elena, als sie einen Flakon mit einem alten Jahrgang herauszog, den sie ebenfalls in der *brouette* verstaut hatte. Sie zog den Korken heraus und goss ein wenig Wein in die Zauberflasche. Dann fügte sie ein paar Haare von Grand-Mère, eine Strähne ihres eigenen Haares und einen Fingernagel von Jean-Paul hinzu, den er in seiner Waschschüssel zurückgelassen hatte.

Die Finger der alten Frau zuckten, als sie den Prozess beobachtete. »Du könntest ihn unter einem Bann halten. So hast du ihn doch dazu gebracht, dich bis zur Ernte bleiben zu lassen, oder nicht?«

Elena warf ihrer Mentorin einen verlegenen Blick zu. »Ich habe keinen Zauber gegen ihn verwendet. Das wäre nicht richtig. Ich habe lediglich einen Wunschfaden mitgebracht und diesen während unseres Gesprächs ins Feuer geworfen.«

»Muss ein brennender Wunsch gewesen sein, um so schnell wahr zu werden.« Grand-Mère reichte Elena eine weitere Flasche, um sie zu vergraben. »Aber du warst schon immer gut darin zu bekommen, was du willst.«

Wie konnte die alte Frau daran zweifeln? In Elenas Adern floss quasi der Wein von Château Renard. Wie sollte sie irgendeinen anderen Wunsch hegen, als Teil des Weinguts zu sein? Sein *terroir* war ihr Blut, sein Nebel ihr Atem, seine Erde ihre Knochen und seine Ernte ihr ungeborenes Kind. Doch Vereinbarungen waren Vereinbarungen und Zauber auf Sterbliche zu wirken war streng verboten, auch wenn jeder Magiewirkende diese Regel hin und wieder beugte. Bei den Sternen am Himmel, sie hatte nie damit gerechnet, einem Winzer im Chanceaux-Tal zu begegnen, der nicht die Dienste einer Weinhexe in Anspruch nehmen wollte. Es war beleidigend. Sie konnte sich nicht vorstellen, wie verkommen das Leben in der Stadt sein musste, um solch eine Einstellung zur Magie zu entwickeln. All dieser Stein und Stahl mussten das innere Auge blenden.

Sie klopfte den Boden über der vergrabenen Flasche fest. Unter ihren Fingernägeln zogen sich Halbmonde aus Erde entlang. Sie sprach ein paar schnelle Worte im Namen des Allwissenden, dann stand sie auf und zeigte auf die nächste

Stelle. Während sie und Grand-Mère auf den höchsten Punkt des Weinbergs zugingen, senkte sich der Rauch von den Talgdochten und lenkte die Aufmerksamkeit der Frauen auf die Magiestränge, die sich kreuz und quer über die Weinberge zogen. Elena konnte solche Dinge auch ohne die Hilfe des Rauches spüren, doch Grand-Mère brauchte ihre Hilfe. Daher nahm Elena ihre Hand und erzeugte so eine Verbindung, damit sie beide die Reichweite der Fluchmagie sehen konnten, die sich materialisierte wie ein Spinnennetz nach dem Regen.

Die alte Frau schnappte nach Luft. »Gute Güte, ich hatte keine Ahnung, wie umfangreich es ist.«

»Eindrucksvoll, nicht wahr?« Elena lenkte ihre Schritte weiter. »Die Magie ist einschüchternd, doch ein paar der Zauber zeigen eine Eleganz, die ich gegen meinen Willen bewundern muss. Siehst du die überlagernden Schichten, die den Schattenzauber über den Reihen des Chardonnay verankern? Das war nicht einfach.«

»Also hat Bastien die Bierhexe dazu gebracht, das zu tun, was du nicht tun wolltest?« Grand-Mère rieb Daumen und Fingerspitzen aneinander, um die Magie nicht nur sehen, sondern auch fühlen zu können.

Elena nickte. »Geschlossen nach dem Schatten, den der Zauber wirft, bin ich mir fast sicher, dass er dazu gedacht ist, den Tau auf den Trauben zu halten, damit sie selbst in vollem Sonnenschein schimmeln. Der Zauber wechselt seine Position im Verlauf des Tages, um den Schatten über den Trauben zu halten.« Elena unterbrach sich, um sich Schweiß von der Oberlippe zu wischen. »Ich weiß noch nicht, wie ich diesem Zauber entgegenwirken soll, besonders, da der Umkehrfluch alles noch komplizierter macht. Falls das die Bierhexe war, ist sie besser als gedacht.«

»Sie heißt Gerda und ist aufgetaucht, nicht lange nachdem du …« Grand-Mère schürzte die Lippen, als müsste sie sich zwingen, ihre nächten Worte herunterzuschlucken. »Wir sind uns ein oder zwei Mal begegnet. Du würdest sie auf den ersten Blick erkennen. Eine Blondine, wie der Rest von ihnen.«

»Ja, ich habe sie gesehen.«

»Sie gesehen? Wann?«

Elena begann, ein flaches Loch zwischen den zwei ältesten Weinstöcken auf dem Gut in die Erde zu kratzen, während sie erklärte, wie ihre Neugier sie überwältigt hatte – nicht das erste Mal, dass sie aus nicht gerade ehrenhaften Gründen in die Schattenwelt geglitten war. Es hatte Tage gegeben, wo sie so sehr von Lust oder Misstrauen überwältigt worden war, dass sie Bastien hatte *sehen* müssen, obwohl er sich weit entfernt aufhielt. Im Verlauf des Jahres, in dem sie geglaubt hatte, ihn in verliebt zu sein, hatte sie sich gefühlt, als stünde sie selbst unter einem Zauber. Als hätte man ihr einen Trank eingeflößt, der in ihr Blut übergegangen war – in ihr Herz eingedrungen –, um dort eine gefährliche Zeitbombe zu hinterlassen, die später all ihre Träume zum Explodieren brachte. Bevor sie verflucht worden war, war die Schattenwelt für sie zu einer Besessenheit, einer ständigen Ablenkung, geworden. Ein Mittel zum Zweck, das nichts mit der Gunst des Allwissenden zu tun hatte. Und dann war sie zur Falle geworden.

»Das war gefährlich und närrisch. Was, wenn sie diejenige war, die dich für Bastien verflucht hat? Du besitzt leichtfertige Tendenzen, Kind. So war es schon immer.«

Elena drückte die Zauberflasche in die Erde, goss Wein als Opfergabe darüber und murmelte den Schutzzauber. Sobald sie wieder auf den Beinen stand, dachte sie über Grand-Mères Worte nach, dann schlug sie sich die Erde von den Händen. »Ich glaube nicht, dass sie es war.«

Grand-Mère drückte mit der Schuhspitze die Erde über der vergrabenen Flasche fest. »Wie kannst du dir so sicher sein?«

»Wenn das *ihr* Zaubergeflecht ist«, sagte Elena und deutete auf die vielschichtige Magie, »dann ist sie zu gut in dem, was sie tut, um sich mit altmodischen Verwandlungszaubern abzugeben. Und auf keinen Fall würde sie etwas so Gewöhnliches tun, wie jemanden in eine Kröte zu verwandeln.«

Die alte Frau kniff die Augen zusammen. »Wirkte gar nicht wie ein so gewöhnlicher Fluch, als du vor zwei Tagen hier aufgetaucht bist und aussahst wie ein Wolfsriss.« Elena zuckte zusammen. Grand-Mère hatte schon immer eine scharfe Zunge besessen, wenn sie gereizt war. »Du solltest vorsichtiger sein. Selbst wenn sie dich nicht dabei erwischt hat, wie du sie in der Schattenwelt beobachtet hast … die Spione des Bureau sind überall und halten nach Verfehlungen Ausschau.« Um zu beweisen, dass sie recht hatte, schnippte sie mit den Fingern und ein hellbraunes Kaninchen sprang zwischen den Weinstöcken heraus, als hätte ihm jemand Feuer an den Schwanz gehalten. »Siehst du, was ich meine?«

»Komm her, Kaninchen.« Elena deutete mit dem Finger auf den Boden vor sich und das Kaninchen gehorchte. Es hoppelte vorwärts, bis es mit zuckender Nase neben ihr saß. Elena hob das Tier hoch und sah ihm in die Augen. Kein Hinweis auf einen Schatten war darin zu erkennen. Die alte Frau war gewaltig misstrauisch. Doch vielleicht hatte sie trotzdem recht. »Jean Paul weiß, dass ich mich vor jemandem verberge. Er hat zugestimmt, meine Anwesenheit geheim zu halten. Solange ich mich unauffällig verhalte, sollte alles in Ordnung sein.«

»Selbst wenn du es schaffst, im Verborgenen zu bleiben … für deine Anstrengungen hier im Weinberg gilt das nicht. Eine Hexe mit Gerdas Begabung wird deine Magie irgendwann wittern. Sie wird wissen, dass die Zauber aufgelöst werden. Und wenn sie herausfindet, wer du bist, wird sie Bastien davon erzählen. Und was dann?«

Elena setzte das Kaninchen wieder ab und ließ es laufen. »Dann wird er wissen, dass er mich nicht so einfach losgeworden ist, wie er dachte.«

»Könntest du dich gegen sie verteidigen, falls es nötig wird?«

»Mein Kampf richtet sich nicht gegen sie.«

»Das habe ich nicht gefragt.« Grand-Mère beobachtete, wie das Kaninchen sich in der Ferne in Sicherheit brachte, bevor sie sich wieder umdrehte. »Ich war mir bisher nicht sicher, wie ich es dir sagen soll, doch Gerda ist nicht nur seine Hexe. Bastien und sie sind verheiratet. Sein Kampf ist jetzt auch ihr Kampf. Vielleicht wäre es besser, wenn du die Vergangenheit gehen lässt. Neu anfängst. Vergisst, dass das alles je passiert ist.«

Verheiratet?

Elena sackte in sich zusammen. Bastien hatte Zuneigung gefunden, während sie sieben Jahre lang nur Einsamkeit gekannt hatte, gefangen in der Haut dieser Kreatur? Er hatte die Wärme der Liebe gespürt, während sie im Schlamm saß, der so kalt war, dass ihr Herz kaum noch normal schlagen konnte?

Um Grand-Mères Blick auszuweichen, sammelte sie die Kaninchenhaare von ihrem Rock und schob sie in die Tasche. »Ihre Beteiligung zählt nicht.«

»Hängt davon ab, was du mit ihm vorhast.«

Elena griff nach dem Spaten und grub ein viertes Loch, in das sie die letzte Flasche legte. »Wusstest du, dass es einen Zauber für ein Gift gibt, das sich so verschlagen wie eine Schlange durchs Blut bewegt?«, fragte sie, als sie den letzten Schluck Wein auf die Erde goss. »Der Trank meidet alle anderen Organe außer seinem wahren Ziel. Wenn das Elixier das Herz findet, schlingt es sich langsam um den schlagenden Muskel und drückt zu, bis die Blutgefäße platzen. Ich bin mir sicher, dass das unendliche Qualen verursacht.«

Grand-Mère blinzelte und Schweißperlen bildeten sich auf ihrer Stirn. »Allmächtige Sterne, Elena, das ist gefährliche Magie, mit der du da herumspielst.«

»Genau wie der Fluch, der mich in einen Sumpf gebracht hat, um dort sieben Jahre lang Motten und Schnecken zu fressen.«

»Das kann böse enden«, murmelte die alte Frau, dann schüttelte sie den Kopf. »Es wäre klug, dich daran zu erinnern, dass dreifache Rechenschaft auf diejenigen wartet, die anderen absichtlichen Schaden zufügen.«

Oh, Elena kannte die Kosten. Ein Dutzend Mal hatte sie den Preis abgewogen gegen den Schmerz, den sie jeden Tag verspürte, an dem sie nichts unternahm. Doch ihr Drang nach Vergeltung hatte sich immer als das Zünglein an der Waage entpuppt und ihre Gedanken in Richtung Mord geführt. Wie sollte sie sonst Tribut dafür einfordern, dass ihr ihre besten Jahre gestohlen worden waren? Wenn alles nach Elenas Plänen verlaufen wäre, sollte sie inzwischen verheiratet sein. Zu ihren Füßen sollten ein Sohn und eine Tochter sitzen, um von ihr die Kunst des Weinbaus zu erlernen. Das Weingut sollte schon lange von ihr geführt werden. *Ihr* Wein sollte in den Kellern der besten Weinkenner des Kontinents lagern. Stattdessen war sie allein und grub in der Erde herum, um in Ordnung zu bringen, was andere angerichtet hatten.

Grand-Mère zog sich ihr Tuch über den Kopf und schlang die Enden um den Hals, als wäre ihr plötzlich kalt. »Was genau hast du vor?«

»Ich werde ihn umbringen«, sagte Elena, dann warf sie den leeren Weinflakon in den Brandwagen und beobachtete, wie er sich rauchend schwarz verfärbte. »Ein Leben für ein Leben.«

Grand-Mère schlug sich die Hand vor den Mund und wandte sich genau in dem Moment ab, als das klirrende, klappernde Geräusch von Gläsern in einem rollenden Wagen Elenas Neugier weckte. Auf der Straße am Fuß des Weinbergs rollte ein überdachter Maultierkarren mit zwei Frauen auf dem Kutscherbock vorbei. Sie sahen nach oben, ihre Nasen in die Luft gestreckt, und winkten.

»Guten Tag!«, rief die erste, als sie das Maultier anhielt.

»Heil und Segen«, sagte die zweite Frau mit einem gezwungenen Lächeln.

Hexen.

»Charlatans?«, flüsterte Elena, weil sie den städtischen Akzent bemerkt hatte. Das war natürlich nicht ihr richtiger Name, sondern eine Bezeichnung, die sich die Hexen mit ihrem befleckten Ruf verdient hatten.

»Die beiden älteren Schwestern, so wie es aussieht. Was in aller Welt wollen sie hier? Ich werde sie begrüßen müssen.«

Elena wischte sich wachsam die Hände an ihrem Rock ab und fragte sich, ob die Charlatan-Schwestern wohl mit Bastien bekannt waren. Auch wenn sie selbst die beiden nicht kannte, erweckten sie den Eindruck von Leuten, die er für seine Drecksarbeit bezahlen könnte. Grand-Mère stieg bereits den Hügel hinab, also zog sich Elena ein Ende ihres Halstuchs übers Gesicht und folgte der alten Frau, weil sie mehr über die Absichten der beiden Hexen erfahren wollten.

Als sie und Grand-Mère näher kamen, bewegten sich mehrere Gläser auf dem Karren leicht und stießen klirrend aneinander wie Champagnerflöten. Die Hexen lächelten.

»Guten Tag. Was führt euch in diese Gegend?«, fragte Grand-Mère, wachsam, aber nicht unfreundlich.

Die Schwester, die näher zu ihnen saß und in eine Jacke gekleidet war, die mit verblassten Blumen bestickt war, antwortete: »Wir sind unterwegs ins Dorf. Es steht eine Feier an, wurde uns gesagt. Haben im Vorbeifahren den Geruch eures Rauches bemerkt. Fluchfeuer, nicht wahr?«

»Ein Heilmittel.«

»Ah.« Die Frau lächelte breiter und enthüllte dabei eine Reihe teeverfärbter Zähne. Dann lehnte sie sich vor, um einen besseren Blick auf Elena zu erhaschen. »In diesem Fall habe ich vielleicht, was ihr für einen guten Reinigungszauber braucht«, sagte sie und schlug die Plane zur Seite, die über der Ladefläche des Karrens lag. »Oder ein wenig Rache.« Sie zog die Augenbrauen hoch, als sie Elenas Blicke einfing. »Es gibt nichts Besseres als ein wenig Molchaugentinktur, um sie in das Getränk eines Rivalen zu schmuggeln, hm?«

Zusätzlich zu Betrügern waren die Charlatans auch Schwarzhändlerinnen, zumindest geschlossen nach ihren Waren. Neben den Seidenschals, silbernen Armreifen und Glockenamuletten, die sie verkauften, gab es auch Dutzende Einmachgläser mit verbotenen Zutaten. Elena hielt ihr Tuch über das Gesicht gezogen, als sie näher herantrat, um einen besseren Blick auf die Ladefläche zu erhaschen. Sie entdeckte herzförmige Mägen, Streifen von Sumpfnattern, eine Sammlung von Fledermausohren und eine Pfote sowie die Gallenblase eines Bären. Der letzte Schrei aus der alten Welt. Mittelalterliche Quacksalberei. Und eine echte Tragödie, wenn man bedachte, dass die meisten Gegenstände Elenas Wissens nach kaum Wirkung für irgendwelche Zauber besaßen. Es war nichts als eine Wagenladung voller Grausamkeit, die darauf ausgerichtet war, naive Hexen und Sterbliche mit einer Schwäche für das Okkulte an der Nase herumzuführen.

Elena hoffte, dass Grand-Mère die Schwestern anweisen würde, ihren erbärmlichen Karren aus ihrem Blickfeld zu schaffen. Dann klirrten erneut zwei Gläser.

Die zweite Schwester, die offensichtlich einen Verschönerungszauber einsetzte, um ihr langes, goldenes Haar in perfekte Locken zu legen, krümmte einen Finger. »Ein Sonderangebot, zwei Gläser Molchaugentinktur zum Preis von einem, falls ihr Bedarf habt. Und frisch. Habe die Molche heute Morgen erst persönlich aus ihren Höhlen gegraben.«

Grand-Mère und Elena beugten sich vor, um zu sehen, was sich in den Tiefen des Karrens verbarg. Dort standen unter dem Sitz zwei Igel in getrennten Glasbehältern, mit Löchern in den Deckeln, damit sie atmen konnten. Sie kratzten und schnüffelten am Glas, verzweifelt auf der Suche nach Freiheit.

»Wofür habt ihr die eingesammelt?«, fragte Grand-Mère.

»Ich persönlich ziehe ihnen die Haut ab und verkaufe die Stacheln zusammen mit meinen Voodoo-Puppen«, sagte die zweite Schwester. »Städter kaufen meine Waren an Markttagen in Massen. Aber ich kann immer noch weitere finden, falls ihr einen Eintopf habt, in den ihr sie werfen wollt. Ich weiß, wo sich die kleinen *Hotchi-witchis* gerne verstecken.«

Erneut verzog die Schwester ihren Mund zu diesem falschen Lächeln und Elenas Ekel erreichte einen neuen Höhepunkt. »Ich werde sie nehmen.«

»Aber gerne, wenn du Münzen hast.«

Elena streckte die Arme aus und zog die Gläser aus dem Wagen. Die Hexen verlangten erneut ihr Geld, während Elena beide Tiere auf Schatten kontrollierte. Als sie keine entdeckte, stellte sie die Gläser sanft auf den Boden.

Die Forderungen der Hexen wurden immer drängender, auch wenn beide immer noch in aufgesetzten Lächeln ihre verfärbten Zähne zeigten. »Ich sagte, du musst zuerst für sie zahlen.«

Elena kniete sich auf den Boden und befreite die Igel aus ihren Glasgefängnissen, dann stand sie wieder auf. »Wie wäre es, wenn ich dir stattdessen ein Furunkel ins Gesicht zaubere? Habt ihr kein Gewissen? Tiere einfangen, um sie zum Profit zu verkaufen …«

Die Hexenschwestern hörten auf zu lächeln. »Oh, ihr Weinhexen seid immer so hochmütig und arrogant. Aber ihr seid euch nicht zu schade, von zwei wehrlosen Händlerinnen zu stehlen, oder?« Die Hexe mit dem goldenen Haar zog eine vertrocknete Dachspfote von der Ladefläche des Karrens und spuckte sinnloserweise in dem Versuch, einen Fluch zu werfen, auf den Boden. »Ich will mein Geld.«

Elena spürte den Zauber als warnendes Kneifen. »So soll es sein.« Sie schob die Hand in ihre Tasche, während die Schwester selbstgefällig nickte. Doch statt Münzen zog sie die Kaninchenhaare heraus, die sie vorhin gesammelt hatte, zusammen mit einer Strähne Wolfsfell. Eilig verzwirbelte sie die Haare und rief die Magie, die sie sich noch aufgespart hatte, bevor sie ihren liebsten Kinderscherzzauber murmelte. »Jäger und Beute, gelaufen wird heute«, sagte sie und pustete die Haare vor die Füße des Maultiers. Das Tier rannte los und zerrte den Karren mit sich, als der Zauber seine Wirkung entfaltete. Die Charlatan-Schwestern mussten sich an der Bank festklammern. Sie versuchten, das Maultier zu zügeln, doch ohne Erfolg. Es würde nicht aufhören zu laufen, solange die Wolfshaare die des Kaninchens jagten – was gute zwanzig Minuten oder mehr dauern sollte.

»Das wird dir noch leidtun!«, rief die Hexe mit dem goldenen Haar, während sie sich am rumpelnden Karren festklammerte. »Eure Trauben sollen noch vor der Ernte verrotten!«

Doch Elena empfand keinerlei Bedauern, als sie beobachtete, wie der Karren über den Hügel verschwand. Am Boden huschten die Igel unsicher schnüffelnd hierhin und dorthin, weil sie nicht wussten, welche Richtung sie einschlagen sollten. Elena flüsterte ihnen zu, wo sie Maden unter moderndem Holz finden konnten, und drängte sie sanft in Richtung des Waldes. Als die Tiere davoneilten, richtete sie sich auf. Sie konnte das Gewicht von Grand-Mères Blick im Rücken spüren.

»Du weißt, dass ich nicht zulassen konnte, dass sie diese armen Kreaturen töten.«

Grand-Mère schnaubte. »Und das von einer Frau, die einen Mord plant?«

Der Widerspruch ihres Verhaltens überraschte für einen Moment selbst Elena. »Nun, manche Sterbliche sind ganz anders als Tiere, oder etwas nicht?«, antwortete sie schließlich und verhärtete erneut ihr Herz, bevor sie den Hügel wieder hinaufstieg, um die *brouette* einzusammeln und nach Hause zu gehen.

7

Jean-Paul schloss die Tür zur Post hinter sich und nahm seine Kappe ab, um sie sich unter den Arm zu schieben. Er hatte das Geld für den Artikel aus dem Katalog bereits in einen Umschlag gelegt, den er jetzt aus der Tasche seines Tweedjacketts zog. Er brauchte nur die korrekte Postleitzahl und eine Briefmarke. Der Beamte quittierte seine Bitte mit einem süffisanten Blick über seine Brille hinweg, bevor er das größte Handbuch herauszog und es mit einem Knall auf den Tresen fallen ließ. Der Mann führte seinen Finger langsam suchend über die Seiten, bis er innehielt und auf einen wahrscheinlichen Kandidaten tippte. Jean-Paul schrieb die Nummer schnell auf den Umschlag, nickte dankend und schob den Brief über den Tresen. Mit ein wenig Glück würde sein neuer Vinometer in einem Monat bei ihm eintreffen.

Jean-Paul ließ das Kleingeld für die Briefmarke auf den Holztresen fallen und hatte sich schon zur Tür umgedreht, als der Beamte ihn aufhielt. »Ah, Monsieur Martel?«, fragte er, als er den Absendernamen auf dem Umschlag las. »Warten Sie. Ich glaube, ich habe auch einen Brief für Sie. Er ist vor ein paar Tagen gekommen. Ja, hier ist er«, sagte der Beamte, nachdem er mehrere Fächer hinter sich durchsucht hatte.

Jean-Paul nahm den Brief entgegen. Er erkannte die Absenderadresse und die formelle Handschrift, also zog er sich in die hinterste Ecke des Postraums zurück, um den Brief zu lesen. Er wusste schon vor dem Öffnen, dass er von seiner Mutter stammte. Die Korrespondenz begann durchaus akzeptabel, mit den üblichen Höflichkeiten, Floskeln über das Wetter und Kommentaren zur Rechtmäßigkeit der Forderungen der vereinigten Gesellschaften für Frauenwahlrecht. Die Beschwerden seiner Mutter über die schrecklichen Zustände im unterirdischen Transit-System der Stadt klangen, als wäre ein schwarzes Schaf aus der Familie mal wieder auf Irrwege geraten. Fast hätten die vertrauten Neuigkeiten von zu Hause ein Lächeln auf seine Lippen gezaubert.

Dann las er den nächsten Absatz und erfuhr damit den wahren Grund, warum seine Mutter ihm geschrieben hatte:

Dein Onkel schickt Grüße. Er möchte sich erkundigen, wann deine Weingeschäfte wohl abgeschlossen sein werden, damit er für die Zukunft planen kann. Er hat seit Jahren ein Auge auf das Eichman-Gebäude geworfen und endlich kann man es mieten. Es gibt anscheinend zwei Eckbüros, von denen er eines gerne seinem Neffen und Partner in der Kanzlei zur Verfügung stellen würde, wäre er denn anwesend. Angesichts der Umstände hat dein Onkel bis jetzt große Nachsicht gezeigt, was deine Narretei betrifft, doch er hat einen Partner verdient, der sich dem Recht und der Kanzlei, die dein Vater gegründet hat, verpflichtet fühlt.
Zusätzlich dachte ich, es könnte dich interessieren, dass Madeleine erneut geheiratet hat. Sie erwartet im Mai ein Kind. Du siehst also, es gibt keinen Grund mehr, die Rückkehr in die Stadt noch länger hinauszuschieben.

Deine
Mutter

Jean-Paul zerknüllte den Brief und schob ihn in die Tasche.

»Schlechte Neuigkeiten?«, fragte der Beamte.

»Nur eine zu erwartende Enttäuschung«, antwortete Jean-Paul, als er seine flache Kappe wieder aufsetzte.

Der Beamte kratzte sich an der Nase und verkündete seine eigenen interessanten Informationen: »Sie haben eine weitere Katze gefunden«, sagte er, während er einen Stapel Briefe in die richtigen Fächer einordnete. »Ohne Kopf und Schwanz, wie bei den anderen. Diesmal oben auf der Landstraße beim Le-Deux-Anwesen.«

»Noch eine?« Jean-Paul erinnerte sich, dass es über die Jahre schon ähnliche grausige Funde gegeben hatte. Mehr als ein Dutzend, seit er vor drei Jahren ins Tal gezogen war. Manchmal ein Kaninchen, manchmal ein kleiner Hund, doch meistens Katzen. Alle stellten Spekulationen darüber an, wer hinter diesen abscheulichen Taten stecken mochte … und doch schien niemand das Offensichtliche auszusprechen. »Sagen Sie mir, wieso stellt niemand die Einheimischen auf den Weingütern zur Rede, die behaupten, Hexen zu sein?«

Der Beamte drehte sich mit gerunzelter Stirn um. »Die Weinhexen? Wieso sollten sie irgendetwas mit grausam geschlachteten Tieren zu tun haben?«

»Weil sie zugeben, *Hexen* zu sein? Die dafür bekannt sind, sich mit dem *Okkulten* zu beschäftigen?« Jean-Paul sprach langsam und betonte die wichtigsten Worte deutlich, doch das schien den Beamten nicht zu überzeugen. Er starrte Jean-Paul nur verständnislos an.

»Ist es das, was man Ihnen in der Stadt beibringt? Die Wahrheit lautet, dass wir hier kaum Ärger mit böswilligen Hexen hatten, seit der Pakt von 1745 unterzeichnet wurde. Meine eigene Großmutter war eine Weinhexe und hätte niemals einer Seele etwas zuleide getan. Wollen Sie wissen, wer meines Erachtens dahintersteckt? Diese Jungs von den Universitäten, die am Wochenende aufs Land gefahren kommen, um Dorfmädchen zu jagen, mit ihren Séancen und Ouija-Brettern. Wer weiß schon, was für Unheil ihnen nach Einbruch der Dunkelheit einfällt?«

Jean-Paul ließ das Thema ruhen. Immer wieder unterschätzte er die klare Abgrenzung, die die Dörfler zwischen den sogenannten Weinhexen und den bösartigen Hexen vornahmen, welche die Träume seiner Kindheit heimgesucht hatten – die alten Vetteln, die keinen Gedanken daran verschwendet hätten, eine tote Katze um den Hals zu tragen, so es ihnen denn gefiel. Die Hexen, vor denen sein Kindermädchen ihn gewarnt hatte, stillten ihren Durst mit menschlichem Blut, rührten Krähenschnäbel und Froschaugen zu tödlichen Tränken und stahlen Kleinkinder aus ihren Gitterbetten, um sie zum Abendessen über dem Feuer zu rösten. Natürlich wünschte Jean-Paul sich, er als erwachsener Mann von Welt könnte solchen Aberglauben hinter sich lassen. Er lebte in einem Zeitalter der Technologie – Automobile, das *cinéma magnifique*, elektrische Lichter, die aufleuchteten, wenn man einen Schalter bediente. Gerade war ein Mann zum ersten Mal mit einem Flugzeug über den Kanal geflogen, um Himmels willen. *Das* war echte Magie!

Nachdem Jean-Paul sich nicht noch mehr von den skeptischen Einheimischen distanzieren wollte, die ihn jetzt schon als Außenseiter sahen, nickte er, als leuchte ihm die Idee ein, dass Studenten am Wochenende aus Spaß Katzen töten. Dann wünschte er dem Beamten einen schönen Tag und verließ die Poststation.

Die Straße war belebt, weil die Leute sich auf das Wochenende vorbereiteten – auf einen örtlichen Feiertag, der etwas mit der Belagerung einer lange vergessenen Burg zu tun hatte. Die Feier bedeutete Jean-Paul wenig, auch wenn ihm oft erklärt worden war, dass es die Siedlung ohne diesen Sieg nicht länger geben würde. Trotzdem konnte er nicht anders, als sich von der feierlichen Stimmung anstecken zu lassen, als er den Gehweg entlangging.

Normalerweise wäre er jetzt in den Futterladen gegangen, um Hafer für die Pferde zu bestellen, oder vielleicht kurz in das Geschäft des Schuhmachers getreten, um ein paar Stiefel neu besohlen zu lassen, während er im Eisenwarenladen nach einem neuen Spaten oder einer Rolle Draht suchte. Vielleicht hätte er sich sogar durch die Seiten des Boddington-Katalogs geblättert und Samen für einen Frühjahrsgarten bestellt. Doch da ihm der Brief von zu Hause und das Gerede über tote Katzen noch Unwohlsein verursachten, verspürte er das Bedürfnis nach einer Ablenkung. Er bog in eine hübsche Seitenstraße ab, die er nur selten betrat, und ließ sich von seiner Nase führen. Der Duft von Vanille, Zimt und Zucker, mit einem Hauch von gerösteten Mandeln, lockte ihn zur Tür einer dekadent wirkenden Bäckerei, die genauso von Urlaubern wie von einheimischen Hausfrauen frequentiert wurde.

Er betrat den winzigen Laden und sorgte so dafür, dass die Glocke über der Tür bimmelte. Eine Frau mit einem schwarzen Zopf, halb verborgen unter einem blauen Satintuch, trat mit von Rouge geröteten Wangen aus dem Hinterzimmer. Sie trug große, goldene Ringe in den Ohren, sodass sie aufs Haar den Boheme-Frauen glich, die zur Zeit der Weltausstellung überall auf Plakaten in der Stadt abgebildet worden waren. Die Verkäuferin schlug sich Mehl von den Händen und lächelte, als sie seinen Blick einfing. Es war die Art von kokettem Lächeln, die Jean-Paul sofort verstand. Er spürte, wie ihr abschätzender Blick dem seinen folgte, als er die Kuchen und Torten in den Glasvitrinen musterte.

»Ich hatte mich schon gefragt, wann Sie Ihren Weg in meinen Laden finden«, sagte sie.

»Pardon?« Er war sich sicher, dieser Frau noch nie begegnet zu sein.

»Sie haben länger gebraucht als die meisten. Wie lange ist es jetzt her? Drei Jahre, seit Sie das Renard-Weingut gekauft haben? Und doch haben Sie mich kein einziges Mal besucht. Ich war ganz neugierig darauf zu erfahren, in welche Richtung Ihr Geschmack tendiert.« Die Frau tippte auf das Glas über einem Tablett mit *Petite Fours*. »Macaron? Eclair? Schokoladenmousse? Hmmm, nicht die Madeleines. Nein, ich glaube, die könnten einmal einen schlechten Geschmack hinterlassen haben.«

Jean-Paul hatte über den Kokoskuchen nachgedacht und sich gefragt, ob Madame und Mademoiselle Boureanu ihn wohl gutheißen würden. Jetzt sah er die Ladenbesitzerin an, unsicher, ob die Erwähnung des Namens seiner Ex nur einem Zufall entsprungen war oder ob es um mehr ging. Waren sie sich doch schon einmal begegnet? Konnte diese Frau ihn aus der Stadt kennen? Oder kannte sie Madeleine? Vielleicht kannte sie ihn auch aus dem Dorftratsch, obwohl er hoffte, dass diese Vermutung nicht stimmte.

Ihr verführerisches Lächeln geriet ins Wanken. Sie entschuldigte sich und verschwand ins Hinterzimmer. Kurz bevor sie fort war, erschien ein wissender Ausdruck auf ihrem Gesicht.

Gerade als Jean-Paul zu dem Schluss gekommen war, dass es weise wäre, den Laden zu verlassen, ohne etwas zu kaufen, tauchte sie wieder auf. Sie trug ein Tablett mit kleinen Tartes, die noch die Wärme des Ofens ausstrahlten. »Man sollte niemals eine Eingebung abtun«, sagte sie, als sie das Tablett abstellte, bevor sie ein kleines Probierstück für ihn abschnitt. »Ich habe so ein Gefühl, dass Sie diesen Geschmack lieben werden.«

Obwohl Jean-Paul eigentlich gehen wollte, schlug ihn der leckere Duft in den Bann. Er griff nach dem klebrigen Stück Tarte. Ein Bissen, und die Komplexität des Geschmacks überwältigte ihn fast. Das Gebäck schmeckte nach Früchten und Nüssen, Butter und braunem Zucker sowie den reichhaltigen Aromen von Zimt, Muskat und Kardamom, alles noch warm vom Ofen. Süß, ja, aber auch vielschichtig und verstärkt durch einen Hauch von salzigem Brandy. Die Art, wie die Aromen sich auf seiner Zunge entfalteten, ähnelte einem gut gereiften Wein, dachte er. So etwas hatte er noch nie geschmeckt. Sein Mund verlangte nach mehr. Das Verlangen drang bis tief in sein Mark, bis er in Versuchung geriet, das gesamte Tablett zu kaufen.

»Das schmeckt fantastisch. Was ist das?«

»Nun, was für ein interessanter Zufall.« Die Frau kniff die Augen zusammen, als sähe sie durch ihn hindurch. »Meine Feigen-Pralinen-Tarte. Ich habe sie seit Jahren nicht gebacken. Doch heute Morgen hat mir irgendetwas gesagt, dass ich das alte Rezept wieder ausgraben sollte.«

Jean-Paul schluckte, dann leckte er sich die Brösel von den Fingern. »Ich werde sie alle nehmen. Könnten Sie die Tartes bitte einpacken?«

Die Ladenbesitzerin wollte gerade etwas sagen, als die Glocke über der Tür erneut bimmelte und sie ablenkte. Sie unterbrach das Gespräch, um die neue Kundin zu begrüßen.

Gerda du Monde, Bastiens Ehefrau und die bekannteste der selbst ernannten Wein- und Bierhexen des Dorfs. Ihre perfekte Silhouette erschien in der Tür, in einem hellblauen Humpelrock, der die sanfte Rundung ihres *derrière* umschmeichelte. In der Hand hielt sie elegant einen farblich passenden Sonnenschirm, der auch als Gehstock diente. Eine einzelne, lange Straußenfeder zierte die Krempe ihres Hutes, der Jean-Paul an einen Musketier erinnerte. Gerda war mindestens genauso stilvoll wie jede Frau, die auf der Rue de Valeur bummelte. Und genauso gut parfümiert, denn schnell vermischte sich der Duft von Flieder mit dem Aroma der frisch gebackenen Waren. Es hatte eine Zeit nach Jean-Pauls Ankunft gegeben, als Gerdas Aussehen, mit ihrem perfekt frisierten Haar und den ruhigen blauen Augen, in Jean-Paul ein neugieriges »Was wäre wenn«-Gefühl ausgelöst hatte. Selbst jetzt, als er mit dem Mund voller Tarte in einer Bäckerei stand, waren die Reize dieser Frau schwer zu ignorieren.

»Tilda, was führst du im Schilde? Die da gehören nicht zu deinen üblichen Köstlichkeiten.« Gerda zog sich die Handschuhe von den Fingern, während sie über die Vitrine spähte, um die Tartes zu mustern, die gerade in einen Karton verpackt wurden. »Sind die für Sie?«, fragte sie und drehte sich zu Jean-Paul um. »Wie ungewöhnlich.«

Die Ladenbesitzerin verstaute die letzte Tarte im Karton. »Ich habe ihm gerade erzählt, dass ich diese Tartes seit Jahren nicht gemacht hatte, aber heute Morgen plötzlich einen nagenden Drang verspürt habe, sie zu backen. Sie wissen sicher, wovon ich rede? Und voilà, er betritt den Laden und kauft sie, bevor sie auch nur abgekühlt sind.«

»Tatsächlich?« Gerda musterte Jean-Paul mit demselben seltsamen Blick wie vorher die Ladenbesitzerin – ein Blick, der scheinbar durch ihn hindurchging. Jean-Paul fühlte, wie sich Röte auf seinen Wangen ausbreitete. Er fragte sich, ob er vielleicht einen Fauxpas begangen hatte, indem er so viele Köstlichkeiten auf einmal gekauft hatte. Doch er konnte sich wirklich nicht davon abhalten.

»Was glauben Sie, was das bedeutet, Madame?«, fragte Tilda, als sie den Karton mit einer Kordel verschnürte.

Bastiens Ehefrau legte den Kopf schräg, als sie darüber nachdachte. »Vielleicht ist eine lange verloren geglaubte Liebe zurückgekehrt? Oder eine alte Bekannte hat sich plötzlich zu mehr als einer Freundin entwickelt? Oje, Sie und Ariella Gardin haben nicht beschlossen, miteinander durchzubrennen, oder?« Die Frauen kicherten.

»Tut mir leid, doch was hat meine Entscheidung für ein bestimmtes Dessert mit lange verloren geglaubter Liebe zu tun?«, fragte Jean-Paul, als er die Münzen für die Tartes über den Tresen reichte.

»Nun, genau das ist Tildas Spezialität, nicht wahr? Liebe ist die wichtigste Zutat in ihren Köstlichkeiten.« Gerda deutete auf den Namen, der in goldenen Lettern auf dem Ladenfenster prangte: PÂTISSERIE D'AMOUR. »Es ist nicht wirklich ein Liebeszauber. Die Tartes werden nicht dafür sorgen, dass sich eine Person in Sie verliebt. Doch Tilda besitzt ein besonderes Talent dafür, den Appetit eines Menschen für Liebe mit der dazu passenden Süßigkeit zusammenzubringen. Sie ist wirklich gut darin. Als Bastien und ich uns getroffen haben, kam er jeden Tag hierher, um Tildas würzige Lebkuchen zu kaufen. Es war so charmant, dass er sich für eine Spezialität aus meinem Heimatland begeisterte. Wer auch immer die glückliche Dame ist, für die Sie Ihre Tartes gekauft haben, sie muss eine dunkle, mysteriöse Seite besitzen, dem köstlichen Duft dieser Tartes nach zu urteilen.«

»Das ist es! Jetzt erinnere ich mich. Früher habe ich diese Tartes für Bastien gemacht. Er hat sie für …« Tilda unterbrach sich eine Sekunde zu spät, die Augen entsetzt aufgerissen wegen ihres verbalen Fehltritts. »Oh, aber das war lange bevor Sie hierhergezogen sind. Vor Jahren und Jahren.«

Gerdas Lob für die Bäckerei verging in einem giftigen Blick zur Besitzerin. Jean Paul deutete diesen unangenehmen Moment als sein Stichwort, um den Laden zu verlassen. Er wünschte den Damen einen guten Tag, griff nach der Kiste mit den Tartes und verschwand, so schnell er konnte. Sobald er wieder auf der Straße stand, bog er in eine kleine Gasse ab und spuckte den Geschmack von Feigen und Pralinen aus dem Mund. Schlimm genug, dass er sich ständig die abergläubischen Gedanken der Einheimischen zu Hexen und toten Katzen anhören musste. Auf keinen Fall brauchte er noch Liebeszauber in seinem Essen. Tatsächlich hatte der gesamte Tag einen schlechten Geschmack in seinem Mund hinterlassen, also warf Jean-Paul die Tartes in einen Mülleimer – zusammen mit dem Brief von zu Hause.

8

Seit Elenas Rückkehr waren zwei Monate vergangen und die Gegenzauber – zumindest diejenigen, für die Elena die Energie aufgebracht hatte – schienen zu halten. Nach und nach befreite sie den Weinberg von störenden Flüchen, jätete sie aus wie Unkraut. Doch die tiefe Melancholie in den alten Weinstöcken blieb, trotz aller Versuche, das Leiden zu verstehen und zu behandeln. Elena blätterte immer wieder durch ihre Zauberbücher, in der Hoffnung, dass eines davon vergessene Weisheiten enthüllen könnte. Langsam drängte sich ihr die Vermutung auf, dass eine vollkommen andere Art von Magie in den Adern der Pflanzen wirkte – eine, die älter war als alles, womit sich ihre Zauberbücher beschäftigten.

Sie vermutete auch, dass Grand-Mère mehr über die Probleme mit den Reben wusste, als sie preisgab. Es gab Tagesanbrüche mit Eis an den Fenstern, an denen sie die alte Frau dabei ertappte, wie sie über die Weinberge hinwegsah und leise eine Bitte an das Allwissende murmelte. Es war der Sprechgesang von jemandem, der sich vor der Zukunft fürchtete. Dachte Grand-Mère etwa, ein gehässiger Gott würde die Zeit wie eine Sense schwingen? Spürte sie den kalten Atem des Todes im Nacken? Irgendetwas quälte die alte Frau, doch Elena fand einfach nicht die richtigen Worte, um sie darauf anzusprechen. Sie fühlte sich, als sei in der Zeit, in der sie getrennt gewesen waren, eine Mauer zwischen ihnen errichtet worden. Vielleicht waren es nur die üblichen Spinnweben, die sich nach langer Abwesenheit über eine Beziehung legten, doch irgendetwas blockierte den mühelosen Energiefluss, der einst zwischen ihnen existiert hatte.

Elena redete sich ein, dass dies auch der Grund war, warum sie Grand-Mère nicht die ganze Wahrheit anvertraut hatte. Elena wusste mehr über die Hexe, die den Fluch auf sie gelegt hatte, als sie preisgeben wollte. Sie hatte ein wichtiges Detail erspäht, kurz bevor sie vor sieben Jahren aus der Schattenwelt in die Leere des Verwandlungszaubers gefallen war. Sie hatte eine Taschenuhr gesehen – klein und silbern, mit einem grünen Drachenauge auf dem Deckel. Der ungewöhnliche Zeitmesser hatte ihr quasi zugezwinkert, als sie vor dem Saum der Hexenrobe zusammengebrochen war. Die Uhr war ein sehr individuelles Stück in der kleinen Welt der Hexen … und Elena hoffte, dass es ihr helfen könnte, die Verräterin zu finden, die keine Bedenken gehabt hatte, für den richtigen Preis das Leben einer Schwester zu stehlen. Schließlich war Bastien nicht der Einzige, der es verdient hatte, die Folgen ihrer Rache zu spüren. Doch solange die volle Kraft ihrer Magie noch nicht wieder in ihren Adern pulsierte, gab es kaum etwas, was Elena ausrichten konnte.

Immerhin konnte sie die Zeit nutzen, um ihre Vorräte aufzufüllen. Die wichtigsten Zutaten für ihre Tränke drohten auszugehen. Entschlossen klappte sie das Zauberbuch zu und griff nach einem Korb. Sie mochte noch nicht fähig sein, komplexe Magie zu wirken, doch es gab keinen Grund, unvorbereitet zu sein, wenn ihre Stärke schließlich zurückkehrte. Als sie die Tür des Lagerraums hinter sich schloss, verdrängte Elena den Gedanken an die Möglichkeit, dass ihre Kraft vielleicht niemals zurückkehren würde.

Als sie aus dem Keller trat, begegnete sie im Hof Jean-Paul, der gerade den Ackergaul zurückbrachte, mit dem er die Erde zwischen den Reihen der Weinreben aufgelockert hatte. Sie musste sein Gesicht nicht sehen, um zu erkennen, dass er wütend war. Seine Aura strahlte fast so hell wie die untergehende Sonne.

»Was ist?«, fragte sie. »Ist etwas geschehen?«

»Das«, sagte er, als er in die Tasche griff, die an der Seite des Pferdes hing. Er zog eine ihrer Hexenflaschen heraus, die mit Erde überzogen war. »Möchten Sie mir vielleicht erklären, wozu das dienen soll?«

Sollte sie lügen oder die Wahrheit sagen? Elena hatte nicht erwartet, so einen Zwiespalt in Bezug auf die richtige Antwort zu empfinden. »Es dient dazu, die Wurzeln zu schützen.« *So, das war keine Lüge.*

»Oh? Befindet sich darin ein langsam wirkender Dünger, von dem ich noch nie gehört habe?« Jean-Paul öffnete den Deckel und schnüffelte an der Öffnung. Es war offensichtlich, dass er sie verspottete. Er neigte die Flasche, um ihr den Inhalt vor die Füße zu schütteln. Der Wein und die Haarsträhnen ergossen sich auf die Pflastersteine. »Ich habe deutlich erklärt, dass ich diese Art von Unsinn nicht akzeptieren werde.«

Unsinn?

Wie sollte sie ihm erklären, dass die Rebstöcke oben auf dem Hügel einem Zauber unterlagen, der schwarzen Schimmel begünstigte? Dass die Pflanzen den Sommer nicht überleben würden, wenn diese Flaschen nicht im Boden blieben? »Es ist ein alter Brauch«, sagte sie. Sie hatte sich für die Lüge entschieden, nachdem er ihren Rock mit den Resten ihrer vergeblichen Arbeit befleckt hatte. »Joseph Gardin hätte sich nie einer Anbausaison gestellt, ohne vorher der Erde, dem Himmel, der Sonne und dem Wasser Ehre zu erweisen. Jeder Winzer weiß, dass vor der Hoffnung auf eine gute Ernte Demut steht. Es ist sozusagen eine Opfergabe für die Götter des Weins. Harmlos, aber sicherlich kein Unsinn.«

Bei der Erwähnung von Grand-Père kniff Jean-Paul die Augen zusammen – es war der Blick eines Manns, der Wissen erkannte, das er selbst erwerben wollte. Sein Respekt für den alten Winzer reichte tiefer, als Elena bewusst gewesen war. Und obwohl sie die Lüge nicht bereute – schließlich hatte Jean-Paul gerade die Arbeit eines ganzen Tages zerstört –, bereute sie doch, dass sie nicht offen mit Jean-Paul über Grand-Père reden konnte, den er offensichtlich bewunderte.

Wie jeder wusste, war Joseph Gardin einer der besten Weinhexer gewesen, die je in diesem Tal gearbeitet hatten.

Elena wartete darauf, dass der noch verweilende Einfluss ihres Wunsches Jean-Pauls Herz erreichte. Schließlich entspannte sich seine Haltung.

»Nach nochmaligem Nachdenken war es vielleicht einfach eine Flasche Wein«, sagte er und machte damit einen Rückzieher. »Ich kann den Symbolismus der Geste anerkennen. Selbst ein moderner Mensch wie ich kann eine Schwäche für die alten Romantiker und ihre Verehrung der Natur nachempfinden. Wir werden heute Abend beim Abendessen auf Monsieur Gardin anstoßen, um wiedergutzumachen, dass ich den Brauch gestört habe.«

»Ich bin mir sicher, dass er das zu schätzen wüsste. Bis dahin werde ich losziehen, um ein paar Kräutervorräte zu sammeln.« Sie schwang den Korb in ihrer Hand, um ihre Worte zu unterstreichen.

Jean-Paul sah zum dunkler werdenden Himmel auf. »Werden Sie allein sicher sein?«

Seine ernst gemeinte Sorge wirkte entwaffnend. Seltsam, wie er sie in vollkommen unerwarteten Momenten für sich gewinnen konnte. »Ich komme zurecht«, sagte sie und schaffte es sogar, ihm ein kurzes Lächeln zu schenken. »Ich werde zurückkehren, bevor es wirklich dunkel wird.«

»Vielleicht sollte ich Sie begleiten.«

Elena bedauerte fast, den Wunschfaden gegen ihn angewendet zu haben, als sie seine besorgte Miene sah – als wäre sie nur eine hilflose Sterbliche in einer gefährlichen Welt! Er war nicht wirklich verzaubert, doch er war auch nicht fähig, sie als das zu sehen, was sie wirklich war – eine Hexe, die in ihrer Freizeit mit Giften experimentierte, um damit ihren ehemaligen Liebhaber zu töten, der sie verraten hatte.

»Nein, das wird nicht nötig sein«, sagte sie und erkannte sofort, dass er ihre Antwort als Zurückweisung auffasste. »Aber vielleicht das nächste Mal?«

»Natürlich. Nun, ich werde die Lampe im Hof für Sie brennen lassen.« Nachdem es nichts mehr zu sagen gab, schob er die Hexenflasche zurück in die Tasche und führte sein Pferd zum Stall.

Elena hängte den Korb an ihren Unterarm und trat durch das Tor, während sie sich fragte, warum sie diesen letzten Satz gesagt hatte. Sie hatte keinen Grund, Jean-Pauls Gefühle zu schonen. Oder?

Für jemanden, der nicht viel von Magie hielt, konnte dieser gut aussehende Sterbliche Frauen recht gut mit seinem Charme in den Bann ziehen.

9

Jean-Paul hatte drei Jahre lang nicht mit einer Frau zusammengelebt – nicht, seit seine junge Ehe unter den neuen, weltlichen Gesetzen auseinandergefallen war. Jetzt lebte er mit zwei Frauen. Zu Beginn, als er Château Renard gekauft und Ariella Gardin eingeladen hatte, weiterhin auf dem Weingut zu wohnen, hatte ihm die Abmachung das Gefühl vermittelt, mit einer alten Tante zusammenzuwohnen. In seinen Gesprächen mit ihr beschwerte sie sich über das Wetter, wenn es regnete, und tratschte über die Nachbarn, wenn es trocken war. An Samstagabenden hatte er ihren sanften Spott über seinen Junggesellenstatus ertragen, während sie zusammen in der Küche zu Abend saßen, begleitet von einem Glas Rotwein aus dem Keller. Manchmal hatte er sich natürlich gewünscht, er hätte das Haus für sich, doch an den meisten Tagen freute er sich über die Gesellschaft der alten Frau.

Jetzt, wo plötzlich zwei Frauen in seinem Haus ein und aus gingen, gab es jedoch Tage, an denen er kaum wusste, wie er sich durch die Flure bewegen sollte, ohne sich zu fühlen wie ein Gast, der zu lange geblieben war.

Seit der ersten Nacht zog sich die Boureanu-Frau zum Schlafen in den Arbeitsraum im Weinkeller zurück – den Raum, von dem Madame immer behauptet hatte, es wäre ein

Lagerraum voll mit nutzlosen, zerbrochenen Dingen. Tagsüber kam sie heraus und bewegte sich durchs Haupthaus, als gehöre es ihr, doch nachts zog sie sich immer wieder in den Arbeitsraum zurück. Seltsam, dass eine Frau lieber allein in einer solch spartanischen Umgebung schlafen wollte ... Doch andererseits war ihr gesamtes Verhalten ein wenig seltsam.

Natürlich hatte ihn seine Neugier irgendwann überwältigt. Während Elena und Madame unterwegs waren, um Monsieur Gardins letzte alte Rebstöcke zu beschneiden, hatte er an der Tür des Raums gerüttelt. Wie üblich war sie verriegelt gewesen. Für einen kurzen Moment hatte Jean-Paul erwogen, die Tür aufzubrechen. Er rammte testweise die Schulter dagegen, doch die massive Eichentür hätte genauso gut ein fest verwurzelter Baum sein können.

Jean-Paul hätte schwören können, dass Elenas Energie das gesamte Haus erfüllte. Selbst jetzt, während sie mit Madame am Esstisch saß, einen Haufen Karten und Diagramme im Licht der Lampe vor sich ausgebreitet, sorgte eine Welle von statischer Elektrizität dafür, dass sich die Haare an seinen Armen aufstellten. Er wusste einfach nicht, was er von diesem Phänomen halten sollte. Oder von ihr. Sie hatte ihn vollkommen entwaffnet, aber nicht auf die Art und Weise, wie Frauen es normalerweise taten. Trotz Madame Gardins Mahnungen hatte er ein paar Frauen aus dem Dorf umworben. Er war nicht schüchtern und entzückte die Frauen mit geistreichen Komplimenten, lächelte, führte sie zum Abendessen aus ... und häufig akzeptierte er danach eine Einladung ins Bett. Doch das hier war anders. Trotz der unangenehmen Erkenntnis, dass er Elena seltsam anziehend fand – und das nicht, weil irgendeine Bäckerin behauptete, sie kenne seinen Frauengeschmack – hatte er darum gekämpft, sich ihrer Ausstrahlung zu widersetzen. Im Kopf verglich er seine Zurückhaltung mit dem Instinkt, der einen warnte, keinen Skorpion am Schwanz zu packen. Elenas Reize besaßen gefährliche Schwingungen, die, wenn er sich selbst gegenüber ehrlich war, durchaus Teil der Anziehungskraft waren. Doch rational wusste Jean-Paul es besser, aus Erfahrung. Die junge Frau war nun seit fast vier Monaten hier und bisher hatte er der Versuchung widerstanden.

»Gibt es etwas, was ich für Sie tun kann?«, fragte Elena ihn plötzlich und richtete ihre katzengleichen Augen auf ihn. »Sie starren uns seit fünf Minuten an.«

»Ach, wirklich?«, fragte Jean-Paul, obwohl er wusste, dass es der Wahrheit entsprach. Er trat einen Schritt näher an den Tisch. »Mich interessieren nur diese Berechnungen. Ist das ein Astrolabium?«

Sie zögerte, bevor sie antwortete: »Ich helfe Grand-Mère dabei, die Phasen des Mondes und der Planeten zu berechnen, damit wir die besten Tage zum Pflanzen und Ernten des Weins bestimmen können.«

»Sie meinen, wie in einem Almanach? Machen Sie sich nicht lächerlich. Ich kann jederzeit ein solches Buch bestellen.«

Die ältere Frau wechselte einen Blick mit der jüngeren. »Ja, diese Bauernkalender können in mancher Hinsicht sehr praktisch sein«, sagte Madame. »Aber unsere Arbeit ist ein wenig ausführlicher. Ich hätte das schon vor Jahren für Sie getan, doch ohne Elenas Hilfe kann ich nicht all die Feinheiten erkennen, da meine … Sehkraft nachlässt.«

Seltsam. Bisher hatte Madame sich noch nie über ihre Augen beschwert. Jean-Paul lehnte sich vor, um die Notizen zu studieren. Falten erschienen auf seiner Stirn, als er ein paar der Einträge las.

– *Neue Reben werden am besten gepflanzt, wenn der Mond, Jupiter und Venus in einer Konjunktion von 45 Grad stehen.*

- *Schafsknochen und geröstete Käfer sollten zwei Wochen nach dem letzten Frost am siebenundzwanzigsten April in die Erde eingebracht werden.*
- *Die Blätter zurückschneiden, wenn in den letzten Tagen des Mais die Florfliegen erscheinen.*

Jean-Paul kratzte seinen Nacken und fragte sich, wieso die Sterne die täglichen Geschäfte der Menschen auf der Erde bestimmen sollten. Es enttäuschte ihn zu sehen, dass die beiden Frauen sich an diesem Aberglauben festklammerten, besonders, da sie beide intelligente und talentierte Frauen waren. Die Landbevölkerung hing der Zeit oft hinterher – doch eines Tages, in baldiger Zukunft, würde er das Weingut in das neue Jahrhundert zwingen. Vielleicht sogar eine hydraulische Weinpresse kaufen. Für den Moment ließ er sich jedoch auf seinem Lieblingssessel nieder und vergrub die Nase in *Le Temps*.

Er hatte gerade angefangen, einen Artikel über Demonstranten zu lesen, die gegen die öffentlichen Hinrichtungen in der Stadt protestierten, als ein Windstoß das Haus traf, durch Türspalten in den Raum drang und die Fenster zum Wackeln brachte. Die Frauen hoben alarmiert die Köpfe, als ihre Papiere auf dem Tisch in Bewegung gerieten. »Ein Nordwind an der südlichen Tür«, sagte Elena zu Madame, ihr Tonfall besorgt.

Die ältere Frau, die ebenfalls beunruhigt wirkte, stand auf, um aus dem Fenster zu spähen. Auf der Straße erklang das Geräusch von klapperndem Metall und zischendem Dampf. Sie reckte den Hals, um einen besseren Blick zu erhaschen, dann wich sie eilig zurück. »Es ist Bastien, in diesem vermaledeiten Gefährt. Und er hat *sie* dabei. Was wirst du tun?«

»Es ist zu früh«, antwortete Elena mit Panik in der Stimme. »Ich bin noch nicht bereit.«

Jean-Paul bemerkte, dass die zwei Frauen viele Worte unausgesprochen ließen. Dann vollführte Madame diese seltsame, nervöse Geste, bei der sie Daumen und Finger aneinanderrieb, als wolle sie die Luft testen, während Elena ein paar fremd klingende Worte murmelte und die Arbeitslampe auf dem Tisch löschte. Ein dünner Rauchfaden waberte über den Tisch und sammelte sich dort, wo sie gesessen hatte. Er schien genau die Form ihres Körpers nachzuzeichnen, bevor er verschwand.

Jean-Paul stand auf und faltete seine Zeitung zusammen. »Du Monde? Was sollte ihn unangekündigt hierherführen?«

Elena sammelte ihre Karten und Stifte ein. Mit vollen Armen erinnerte sie ihn an ihre Abmachung: »Ich bin nicht hier, nicht vergessen.« Er nickte geistesabwesend, während er zur Tür ging. Er erinnerte sich an ihre Wut, die sie ausgestrahlt hatte, als sie erfuhr, dass Du Monde versucht hatte, das Weingut zu kaufen. Jean-Paul nickte noch einmal, diesmal bestimmter, und Elena entkam über die Treppe im hinteren Teil des Hauses.

Augenblicke später tuckerte ein schwarzes Automobil auf den Hof, dessen Front geneigt war wie der Schnabel einer Gans. Weißer Dampf stieg in Schwaden vom Motor auf, als das Automobil klappernd vor der Tür zum Stehen kam. Madame brummte hinter ihrem Fenster, als Du Monde ausstieg und mit dem Hut versuchte, den wütenden Dampf zu vertreiben. Seine Passagierin strich eine Strähne ihres blonden Haares unter den mit Pelz besetzten, schwarzen Hut, während sie darauf wartete, dass er ihr die Autotür öffnete. Nach einem besorgten Blick in Richtung Motor tat Du Monde genau das. Er umrundete das Automobil, um die Hand seiner Ehefrau zu ergreifen. Sie erhob sich aus dem Wagen und schüttelte ihren schwarzen Damastmantel mit dem zum Hut passenden Pelzbesatz aus. Von allen Frauen im Dorf war Madame du Monde die Einzige, der es in einem Wimpernschlag gelang, das ländliche Leben abzuschütteln und auszusehen, als gehöre sie in einen modischen Salon in der Stadt. Sie schritt zum Haus, in der Hand einen Gehstock aus Obsidian mit silbernen Beschlägen, den sie hielt wie ein Zepter. Jean-Paul rieb sich die Handflächen an der Hose, dann öffnete er die Tür, um das Paar zu begrüßen.

»Willkommen. Welchem Umstand verdanke ich diese unerwartete Überraschung?«, sagte er, als er auf den Hof trat.

Du Monde nahm erneut seinen Hut ab. »Bitte entschuldigen Sie die Störung, Monsieur Martel. Ich bin mir nicht sicher, was geschehen ist. In einer Minute schnurrte das verdammte Ding noch wie ein Kätzchen, in der nächsten fauchte es wie eine Straßenkatze, die in einer Mülltonne gefangen ist.«

Jean-Paul schüttelte Du Mondes Hand, als er sie ihm entgegenstreckte. Obwohl sie sich nicht fremd waren – sie waren sich zweimal bei Sitzungen des Dorfrats vorgestellt worden –, herrschte eine gewisse Distanz zwischen ihnen. Das Einzige, was Jean-Paul mit Du Monde verband, war ein brennendes Interesse für dieses Zeitalter der Technologie. Oder um genau zu sein: für Automobile. Nicht die verflixten Dampfmonster mit der Kurbel, die es zu Zeiten seines Vaters gegeben hatte. Nein, diese neuen Motorwagen konnten eine Geschwindigkeit von bis zu fünfundsechzig Meilen die Stunde erreichen. Das Modell von Du Monde hatte vor drei Jahren den Grand Prix gewonnen, indem es genau das getan hatte. Du Monde, der dort gewesen war, um das Rennen zu bezeugen, hatte bei der letzten Ratssitzung über Zigarren und Portwein von der Aufregung der letzten Runde berichtet. Jean-Paul war zu Recht eifersüchtig. Hätte er noch sein altes Leben geführt, wäre auch er beim Grand Prix gewesen.

Mit einem Seufzen begrüßte er Madame du Monde offiziell, dann wanderte er einmal um das Vehikel, um einen Blick auf den Motor zu werfen. »Diese elektrischen Scheinwerfer waren ganz neu auf dem Markt, als ich die Stadt verlassen habe. Muss sich fahren lassen wie ein Traum.«

»Ich habe bisher kein Schlagloch entdeckt, welches das Ding ausgelassen hätte«, sagte Gerda du Monde. Sie zog sich bereits die Handschuhe aus, offensichtlich in der festen Erwartung, ins Haus eingeladen zu werden. »Ehrlich, wenn Sie mich fragen, ist dieses Automobil mit einer sonntäglichen Ausfahrt mit einer zweispännigen Kutsche zu vergleichen.«

Jean-Paul widerstand dem Impuls, ihr zu widersprechen. »Ich bin mir sicher, dass sich das Problem der Maschine nur auf einen überhitzten Motor zurückführen lässt. Bitte kommen Sie herein und setzen Sie sich, während sie sich beruhigt.«

»Meine Ehefrau oder die Maschine?« Du Monde lachte bellend über seinen eigenen Witz, um dann geschickt auszuweichen, als seine Frau versuchte, ihn mit ihren Handschuhen zu schlagen.

Jean-Paul machte eine Geste Richtung Eingangstür, dann führte er das Paar nach drinnen, wo Madame wartete. Die alte Frau sah aus, als rechne sie mit einem Streit, auch wenn Jean-Paul hoffte, dass es nicht zu einer Auseinandersetzung kommen würde. Er mochte Du Monde … oder zumindest bewunderte er, was der Mann alles erreicht hatte.

»Willkommen. Treten Sie doch ein«, sagte Madame, auch wenn das Lächeln auf ihrem runzeligen Gesicht gezwungen wirkte.

Gerda du Monde streckte ihr die Hand entgegen. »Die angesehene Madame Gardin. Es ist mir ein Vergnügen, Sie wiederzusehen.«

Die Frauen schüttelten sich die Hände. Soweit Jean-Paul wusste, war dies das erste Mal, dass Gerda du Monde das Haus betrat, doch irgendwie existierte eine Vertrautheit zwischen den Frauen. Er konnte es in ihren Blicken erkennen, ihrer Körpersprache. Wagemut. Trotz. Respekt. Sobald ihre

Hand wieder frei war, rieb Madame Daumen und Finger aneinander, bevor sie sich entschuldigte, um Erfrischungen für die Gäste zu holen.

Jean-Paul führte das Paar in die Wohnstube, wo immer noch der Geruch von Kerosin in der Luft hing. Gerda musterte das Zimmer mit einem scharfen Blick, der von der Gewölbedecke bis zu den Fransen des orientalischen Teppichs huschte. Ihre Hand strich über den Stuhl, auf dem Elena vor kurzer Zeit noch gesessen hatte. Dann trommelte sie dreimal mit den Fingern auf das Holz der Lehne, bevor sie an die Seite ihres Ehemanns zurückkehrte.

»Sie haben ein schönes Heim, Monsieur Martel«, sagte sie. »Es gibt Hinweise auf weibliche Einflüsse. Nicht schlecht für einen alleinstehenden Mann.«

Jean-Paul deutete auf die gepolsterten Ledersessel vor dem Feuer. »Die meisten Möbel gehören Madame. Ich habe nicht viel mitgenommen, als ich die Stadt verlassen habe«, sagte er, als er sich auf dem Sofa mit dem Blumenmuster niederließ.

»Im Haus leben nur Sie beide?«

Jean-Paul zog seine Hose gerade, bevor er die Beine überschlug. »Ja«, sagte er, ohne ihr in die Augen zu sehen.

Ihr Starren schien ihn auf dem Sofa festzunageln, sodass er sich nicht bewegen konnte. Jean-Paul fürchtete, dass jede Regung ihn der Lüge überführen könnte. Er war sich nicht sicher, wieso er Elena diese Loyalität schuldete, doch er hatte ihr sein Wort gegeben – und er hatte vor, es zu halten. Besonders, nachdem er die Furcht in ihrer Miene gesehen hatte, als sie verstanden hatte, wer da aufs Haus zukam. Eilig wechselte er das Thema.

»Also, welche Überraschung wird Domaine du Monde diese Saison für uns bereithalten?«

»Momentan reift ein sehr guter, roter Verschnitt«, sagte Du Monde, durch das Kompliment offensichtlich angeregt, ein wenig anzugeben. »Gehört zu unseren besten. In dem Fass macht sich Gerdas gesamtes Talent bemerkbar. Wir werden den Wein beim *Concours de Vins* einreichen, da bin ich mir fast sicher.«

»Ah, natürlich. Zweifellos wird es ein weiterer Prädikatswein werden. Sie machen dem Tal Ehre.«

Du Monde neigte in offensichtlich aufgesetzter Bescheidenheit den Kopf und drückte die Hand seiner Frau. »Wir schlagen uns zusammen recht wacker.« Dann, wahrscheinlich weil ihm klar geworden war, dass er das Kompliment nicht zurückgehen konnte, kommentierte er etwas anderes. »Mir ist beim Vorbeifahren aufgefallen, dass Sie einen halben Morgen Chardonnay am nördlichen Ende des Guts ausgegraben haben. Diese Stöcke waren neu, nicht wahr?«

»Wurzelfäule.« Jean-Paul zuckte leicht mit den Schultern. »Sie scheint jedes Jahr irgendeinen Bereich der Weinberge zu befallen.«

»Madame Gardin hat kein Heilmittel dagegen?«, fragte Gerda offensichtlich überrascht.

»Ein Heilmittel?«

»Für die Wurzeln. Jede Weinhexe sollte den passenden Gegenzauber besitzen. Das gehört doch alles zum Spiel, nicht wahr?«

Er blinzelte. »Zum Spiel, Madame?«

»Ach, kommen Sie schon. Jeder tut das. Ein kleiner Fluch hier und dort, um die Konkurrenz auf Trab zu halten. Ich musste im Januar drei Morgen gegen Blattläuse behandeln. Können Sie sich das vorstellen? Vielleicht sollten Sie eine neue Weinhexe finden, die auf Ihrem Gut arbeitet. Jemanden, der sich darum kümmern kann.«

Für einen Moment sah Jean-Paul sich nicht zu einer Antwort imstande. Seine guten Manieren kämpften mit seinem intellektuellen Verlangen, dieser irrationalen Frau den Kopf zurechtzurücken. Doch langsam wurde er besser darin, den

Mund zu halten. Er verstand, dass er ein Außenseiter war. Ein Mann aus der Stadt, mit städtischen Gewohnheiten und von der Stadt beeinflussten Gedankengängen, die er besser für sich behalten sollte, wenn er auf dem Land weiterkommen wollte. »Ich fürchte, wir führen hier nur ein einfaches Weingut.«

Du Monde berührte seine Frau sanft am Arm. »Komm schon, *ma petite*. Du weißt, dass Madame im Ruhestand ist. Monsieur Martel ist entschlossen, das Weingut zu seinen Bedingungen zu führen. Er ist ein Mann der Wissenschaft. Er glaubt sogar, er könnte den genauen Moment messen, wenn die Traube den meisten Zucker enthält.«

»Aber natürlich kann er das.«

»Sicher, aber er testet den Zuckergehalt, indem er eine Farbe auf einem Blatt Papier abliest.«

Gerda rümpfte die Nase. »Ist das eine Form der Wahrsagerei? Davon habe ich noch nie gehört.«

»Es ist keine Magie, sondern ein … wie nennt man das?«

»Man nennt es einen pH-Test. Damit überprüft man die Säure in der Traube, um den besten Zeitpunkt für die Ernte zu bestimmen.«

»Ach, Schmarrn«, sagte Gerda. »Was hat Wissenschaft mit Wein zu tun? Der einzige Weg herauszufinden, ob die Traube den richtigen Reifegrad erreicht hat, liegt darin, sie zu kosten, den Saft über die Zunge gleiten zu lassen, die bittere Haut zwischen den Zähnen zu zerquetschen und die Farbe der Kerne zu kontrollieren. Danach ist alles eine Frage der Intuition. Mutter Natur kann ohne die Hilfe einer Hexe nur ein gewisses Maß an Weinarbeit leisten. Wir sind die Hebammen eines jeden guten Weins, von der Empfängnis bis zur Geburt.«

Jean-Paul wollte gerade eine Antwort formulieren, als Madame Gardin zurückkehrte, eine Flasche Wein aus dem Keller in der Hand. Er hielt seinen Kommentar zurück und sackte ein wenig in sich zusammen, weil er sich Sorgen machte, dass Madame aus einem falsch verstandenen Sinn für gute Gastlichkeit seinen neuesten Jahrgang servieren könnte. Er wusste, dass es ein minderwertiger Wein war, nicht geeignet für den geschulten Gaumen des großen Winzers von Domaine du Monde. Madame öffnete die Flasche, wobei ein hinterhältiges Lächeln ihre Mundwinkel verzog. Jean-Paul verstand die sture Überzeugung der alten Frau, dass Château Renard immer noch eines der großen Weingüter im Tal war. Doch er war sich auch des riesigen Qualitätsunterschieds zwischen seinen bisherigen Versuchen und denen von Du Monde bewusst. Und doch verlangte die Etikette, wie Madame wusste, dass er seinen Gästen Renard-Wein anbot. Also musste er die sauren Trauben voller Demut schlucken.

Und dann erkannte er das verblasste Etikett auf der Flasche.

Madame goss die tiefrote Flüssigkeit in Kristallgläser und Jean-Paul richtete sich wieder höher auf. Der Wein tanzte und glitzerte im Glas, als Madame es an der Lampe vorbeiführte, um es Gerda du Monde zu reichen. Gerda akzeptierte den Wein voller Würde. Zwischen ihren Brauen bildete sich eine kleine Falte, die sich vertiefte, als sie an der Gabe roch. Sie ließ den Wein im Glas kreisen. Jean-Paul wusste genau, wenn es überhaupt Magie auf der Welt gab, dann lag sie in diesem Glas perfekt verschnittenen, sieben Jahre alten Pinot noir. Madame wusste es ebenfalls. Mit wachem Blick beobachtete sie jede Reaktion ihrer Gäste.

Gerda nahm einen Schluck Wein. Ihre Wangen senkten sich ein wenig, als sie langsam die Zunge bewegte. Ein normaler Kunde hätte beim ersten Geschmack des Weins gewöhnlich überrascht die Augenbrauen hochgezogen und einen Kommentar zu seiner ungewöhnlichen Rundheit gemacht. Ein Kenner hätte daran gerochen und dann die robusten und komplizierten, vielschichtigen Geschmacksnuancen von weicher Pflaume, Rauch und Rosinen auf der Zunge kommentiert. Doch die selbsterklärte Hexe sagte gar nichts. Oder zumindest sprach sie nicht mit Worten. Doch ihre Miene zeigte diesen kurzen Moment der Unsicherheit, die eine Person empfand, wenn sie wusste, dass man sie übertroffen hatte. Hätte sie den Wein ausspucken können, hätte sie das wahrscheinlich getan. Stattdessen schluckte sie, als hätte sie nicht einen der besten Weine, die das Tal je hervorgebracht hatte, im Mund gehabt, sondern eine Kaulquappe. Jean-Paul konnte bezeugen, wie Neid schmeckte.

Du Monde dagegen ging an den Wein heran wie ein Mann, der gezwungen wurde, seine Medizin einzunehmen. Als er schluckte, wich er peinlich berührt dem Blick seiner Frau aus, als hätte er gerade eine Andere geküsst. Jean-Paul warf Madame einen kurzen Blick zu, die seinen Verdacht mit einem leisen Hochziehen einer Augenbraue bestätigte.

»Einer der besten Jahrgänge von Château Renard, Madame.« Du Monde hob in einer Geste der Bewunderung das Glas, dann nahm er noch einen Schluck und nickte anerkennend, bevor er den Wein abstellte. »Danke, dass Sie uns diesen besonderen Wein serviert haben. Tatsächlich macht das den Vorschlag, den ich Ihnen unterbreiten möchte, noch bedeutungsvoller.«

Madame richtete sich höher auf und legte den Kopf ein wenig schief. Jean-Paul spannte sich bei der seltsamen Formulierung ebenfalls an.

»Monsieur Martel, wie Sie sich sicherlich bewusst sind, bin ich nicht nur Winzer, sondern auch Geschäftsmann.« Du Monde hielt inne, als müsste er erst die richtigen Worte finden. »Vielleicht hat die Vorsehung heute dafür gesorgt, dass ich vor Ihrer Tür gestrandet bin. Verstehen Sie, ich erinnere mich genau an diesen Jahrgang. Er hat meinen ersten Beitrag zum *Concours de Vin* ausgestochen. Damals habe ich zum ersten Mal verstanden, was es bedeutet, etwas wahrhaft Überwältigendes zu schaffen, das die gesamte Welt zur Kenntnis nimmt. Und, wenn ich schonungslos ehrlich sein darf, das könnte das letzte Mal gewesen sein, dass Château Renard einen so exquisiten Jahrgang produziert hat.«

»Bastien …« Der Name drang als warnendes Knurren aus Madames Kehle.

»Monsieur Martel, Sie sind Rechtsanwalt von Beruf, wenn ich mich nicht irre. Ein Mann, der die Kunst der Verhandlung verinnerlicht hat.«

»Bitte, nennen Sie mich Jean-Paul.«

»Natürlich. Jetzt, wo wir gemeinsam Wein getrunken haben, können wir offen miteinander sprechen. Sie sind seit drei Jahren im Weingeschäft, nicht wahr? Und in dieser Zeit hatten Sie, wie soll ich es ausdrücken, drei Jahre enttäuschender Ernten.« Du Monde zuckte leicht mit den Schultern. »Sicherlich können wir uns darauf einigen, dass die Winzerei dem Novizen kaum etwas verzeiht.«

Jean-Paul rutschte auf dem Sofa herum. Er wollte seine Bemühungen auf dem Weingut verteidigen, doch gleichzeitig wusste er genau, dass sein Gegenüber die Wahrheit sagte. Er wünschte nur, Gerda würde ihn nicht so intensiv mustern. Jean-Paul hätte schwören können, dass er spürte, wie ihre Gedanken gegen seinen Kopf brandeten.

»Und«, fuhr Du Monde nun fort, »ich weiß aus zuverlässiger Quelle, dass es eine Anwaltskanzlei in der Stadt gibt, die begierig auf die Rückkehr einer ihrer klügsten Partner wartet.« Er hielt inne, um zu sehen, ob sein Kompliment angekommen war. Das war es. »Wenn wir also das eine gegen das andere abwägen, hätte ich Ihnen einen Vorschlag zu unterbreiten.«

Du Monde formulierte sein Angebot und im Raum breitete sich geisterhafte Stille aus – nur unterbrochen vom Klirren von Madames Glas, das auf dem Tisch zerschellte.

10

Elena stieg die Stufen zum Speicher hinauf, wobei sie sorgfältig auf jedes knarzende Brett achtete. Weiter konnte sie sich nicht von den anderen entfernen, ohne aufs Dach zu klettern. Sie hatte den Dachboden seit ihrer Rückkehr nicht betreten, doch nun öffnete sie die Tür und bewegte damit zum ersten Mal seit Jahren die abgestandene Luft im Raum. Durch die Lüftungsschlitze unter dem First drang nur wenig Licht, was dem Raum eine verlassene Aura verlieh. Als Elena eine Hand an die freiliegenden Balken unter der Schräge legte, um sich nicht den Kopf anzustoßen, stieg ihr der Geruch von feuchtem Holz in die Nase. Vielleicht gab es irgendwo ein Loch zwischen den Schindeln. Es stand nur wenig Geld für Hausreparaturen zur Verfügung, doch ihre Fähigkeiten als Weinhexe waren begrenzt und sie konnte modern dem Holz keine neue Festigkeit verleihen. Sie legte die Sternenkarten und das Astrolabium, die sie mitgenommen hatte, auf einem aussortierten Stuhl ab und ermahnte sich selbst, mit Jean-Paul über den Dachstuhl zu reden, sobald die Eindringlinge wieder verschwunden waren.

Behutsam strich sie sich ein Spinnennetz von der Stirn und verfluchte Bastien, weil er sie erneut dazu zwang, an einem dunklen, feuchten Ort zu hocken, an dem sie sich nicht aufhalten wollte. Wieso tauchte er unangekündigt am Haus auf? Elena presste die Nase gegen einen Lüftungsschlitz und spähte auf Bastiens Automobil hinunter, das immer noch im Hof vor sich hin keuchte. Weißer Dampf stieg von der Motorhaube auf, doch irgendetwas an den Bewegungen der Schwaden wirkte falsch, als wären sie durch eine Illusion geschaffen. Das ließ einen hastig gewirkten Rauchzauber vermuten. Doch Elena war abgelenkt von der Sorge, dass ihr kleiner Zauber nicht ausreichen würde, um den Nachhall ihrer Aura aus den unteren Räumen zu tilgen. Bierhexen waren wie Bluthunde, fähig, den kleinsten Hinweis auf Magie zu erschnüffeln. Hatte Bastien Gerda deswegen mitgebracht? Elenas Herz schlug schneller. Argwöhnte er bereits, dass sie ins Château zurückgekehrt war? Woher sollte er das wissen? Außer, Jean-Paul hätte sie verraten. Hatte er das getan? Bei dem Gedanken wurde ihr übel. Sie setzte sich auf eine alte Truhe und ließ den Kopf in die Hände sinken.

Unter ihr fiel die Eingangstür ins Schloss. Zwei Stockwerke entfernte, gedämpfte Stimmen hallten zwischen den Wänden wider, doch die Worte lösten sich auf, bevor Elena sie wirklich verstehen konnte. Und sie konnte kaum ihr Zweites Gesicht einsetzen, um jemanden auszuspionieren, der auf Magie so empfindlich reagierte wie eine Bierhexe. Sie würde sofort entdeckt werden. Elena fand sich mit ihrer momentanen Gefangenschaft ab, auch wenn sie ein paar Sekunden darüber nachdachte, ob sie nicht zumindest einen Zauber wirken konnte, der dafür sorgte, dass der Kronleuchter auf Bastiens Kopf fiel. Doch selbst solche Gedanken konnten gefährlich sein. Die Bierhexe könnte negative Schwingungen auffangen. Nein, sie durfte nicht riskieren, entdeckt zu werden. Noch nicht.

Elena zitterte. Sie mochte diesmal nicht in einem Teich voller schwarzem Schlamm sitzen, doch die Kälte von Jean-Pauls möglichem Verrat vermittelte ihr auf unheimliche Weise dasselbe Gefühl. Der Fluch hatte ein dauerhaftes

Frösteln auf ihrer Haut hinterlassen, das sie einfach nicht abschütteln konnte, selbst in einem so drückend warmen Raum wie dem Dachboden. Unwillig, wegen Bastien auch nur eine weitere Sekunde zu leiden, kniete Elena sich auf den Boden und öffnete den Deckel der Truhe, um nach einem mottenzerfressenen Tuch oder einer alten Decke zu suchen. Stattdessen fand sie eine angeschlagene Tasse mit Unterteller, die in Papier eingewickelt war, einen Stapel alter, mit Kordel umwickelter Weinetiketten und zwei Kerzenständer mit verbogenen Kerzen darin. Da die Dochte noch in Ordnung waren, zog Elena die Kerzen heraus und stellte sie auf den Boden. Sie riskierte ein eiliges Fingerschnippen, um sie zu entzünden, rieb sich kurz über der Hitze der Flamme die Hände und sortierte dann weiter den Inhalt der Truhe.

Die große Kiste war gefüllt mit Grand-Mères persönlichen Habseligkeiten – Dinge, die sie verpackt und verstaut hatte, um Platz für den neuen Besitzer des Weinguts zu schaffen. Elena empfand einen Stich von Schuldgefühlen, als sie ein Buch aufschlug und alte Fotos von Grand-Mère und Joseph in den vertraulichen Posen junger Liebe entdeckte. Sie hatten die Arme um den Hals des jeweils anderen geschlungen, die Lippen auf Wangen gedrückt, und aus ihren Gesichtern strahlte die wahre Liebe. Als die Schuldgefühle in Neid umschlugen, schob Elena die Fotos zurück zwischen die Seiten und schloss das Buch.

Sie schob eine alte Hutschachtel zur Seite und fand darunter ein Spitzentischtuch mit einem Wachsfleck, das als Schultertuch ausreichen würde. Als sie den Stoff ausschüttelte, fiel ein farbenfrohes Stück Papier heraus. Ein Flugblatt von einem Jahrmarkt. Elena warf sich das Tischtuch um die Schultern, dann hielt sie das Stück Papier nah an die Kerze, um die Details besser erkennen zu können. In leuchtend roten und goldenen Buchstaben versprach der Werbezettel aufregende Feuerschlucker, Messerwerfer, Clowns und groteske Gestalten sowie eine Frau, die Saltos auf dem Rücken eines Ponys vollführte. In kleinen Buchstaben ganz unten auf dem Blatt, neben dem Bild eines schnurrbärtigen Manns in einem gestreiften Turban, wurde die Rückkehr des »allsehenden Wahrsagers der Könige und Königinnen des Kontinents« angekündigt.

Elena fand es seltsam, dass Grand-Mère diesen Handzettel als Erinnerungsstück aufgehoben hatte. Die alte Frau war in Elenas Kindheit kein einziges Mal mit ihr zum Jahrmarkt gegangen. Und Elena hatte – wie jedes Kind es getan hätte – oft gebettelt, wenn für eine kostbare Woche im Sommer Akrobaten und Ponys im Tal auftauchten. Dieses Rätsel kitzelte ihre Instinkte, sodass sie das Blatt nicht sofort in die Truhe zurücklegte, sondern alles noch einmal durchlas, um vielleicht einen Hinweis darauf zu finden, warum eine alte Frau so etwas bei ihren anderen Memorabilien aufbewahren sollte.

Zwei Stockwerke tiefer wurden die Stimmen plötzlich deutlicher vernehmbar. Die Gäste hatten den Hauptsalon betreten. In der Hoffnung, mehr verstehen zu können, schlich Elena ans Ende des Dachbodens, wo der Kamin nach oben strebte. Wie sie herausfand, leitete der leere Innenraum den Schall ganz wunderbar. Elena schloss die Augen und hörte, wie Jean-Paul seine unangekündigten Gäste aufforderte, sich in die Ledersessel zu setzen. Sie befanden sich direkt unter Elena, nah an der Feuerstelle. Elena drückte ihr Ohr gegen den Kamin und lauschte. Sie hörte Bastiens unverwechselbare Prahlerei durch die Ziegel und sofort brachte seine Stimme ihre Gefühle in Aufruhr.

Immer noch genauso tief verletzt wie an dem Tag, an dem er sie beschuldigt hatte, seine Bedürfnisse hintanzustellen, jagte seine Stimme eine Schockwelle durch ihr Innerstes. Der Mann, der ihr Leben gestohlen hatte, saß direkt unter ihr und gab mit seiner guten Ernte, seinem preisgekrönten Wein und dem unvergleichlichen Talent seiner Hexe an.

Seiner *Ehefrau*.

Als sei er ein ausgeklügelter Zauberspruch, baute sich langsam Schmerz in Elena auf, verfestigte sich und veränderte sie. Etwas regte sich in ihr und wartete darauf, dass ihr Wille die verzweifelte Energie freigab. Die Versuchung sorgte dafür, dass ihre Fingerspitzen warm wurden. Fast hätte sie sich dazu entschieden, die Magie auszusenden, um Bastien zu schaden, doch dann ließ das kribbelnde Gefühl nach. Die Hitze ließ nach. Die Magie sackte in sich zusammen. Ihr Elan war verschwunden.

Der Handzettel lag zerknüllt in ihrer Hand. Elena schüttelte den Kopf und bat das Allwissende um Geduld. Die Zeit war noch nicht gekommen. Sie war noch nicht bereit. Die Rache würde süß wie Geißblatt über ihre Zunge gleiten, wenn der Moment eintrat. Bis dahin durfte Bastien keine Macht über sie besitzen. Sie würde es nicht erlauben.

Elena atmete tief durch und lehnte sich vor. Mit dem Ohr an der Ziegelwand belauschte sie, wie eine Frau über die Reife von Trauben sprach. Die Bierhexe. Widerwillig stimmte sie dem Gleichnis der Hexe zu, in dem sie ihresgleichen als Hebammen des Weins beschrieb.

Dann verstummten die Stimmen. Die Pause fühlte sich zu lang an, zu unangenehm für ein Gespräch. Grand-Mère musste den Wein serviert haben. Ja, das musste es sein. Sie verkosteten. Schluckten. Legten sich Kommentare zurecht. Aber was hatte Grand-Mère serviert? Sicherlich würde sie ihnen nichts von dem Fusel anbieten, den Jean-Paul produziert hatte. Der Mann hatte zwar die besten Absichten, aber seine Ergebnisse waren jämmerlich. Der Gedanke sorgte dafür, dass Elena in Bezug auf das Château ein kalter Schauder über den Rücken lief. Doch dann fühlte sie es, ein Kitzeln in ihrem Nacken, ein leises Frösteln an ihrem Haaransatz. Diese Empfindung verspürte sie nur, wenn jemand in ihrer Gegenwart ihren eigenen Wein verkostete.

»Oh, Grand-Mère, das hast du nicht getan«, flüsterte Elena lächelnd, als sie sich an den letzten Jahrgang erinnerte, den sie gemeinsam abgefüllt hatten. Die Trauben waren herausragend gewesen. Manche Kenner hatten sogar behauptet, der Wein wäre besser als Grand-Pères preisgekrönter Rotwein.

Elena konnte kaum erwarten, die Reaktionen auf das angebotene Getränk zu hören, also schlang sie sich das Tischtuch enger um die Schultern und presste ihr Ohr fester gegen die Ziegel. Sie biss sich voller Spannung auf den Daumennagel, während sie zuhörte und voller Stolz lächelte. Die Bierhexe sprach kein Wort. Äußerte weder Kritik noch Lob. Schweigender Neid war Elenas Lohn. Elena hätte es gereicht zu wissen, dass die Bierhexe irritiert war, doch dann sprach Bastien Worte voller Bewunderung. Lob. Bescheidenheit. Das verwirrte sie. Hatte sie sich verhört? Ihn falsch eingeschätzt? War das überhaupt möglich? Seine nächsten Worte konnte sie nicht verstehen, doch dann sprach Grand-Mère warnend seinen Vornamen. Welcher Blick in seinen Augen hatte sie wachsam werden lassen?

Oh … es hatte nichts mit dem Blick in seinen Augen zu tun, sondern mit der Gier in seinem Herzen. Seinem Hunger, alles zu besitzen und zu kontrollieren. Sie konnte förmlich spüren, was kommen würde. Seine süßen, verlockenden Worte, die in Wirklichkeit verkappter Essig waren. Sein überraschender Besuch, der Grund, warum sein Auto passenderweise genau hier versagt hatte – all das diente nur dazu, einen verletzlichen Jean-Paul zu überrumpeln und in Verhandlungen über die eine Sache einzutreten, die er immer begehrt hatte. Er wollte Château Renard.

Der Vorschlag entfaltete die Wirkung eines Streichholzes, das an Zunder gehalten wurde. Elenas Wut flammte auf und brannte immer heißer, bis sie das Gefühl nicht länger kontrollieren konnte.

Immer noch mit dem Tischtuch um die Schultern, kletterte sie über die Leiter vom Dachboden herab und rannte die Treppe hinunter. Ihr Herz raste vor Angst, aber auch vor Entschlossenheit. Die schwache Magie, die sie noch besaß, sammelte sich in ihr, um ihr Selbstbewusstsein zu stützen. Ihr Haar wehte wild hinter ihr, als sie in den Salon stürmte, um Bastien zur Rede zu stellen und ihm mitzuteilen, dass Château Renard nicht zum Verkauf stand. Nicht an ihn. Niemals. Nicht, solange sie noch lebte und atmete.

Doch er war weg. Der Raum war leer bis auf den Duft von Flieder, den seine Frau zurückgelassen hatte. Draußen startete das Automobil anstandslos beim ersten Versuch. Elena erreichte gerade rechtzeitig das Fenster, um zu sehen, wie das Paar im Licht der untergehenden Sonne die Straße entlang davontuckerte.

Ohne Ventil für ihre Wut fand die Magie das nächstgelegene unbelebte Objekt und brachte die halb leere Flasche Wein auf dem Tisch vor Jean-Paul zur Explosion.

11

Jean-Paul hatte schon gesehen, wie Champagnerflaschen explodierten, doch noch nie eine Weinflasche. Und vor allem keine, die halb leer war. Irgendwo im Glas musste ein Fehler existiert haben. Einen Sprung. Aber vielleicht war auch der Luftdruck zu schnell gesunken.

Jean-Paul hatte auch Elena schon wütend gesehen, doch im Moment wirkte sie fast verrückt, wie sie mit einem alten Tischtuch um die Schultern vor dem Fenster stand und mit den Fäusten gegen das Glas trommelte, während Du Monde davonfuhr. Beruhigende Worte würden sie nicht davon überzeugen, dass der Mann sich höflich zurückgezogen hatte, damit Jean-Paul in Ruhe über sein Angebot nachdenken konnte.

Dann ging Elena auf ihn los.

»Sie können Château Renard nicht an diesen Mann verkaufen. Das werde ich nicht erlauben.«

Er beugte sich vor, um die Scherben der Flasche einzusammeln. »*Sie* werden es nicht erlauben?« Du Mondes Angebot hatte Jean-Paul in seinem Stolz verletzt und er war nicht in der Stimmung, mit einer fremden Frau über das Geschäft zu diskutieren. »Das Weingut gehört Ihnen nicht länger, also können Sie das auch nicht entscheiden«, sagte er, in der Hoffnung, die Diskussion damit zu beenden.

Elena eilte durch den Raum und sammelte mit bloßen Händen das zerbrochene Glas ein. »Oh, aber es ist meins«, hielt sie dagegen. Sie murmelte leise irgendeinen albernen Kinderreim, dann warf sie die Scherben ins Feuer des Kamins. »Und diese Weinberge werden nicht verkauft. Weder an diesen Mann noch an sonst irgendwen.«

Viel zu spät hob Grand-Mère die Hand, um Elena aufzuhalten.

Das Glas im Kamin löste sich zischend im Rauch auf, als wäre es gar kein Glas. Ein weiterer Hinweis darauf, dass es von minderwertiger Qualität gewesen sein musste, entschied Jean-Paul. Und außerdem ein Beweis dafür, dass etwas mit dieser Frau nicht stimmte. Wer entsorgte Glasscherben im Kamin?

»Ich weiß nicht, was ich von Ihnen halten soll«, sagte er, als er schließlich den Willen fand, sich auf den Streit einzulassen. »Sie tauchen in Lumpen gekleidet auf meiner Türschwelle auf, nachdem Sie jahrelang verschwunden waren … doch gleichzeitig behaupten Sie, das Château wäre das einzige Zuhause, dass Sie je gekannt haben. Sie bitten mich, Ihre Anwesenheit hier geheim zu halten – vermutlich vor dem Mann, vor dem Sie gerade weggelaufen sind – und doch stürmen Sie die Treppe nach unten, um ihn zu konfrontieren, kaum dass er auf der Türschwelle erschienen ist.« Jean-Paul trat einen Schritt auf Elena zu. »Wollen Sie mich zum Narren halten?«

Elena kniff die Augen zusammen. »Ich bin mir durchaus bewusst, dass Sie beschränkt sind in dem, was Sie sehen und verstehen können …«

»Oh, genau. Unter allen Umständen sollten Sie mich noch beleidigen.«

»Aber ich bin genauso Teil dieser Weinberge wie die Reben selbst. Ich habe ein Mitspracherecht.«

Jean-Paul griff nach seinem Weinglas. »Wissen Sie, warum ein Mann wie Du Monde Château Renard kaufen will? Wegen des *terroir*. Um Trauben zu besitzen, die in Erde gewachsen ist, welche die Fähigkeit besitzt, etwas Göttliches zu schaffen. Und das ist auch der Grund, warum ich das Weingut gekauft habe. Hier, kosten Sie. Finden Sie heraus, was ein *echter* Winzer mit dieser Erde schaffen kann.«

»Ich muss diesen Wein nicht kosten.«

Er nahm einen Schluck, nachdem sie abgelehnt hatte, kostete den sinnlichen Abgang aus, bis die unausweichlich folgende Melancholie ihn überwältigte. »Aber die Trauben wollen nicht liefern«, sagte er. »Nicht bei mir. Ich weiß nicht, wie ich diesem Wein nacheifern soll. Ich weiß nicht, ob das irgendwem möglich wäre. Also ja, es gibt Tage, an denen ich die Versuchung verspüre, das Weingut zu verkaufen und mir einzugestehen, dass ich kein Winzer bin. Vielleicht ist diese Zeit sogar jetzt gekommen. Doch das zu entscheiden obliegt mir, nicht Ihnen.«

»*Ich* kann es schaffen.«

Er warf einen zweifelnden Blick auf ihre Erscheinung, wie sie eingewickelt in ein altes, mit Wachsflecken versehenes Tischtuch vor ihm stand. »Ja, angeblich kennen Sie all die Geheimnisse des alten Winzers. Es tut mir leid, Elena, aber Ihre vollmundigen Versprechungen nutzen sich ab.«

»Der Ursprung Ihrer Probleme liegt nicht im Mangel von Wissen. Oder an Pech. Oder auch nur an schlechtem Wetter.« Sie griff nach der Feuerzange und schob die Asche des Feuers auseinander. »Er liegt an mangelnder Vision«, sagte sie, während sie ein kreisförmiges Stück geschmolzenes Glas aus dem Feuer fischte. Eine Linse, wenn man genau sein wollte.

Madame meldete sich von ihrem Stuhl zu Wort. »Elena, bist du dir sicher, dass du das tun willst?«

»Er muss die Wahrheit erkennen.«

»Welche Wahrheit?«

Elena blies auf das Glas, dann ließ sie die Linse aus der Zange in ihre Hand fallen. Eigentlich hätte sie sich die Hand verbrennen müssen, doch sie zuckte nicht einmal zusammen. »Wenn Sie es ernst damit meinen, dass Sie erneut so guten Wein schaffen wollen«, sagte sie und drehte das Glasstück in ihrer Hand, »dann folgen Sie mir und ich werde es Ihnen zeigen.«

Sie strahlte eine ganz neue Zuversicht aus, als hätte sie sich bisher versteckt und hätte erst jetzt ihr wahres Selbst umarmt. Ihre Überzeugung lockte Jean-Paul nach draußen und sorgte dafür, dass er ihr zu den Reben südlich des Hauses folgte.

Sie zog das Tischtuch enger um die Schultern und deutete mit dem Kinn auf den Weinberg. »Schauen Sie dort hinaus und sagen Sie mir, was Sie sehen.«

Die Abendluft war feucht. Glänzende Tautropfen bildeten sich an den austreibenden Reben. Jean-Paul seufzte, dann stellte er seinen Kragen auf, um sich gegen den Nebel zu schützen. »Ich sehe Rebstöcke, welche die ersten Blätter austreiben. Hektar um Hektar von Arbeit, die noch auf mich wartet. Und Potenzial. Immer das Potenzial einer neuen Ernte.«

Ihr Blick wurde wärmer, auch wenn der Rest ihrer Miene unbeweglich blieb. »Ja«, sagte sie. »Und doch ist da noch so viel mehr. Halten Sie sich das hier vors Auge und ergreifen Sie meine Hand.«

Er sah kurz über die Schulter zurück, um herauszufinden, ob Madame alles beobachtete. »Ist das wirklich nötig?«

»Das ist der einzige Weg, der mir einfällt, wie ich es Ihnen zeigen kann.«

»Mir was zeigen?«

»Alles«, antwortete sie und streckte ihm die Hand entgegen.

Widerwillig verschränkte er die Finger mit ihren. Zu Beginn stieß ihre kalte Haut ihn ab, doch Elena umklammerte seine Hand, als hätte sie nicht vor, diesen Moment aufzugeben. Mit der anderen Hand packte sie den uralten Weinstock vor sich, dann murmelte sie ein paar unsinnige Worte, während sie vorgab, in eine Trance zu verfallen. In diesem Moment erkannte Jean-Paul, was für ein Narr er war. Er hätte ihr niemals nach draußen folgen dürfen. Hätte niemals aufs Land ziehen dürfen, um überhaupt mit diesen rückständigen, abergläubischen Leuten zu arbeiten. Vielleicht hatte Du Monde recht. Vielleicht gehörte er in die Stadt, mit seinen Büchern und Folianten und seiner wunderbaren Logik. Dieses Eingeständnis ernüchterte Jean-Paul. Er hielt dennoch die Hand der Frau, in der Absicht, sie zu beschwichtigen, um weiteren Konfrontationen aus dem Weg zu gehen. Sobald das hier vorbei war, konnte er sich ins Haus zurückziehen, sich betrinken und ernsthaft darüber nachdenken, welche Summe er für das Weingut verlangen sollte.

Gott, aber Elena war wirklich schön. Im Nebel wirkte es fast, als würde ihre Haut leuchten.

Sie öffnete die Augen. »Beobachte nicht mich. Setz die Linse ein, um dir den Weinberg anzusehen.«

Er war sich gar nicht bewusst gewesen, dass er sie angestarrt hatte. Bemerkte nur flüchtig, dass sie ihn plötzlich duzte. »Was genau soll ich dort sehen?«, fragte er, doch sobald er das Glas vors Auge hielt, wurde die Veränderung offensichtlich.

Ein schimmernder Nebel schwebte über dem Weinberg und strahlte fast so hell wie das Nordlicht. Auf dem Hügel hing ein Muster aus sich kreuzenden Nebelsträngen über den Rebstöcken wie ein riesiges Netz und blaue Funken glitten über den Boden. »Was ist das? Irgendeine Art von Trick?« Er senkte die Linse, um Elena zu mustern, weil er sich fragte, ob sie irgendwie ein Kaleidoskop aus einer geschmolzenen Scherbe geschaffen hatte.

»Die Spektralwolke über dieser Anbaufläche ist eine Art Sonnenschein abwehrender Zauber, der Schimmel begünstigen soll. Ich vermute, dass du letztes Jahr einen Teil der Ernte durch Pilzbefall verloren hast, richtig?«

»Wir mussten die Ernte dieses gesamten Abschnitts per Hand sortieren, um zu retten, was eben möglich war.«

»Ich arbeite an einem Gegenzauber, doch ein Umkehrfluch verkompliziert die Sache. Unglücklicherweise hatte er Jahre Zeit, um sich ohne Beeinträchtigung zu entwickeln. Ich versuche immer noch, den Ursprung zu finden.«

»Ein Umkehrfluch?«

»Ja. Und die anderen Muster, die du siehst …« Sie stieß ihn leicht an, damit er erneut die Linse vor sein Auge hielt. »Ich muss den Fluch auf dem Hügel und die Störung im Mutterboden kontern. Und dann wäre da noch dieses Kerlchen. Da, siehst du ihn? Er sitzt auf einem Stumpf in der Mitte der Reihen. Ein Gargoyle hat sich zwischen den alten Rebstöcken, die Monsieur Gardin zu Grand-Mères Geburtstag gepflanzt hat, eingenistet. Der Wein, den du heute ausgeschenkt hast, stammte von diesen Stöcken. Es war der letzte Jahrgang, dem ich in die Welt verholfen habe, bevor ich … weggegangen bin.«

Jean-Paul drückte die Linse fester ans Auge. »Wie machst du das?«

»Ich zeige dir lediglich, was ich jeden Tag sehe.«

Er senkte das Glas und hob es dann wieder, um alles mit und ohne Linse im Vergleich zu betrachten. Das Biest mit ledrigen Flügeln und spitzen Ohren, das Elena ihm gezeigt hatte, öffnete die Augen und verlagerte sein Gesicht, bevor es gähnte. »Das kann nicht wahr sein.«

»Er ist respektlos. Ich weiß. Dieser Gargoyle wirkt im Moment harmlos. Doch ich vermute, sobald die Trauben bereit für die Ernte sind, ist es seine Aufgabe, auf die Büschel zu pinkeln, wenn sie in die Körbe geworfen werden, damit sie in der Presse sauer werden. Aber nur, wenn ich vorher keinen Weg finde, ihn zu bannen. Es tut mir leid – jemand hätte sich vor Jahren um ihn kümmern müssen, doch Grand-Mère allein war nicht fähig, alles am Laufen zu halten.«

Der Gargoyle drehte den Kopf, um Elena und Jean-Paul mit einer höhnischen Grimasse anzusehen, bevor er den Kopf unter einen Flügel schob und weiterschlief.

Jean-Paul ließ die Linse fallen und bekreuzigte sich. »Das ist nicht möglich. Ich muss betrunken sein, weil der Wein schlecht war. Oder … vielleicht sorgt ein Fieber für Halluzinationen.«

»Ich versichere dir, dass dem nicht so ist. Es ist nur Magie. Oder, wenn dir einer deiner wissenschaftlichen Begriffe lieber ist: Du hast einen Blick auf das erhascht, was am äußersten Ende des Spektrums vor sich geht, außerhalb des Bereichs, den das normale, sterbliche Auge sehen kann.«

»Nein, das kann nicht sein.« Abrupt riss Jean-Paul seine Finger aus Elenas Hand und sofort erschien ihm der Weinberg, wie er immer ausgesehen hatte. Jean-Paul rieb sich die Augen und sah zur Sicherheit noch einmal hin. So langsam zweifelte er an seinem Verstand.

»Ich bin eine Weinhexe, Jean-Paul. Die Weinhexe von Château Renard, um genau zu sein. Und während du davon überzeugt warst, dass schlechtes Wetter und eine Menge Pech sich verschworen haben, um deinen Wein zu schädigen, muss ich zu meinem Bedauern erklären, dass es überwiegend Ignoranz war, kombiniert mit einem Übermaß von Sabotage, die meiner langen Abwesenheit geschuldet ist. Grand-Mères spektrale Sicht ist einfach nicht mehr, was sie einmal war.«

»Madame ist …?« Jean-Pauls Gedanken taumelten wie betrunken durch seinen Kopf. »Nein, das ist alles nur Aberglaube. Wie kann irgendetwas davon real sein?«

Elena sah nach oben und vollführte eine Geste Richtung Himmel. »Wie kann es nicht real sein?«

Jean-Pauls Füße schienen den Boden nicht mehr zu berühren. Er fürchtete, dass seine Knie nachgeben könnten. Er brauchte etwas zu trinken. Er brauchte einen Priester. Allmächtiger Gott, er musste diese Frau loswerden. Ohne ein weiteres Wort wirbelte er auf dem Absatz herum und kehrte ins Haus zurück. Er schlug die Tür hinter sich zu und sperrte die Welt damit aus.

12

Nachdem Elena so lange draußen in der kühlen Frühlingsluft gestanden hatte, wirkte der Kellerraum fast angenehm warm. Elena warf das lächerliche Tischtuch von ihren Schultern und entzündete drei dicke Kerzen, sodass sie genug Licht zum Lesen hatte. Sie war Jean-Paul nicht ins Haus gefolgt. Er war wütend. Verängstigt. Er brauchte etwas Zeit für sich, um mit seinen Zweifeln zu kämpfen. Damit hatte sie gerechnet. Nicht gerechnet hatte sie mit ihrem eigenen Bedürfnis, sich an einen sicheren Ort zurückzuziehen. Der Zauber, mit dem sie die zerbrochene Weinflasche im Feuer verändert hatte, hatte ihr eine Menge Energie geraubt, aber gleichzeitig erfüllte eine unerwartete Wärme ihren Körper.

Seine Hand.

Die Hitze von Jean-Pauls Berührung kribbelte immer noch auf ihrer Haut. Beim Kontakt ihrer Finger hatte Elena gespürt, wie sich eine winzige Flamme entzündete und neue Magie in ihr zum Leben erwachte. Beim Gedanken an diese Funken schlug ihr Herz schneller. Ihr Blut bestand immer noch mehr aus Wasser als aus Feuer, doch zum ersten Mal, seit sie aus ihrem Fluch erwacht war, schien ihre Macht langsam zu heilen. Trotz aller Zweifel wagte sie jetzt, an eine vollständige Erholung zu glauben. Aber was hatte Jean-Paul damit zu tun?

Sie blätterte durch ihr Grimoire, ignorierte dessen ständiges Seufzen und die raschelnden Seiten, die versuchten, sie zu den Liebestränken zu lenken. Stattdessen verweilte Elena bei einer Passage, die erklärte, wie statische Elektrizität von einem Körper auf einen anderen übertragen werden konnte. Konnte das tatsächlich alles sein, was nötig war, um eine verfluchte Seele wiederzubeleben? Ein wenig Körperwärme? Und was war mit der Veränderung, die sie in den Weinstöcken gefühlt hatte? Die tiefe Melancholie, die sie dort schon am Abend ihrer Rückkehr entdeckt hatte, hatte sich angefühlt wie ein schwerer Anker, der sie auf den Grund des Meeres zog. Doch vor wenigen Momenten, mit den Blättern kurz vor der Entfaltung, hatte sie eine subtile Veränderung gespürt. Die Stimmung war nicht mehr so bedrückt, erinnerte eher an die normale Vorfreude auf den Frühling, die immer auch Hoffnung beinhaltete. Dieser Wandel war gleichzeitig mit der Veränderung in ihr selbst eingetreten. Doch welches unsichtbare Schicksal hatte diesen Wandel eingeleitet?

Da Elena keine klare Antwort finden konnte, kehrte sie zum Studium von Giften zurück. Ein Kapitel über den langsamen, schmerzhaften Tod, der durch die Einnahme von Rizinusbohnen eingeleitet wurde, entpuppte sich als so faszinierend, dass sie fast das Klappern von Pferdehufen im Hof überhört hätte. Nur am Rande registrierte sie, dass Jean-Paul das Gut verlassen haben musste. Im Galopp. Die Enthüllungen hatten ihm also mehr Angst eingejagt, als sie geahnt hatte, doch es war besser, wenn sie keinen Einfluss auf seine Reaktion nahm. Er musste die Erkenntnisse selbst verarbeiten. Elena verdrängte Jean-Paul aus ihren Gedanken und richtete ihre gesamte Aufmerksamkeit auf das Zauberbuch. Wenn ihre Kraft tatsächlich zurückkehrte, könnte sie anfangen, das Gift zu destillieren. Ihr Blick huschte über die Auflistung der komplizierten Prozesse, die für die Vollendung des Rezepts nötig waren. Sie studierte jede Zutat und Eigenheit des Gebräus, bis das Wachs der herunterbrennenden Kerzen sich über den Arbeitstisch ergoss.

Jean-Paul war immer noch nicht zurückgekehrt.

Erneut starrte Elena ihre Handfläche an. Der Nachhall seiner Berührung war nicht verklungen. Wenn überhaupt, schien die Wärme in ihrer Hand nur zuzunehmen, jetzt, wo sie erneut an Jean-Paul dachte. Er war stur und stolz, aber nicht in einem Maße, dass er unfähig wäre, die Wahrheit über Elenas Wesen zu akzeptieren. Irgendwann würde er sich fangen. Doch wo mochte er jetzt sein? Das interessierte sie mehr, als sie zugeben wollte. Sie wusste allerdings auch, dass er heimkehren würde, wenn er bereit war, also löschte sie die Kerzen und ging ins Bett, genauso verwundert über das, was zwischen ihnen geschehen war, wie er es sein musste.

Am Morgen holte Elena die Milchflaschen von der Schwelle der Hintertür und trug sie nach drinnen zu Grand-Mère. In der Küche, die um diese Zeit normalerweise erfüllt war von Geschäftigkeit, während Jean-Paul sein Frühstück beendete und seine *Le Temps* las, herrschte Grabesstille. Der Stuhl des Hausherrn war leer und seine Arbeitsstiefel standen ungetragen neben der Tür. Er war nicht nach Hause gekommen.

»Du wusstest, dass er ein Ungläubiger ist.« Elena hörte keine Anklage in Grand-Mères Stimme, die alte Frau formulierte lediglich das Offensichtliche, als sie in die Küche trat und ihre Schürze band. »Für einen Mann mit solch starken Überzeugungen ist die Realität schwer zu akzeptieren. Wie willst du deine Eier?«

»Hätte ich ihm nicht die Wahrheit gesagt, hätten wir das Weingut vielleicht an Bastien verloren. Außerdem haben die ersten Weinblätter bereits angefangen zu treiben. Bald werden sich die ersten Fruchtknospen bilden. Ich muss meine Zauber offen wirken dürfen, wenn ich die Weinberge wirklich von dem Geflecht aus Flüchen befreien will, das diese Frau gewirkt hat.«

Grand-Mère wedelte wegwerfend mit der Hand. »Jean-Paul Martel will Wein schaffen. *Guten* Wein. Er will das Gut nicht verkaufen. Zumindest wollte er das nicht, bevor er erfahren hat, dass es hier von Hexen nur so wimmelt.« Die alte Frau zuckte mit den Achseln. »Und außerdem ist das Weingut für mich bereits verloren. Genauso wie für dich.«

»So solltest du nicht reden.«

»Wieso nicht? Es ist wahr.«

Elena stieß die Luft aus und schob ihren leeren Teller zur Seite. Das Weingut konnte nicht verloren sein. *Durfte* nicht verloren sein.

Einige Stunden später begannen Elena und Grand-Mère ihre Arbeit im Weinberg, ein Auge immer wachsam auf die Straße gerichtet. Elena lenkte das Ackerpferd zwischen den Stockreihen entlang, um die steinige Erde aufzulockern. Die Erde musste atmen können, um neues Wachstum anzuregen. War es bei Männern genauso?

Nach einem schnellen Mittagessen aus Brühe und Brot verschwand Elena im Keller, um nachzufüllen, was die Engel sich als ihren Teil aus den Fässern genommen hatten, und um die Entwicklung des letztjährigen Weins zu testen. Es machte ihr nichts aus, diese Aufgabe allein zu erledigen, auch wenn sie sich mittlerweile an Jean-Pauls Anwesenheit gewöhnt hatte ... und an den scharfen Blick, mit dem er beobachtete, wie sie den Wein über ihre Zunge gleiten ließ, um zu kosten, zu fühlen und zu entscheiden, wie sie seine Fehler am besten ausgleichen konnte. Als Elena zu der Überzeugung kam, dass sich das Bouquet der Traube in diesem Fass niemals entwickeln würde, verspürte sie plötzlich den Drang, Jean-Paul zu fragen, in welcher Mondphase er die Trauben geerntet hatte. Seine Abwesenheit hallte in der Stille des Kellers wider. Er hätte ihr keine Antwort geben können, doch sie genoss es immer, seine Miene zu beobachten, wenn er mit der Logik ihrer Fragen kämpfte. Natürlich könnte sie ihm jetzt, da er von ihrer Magie erfahren hatte, endlich die Auswirkung der Mondphasen auf die Reifung der Traubenschalen erklären, die kurz vor der Ernte die Geschmacksnuancen abrundete. Wenn er nur hier gewesen wäre.

Am späten Nachmittag wurde klar, dass entweder die Angst oder das Ego des Manns ihm nicht erlaubten, nach Hause zu kommen. Elena zog einen Jutesack hinter der letzten Fassreihe im Weinkeller hervor. Sie hatte gedacht, sie würde die Kleidung der Ziegenhirtin nicht mehr brauchen, doch nun war sie dankbar, den einfachen Kittel aufgehoben zu haben. Sie kehrte in ihr Zimmer zurück und zog sich die steife Wolltunika und das Hemd an. Dann schob sie ihre Füße in ein Paar grobe Holzschuhe und band sich ein rotes Tuch um den Kopf. Sie hatte die Kleidung in Lavendelwasser gewaschen, bevor sie sie im Sack verstaut hatte, doch dadurch gesellte sich nur ein blumiger Unterton zum verbleibenden Dunggeruch.

Trotzdem war Elena mit ihrer Verkleidung sehr zufrieden, also holte sie ihr Bolline – das Arbeitsmesser, das sie benutzte, um Kräuter zu schneiden – und schob es in den Ledergürtel, um den sie ihre Kleidung ergänzt hatte. Zuletzt griff sie nach dem fadenscheinigen Mantel und klopfte dann an die Küchentür.

»Ich werde ins Dorf gehen, um ihn zu finden«, verkündete sie, während sie sich den Mantel über die Schultern warf. »Er kann sich nicht ewig vor der Wahrheit verstecken.«

»Du wirst überrascht sein, wozu ein sturer Mann fähig ist.« Grand-Mère musterte sie stirnrunzelnd von Kopf bis Fuß. »Wieso in aller Welt hast du wieder diese Fetzen angezogen?«

»Ich möchte noch nicht erkannt werden.«

»Nun, dann wünsche ich dir viel Glück. Doch wenn du

mich fragst, könnte dein hübsches blaues Kleid mehr Wirkung zeigen als jede Magie, wenn du den Mann wieder nach Hause locken willst.«

Eine Stunde später stand Elena auf der Landstraße oberhalb des Dorfs und rieb sich eine wunde Stelle am Fuß, wo der Holzschuh am Stumpf ihres verlorenen Zehs rieb. Von ihrem Aussichtspunkt sah die kleine Siedlung genauso aus wie in ihrer Erinnerung. Der Glockenturm der Abtei erhob sich über die Ziegeldächer der Häuser wie eine Kompassnadel, die zum Himmel zeigte, während auf Straßenhöhe die Gebäude aus grob behauenem Stein die Patina von vergangenen Jahrhunderten aufwiesen. Doch sobald Elena die Hauptstraße erreichte, fühlte sie sich durch kleine Veränderungen verunsichert. Über der Tür des ersten Ladens hinter der Brücke hatte immer ein Schild aus gebogenem Metall gehangen, in Form eines Drachen mit einem aufwendigen Kranz aus Trauben um den Hals. Ein wenig schrullig, aber ein Anblick, der sie bei Ausflügen in der Kindheit immer erfreut hatte. Als sie noch sehr jung gewesen war, hatte sie sich vorgestellt, dass der Drache ihr zuzwinkerte, wenn sie ihn begrüßte. Und sobald sie ihre Magie gemeistert hatte, hatte er tatsächlich begonnen, genau das zu tun. Nun gab es dieses Schild nicht mehr. Genauso wenig wie die Aucoins, die den Laden geführt hatten.

Elena zog sich die Kapuze ihres Mantels über den Kopf und drehte den Kopf zum leeren Laden, als ein Mann sich auf dem Gehweg näherte. Sie wusste nicht, was sie vom Dorf und seinen Einwohnern zu erwarten hatten. Würden die Leute sie erkennen? Fragen, wo sie gewesen war? Würden sie sich überhaupt an sie erinnern? Der Mann, ein Angestellter der Bank, wenn sie sich richtig erinnerte, tippte sich nicht einmal an den Hut, als er vorbeiging. Wahrscheinlich hielt er sie wirklich für eine Ziegenhirtin. Im Glauben an ihre Verkleidung bestärkt humpelte sie an ihm vorbei zu der Stelle, wo die Straße sich teilte. Die erste Abzweigung der Gabelung führte den Hügel hinauf zu den achtbaren Geschäften, die andere senkte sich in Richtung des eher heruntergekommenen Teils der Siedlung, wo es keine Laternen gab, um die Schatten zu vertreiben.

Oben auf dem Hügel entdeckte Elena eine Taverne. Ein Mann, der sich vor der Wahrheit verstecken wollte, könnte an einem solchen Ort die Nacht und den folgenden Tag mit Trinken verbringen, nahm sie an. Sie atmete tief durch, öffnete die Tür der Schenke und spähte in den halb vollen Gastraum, in dem es drückend nach Zwiebeln und Knoblauch und saurem Bier roch. Eine Handvoll Männer in geflickten Cordjacken und schmuddeligen weißen Hemden mit hohen Krägen lungerten vor dem Tresen, rauchten handgerollte Zigaretten und hoben Gläser mit warmem Bier an schnurrbärtige Münder. Ein paar Gäste sahen in Elenas Richtung, doch die Blicke verweilten nicht. Nachdem sie Jean-Paul dort nicht entdecken konnte, war sie gezwungen, auch im Bistro, im Gemischtwarenladen und im einzigen kleinen Hotel namentlich nach ihm zu fragen. Alle Angesprochenen schüttelten jedoch die Köpfe und erklärten, er wäre seit mindestens einer Woche nicht mehr im Dorf gewesen und außerdem ginge es eine Ziegenhirtin wirklich nichts an, was ein Ehrenmann wie Jean-Paul Martel mit seiner Zeit anfing.

Niemals zuvor hatte Elena sich mehr als Fremde gefühlt. Die Verkleidung erfüllte ihren Zweck, doch letztendlich wäre die Scharade gar nicht nötig gewesen. So viele Gesichter schienen ihr fremd. Auf dem Hügel waren drei neue Häuser gebaut worden. Wo einst ein Blumenladen gewesen war, gab es jetzt eine Parfümerie, und ein Weinhändler an der Ecke warb mit »Verkostungen« und verkaufte vorwiegend Flaschen von Domaine du Monde.

Die Pâtisserie d'Amour bot allerdings noch einen vertrauten Anblick. Auch ohne den Laden zu betreten, wusste Elena, dass Tilda die Bäckerei noch führte, weil ihre geheime Magie in Schwaden aus der Tür drang.

Der Duft von frisch gebackenem *pain au chocolat* stieg Elena in die Nase. Der Duft berauschte sie, erfüllte sie mit derselben Wärme, die sie am Abend zuvor nach Jean-Pauls Berührung empfunden hatte. Der Reiz der puren Versuchung glitt unter ihrer Nase vorbei und erfüllte Elena mit einer Sehnsucht, wie sie sie noch nie empfunden hatte. Sie verzehrte sich danach, die buttrige Süße im Mund zu spüren, zu fühlen, wie die warme Schokolade auf ihrer Zunge schmolz, und sich im Anschluss die blättrigen Krümel von den Lippen zu lecken. Die Intensität ihres Verlangens verängstigte sie, weil sie verstand, wie Tildas Magie funktionierte. Es war nicht wirklich ein Liebeszauber – aber wenn man eine von Tildas Schöpfungen roch und dem Duft kaum widerstehen konnte, dann bedeutete dies, dass Tilda einen Zugang zu den Träumen und Wünschen der betreffenden Person gefunden hatte. Die Magie konnte ihre Macht jedoch nur entfalten, wenn man bereits jemanden in Gedanken bei sich trug. Jemanden, in den man sich verliebte. In ihrem Fall ein einfacher Mann, der gut und verlässlich war, wenn auch mit erstaunlicher Sturheit ausgestattet.

Ohne sich bewusst dafür entschieden zu haben, trat Elena einen Schritt nach vorne, um die Straße zu überqueren und Tildas Laden zu betreten. Fast im gleichen Moment donnerte jedoch plötzlich ein Pferdegespann vor ihr vorbei und zwang sie, einen Schritt zurückzuweichen. Dieser Zufall befreite Elena aus Tildas Zauber. Schnell entfernte sie sich von der Pâtisserie. Sie zog sich ihr Tuch über Mund und Nase und eilte die Straße entlang, um bei nächster Gelegenheit Schutz zu suchen.

Elena schloss die Tür zur Post hinter sich, dankbar für die alltäglichen Gerüche von poliertem Holz und Papierstaub, die sie dort wahrnahm. Sobald sie sich wieder gefangen hatte, beschloss sie, den Postbeamten nach Jean-Paul zu fragen. Vielleicht hatte er hier vorbeigeschaut, um seine Post abzuholen. Und vielleicht hatte er sogar erwähnt, wo er als Nächstes hinwollte. Zwei Frauen standen bereits vor dem Tresen an, um Briefe zu holen. Da Elena warten musste, vertrieb sie sich die Zeit damit, die Aushänge an der Wand zu lesen. Seltsamerweise entdeckte sie dort mehrere Suchanzeigen für verschwundene Haustiere.

»Es gab noch eine«, sagte der Beamte plötzlich zu ihr, nachdem die anderen Frauen das Postamt verlassen hatten.

Sie drehte sich um, hielt sich aber das Tuch weiterhin vors Gesicht. »Noch eine?«

»Tötung, meine ich. Diesmal draußen, in der Nähe der Lamberts.«

»Wer ist tot?«

Der Mann sah von seiner Arbeit auf, um sie über seine Brille hinweg zu mustern. Dann richtete er sich höher auf und blinzelte zweimal. »Ah, Sie sind nicht von hier.« Er nahm die Brille ab und wedelte mit dem Gestell in der Hand in Richtung der Aushänge. »Die Tiertötungen. Katzen, Hunde, Kaninchen. Manchmal taucht auch ein toter Fuchs auf. Vollkommen ausgeblutet. Die Leute werden nervös, weil es in letzter Zeit immer häufiger geschieht. Man munkelt etwas von Ritualmorden.«

Entsetzt musterte Elena die Aushänge mit neuen Augen. Während sie las, erhob sich ein Schatten vor ihrem inneren Auge und rief eine verblasste Erinnerung auf. Gänsehaut bildete sich auf ihren Armen, als ihr ein weiterer Reim von Grand-Mère aus ihrer Kindheit einfiel.

Mystische Rune und Zahn alter Frau
Wirf alles in flackernde Feuer und schau
Zum Sichelmond und zum Licht der Planeten.
Neig den Kopf, als wolltest du beten.
Dunkles Verlangen im Herzen steigt auf
Vor dem Gehörnten mit Macht zuhauf
Pas de chat, der Aaskrähe Reise
Tanz vor gespaltenen Hufen im Kreise.
Im danse démon gut aufgewiegelt
Ist dein Schicksal in Blut besiegelt.

»*Démon dansant*«, flüsterte sie. Doch das war nur eine Mär. Eine Geschichte, mit der man Kindern Angst einjagte. Sie schüttelte den Kopf, um diese beängstigende Vorstellung zu vertreiben, bevor sie sich dem Tresen näherte. »Ich suche nach Jean-Paul Martel. Haben Sie ihn heute gesehen?«

Der Mann kratzte sich mit einem Bleistift am kahl werdenden Kopf. »Nein, er war seit ein paar Tagen nicht mehr hier. Aber falls Sie ihm Ihre Dienste auf dem Weingut anbieten wollen, dürften Sie bei diesem Mann einen schweren Stand haben. Städter. Ungläubiger. Wenn Sie mich fragen, leiden die Trauben darunter.«

»Meine Dienste?«

Mit einem Lächeln setzte sich der Mann die Brille wieder auf die Nase. »Meine Mutter hat jahrzehntelang für La Domaine Blanc als Weinhexe gearbeitet. Ich habe ihre Vision, aber leider nicht ihr Talent für das Weinkeltern geerbt.« Er zuckte mit den Achseln, als würde das Leben letztendlich schon laufen, wie es sollte.

Elena erkannte eine schwache, purpurfarbene Aura unter dem Hemdkragen des Postbeamten, was seine Abstammung bestätigte. Im Vertrauen darauf, hier einen mitfühlenden Zuhörer gefunden zu haben, hakte Elena nach: »Wie lange geht das mit den Tiertötungen schon?«

»Als ich vor fünf Jahren hier angefangen habe, hing ein einzelnes Poster an dieser Wand. Damals haben die Leute hin und wieder erwähnt, dass sie auf dem Weg ins Dorf eine tote Katze am Straßenrand gefunden haben. Vor ungefähr einem Jahr begann es häufiger zu passieren. Inzwischen geschieht es fast wöchentlich. Wenn Sie mich fragen, sind das einfach nur Studenten, die mit dem Okkulten herumspielen. Doch irgendwann werden sie sich am falschen Ende des Karmas wiederfinden. Und wenn das geschieht, können sie sich wahrscheinlich glücklich schätzen, nicht selbst ein paar wesentliche Körperteile zu verlieren.«

Studenten? Vielleicht. Die jungen Männer drängten in den Sommerferien in die Dörfer und verlangten von jeder Frau mit einem Fransentuch, ihnen das Schicksal aus der Hand zu lesen oder ihnen einen Liebestrank zu verkaufen. Manche allerdings wollten mehr, suchten nach Fluchsteinen oder bösen Talismanen, die sie gegen ihre Feinde einsetzen konnten. Genau die Dinge, die gewisse Hexenschwestern aus ihrem Maultierkarren heraus verkauften. Elenas Haut prickelte, weil ihr Instinkt sich zu Wort meldete, als sie dem Beamten dankte und wieder auf die Straße trat. Sie hatte immer noch keine Ahnung, wo sie nach Jean-Paul suchen sollte. Wie konnte es sein, dass sie ihn nirgendwo entdeckt hatte? War er nach ihrem Streit gar nicht ins Dorf gegangen?

In ihrem Kopf tobten Bilder von Dämonen und toten Katzen, als sie an der nächsten Straßenecke nach links abbog. Eine Häuserzeile später bog sie wieder nach links ab und ließ sich von ihren Füßen auf die abschüssige Straße tragen, wo es keinen Abwasserkanal, sondern nur Regenrinnen gab und räudige Hunde umgeworfene Mülltonnen durchsuchten. Die hässliche Angelegenheit mit den toten Tieren beunruhigte sie mehr, als sie zugeben wollte. Geistesabwesend ging sie am Böttcher, dem Hufschmied und der Wäscherei am Ende der Straße vorbei. Irgendwann stand sie vor dem Eingang einer verkommenen Gasse, die zum letzten Etablissement im Dorf führte. Diese Tötungen bedeuteten etwas. Elena spürte es in ihrem Blut. Und auch wenn Jean-Paul wirklich nicht gefunden werden wollte, gab es vielleicht trotzdem eine Möglichkeit, etwas Nützliches aus ihrem Ausflug ins Dorf zu ziehen. Schließlich war er nicht die einzige Person, nach der sie suchte.

Das alte Gebäude hatte sich in der Zeit von Elenas Abwesenheit kaum verändert. Und wahrscheinlich nicht in den gesamten zweihundert Jahren, seit es stand. Oder lehnte, um genau zu sein. Die heruntergekommene Taverne mit der billigen Pension, die als *Vettel & Kröte* bekannt war, stand nicht ohne Grund ein Stück vom Dorf entfernt. Sie gehörte zu der Art von Orten, von deren Existenz die meisten Sterblichen nicht einmal wussten. Normale Menschen wagten es nicht, in diese schmutzige Gasse voller Ratten und Müll und durchreisenden Hexen einzudringen.

Und bei den magiepraktizierenden Besuchern der Taverne handelte es sich nicht um angesehene Weinhexen, die sich um renommierte Gutshöfe kümmerten und die Magie in den Trauben zum Leben erweckten, um die Jahrgänge zu verbessern. Nein, diejenigen, die zur *Vettel & Kröte* humpelten, existierten am Rand der magischen Gesellschaft, beschäftigten sich mit Ramschkünsten wie Tränken für die Männlichkeit, Warzenbehandlungen oder billigen Flüchen, die Rivalen gerötete Augen verschafften. All das verkauften sie auf Jahrmärkten an Leichtgläubige. Hin und wieder sah man hier auch Hexen, die heimlich die dunkelsten Seiten der Magie praktizierten. Sie beschworen Morde herauf und flüsterten einflussreichen Männern ehrgeizige Pläne ins Ohr. Und manchmal schufen sie vielleicht auch Verwandlungsflüche.

Aus der Taverne strahlte flackerndes gelbes Licht. Doch

selbst das Glühen der Lampen wirkte irgendwie schäbig, weil es durch eine dicke Schicht aus Dreck und Ruß auf den Fenstern gefiltert wurde. Als Elena auf das Gebäude zutrat, war sie froh, die alte Ziegenhirtenkleidung angezogen zu haben. Auf der Hauptstraße war sie damit zwischen den gut gekleideten Dorfbewohnern quasi unsichtbar gewesen. Doch hier würde sie von Auralesern, Wahrsagern und übermäßig neugierigen Personen genau unter die Lupe genommen werden. Die schnelle Einschätzung des Postbeamten hatte sie dazu gebracht, ihr Spektrallicht zu dämpfen, damit es besser zu ihrem Auftreten passte. So konnte sie ihre wahre Identität lange genug verschleiern, um ein paar anonyme Fragen zu stellen.

Die Angeln der riesigen Holztür schrien wie ein Verwundeter, als Elena die Taverne betrat. Sie ging mit gesenktem Kopf um die kleine Gruppe herum, die sich vor dem Feuer versammelt hatte. Ein paar Leute hoben die Köpfe und spähten in ihre Richtung, doch ihr gewöhnliches Aussehen sorgte dafür, dass sie sich bald wieder ihren Humpen zuwandten. Nach Bestehen dieses ersten Tests setzte Elena sich in eine Sitznische für zwei ganz hinten im Raum. Ein Kerzenstumpf, der auf der Tischplatte festgeklebt war, erwachte flackernd zum Leben. Gleichzeitig schwebte ein Staubfaden über ihr durch die warme Luft. Fast ein Dutzend Magiepraktizierender kauerte über Tellern voller klumpiger Suppe und schäumendem Bier, trotz der frühen Abendstunde. Elena wusste, dass für diese Leute ihr Tagwerk erst begann, obwohl die Abenddämmerung näherrückte, da ihre Arbeit oft den Schutz der Dunkelheit erforderte. Sie sah von Gesicht zu Gesicht, hoffte auf ein Erkennen oder ein Gefühl von Déjà-vu, doch vertraut wirkte nur eine einzelne Weinhexe in einer Ecke, die ihren Zenit bereits überschritten hatte. Sie nippte an einem Glas tiefroten Weins und schmatzte danach. Elena nahm den Duft von Kirschen, schwarzen Johannisbeeren und dunklem Kaffee in sich auf. Ein Château Vermillion? Nein. Falsche Mineralität. Eher war es einer von Bastiens neuen Weinen. Sein Duft schien in letzter Zeit überall zu sein.

Sie hatte diesen unerwünschten Gedanken gerade erst verdrängt, als eine grauhaarige Frau mit fahler Haut und hellen Augen sich mit Stift und Zettel in der Hand Elenas Tisch näherte. Madame Grimalkin. Die Vettel.

»Was möchtest du?«

Der Rotwein lockte. »Gin … und Informationen.«

»Kannst du zahlen, *étranger*?«

Elena legte drei Münzen auf den Tisch. Madame Grimalkin nickte und schob das Kleingeld in die Tasche ihrer Schürze.

»Mit dem Gin kann ich dienen, doch die Informationen sind abhängig davon, was genau du willst.«

»Ich suche nach jemandem.«

»Tun wir das nicht alle?«

Die grauhaarige Frau hob zwei Finger in Richtung des wohlbeleibten Manns, der hinter der Bar Gläser polierte, und rief nach Gin. Dann setzte sie sich Elena gegenüber auf den Stuhl und kniff die Augen zusammen, als versuche sie, die Aura ihres neuesten Gasts zu deuten. »Du warst noch nie hier – das wüsste ich. Zeig mir deine Handfläche.«

Elena versuchte, nicht die dunklen Zähne der Frau anzustarren, als sie ihre Hand mit der Handfläche nach oben auf den Tisch legte. Das alles gehörte zum Ritual. Es ging darum, ihre Identität zu bestätigen und herauszufinden, ob sie das war, was sie zu sein behauptete. Elena hoffte, dass die Frau nichts in die Feuchtigkeit hineindeutete, welche die flachen Senken ihrer Lebenslinien füllte.

Madame Grimalkin stieß ein sanftes, kehliges Brummen aus, als sie mit dem dritten Auge die Ränder von Elenas dünner Verkleidung testete. Sie packte Elenas Hand, ließ einen

Fingernagel über die offene Handfläche gleiten und tippte kurz auf die Linien für das Herz, den Geist und das Schicksal. Nachdem sie den Kopf erst in die eine, dann in die andere Richtung geneigt hatte, sah sie mit einem beunruhigenden Grinsen auf. »Ich würde sagen, du kennst deine Gifte. Und du suchst nach der Person, die dich verflucht hat.«

Ein kalter Schauder glitt Elena über den Rücken. Sie selbst war nicht so gut im Handlesen. »Wie hast du das gesehen?«

Die alte Frau gab ihre Hand frei und lachte. »Dass du mit Giften gearbeitet hast? Ich kann die bitteren Rückstände von frisch gestoßenem Fingerhut an deinen Fingerspitzen riechen. Und was den Fluch angeht, deine Hände sind sogar noch kälter als die meines Ehemanns. Das geht nie mehr weg, fürchte ich.«

Der Barmann mit breitem Mund und Augen wie Schlitzen watschelte mit zwei Gläsern Gin auf einem Tablett zum Tisch herüber. Die alte Frau streichelte seinen Arm, bevor er wieder ging, und flüsterte ihm dankende Worte zu. »Er lebt schon seit vor deiner Geburt mit dieser verfluchten Haut. Konnte die Hexe, die es getan hat, nie aufspüren. Was lässt dich glauben, dass du diese spezielle Person finden kannst?«

»Ich habe das Gerücht gehört, dass tote Katzen überall auf der Straße auftauchen. Könnte jemand sein, der sich an Blutmagie versucht.«

Bei der Erwähnung der Katzen wirkte die Frau wütend. »Hinter dieser Sache steckt ein dunkles Herz, daran besteht kein Zweifel. Wer auch immer das tut, hat dem Pakt schon vor Jahren den Rücken zugewandt.«

Elena hob ihr Glas und ließ den Gin darin kreisen, bis sich ein blauer Bogen bildete. »Flüche verstoßen ebenfalls gegen den Pakt. Könnte sein, dass eine Person, die eine Art von finsterer Magie wirkt, sich auch mit anderen abgibt.« Sie beugte sich vor, in der Hoffnung, nicht belauscht zu werden.

»Die Hexe, nach der ich suche, trägt eine lange, blaue Robe und eine sehr spezielle Taschenuhr an einer Silberkette.«

»Speziell in welcher Hinsicht?«

»Auf dem Deckel ist ein grünes Drachenauge mit gelbem Sehschlitz abgebildet. Die Hexe könnte auf Jahrmärkten an der Hauptstraße arbeiten, um Urlaubern die Karten zu legen. Vielleicht verkauft sie auch Tränke aus einem Karren heraus.«

»Klingt, als suchtest du nach einer aus dem Charlatan-Clan.«

Elena hatte diese Idee nach der Begegnung mit den Schwestern verworfen, weil sie sie für zu grob und ignorant hielt, um einen Verwandlungsfluch zu wirken, doch vielleicht ließ sie sich von ihrem Stolz täuschen. Vielleicht reichte das Interesse der Charlatans am Okkulten tiefer als der alberne Müll, den sie verkauften.

»Sind sie deine Kunden?«

»Wir haben hier Kontakt mit verschiedensten Leuten«, sagte Madame Grimalkin mit einem gleichgültigen Lächeln. »Ich kann allerdings nicht behaupten, dass ich je eine von ihnen mit einem solchen Schmuckstück gesehen hätte.«

»Würdest du es mir sagen, wenn es so wäre?«

Madame Grimalkin tippte mit ihrem Glas auf den Tisch, dann sah sie Elena in die Augen. »Wir verdienen anständig, ich und der alte Paddock. Weil wir keine Fragen stellen. Weil wir die Leute kommen und gehen lassen, wie sie möchten, solange sie ihre Rechnung bezahlen. Was auch der Grund ist, warum ich eine Ziegenhirtin nicht frage, wieso sie keine Ziegen dabeihat.« Sie sah kurz über die Schulter zu ihrem Ehemann hinter der Bar. »Aber Hexen, die andere Hexen verfluchen, sind Abschaum und ich spucke auf sie.«

»Also wirst du die Augen offenhalten?« Elena schob weitere drei Münzen über den Tisch.

»Eine solche Taschenuhr sollte leicht zu entdecken sein,

ohne Aufmerksamkeit zu erregen«, antwortete Madame Grimalkin, als sie das Geld nahm. Elena wollte ihr gerade danken, als die Frau ihr zuvorkam. »Lass mich dir einen Rat geben, Ziegenhirtin. Ob die Charlatans nun in die Sache verwickelt sind oder nicht, die Art von Hexe, die sich mit so finsterem Kram wie dieser Sache mit den Katzen abgibt, hält sich nicht mit Flüchen auf, die jemanden lebend zurücklassen. Wenn du dein Leben also zu schätzen weißt, solltest du besser nicht zu viele Fragen stellen.« Damit leerte Madame Grimalkin ihr Ginglas in einem großen Schluck und stand auf. »Und wenn du mich jetzt entschuldigst, ich muss mich noch um andere Gäste kümmern.«

Elena nippte an ihrem Gin und sah der Wirtin über den Rand des Glases hinweg hinterher. Die Frau wirkte nervös. Doch gleichzeitig fühlte sich Elena ermutigt. Selbst wenn keine der Charlatan-Schwestern Elena verflucht hatte, könnte es doch sein, dass die verantwortliche Hexe sich in der Art von Taverne ausruhen wollte, in der keine Fragen gestellt wurden. Doch was dann? Sie hatte einen Plan für Bastien … doch was war mit der Hexe, die den eigentlichen Zauber gewirkt hatte? Es würde mehr Einfallsreichtum nötig sein, um eine Praktizierende zu überrumpeln, die sich mit verbotenen Zaubern abgab. Und dafür wäre Elenas gesamte Kraft nötig.

Elena rieb sich die Handfläche und dachte daran zurück, wie die Berührung von Jean-Paul ihr Blut erwärmt, ihre Magie verstärkt hatte. Es stimmte, dass die Kälte nach dem Fluch in ihre Haut eingedrungen war, doch sie glaubte nicht mehr – wie Madame Grimalkin –, dass dieses Leiden von Dauer sein musste. Allein der Gedanke an Jean-Paul schickte heilende Energie durch ihren Körper, die dafür sorgte, dass sie eine wohltuende Wärme spürte. Wie seltsam es war, dass ein Sterblicher sie und ihre Magie auf diese Weise beeinflussen konnte.

Das Gefühl, beobachtet zu werden, riss Elena aus ihren Gedanken. Sie nahm einen Schluck Gin und ließ den Blick durch den Raum gleiten. Ein bärtiger Mann in einem schwarzen Gehrock und einem Monokel im Auge sah immer wieder auf, doch er schien an einer Zeichnung in seinem Schoß zu arbeiten. Viele Praktizierende fühlten sich zu den Künsten hingezogen, wollten ihr Zaubergeflecht in Farbe und Kohle konserviert sehen. Doch der Zeichner war nicht derjenige, der ihre Sinne erweckt hatte. Es war ein anderer Mann, der einen breitkrempigen Hut tief über die Augen gezogen trug. Er beobachtete sie aus einer versteckten Nische bei den Fenstern. Weil er seine Kerze gelöscht hatte, glaubte er, er wäre im Schatten verborgen. Das Gewicht seines Blickes war jedoch so deutlich wahrnehmbar wie das Hecheln eines Hundes. Da es Elena nicht gelang, seine Absichten einzuschätzen, warf sie eine letzte Münze auf den Tisch und verließ die Taverne. Sie freute sich darauf, nach Hause zu kommen und herauszufinden, ob Jean-Paul zurückgekehrt war. Doch sie hatte gerade mal zwei Schritte auf der schlammigen Straße getan, als ihre Pläne durchkreuzt wurden.

»Es sind nicht nur Katzen«, sagte der Mann mit dem Hut, der sie einholte, noch bevor die Tür hinter ihr zuschwingen konnte. Er schob den Hut nach hinten und enthüllte so ein rundes Gesicht mit schütterem, braunem Haar über den Ohren. Seine wässrig-blauen Augen glitten über die Kontur ihrer abgeschwächten Aura. »Ich konnte nicht anders, als Ihr Gespräch dort drin mitzuhören«, sagte er, während er Elena eine Visitenkarte reichte, die mit Monden und Sternen verziert war.

»Mit ›mithören‹ meinen Sie, dass Sie einen Ohrenzauber eingesetzt haben, um ein privates Gespräch zu belauschen. Sie arbeiten für das Bureau zur Regelung des Pakts?«

»Inspektor Aubrey Chardon. Ich ermittle in Bezug auf die Flut von grauenvollen Vorfällen, auf die Sie sich in der Taverne bezogen haben. Ich dachte, ich könnte Ihnen ein paar Fragen stellen.« Inspektor Chardon schnippte einen nicht vorhandenen Fussel von seinem Ärmel. »Könnten Sie mir erklären, was für ein Interesse Sie an Blutmagie haben?«

»Ich habe kein Interesse daran. Ich bin einfach nur neugierig wegen der toten Katzen, wie alle anderen auch.«

»Und doch scheinen Sie zu glauben, dass es etwas mit Ihnen zu tun hat, Mademoiselle …?«

Sie konnte es sich nicht leisten, ihren Namen preiszugeben. Noch nicht. »Ich suche nach jemandem, das ist alles. Ich dachte, diese Person hätte vielleicht in letzter Zeit die Taverne besucht.«

Sie versuchte, sich zu entfernen, doch der Mann folgte ihr unerbittlich.

»Wie ich schon sagte, es tauchen mehr als nur Katzen tot auf.« Er musste seine Schritte beschleunigen, um nicht den Anschluss zu verlieren. »Es gab auch Kaninchen, Eichhörnchen, sogar einen Dachs. Die Herzen aus dem Körper geschnitten. Kein Tropfen Blut mehr in den Körpern.« Elena stoppte abrupt. »Ah, also wissen Sie doch etwas über die dunklen Künste.« Der Mann verzog die Lippen zu einem kalten Lächeln, weil er bemerkt hatte, dass sie diese Art von Magie verstand. »Das ist nichts, womit eine durchschnittliche Ziegenhirtin gewöhnlich vertraut ist.«

Er hatte recht. Dieses Wissen war nicht allgemein bekannt. Blutmagie war die dunkelste Form der Zauberei und strengstens verboten. Es existierten kaum noch Bücher, in denen beschrieben wurde, wie man sie anwendete. Doch Elena war keine gewöhnliche Weinhexe. Schon ihre Schattensicht stellte ein außergewöhnliches Talent dar. Diese hatte auch ihre Neugier auf Dinge erweckt, die sie nicht sehen konnte. Nachdem sie schon als Jugendliche fast alle grundlegenden Zauber gemeistert hatte, hatte sie begonnen, sich für die Arten von Magie zu interessieren, die man sie nicht gelehrt hatte. Nicht, um diese Magie einzusetzen, sondern um sie zu verstehen. Denn in den Augen des Allwissenden war Wissen selbst Magie. Zumindest hatte sie dieses Argument eingesetzt, um Bruder Anselm davon zu überzeugen, ihr zu erlauben, das »Buch der Sieben Sterne« zu studieren – das einzige verbliebene Nachschlagewerk in der Abtei, in der Blutmagie erwähnt wurde. Und selbst darum hatte sie betteln müssen. Das Buch war aus übermäßiger Vorsicht zweihundert Jahre lang weggeschlossen worden, seit dem Zeitpunkt, als die Gesetze des Pakts offiziell unterschrieben und besiegelt worden waren.

Elena vergrub die Hände in ihrem zerrissenen Rock und erinnerte sich an ihre Ziele. »Ich mache mir einfach Sorgen um meine Ziegen, das ist alles. Ich will nicht, dass ihnen – oder mir – Schaden zugefügt wird, wenn wir nachts draußen auf den Hügeln verweilen. Ich hatte gehofft, dass es ein Amulett gibt, mit dem ich mich und meine Tiere schützen kann.«

»Sie erinnern mich an jemanden. Sind wir uns schon einmal begegnet?«

Der Mann musterte sie mit seinem dritten Auge so eindringlich, dass sie den Blick im Solarplexus spürte. Sie musste ihn loswerden, er wurde zu neugierig. Und sie wusste aus Erfahrung, dass ein Mann wie er eventuell von Bastien bezahlt wurde. Mit der wenigen Magie, die sie zurückgewonnen hatte, einen Zauber zu wirken, würde wehtun – wie das Schlucken mit wunder Kehle –, doch sie musste es versuchen, wenn sie nicht auffliegen wollte. Sie durfte den Inspektor nicht direkt verzaubern. Ein Mitglied des Bureau besäße sicherlich mächtige Zauber, um einen Angriff abzuwenden. Also etwas Indirektes, beschloss sie, als sie auch schon auf dem Boden einen Gegenstand entdeckte, der ihr helfen konnte.

Ganz in der Nähe begann eine Katze, wie wild zu fauchen.

»Könnte es sein …?«, sagte Elena mit überzeugender Furcht in der Stimme.

Der Inspektor legte den Kopf schief, dann wies er sie an zurückzubleiben, während er tiefer in die Gasse hineinging, um nachzusehen. Während Chardon den Phantomschrei untersuchte, den sie mit einer Bewegung ihrer Braue erzeugt hatte, beugte Elena sich vor, um eine schwarze Feder aus dem Schlamm zu ziehen. Sie legte die Feder auf ihre offene Handfläche und atmete tief durch. Immer noch auf der Hut vor Chardon murmelte sie die nötigen Worte, ohne den hohlen Schmerz zu beachten, der sich unter ihrem Brustbein bildete.

»Schwarze Feder mit hohlem Schaft, ruf deine Brüder mit voller Kraft.« Sie pustete auf die Feder, um sie in die Luft zu katapultieren. Schon einen Augenblick später erschien ein großer Schwarm Stare und stürzte sich auf den Inspektor.

13

Jean-Paul löschte die Flamme der Kerze mit feuchten Fingern. Seit er sich zum Lesen hingesetzt hatte, war ein kleiner, aber quälender Schmerz hinter seinem rechten Auge herangewachsen. Jetzt, im schwächeren Licht, schloss er den Folianten, nahm seine Brille ab und rieb sich die Stirn. Er hatte in dem Buch, das der Mönch ihm gegeben hatte, ein paar Antworten gefunden … doch wie es so oft der Fall war, zogen diese Informationen nur weitere Fragen nach sich. Trotzdem, seine Furcht hatte sich verflüchtigt und war von einer vorsichtigen Neugier ersetzt worden, die ihn wie eine Mauer von wahrer Akzeptanz trennte.

Er ließ ein paar Münzen in die Spendenkiste neben dem Altar fallen, verließ die kleine Bibliothek der Abtei und dankte auf seinem Weg nach draußen den Mönchen. Sie bekreuzigten sich und wünschten ihm eine gute Heimreise.

Ja, er sollte nach Hause gehen. Doch in welches Zuhause genau? Wo gehörte er hin? Das war eine der Fragen, die sich ihm stellten, seit Elena ihm eine neue Welt gezeigt hatte, die gänzlich anders war als die, die er zu kennen geglaubt hatte. Diese Welt, die ihn jetzt umgab, war voll von Geheimnissen und Magie. Unsichtbaren Mächten. Und Bedrohungen. Gleichzeitig hielt auch sein altes Leben seine ganz eigene Gefahren. Das langsame Verstreichen eines Lebens, dessen

Gewöhnlichkeit Tag für Tag an ihm nagte, sodass er den Schaden erst bemerkte, wenn er allein in seinem Haus saß und nichts vorzuweisen hatte als eine tickende Uhr an der Wand.

Er war mit den Geschichten über das Chanceaux-Tal aufgewachsen, so wie alle anderen auch. Er hatte geglaubt, mehr wäre es nicht: nur Geschichten. Aberglaube. Wunderliche, ländliche Folklore. Er hatte als Junge sogar Hexen gesehen, die in den Dörfern an den Tischen vor kleinen Bistros ihrem Gewerbe nachgingen – mit ihren Tränken, dem Handlesen und ihren Tarotkarten. Himmel, einmal hatte ihm eine dieser Frauen sogar die Zukunft vorausgesagt. Eine Frau mit rabenschwarzem Haar und vielen Ringen an den Fingern hatte dem kleinen Hund auf ihrem Schoß etwas zugeflüstert, um dann drei Karten umzudrehen, als er vorbeikam. Sie hatte den Blick seines zehnjährigen Ichs eingefangen und ihn gewarnt, nicht das Leben eines anderen zu führen. Er hatte gelacht, während sein Vater, der in Urlaubsstimmung war, eine kleine Münze in den Becher der Hexe geworfen hatte.

Das war gewesen, bevor Bastien mit Wein in Kontakt gekommen war.

Ein Jahrzehnt später war er als junger Mann ins Tal zurückgekehrt, um die Welt zu erkunden, wie sie sich einem Lebemann in den Sommerferien des Jurastudiums präsentierte. Er hatte sich darangemacht, die verschiedenen Weine des Chanceaux-Tals zu kosten. Schon damals hatte er eine Kiste Château Vermillion '99 gehortet, beeindruckt von der Struktur und Glätte des Jahrgangs. Die ersten Du-Monde-Rotweine, die er verkostet hatte, schmeckten mutig, aber unfertig, doch er hatte ihre Kühnheit und das Potenzial erkannt und auch sie eingelagert. Eine Flasche Domain Da Silva war so gut, dass sie ihm Zugang zum Bett einer ausländischen reichen Dame verschafft hatte, die im Tal Urlaub machte. Und später, als er die Verlockungen des Weins besser verstand, hatte er seine Verlobte Madeleine mit einer Flasche Mercier-LeGrande '02 umworben (oder waren es sogar zwei gewesen?). Er hatte geglaubt, das wäre der beste Wein, den er je genießen würde. In diesem speziellen Jahrgang hatten die Fruchtsüße, der Alkohol und die Einflüsse des *terroir* ein perfektes Gleichgewicht gefunden. Nie hätte er geglaubt, noch einmal etwas Vergleichbarem zu begegnen. Dann hatte ein Freund ihn mit Château Renard bekannt gemacht, einem kleinen Weingut am Fuße der Hügel, das dank seiner selbstbewussten alten Rebstöcke einen guten Ruf erworben hatte. Sein erstes Glas hatte Jean-Paul vor einer elektrischen Lampe betrachtet und dabei die warme, rubinrote Farbe bemerkt, die im künstlichen Licht zum Leben erwachte. Er hatte den Wein kreisen lassen, um dann die Nase über den Rand des Glases zu schieben und das Bouquet aus schwarzen Johannisbeeren, einem Hauch von Holzrauch und reifen Feigen in sich aufzunehmen. Der Wein selbst glitt wie Samt über seine Zunge und rief sinnliche Bilder von Momenten auf, in denen er sich im Liebesspiel mit einer Frau verbunden hatte. Diese Kombination aus Vergnügen und Anziehung. Den Geschmack der Lust.

Magie. Selbst damals hatte er es im Geheimen so genannt. Jetzt wusste er, dass Elena diesen Wein geschaffen hatte. So musste es sein.

Der Gedanke an Elena rief erneut die Erinnerung an die Kreatur wach, die sie ihm im Weinberg gezeigt hatte, sowie an den seltsamen Nebel und das unheimliche Glühen über den Weinreben. Zwiegespalten sah Jean-Paul zurück auf die sechshundert Jahre alte Abtei. Er war noch betrunken gewesen, als er mitten in der Nacht hier aufgetaucht war. Er hatte an die Tür gehämmert und verlangt, mit jemandem – irgendwem – zu sprechen, der ihm erklären konnte, was zur Hölle er gesehen hatte. Er verstand einfach nicht, wie das möglich sein sollte. Es gab die Gesetze der Physik. Die Doktrinen der

Religion. Die empirischen Beweise der Sinneswahrnehmung. Doch all dies schien entkräftet angesichts dessen, was er gesehen hatte.

Der Mönch, der ihm die Tür geöffnet hatte – Bruder Anselm – hatte ihn geduldig eingelassen und in die Küche geführt, wo es nach einem geschäftigen Tag noch immer nach frisch gebackenem Brot und dem Essig des Putzwassers der Mönche roch. Bruder Anselm hatte zwei Tassen starken Tee sowie einen Teller mit Brot und Käse auf den Tisch gestellt, während Jean-Paul beschrieb, was er bezeugt hatte. Bei der Erinnerung daran, wie der Gargoyle seine Augen geöffnet und ihn direkt angesehen hatte, hatten seine Hände gezittert.

»War das Hexerei?«, hatte er gefragt. »Ist sie ... eine Hexe?«

Bruder Anselm hatte sich nachdenklich mit dem Finger an die Lippen getippt. »Uns ist das Glück vergönnt, dass in unserer Bevölkerung eine gute Anzahl von Hexen existiert, ja.«

»Das Glück vergönnt?« Erschüttert hatte Jean-Paul seinen Stuhl zurückgeschoben, um im Raum auf und ab zu tigern. »Sie haben keine Angst? Sie spüren nicht den Drang, die Hexen auszutreiben?«

»Das wäre ein Fehler.«

Jean-Paul war davon überzeugt, den Verstand verloren zu haben. Eine andere Erklärung gab es nicht. »Aber das kann nicht sein«, sagte er. »Es kann nicht wahr sein.«

Der Mönch musterte ihn geduldig. »Mögen Sie Käse, Monsieur Martel?«

»Wie bitte?«

»Was ist mit Joghurt und Brot? Ich nehme an, Sie schätzen Wein.«

»Was?« Er hatte angefangen, sich zu fragen, ob das alles nur ein betrunkener Traum war. »Was hat das mit dem Irrsinn zu tun, den ich heute Abend gesehen habe?«

Bruder Anselm deutete auf eine Reihe von Schüsseln auf der Arbeitsfläche, in denen Teig ruhte, der in wenigen

Stunden von den Mönchen zu Brot gebacken werden sollte. »Meine Aufgabe in der Abtei, abgesehen vom Dienst an Gott, liegt darin, die Bewohner zu ernähren. Den ganzen Tag backe, rühre und putze ich. Es hört niemals auf.«

Jean-Paul ließ sich wieder in seinen Stuhl sinken. Offensichtlich hatte er am falschen Ort Rat gesucht. Jetzt musste er sich wohl einen Vortrag darüber anhören, wie viel Geld nötig war, um eine Abtei nur durch Spenden zu finanzieren, und sich mit der Frage konfrontiert sehen, ob Monsieur nicht die Großzügigkeit finden könnte, ein paar Münzen zum Unterhalt beizusteuern. Im Gegenzug würde er ein Bittgebet, einen Segen und das Versprechen erhalten, dass die Mönche in Bezug auf die Hexen nachforschen würden.

Zu seiner großen Überraschung erhielt er stattdessen eine Lektion über Wissenschaft.

»Als ich in diese Abtei gekommen bin, habe ich ähnliche Fragen gestellt wie Sie. Wer sind diese Hexen? Ist ihre Magie gefährlich? Wie kann etwas existieren, wenn ich es nicht sehen kann? Ich glaube, das ist der Kern dessen, womit Sie zu kämpfen haben, Monsieur. Und die Antwort liegt im Käse.«

Jean-Paul begann sich zu fragen, ob der Verstand des alten Manns vielleicht nachgelassen hatte. Der Mönch bemerkte seinen zweifelnden Blick und bat darum, ihn ausreden zu lassen.

Bruder Anselm brach das Stück Käse, das er serviert hatte, in zwei Teile. »Riechen Sie das? Die Reife? Fast nussig. Ein wenig sauer, ein bisschen salzig. *Les pieds de Dieu.* Verratet das nicht meinem Superior, aber der Geruch von Gottes Füßen ist für mich der Himmel.« Der Mönch lächelte. Hob in gespielter Kapitulation die Hände. »Vor acht Monaten habe ich Milch, Lab und ein wenig Salz in einem hölzernen Bottich zusammengefügt. Habe den Inhalt gepresst, geformt und auf ein Regalbrett gelegt, um zu reifen. Heute habe ich diesen köstlichen Käse, den ich mit Ihnen teilen kann. Doch der

Geschmack, Monsieur, erwächst aus etwas, das ich nicht hinzugefügt habe.«

»Sie sprechen von den Bakterien.« Jean-Paul lehnte sich vor, überrascht, sich in der Gegenwart eines Manns wiederzufinden, der über die neuesten Erkenntnisse Bescheid wusste. »Sie folgen der wissenschaftlichen Forschung?«

»Wir führen hier in der Abtei ein bescheidenes Leben, aber wir isolieren uns nicht von der Welt. Ja, diese unsichtbaren Mikroben sind es, die die Konsistenz und den vielschichtigen Geschmack des Käses schaffen.« Der Mönch küsste anerkennend die Spitzen von Daumen und Zeigefinger, um das Ergebnis des Reifungsprozesses zu loben. »Doch natürlich wissen wir jetzt, wie diese kleinen Wunder zustande kommen – und in meiner bescheidenen Wahrnehmung sind es Wunder –, weil Männer durch ein Mikroskop schauen und die Bakterien sehen und beobachten können. Doch in den Jahrhunderten davor muss dieser mysteriöse Prozess gewirkt haben wie …«

»Magie.« In diesem Moment fing Jean-Paul an zu begreifen.

»Genau. Kobolde, Elfen, Gnome, Hexen – ihnen wurde der Verdienst zugeschrieben. Oder sie wurden verflucht. Was das Auge nicht sehen konnte, wurde von der Fantasie ergänzt. Wir benennen das Unerklärliche, stellen es als etwas dar, was wir entweder fürchten oder anbeten müssen. Doch die Tatsache, dass wir etwas nicht sehen können, bedeutet nicht, dass es nicht *existiert.*« Der Mönch hob die Handflächen gen Himmel. »Tatsächlich könnte man sagen, dass alles, was ich hier in der Abtei tue, auf einem Glauben an das Unsichtbare beruht. In meinem Beruf setzen wir den Glauben ein, um zu sehen, in der Wissenschaft ist es das Mikroskop. Bei der Magie wissen wir noch nicht, wie wir die unsichtbare Energie messen sollen. Uns fehlt das richtige Werkzeug. Doch für Hexen gilt das nicht.«

»Also wollen Sie sagen, dass die Hexen und die Magie, die sie wirken, lediglich ein Teil der natürlichen Welt sind, nur dass uns noch die Möglichkeiten fehlen, ihre Wirkung zu messen?« Jean-Paul fuhr sich mit der Hand durchs Haar, während er versuchte, das alles zu verstehen. »Etwas in der Art hat sie auch gesagt. Sie meinte, sie wolle mir Dinge zeigen, die sich außerhalb des natürlichen Spektrums der menschlichen Sicht bewegen.«

»Ah. Ja. Wie ultraviolettes Licht. Auch davon habe ich gelesen.«

Jean-Paul nickte, auch wenn er noch nicht vollkommen überzeugt war. »Wie Sie sagten, gehören die Bakterien im Käse einer nützlichen Variante an. Doch wo es Gutes gibt, gibt es immer auch Schlechtes. Wie die Cholera oder die Grippe. Ebenfalls unsichtbar, aber gefährlich. Was, wenn es bei der Hexerei ebenso ist? Es mag Vorteile geben, aber auch Dinge, vor denen man sich fürchten sollte.«

Bruder Anselm presste die Fingerspitzen aneinander. »Die Einheimischen wollen es nicht zugeben, sie würden niemals ein böses Worte über die Weinhexen sagen. Doch Missetaten gibt es durchaus. Sie haben zweifellos von der Verwüstung gehört, die vor einem halben Jahrhundert die Weinberge des Tals getroffen hat.«

»Die Reblaus? Aufgrund des Befalls sind fast alle Rebstöcke gestorben.«

»Es waren schreckliche Zeiten. Doch entgegen offizieller Berichte war dafür kein Insekt verantwortlich. Sondern Celestine, die letzte Hexe, die im Chanceaux-Tal verbrannt wurde.«

Skeptisch lehnte Jean-Paul sich vor, als der Mönch die Geschichte einer jungen Hexe erzählte, die einst mit den Reben von Château Vermillion gearbeitet hatte. Eines Tages fand sie heraus, dass sie ein Kind unter dem Herzen trug – das Ergebnis einer Affäre mit dem Bürgermeister des Dorfs.

Statt die Frau zu heiraten und das Kind als das Seine anzuerkennen, wie er es hätte tun sollen, hatte der Bürgermeister behauptet, er wäre verzaubert worden. Magisch beeinflusst. In ihrer Wut über die Zurückweisung hatte die Hexe das gesamte Tal verflucht. Bruder Anselm erklärte, dass nicht jede Hexe dazu fähig gewesen wäre. Doch diese hatte die Regeln des Pakts gebrochen und eine desaströse, verbotene Magie beschworen. Um einen Mann zu bestrafen, hatte sie fast das gesamte Tal zerstört. »Also, ja«, sagte der Mönch. »Wie bei den Bakterien zieht das Tal überwiegend Nutzen aus den Hexen und ihrer Magie. Doch unter den richtigen – oder vielleicht sollte ich sagen, falschen – Umständen ist es durchaus möglich, dass die Magie sich in etwas Tödliches verwandelt. Sie dürfen aber nie vergessen, dass alle Hexen, die nach den Vereinbarungen von 1745 geboren sind, von den Gesetzen gebunden sind. Gegen das Gesetz zu verstoßen, zieht heftige Strafen nach sich.«

Damit hatte Jean-Paul wieder festen Boden unter den Füßen. Wenn es Vereinbarungen gab, einen Gesetzestext, dann gab es auch Bücher und Dokumente, die er studieren konnte. Gesetze, die er prüfen und gegen die Magie abwägen konnte, die er gesehen hatte. Er konnte sich endlich orientieren und den richtigen Weg finden, um all seine Unsicherheit und Angst sicher zu navigieren.

Bruder Anselm stand auf und bedeutete Jean-Paul, ihm zu folgen, als hätte er die Gedanken seines Gastes gelesen. »Kommen Sie, lassen Sie mich Ihnen die Bibliothek zeigen. Dort gibt es ein paar Bücher, die Sie wahrscheinlich als hilfreich ansehen werden.«

Und dort war Jean-Paul geblieben, bis das Lesen bei Kerzenschein den Sehnerv seines rechten Auges gereizt hatte. Und bis sein Herz litt.

14

Tausend Stare sanken flatternd in die schmale Gasse und verdunkelten den Himmel. Besser gesagt handelte es sich um eine Illusion von tausend Staren. Flügel schlugen, hässliche Schreie drangen aus federbesetzten Kehlen, kleine Klauen stießen herab. Wäre Elena gezwungen gewesen, die Illusion weiter oben auf der Hauptstraße heraufzubeschwören, wo die untergehende Sonne bis auf den Gehweg strahlte, hätte man bemerkt, dass die Körper der Vögel durchscheinend waren. In der dämmrigen Gasse am äußersten Rand des Dorfs verliehen die Schatten Elenas Illusion jedoch Glaubwürdigkeit. Der Inspektor suchte Deckung, sein alarmierter Aufschrei übertönt vom Kreischen der unwirklichen Vögel. In der Zeit, bevor sie verflucht worden war, hätte Elena echte Vögel beschwören und den Mann tausend Mal picken lassen können. Doch diese Darbietung reichte bereits aus. Während der Inspektor sich mit vor dem Kopf geschlagenen Armen an die Wand presste, floh Elena ins nächststehende Gebäude.

Der saure Geruch von Seife und Lauge brannte in ihrer Nase, als sie durch eine Wäscherei eilte. Sie wich feuchten Hosen und schlaffen Bettlaken auf einer Wäscheleine aus und rannte auf das leuchtende Rechteck am Ende des Raums zu, wo eine offene Tür in eine weitere Gasse führte. Sehr zur

Überraschung der Arbeiter, die Hemden über ein Waschbrett rieben, tauchte sie unter der Wäscheleine hindurch, sprang über die Schwelle und schloss die Tür hinter sich.

Nach dem Trick, den Elena gegen Chardon eingesetzt hatte, würde jeder gute Bureau-Angestellte herausfinden wollen, wer sie war. Sollte Chardon das gelingen, würde das gesamte Dorf erfahren, dass Elena zurückgekehrt war – Bastien und seine Bierhexe eingeschlossen. In Elenas geschwächtem Zustand würden die beiden sie zerstören.

Ihre Füße wollten ihr kaum noch gehorchen. Obwohl sie sich mit all ihren verbliebenen Kräften bemühte, in den oberen Teil des Dorfs zurückzukehren, schien es, als steckten ihre Beine im Schlamm fest. Der Illusionszauber hatte ihr die letzten Energiereste geraubt. Sie schaffte es nicht einmal durch die halbe Gasse, bevor ihr Herz so wild gegen ihre Brust schlug, dass sie anhalten musste, um nach Luft zu schnappen. Erschöpft lehnte sie sich an eine Holztür in einer Mauernische. Sie brauchte einen Plan, doch sobald ein Vorgehen in ihrem Kopf Gestalt annehmen wollte, zerfaserten ihre Gedanken wieder. Wenn sie sich nur ein wenig ausruhen könnte.

Schon eilte der Inspektor durch die Hintertür der Wäscherei und schrie an Elena gerichtete Drohungen in die Gasse. Auf seinem Weg stieß er Holzkisten um und trat gegen leere Fässer, während er lauthals verlangte, dass sie sich zeigte. Obwohl Elena ihn von ihrem Aufenthaltsort aus nicht sehen konnte, war sie sich sicher, dass er nicht mehr als ein paar Häuser hinter ihr sein konnte.

Wieso war sie ins Dorf gekommen? Sie hätte den Besuch nicht riskieren dürfen. Dann dachte sie an Jean-Paul und ihre Entschlossenheit kehrte zurück. Sie zog ihr Arbeitsmesser aus dem Gürtel. Blut rauschte in ihren Ohren, im Takt mit ihrem panischen Herzschlag. Der Inspektor verlangte, dass sie sich zu erkennen gab, während er an Türklinken rüttelte und gegen Türpfosten schlug. Ein Stiefel traf hallend auf ein Brett. Ein frustriertes Geräusch. Schließlich hörte Elena Schritte, die in ihre Richtung kamen. Er hatte noch nicht aufgegeben. Sie drückte sich mit dem Rücken gegen die Tür und atmete durch, damit ihr Puls sich beruhigte. Dummer Mann. Wieso hatte er sich nicht um seine eigenen Angelegenheiten kümmern können, statt die Gespräche anderer Leute zu belauschen?

Zwei schnelle Atemzüge später zwang die Verzweiflung Elena zum Handeln. Sie packte das Messer fester und rüttelte an der Türklinke, bevor sie mit der Spitze ihres Messers das Schloss aufbrach. Die Tür öffnete sich einen Spaltbreit. Eilig glitt sie hindurch und presste die Tür wieder ins Schloss. Sie musste nicht aufschauen und den Ofen oder die kupfernen Rührschalen sehen, um zu wissen, wo sie sich befand. Die berauschenden Düfte von Butter, Schokolade und Zucker trafen sie mit voller Macht.

Von allen Läden im Dorf war sie ausgerechnet in die Küche der Pâtisserie d'Amour eingebrochen.

Die Düfte verdrehten ihr den Kopf. Vor Appetit lief ihr das Wasser im Mund zusammen, doch letztendlich überwog die Angst über ihre Sehnsucht. Den Mantelkragen vor Mund und Nase gedrückt, stolperte Elena durch den Vorhang in den Ladenbereich, eilte an der Vitrine voller Macarons, Puddingtörtchen und frisch gebackenen Croissants vorbei. Tilda, die ein blaues Seidentuch über dem Kopf trug, sah von einem Tablett mit frischem *pain au chocolat* auf. Bei dem Anblick stieß Elena ein herzzerreißendes Seufzen aus und wandte den Blick ab, als sie auch schon aus der Vordertür stolperte und so der süßen Verführung nur knapp entkam.

»Dieb!«

Tilda verfolgte sie durch die Tür, ihren Spatel erhoben wie eine Waffe, und schrie die Anschuldigung für alle hörbar durchs Dorf. Ladenbesitzer, der Postbeamte und sogar ein paar Kellner streckten die Köpfe auf die Straße, um zu schauen, was passiert war. Elena wagte einen schnellen Blick über die Schulter, bevor sie vom Gehweg auf die Straße sprang, um einem Paar auszuweichen, das ihr Arm in Arm entgegenkam.

In ihrer Verzweiflung bemerkte sie nicht, dass sich rumpelnd ein Automobil näherte. Sie sah auch die Scheinwerfer nicht, die direkt auf sie zuhielten.

Im letzten Moment trat der Fahrer auf die Bremse, sodass die Gummireifen blockierten und über die Pflastersteine rutschten. Eine Frau schrie eine Warnung. Die Hupe ertönte, dann hielt das Auto mit der gänseschnabelähnlichen Front kaum dreißig Zentimeter vor Elenas Körper an. Sie spürte die Hitze des Motors an den Beinen und erstarrte, den Blick unverwandt auf den Fahrer gerichtet.

Eine Dampfwolke stieg vom Motor des Autos auf. Der Mann erhob sich und wedelte mit seinem Hut, um die Sicht zu klären. Als er erkannte, wie knapp der Unfall vermieden worden war, packte er die Windschutzscheibe und beugte sich vor, um die Front seines Wagens auf Schäden zu überprüfen. »Verdammt, Ziegenfrau, was hast du dir dabei gedacht, so auf die Straße zu laufen? Hast du mich nicht kommen sehen?«

Elena hatte seine Stimme bereits über ihr Herz kratzen gehört, als sie ihn durch den geziegelten Kamin belauscht hatte, doch sie war nicht darauf vorbereitet, ihm Angesicht zu Angesicht zu begegnen. In dieselben Augen zu sehen, die einst tief in ihre geblickt hatten, während er von ewiger Liebe sprach. Augen, die Elena schnell verrieten, sobald sie seinen Zielen im Weg zu stehen schien. Augen, in denen Ehrgeiz brannte und die sie ihm am liebsten ausgekratzt hätte.

Bastien schrie sie weiterhin an, wobei es mehr um die Sorge um sein verdammtes Automobil ging als darum, dass er fast eine Fußgängerin überfahren hatte. Vor sieben Jahren hatte er sie verfluchen lassen. Und jetzt war es ihm nicht einmal die Mühe wert, sie anzusehen, nachdem er ihr fast ein zweites Mal Schaden zugefügt hätte. Trotzdem schickte sie einen stummen Dank an das Allwissende, dafür, dass der Mann so ein selbstbezogener Dreckskerl war. Das konnte ihr vielleicht die Flucht ermöglichen. Sie hob erneut den Kragen ihres Mantels vors Gesicht und wandte sich der anderen Straßenseite zu.

»Sie da, halten Sie an! Jemand muss diese Frau aufhalten.« Das war Chardon. Der Inspektor sprang aus der Pâtisserie, den Blick auf seine Beute gerichtet. Trotz der Schwäche in Elenas Beinen, den Zweifeln in ihrem Herzen und der näher rückenden Menschenmenge entfernte sie sich eilig vom Auto, vom Inspektor. Verzweifelt suchte sie nach einem Ausweg. Ihre Panik sorgte dafür, dass ihr grober Holzschuh sich im Pflaster verhakte. Sie stolperte, zerriss sich den Rock und schlug sich das Knie auf. Der Postbeamte winkte sie heran und deutete auf die leere Straße hinter ihm. Sie kämpfte sich auf die Beine und hob den Saum ihres Rocks, bereit zur Flucht, als plötzlich eine Hand ihren Arm packte und sie herumwirbelte.

15

Jean-Paul dachte über all das nach, was er gelesen hatte, als er sein Pferd auf die Hauptstraße des Dorfs lenkte. Im Licht der Abenddämmerung wurde ihm bewusst, dass er fast vierundzwanzig Stunden unterwegs gewesen war. Das bestätigte auch der beginnende Bartwuchs in seinem Gesicht. Doch er konnte sich seine eigene Reaktion nicht verübeln. Die Welt hatte sich verändert, nicht er selbst. Auch wenn das nicht ganz stimmte: Ob es nun gut war oder schlecht, nach den Dingen, die er gesehen hatte, würde er nie wieder derselbe Mann sein.

Er wollte sein Pferd gerade antreiben, als er vor sich auf der Straße einen Tumult bemerkte. Eine Menge hatte sich im Kreis um etwas versammelt, was Jean-Paul für einen Verkehrsunfall hielt. Jean-Paul hatte eine Schwäche für die neuesten Automobile und hätte sich fast selbst eines gekauft, als er noch in der Stadt lebte … doch in diesen ländlichen Gegenden stellten sie zweifelsohne eine Gefahr dar. Seit er auf Château Renard lebte, war es im Dorf schon zweimal zu Zusammenstößen zwischen einem Auto und einem Pferdekarren gekommen, weil die neue Maschine in Höchstgeschwindigkeit die Straße hinuntergesaust war, während sich der Karren mit der Geschwindigkeit des letzten Jahrhunderts bewegt hatte.

Jean-Paul kam der Gedanke, dass er in diesem Gleichnis bis gestern der Karren gewesen war, überfahren von der Erkenntnis, dass die Hexen des Chanceaux-Tals mehr waren als reiner Aberglaube, der Urlauber anziehen sollte. Sie waren real. Ihre Magie war real. Selbst dieses scheußliche Wesen, das er gesehen hatte, gab es wirklich. Zu behaupten, dass er von der Erkenntnis überrumpelt worden war, wäre eine Untertreibung gewesen. Und doch hatte Jean-Paul den Zusammenstoß halbwegs unversehrt überstanden.

Vor vierundzwanzig Stunden hatte Jean-Paul in einem seltenen Anfall von Unsicherheit darüber nachgedacht, Château Renard zu verkaufen, damit er die Wunschvorstellung hinter sich lassen konnte, den perfekten Wein zu erschaffen. Er hatte kurz davorgestanden, seiner Mutter zu erklären, dass er seinen großen Traum an Strahlkraft verloren hatte. Dass er in die Anwaltskanzlei der Familie zurückkehren würde. Niemand hätte Fragen gestellt und seine Tage würden wieder vergehen, wie sie es vorher getan hatten. Sein Leben würde schrumpfen wie eine Rosine, bis er wie sein Vater einen frühen Tod starb. Doch da lag der Unterschied, nicht wahr? Hier fühlte er sich lebendig. Kreativ. Seine Arbeit bedeutete ihm etwas. Das fühlte er in der Erschöpfung seines Körpers, der Klarheit seiner Gedanken. Er fühlte es auch in dem unerwarteten Glück, das ihn erfüllte, wenn er sah, wie frische, grüne Weinblätter sich öffneten und damit ihr Potenzial entfalteten. All dies nährte seine Seele, seinen Geist und sein Herz. Bisher schuf er keinen guten Wein, doch das würde noch kommen. Mit ihrer Hilfe, bei Gott, würde es ihm gelingen.

Elena. Eine Hexe. Es musste wahr sein. Seltsamerweise spürte er bei dem Gedanken keine Furcht mehr. Zumindest nicht dieselbe Furcht wie früher. Die Enthüllung war überraschend, natürlich, doch nicht überraschender, als eine vollkommen neuartige Kreatur auf einem bisher unbekannten

Kontinent zu entdecken. Wie diese fremde Kreatur war die neue Erkenntnis kostbar und hatte Schutz und Verständnis verdient.

Jetzt musste er nur noch an der Menge auf der Straße vorbei, damit er nach Hause reiten und Elena erklären konnte, was für ein Narr er gewesen war.

16

»Ich habe sie.« Der dumpfe Geruch von Weinkellern hing in Bastiens Kleidung, seinem Haar … Und auch sein Atem, der über Elenas Gesicht glitt, als sie versuchte, sich seinem Halt zu entziehen, roch danach.

»Lass mich los.«

Der Inspektor schob sich unsanft zwischen zwei gaffenden Kellnern hindurch. »Halten Sie sie für mich fest. Danke. Entschuldigung, ich bin vom Bureau zur Regelung des Pakts. Hier geht es um BRP-Angelegenheiten. Würden Sie bitte den Weg freigeben?«

Panik schnürte Elena die Kehle zu. Man hatte sie erwischt. Entsetzt erinnerte sie sich an das Gefühl, unter der Pfote des alten Fuchses gefangen zu sein. Sie musste entkommen. Hätte sie nur nicht ihre gesamte Magie auf diese nutzlose Illusion verschwendet! Sie wehrte sich gegen Bastiens Griff, unfähig, auch nur einen elektrischen Schlag zu beschwören, um ihn damit zu beschießen. Doch dann fiel ihr das Messer an ihrem Gürtel ein und irgendwo aus den Tiefen ihres Selbst stieg ein primitiver Instinkt auf. Sie legte die Finger um das Heft, bereit, sich ins eigene Fleisch zu schneiden, um zu fliehen. Doch befriedigender wäre es, Bastien zu treffen.

Der Inspektor blieb endlich stehen, keuchte, eine Hand auf das Knie gestemmt, während er mit der anderen seine

Dienstmarke hob. »Inspektor Aubrey Chardon. Halten Sie sie bitte fest.«

Ermutigt von dem Gefühl der Waffe in ihrer Hand, drehte sich Elena um und sah Bastien ins Gesicht. »Ich habe gesagt, lass mich los.«

»Elena?« Er wurde bleich, als hätte er einen Geist gesehen.

Chardon richtete sich auf. »Sie kennen diese Frau, Monsieur?«

»Sie ist meine … oder vielmehr, sie *war* einmal meine Verlobte.«

Elena versuchte erneut, ihm den Arm zu entziehen, doch Bastien klammerte sich an ihr fest, als hätte er Angst, sie erneut zu verlieren.

»Ich war niemals deine Irgendwas«, sagte sie entschlossen und starrte dabei die Stelle an, an der sein Herz hätte liegen sollen. Ihre Finger packten das Messer fester.

Der Inspektor lehnte sich vor, bereit, sie in Gewahrsam zu nehmen, doch Bastien hielt ihn davon ab. »Wo warst du die ganze Zeit über? Was ist mit dir geschehen?«

Der Hass, den sie für diesen Moment aufgespart hatte, brach endlich aus. Elena fletschte die Zähne. »Was geschehen ist? Du hast mit diesem abscheulichen Fluch mein Leben zerstört und jetzt besitzt du die Frechheit, mich zu fragen, was passiert ist?«

»Wovon redest du? Was für ein Fluch?«

»Hast du irgendeine Vorstellung davon, was für eine Hölle ich deinetwegen ertragen musste? Sieben Jahre lang musste mein Geist innerhalb einer nichtsnutzigen Kreatur Wasser treten, um sich nicht vollkommen zu verlieren. Fast wäre ich bei lebendigem Leib aufgefressen worden!«

»Hör mal, ich gebe ja zu, dass ich wütend war, als du gegangen bist, aber ich hätte niemals …«

»Das alles nur, weil ich mich deinen hinterhältigen Plänen und deinen Lügen widersetzt habe. Wissen diese Leute, auf welch tückische Art und Weise du dir deinen Erfolg gesichert hast?«

Bastien zog Elena ein wenig näher, drückte ihren Arm und musterte ihr derangiertes Aussehen. »Was ist geschehen? Wer hat dir etwas angetan?«

Elena begann, am ganzen Körper zu zittern. Die Hand am Messerheft wurde feucht. Die Menge drängte näher. So hatte sie sich ihre Rache nicht vorgestellt. Wenn es ihr nur gelänge, die Klinge in Bastiens Herz zu bohren und endlich mit ihm abzuschließen … Doch jetzt, wo er so nahe vor ihr stand, brachte sie den Mut nicht auf. Ihre Magie rührte sich nicht. Und sie war keine gemeine Mörderin, die mit sterblichen Werkzeugen Blut vergoss. Sie schob die Klinge zurück in den Gürtel und flehte ein letztes Mal: »Gib mich frei.«

»Bastien?«

Die Menge teilte sich wie von Geisterhand. Eine imposante Frau in einem Kleid aus blauer Seide und Spitze trat wie eine Königin durch die entstandene Lücke. Von ihren zierlichen Fingern hing ein Geschenkkarton aus der Parfümerie, eingewickelt in lavendelfarbenes Papier und mit einer Kordel verschnürt. »Was in aller Welt tust du da? Lass diese Frau sofort los.«

»Ich … sie …« Bastien gab Elena frei und trat einen Schritt zurück, sodass er neben der Frau stand.

Gleichzeitig griff Chardon in die Tasche seines Rocks, um ein Schutzamulett aus Rosmarin und Zedernholz aus einem kleinen Jutebeutel herauszuziehen. »Vorsichtig, diese Frau kennt einige Tricks. Vor nicht mal zehn Minuten hat sie mich in einer Gasse angegriffen.«

»Ach, *Schmarrn.*« Die Frau neben Bastien schritt auf den Inspektor zu, zog ihm den Zauber aus der Hand und warf ihn auf den Gehweg. »Ich denke, die wahrscheinlichere Erklärung lautet, dass ihr beide euch gegen dieses arme Wesen verschworen und es gejagt habt, bis es nicht mehr konnte. Schaut sie doch an.«

Elena versteifte sich. Sie erkannte die Bierhexe sofort – das flachsblonde Haar, der rosige Teint und diese überhebliche Ausstrahlung –, doch da war noch etwas anderes. Eine unbestreitbare Aura von Macht. Sofort verstand sie, warum die Männer ihr gehorchten. Sie wagten es einfach nicht, sich der Frau zu widersetzen. Dann stieg Elena der Duft des Parfüms in die Nase, das sich in dem Karton befand. Die Kombination der Duftstoffe, die seltsamerweise einen Unterton von Fäulnis in sich trug, wies auf einen Trank hin, der eine erkaltete Liebe wiedererwecken sollte. Diese Information erzeugte einen Riss in der Fassade der Bierhexe, enthüllte, dass unter dem selbstbewussten Äußeren Zweifel lauerten.

Ihre Blicke trafen sich. In dieser kurzen Sekunde erkannten sich die Hexen gegenseitig und schätzten die Stärken und Schwächen des Gegenübers ein.

Die Bierhexe schwang den Parfümkarton in ihrer Hand und sagte freundlich: »Bitte verraten Sie mir, was diese unglückliche Frau getan haben soll, dass ihr Jungs euch so aufregt.«

Bastien errötete. Er zog seinen schwarzen Homburg-Hut vom Kopf und deutete damit auf den Inspektor. »Ja, Inspektor. Was wollen Sie von ihr?«

Chardon sammelte das Amulett vom Gehweg ein und schlug den Staub vom Holz. »Ich untersuche die illegale Anwendung von Magie. Und diese Ziegenhirtin weiß mehr über gewisse finstere Praktiken, als sie sollte. Ich wollte sie gerade befragen, als sie mich angegriffen hat und durch eine Gasse entkommen ist.«

Die Menge murmelte, deutete mit dem Finger auf Elena und flüsterte etwas von toten Katzen. Elena zog ihren Mantel enger um den Körper und wünschte sich, er wäre eine Rüstung.

Bastien strich sich die Haare aus dem Gesicht und setzte seinen Hut wieder auf. »Das ist keine Ziegenhirtin, Sie Narr. Sie ist eine Weinhexe.«

»Sie?«

»Das ist Elena Boureanu. Sie ist eine Weinhexe. Und zwar eine verdammt gute. Oder zumindest war sie das einmal.«

Der Blick des Inspektors huschte zweifelnd zwischen Gerda und Bastien hin und her. »Gehört sie zu Ihnen?«

»Um genau zu sein, gehört sie zu mir.«

Elena drehte sich zu der Stimme um und hätte vor Erleichterung fast geweint. Jean-Paul saß auf seinem Pferd, das Kinn kampfeslustig vorgeschoben. Er glitt aus dem Sattel und landete sicher. Sein Blick glitt über Elenas zerrissenen Rock und das Rinnsal von Blut, das von ihrem Knie bis zu ihrem Knöchel reichte.

»Bist du verletzt? Oh mein Gott, das bist du.« Er eilte nach vorne und packte den Inspektor am Kragen. »Erklären Sie sich, Monsieur.«

»Es geht um Angelegenheiten des Pakts.« Chardon balancierte auf den Zehenspitzen, als Jean-Paul ihn höher zerrte, doch er schaffte es, seine Dienstmarke zu zeigen. »Und *sie* hat mich zuerst angegriffen.«

Gerda mischte sich ein. »Sie hat einen kleinen, harmlosen Zauber angewandt, um sich zu verteidigen. Der Schatten schwebt noch in der Luft.« Sie deutete auf eine zarte, graue Wolke, die über dem Glockenturm der Abtei hing. »Das war nichts Bedrohliches, Monsieur Chardon. Nicht mal ein echter Zauber. Kein Gesetz wurde gebrochen, denn es war nur eine Illusion.«

Jean-Paul lehnte sich vor, bis sein Gesicht direkt vor dem des Inspektors schwebte. »Ist das wahr?« Chardon gab es mit einem knappen Nicken zu. »Dann haben Sie nichts mehr mit ihr zu schaffen«, sagte Jean-Paul und gab den Kragen des Manns frei. »Komm, Elena. Ich bringe dich nach Hause.«

»Nach Hause?« Bastien stieß den Inspektor zur Seite, um sich in direkte Konfrontation mit Jean-Paul zu begeben. »Was hat das zu bedeuten, Martel? Sie haben noch nie eine Weinhexe eingesetzt.«

»Und ich habe auch noch nie einen guten Wein geschaffen. Aber wenn Elena so talentiert ist, wie Sie behaupten, wird es höchste Zeit, dass ich damit anfange.«

Die Menge hatte sich noch nicht ganz zerstreut, als Elena einen letzten, drohenden Schritt in Bastiens Richtung machte. »Ich will, dass du dir bewusst bist, dass ich zurückgekommen bin, um dich für das zu ruinieren, was du mir angetan hast«, sagte sie, erfüllt von dem Wissen, dass sie vor der Bierhexe keine Schwäche mehr zeigen durfte. »Keine weiteren Flüche, keine weitere Beeinflussung der Steuerunterlagen, um Château Renard zu stehlen. Wir werden einen so herausragenden Wein produzieren, dass die Welt Domaine Du Monde einfach vergessen wird. Und wenn du dich unserem Weingut noch ein einziges Mal auch nur auf zehn Meter näherst, werde ich dafür sorgen, dass es dir leidtut, jemals geboren worden zu sein.«

»Elena, ich war das nicht.« Bastien sah seine Ehefrau an. »Sag ihr, dass ich es nicht war.«

Doch die Bierhexe stand einfach nur unbeweglich da, mit dem Parfümkarton in der Hand, die Zähne so fest zusammengebissen, dass sie knirschten.

Das Automobil rumpelte bereits wieder die Straßen entlang, während Jean-Paul noch sein Pferd holte. Langsam ging er zu Elena zurück, ohne sie aus den Augen zu lassen. »Was hat dich ins Dorf geführt?«, fragte er.

Sie tätschelte den Hals des Pferdes und erlaubte dem Tier, ihre Witterung aufzunehmen. »Ich wollte nicht, dass du wegbleibst, weil du Angst hast.«

Jean-Paul sah sie über den Sattel hinweg an. Inspektor

Chardon lehnte an der Wand des Postamts und beobachtete alles, als wolle er Elena wissen lassen, dass er noch nicht zufrieden war.

»Ich habe keine Angst. Nicht mehr«, sagte Jean-Paul schließlich. »Ich bin vielleicht verwirrt und durcheinander, doch das geschieht häufiger, als du vielleicht annimmst.« Er stellte seinen Fuß in den Steigbügel und schwang sich aufs Pferd.

Das Geständnis zauberte ein Lächeln auf Elenas Gesicht und sie ergriff seine Hand, als er sie ihr entgegenstreckte. Auch wenn es unweiblich wirken mochte, hob sie ihren Rock und schwang sich rittlings hinter ihn.

»Was hat sich verändert?«, fragte sie. So hatte sie Jean-Paul noch nie gesehen – resigniert, aber entschlossen.

»Lass uns einfach sagen, dass ich die Nacht damit verbracht habe, an Gottes Füßen zu riechen.«

»Ah, also lebt Bruder Anselm noch in der Abtei. Er steht in der Gunst des Allwissenden.«

»Wirst du mir davon erzählen? Von den Dingen, die ich gesehen habe? Ich will alles erfahren.«

»Wenn du dir sicher bist«, sagte sie. Ein kalter Schauder lief über ihren Rücken, zum Teil wegen ihrer verfluchten Haut, doch zum Teil auch in Erwartung der Veränderungen, die der Wechsel von Jean-Pauls Blickwinkel anstoßen könnte.

»Du frierst.« Jean-Paul drehte sich im Sattel, um sie direkt anzusehen. »Deine Hände sind eiskalt. Möchtest du meine Jacke?«

Ihr erster Instinkt war es, zurückzuweichen und sich zu schützen, doch sein Körper war so warm. Und je näher er ihr kam, desto mehr erwachte die Magie in ihr wieder zum Leben. Es war nur ein winziger Funke, fast nicht wahrnehmbar im Sonnenlicht, doch trotzdem spürte Elena ihn. Die Magie war noch am Leben und wurde von der Nähe dieses Manns irgendwie genährt … anders als bei jeder Magie, die sie bisher erlebt hatte. So war es nicht einmal mit Bastien gewesen, in den frühen Tagen ihrer Beziehung. Sie schob die Hände in die Taschen von Jean-Pauls Wolljacke und erklärte, dass sie ihm alles verraten würde, was er wissen wollte.

Zufrieden gab er seinem Pferd die Zügel und gemeinsam ließen sie das Dorf hinter sich, während der Sonnenuntergang die umgebenden Weinberge in rosiges Licht tauchte.

»Meine Leute haben in diesem Tal Wein geschaffen, seit hier vor Tausenden Jahren die ersten Reben gepflanzt wurden. Das ist unser besonderes Talent. Andere Magiepraktizierende tun sich in ähnlichen Künsten hervor.«

»Wie viele Hexen gibt es?«

Sie beobachtete, wie schwer er an dem Wort zu schlucken hatte, wusste, wie schwer es ihm über die Zunge gehen musste. »Es sind nicht nur die Weinberge. Es gibt Hexen, die Spezialisten für Düfte sind, wie die Parfümzauberer, die auf den Lavendelfeldern im Süden arbeiten. Andere experimentieren mit heilenden Wassern und Edelsteinen. Und viele haben die Kunst des Geschmacks und der Beschaffenheit von Essen gemeistert«, sagte sie. Sie unterdrückte ein Lächeln. »Wie du vielleicht in unserer örtlichen Pâtisserie bemerkt hast.«

»Dann stimmt es, was über die Desserts behauptet wird?«

»Oh, es gibt Bäckerinnen, die einen so anziehenden Duft kreieren können, dass dir der Kopf vor Leidenschaft schwirrt, und die so wohlschmeckende Kuchen erschaffen, dass man sie für immer im Mund behalten und jeden Bissen auskosten will, als wäre er der letzte. Manche behaupten, das wären die gefährlichsten Hexen von allen.« Sie lachte, damit Jean-Paul erkannte, dass sie nur einen Scherz machte. »Aber nur, wenn man verliebt ist. So heißt es zumindest.«

»Ist das so?« Jean-Paul räusperte sich. Sie war dankbar, dass er nicht sehen konnte, wie ihr Gesicht rot anlief, als sie sich an die berauschenden Düfte von Zimt und Schokolade in der Pâtisserie d'Amour zurückdachte. »Ich habe seit meiner Kindheit Gerüchte über die Hexen hier gehört«, sagte Jean-Paul. »Wie alle Menschen in der Stadt. Aber ich dachte immer, das wäre nur eine Masche, um Urlauber ins Tal zu locken.«

»Manche Hexen verdienen ihr Geld mit den Besuchern. Die meisten allerdings üben ihren Beruf aus wie alle anderen Menschen auch.« Elena hob den Kopf. »Und bevor du fragst, warum wir keine Zauber wirken, um aus der leeren Luft Gold zu ernten, solltest du wissen, dass es Gesetze gibt, an die wir uns halten müssen.«

»Die Gesetze des Pakts. Ja, ich habe sie mir letzte Nacht durchgelesen.« Er hob abwehrend die Hand, als sie sich vorlehnte, um zu sehen, ob er die Wahrheit sprach. »Ich bin in Jura ausgebildet«, sagte er. »Das ist es, was ich tue. Oder getan habe, um genau zu sein, in meinem alten Leben in der Stadt.« Er schien noch mehr sagen zu wollen, doch stattdessen sog er die Landluft in seine Lunge, so tief, dass sein Rücken sich an Elenas Körper drängte. »Und Madame ist ebenfalls eine Weinhexe?« Er schüttelte den Kopf. »In all dieser Zeit hat nichts an ihrem Verhalten mich glauben lassen, sie wäre mehr als nur ein wenig exzentrisch. Vielleicht auch abergläubisch. Nun ja, bis auf diese Angewohnheit, Daumen und Finger aneinanderzureiben.«

»Ihre Magie hat mit dem Alter nachgelassen. Mit dieser Geste sucht sie nach Zaubern. Es ist, als würde sie Blindenschrift lesen, nur ... metaphysisch.«

»Und Du Mondes Ehefrau? Sie ist eine Fremde. Ist sie auch eine Weinhexe?«

»Oh, nein. Sie ist vollkommen anders. Sie ist eine Bierhexe aus dem Norden.«

»Bierhexe?«

»Bierhexen können eindrucksvolle Zauber wirken, versuchen sich aber gewöhnlicherweise nicht an der Weinherstellung. Üblicherweise konzentrieren sie sich auf Tränke und Heilmittel, wenn sie nicht gerade Bier brauen. Stell dir große Kessel vor, aus denen Dampf aufsteigt. Heutzutage beschäftigen sich ein paar von ihnen allerdings auch mit Wein. Sie hatten gute Erfolge mit Riesling.«

»Ist meine Annahme falsch, dass es hier im Chanceaux-Tal mehr von euch gibt als an anderen Orten?«

»Es ist das *terroir*«, sagte Elena und atmete den Duft von nahendem Regen, kreidigem Boden und dem grünenden Laub an den Reben ein. »Ich bin mir nicht sicher, ob es irgendwo auf der Welt einen vergleichbaren Ort gibt. Das Tal besitzt seine ganz eigene Magie. Leuten wie mir fällt es schwer, ihr zu widerstehen.«

Jean-Paul nickte, als hätte er verstanden, dann sah er sich um wie ein Landadelsmann, der die Nachtkulisse in sich aufnehmen wollte. Dieselben Dinge hatten ihn in dieses Tal gelockt. Grand-Mère hatte in Bezug auf ihn recht gehabt, das war Elena jetzt klar. In ihm wuchs das Herz eines echten Winzers heran.

»Ich wurde als Kind an das Weingut Château Renard verkauft, nachdem meine Eltern gestorben waren«, sagte sie, weil sie wollte, dass er die Wahrheit erfuhr. »Ich werde immer diesem Ort gehören, egal, wer der Besitzer ist.«

»Willst du damit sagen, dass man dich als Sklavin verkauft hat? Läuft das so?«

»Ich bin gebunden, aber kein Schuldknecht. Hätte man mich nicht aufgenommen, hätte mein Leben damit enden können, dass ich auf der Straße als Kartenleserin oder Taschendiebin hätte arbeiten müssen. Madame und Monsieur Gardin hatten keine eigenen Kinder, niemanden, der das Weingut nach ihrem Tod übernehmen konnte.« Elena hielt inne, weil sie sich fragte, ob sie immer noch klang, als hielte sie Jean-Paul dafür verantwortlich, dass sie ihren Anspruch auf das Weingut verloren hatte. Denn das tat sie nicht mehr.

»Als sie angeboten haben, mich die Magie der Weinherstellung zu lehren«, fuhr sie fort, »war es, als hätte man einen neuen Weinstock in alte Erde gepflanzt. Da ich so jung war, hat sich mein Wissen um die einzigartigen Eigenschaften des Renard-*terroirs* herum gebildet. Diese tiefe Bindung ist dafür verantwortlich, dass ich das Weingut so dringend beschützen will. Deswegen kann ich mir auch nicht vorstellen, an irgendeinem anderen Ort zu arbeiten.«

Sie ritten einen Moment schweigend, bevor Jean-Paul im Sattel herumrutschte und sagte: »Was ich letzte Nacht gesehen haben … die Lichter. Dieses Ding.«

»Der Gargoyle?«

»Ja, das. Ist das normal? Gibt es eine ganze Welt, die ich nicht sehen kann?«

»Nicht einmal alle Hexen können sehen, was in den Schatten wandelt.«

»Aber du schon.«

Sie sah sich um, überrascht, wie schnell sie in seiner Nähe ihre Energie wiedergefunden hatte. Sie deutete auf eine Mauer, welche die Grenze zu einem verwilderten Weinberg rechts von ihnen markierte. Darüber erhoben sich die Ruinen einer steinernen Burg, von der nur noch ein einsamer Turm übrig geblieben war. Der Rest des Bauwerks war eingestürzt und von Moos und Efeu überwuchert. »Dort, auf dem Hügel. Siehst du den Bogen über dem alten Tor?« Er zügelte das Pferd und sie legte die Hand auf seine. »Und was siehst du jetzt?«

Jean-Paul senkte den Blick auf ihre verschränkten Finger, dann spähte er zu dem entfernten Turm. »Meinst du das blaue Licht? Es scheint sich zu bewegen. Ich habe bei der Weltausstellung vor ein paar Jahren eine Vorführung im *Palais De L'Électricité* gesehen, wo solches Licht erzeugt wurde. Aber sicherlich haben sie keine Elektrizität nach dort oben verlegt? Wieso sollten sie?«

»Nein, es ist kein elektrisches Licht. Nicht wirklich.« Elena suchte nach einem Weg, das Phänomen zu beschreiben. »Es ist Energie, doch die Quelle ist kein Generator, sondern stammt sozusagen aus der Atmosphäre. Dieses Licht glüht schon über dem Tor, seit ich ein Kind bin.«

»Warum?«

Elena ließ den Daumen über seinen Handrücken gleiten und dachte an die Hexe, die sie verflucht und ihr ihre Wärme gestohlen hatte. »Früher war das ein Kastell. Später wurden dort ein paar Hexen eingesperrt, die die neuen Gesetze des Pakts gebrochen hatten. Diejenige, an die sich die meisten Leute erinnern, war Celine.«

»Ich bin dort oben schon vorbeigeritten. Die ganze Burg zerfällt langsam. Dort kann niemand mehr wohnen.«

»Nein, seit Unzeiten nicht mehr. Aber ich wollte, dass du siehst, wie die Ruinen vor Magie leuchten.«

Er starrte fasziniert zu dem alten Kastell auf, dann schob er ihre Hand zurück in seine Jackentasche und tätschelte den Stoff darüber, weil er dem Anblick offensichtlich noch nicht länger standhalten konnte. »Danke, dass du mir das gezeigt hast.«

Sie wünschte, sie könnte ihm für die Magie danken, die sich langsam wieder in ihr sammelte … doch wie sollte sie ihm die Veränderung erklären, wenn sie es nicht einmal selbst verstand? Natürlich hatte Elena einen Verdacht, doch sie fühlte sich noch nicht bereit, diese Worte preiszugeben. Worte besaßen Macht und für Hexen galt das gleich doppelt, also verdrängte sie ihren Gedanken. Mit einem Seufzen hob sie das Gesicht zum sternenbehangenen Nachthimmel, verwirrt darüber, wie das Allwissende versuchte, ihr Leben in eine Richtung zu lenken, von der sie nie geglaubt hätte, sie noch einmal einzuschlagen.

17

Winzige grüne Ranken erkundeten die Umgebung in kleinen Spiralen, begierig darauf bedacht, einen Haltepunkt zu finden. Menschen waren ganz ähnlich, dachte Jean-Paul, als er die Reben ausdünnte, um übermäßiges Wachstum zu verhindern. Den eigenen Platz zu finden und sich dort festzuklammern – war das nicht, was alle wollten? Elena hatte gesagt, dass das *terroir* sie an das Weingut band. Es gab Tage, da spürte Jean-Paul, wie es auch von ihm Besitz ergriff – der Geruch der Erde in seiner Nase, das Chlorophyll unter seinen Fingernägeln, die feuchte, regenschwangere Luft um ihn herum … all das band ihn an diesen Ort. Hier konnte er ein gutes Leben aufbauen. Unter Elenas Pflege würden die Trauben ihr Potenzial entfalten. Er konnte ein Vermächtnis aufbauen, das er an einen Sohn oder eine Tochter weitergeben würde, wenn er zu alt wurde, um noch zwischen den Weinstöcken zu wandeln.

Doch dann dachte er wieder an dieses unheimliche Ding, das irgendwo hier draußen lauerte, und riss sich aus diesen Tagträumen. Er packte seine Schere und begann zu schneiden. Die neuen Ranken schossen immer über das Ziel hinaus und klammerten sich an Stellen, die ihnen nicht bestimmt waren.

Eine Woche später erschienen die ersten Früchte an den Reben, erfüllt vom Versprechen auf einen guten neuen Jahrgang. Elena verbrachte den Morgen damit, schützende Amethyst-Amulette an die Rankgerüste zu hängen. Hätte Jean-Paul nicht gesehen, wie sie ihre Welt wahrnahm, hätte er das unterbunden. Er hätte auch niemals zugelassen, dass sie Salz in eine Schüssel goss und Beschwörungen intonierte, um dieses groteske Wesen auszutreiben, das zwischen den ältesten Stöcken saß. Stattdessen pflügte er weiter zwischen den Reihen, beobachtete Elena, stellte Mutmaßungen an und ließ ihr freie Hand, als sie mit Schüssel und Kerze in den Händen zwischen den wachsenden Rebstöcken entlangschritt. Zwar war Jean-Paul bereit, beim ersten Anzeichen von Ärger in Aktion zu treten, doch er vertraute auf Elenas Fähigkeit, den Gargoyle aus der unsichtbaren Welt zu vertreiben. Obwohl seine eigenen Augen ihm nicht verraten konnten, ob sie Erfolg hatte, vermutete er, dass er den Unterschied spüren würde. Wahrscheinlich entsprang diese Annahme nur seinem Ego, doch in der Abenddämmerung gab es immer wieder Momente, in denen er das Gefühl hatte, den Blick der geheimnisvollen Kreatur auf sich zu spüren.

Nach einer Stunde legte Elena ihre Werkzeuge zur Seite.

»Wird er zurückkommen?«, fragte er.

Sie hob das Gesicht zum Himmel, als lausche sie auf ein bestimmtes Geräusch. »Nur, wenn er beschworen wird. Aber ich werde es wissen, falls er noch mal einen Fuß in den Weinberg setzt. Er wird schreiend vor dem Salzfluch fliehen, den ich um die Grenze gezogen habe. Gargoyles unterscheiden sich gar nicht so sehr von Schnecken.«

Ihr Lächeln entwaffnete ihn und fast vergaß er, dass man das Übernatürliche auch fürchten musste. »Komm, lass uns nach drinnen gehen, bevor der Regen uns durchnässt.«

»Sagst du jetzt schon das Wetter voraus?«

»Madame hat mich heute Morgen gewarnt, dass es Platzregen geben wird.«

Jean-Paul wanderte neben Elena über den Weg, unsicher, ob er ihre Hand ergreifen sollte. Es war nicht nur das Übersinnliche, das er gesehen hatte, das ihn davon abhielt, sie zu umwerben. Obwohl der Gedanke, sie zu küssen, ihn täglich verfolgte, bis er sich kaum noch auf etwas anderes konzentrieren konnte, konnte er auch die Unterschiede nicht leugnen, die zwischen ihnen standen. Diese Frau zu lieben hieße, eine Menge Komplikationen auf sich zu nehmen.

Also schob er die Hände in die Jackentaschen, zurückgehalten von seiner Logik.

Der ständige Konflikt zwischen seinem Kopf und dem Verlangen seines Herzens sorgte dafür, dass er fast vermutete, verzaubert worden zu sein. Er hatte die Liebestränke gesehen, die an Markttagen von Hexen verkauft wurden. Bisher war Jean-Paul davon ausgegangen, dass sich in diesen Phiolen ein wenig Vin Mariani befand oder vielleicht auch einfach nur Wasser mit einem Spritzer Zitronen- und Eisenkraut-Öl. Ein harmloser Spaß für diejenigen, die glauben wollten, dass ein schneller Schluck jeden Herzenswunsch wahr werden lassen konnte. Doch das war gewesen, bevor er von der Macht wahrer Magie erfahren hatte. Liebestränke verstießen natürlich gegen den Pakt. Elena konnte weder ihn noch einen anderen Mann ohne dessen Zustimmung verzaubern. Doch was, wenn er es unterbewusst zugelassen hatte? Nachdem er die Wahrheit erfahren hatte, hatte es einen kurzen Moment gegeben, in dem er sich gefragt hatte, ob ihre Macht auch die Fähigkeit beinhaltete, Gedanken zu lesen. Eine fürchterliche Vorstellung.

Um diese Angst zu beruhigen und zu erfahren, ob er seine Denkprozesse kontrollieren musste, hatte er eines Abends beschlossen, seinen Gedanken freien Lauf zu lassen, als er

Elena gegenüber im Salon saß. Er hatte mit ihren Knöcheln angefangen, hatte seine Gedanken im Anschluss über ihre Schenkel nach oben gleiten lassen, über die sanften Kurven ihres *derrière*. Doch die einzige Person im Raum, die wegen der unpassenden Gedanken zusammengezuckt war, war er selbst gewesen. Und im Anschluss hatte er seinen Schritt richten müssen, weil seine Hose plötzlich zu eng saß. So war Jean-Paul zu der erstaunlichen Erkenntnis gelangt, dass er wohl doch nicht verzaubert war und Elena auch nicht unbewusst ermutigt hatte, seine Gedanken zu beeinflussen. Die einfache Wahrheit lautete, dass diese Frau ihn vollkommen und absolut faszinierte.

Attraktivität hielt ihren ganz eigenen, mächtigen Zauber, dazu fähig, ungebetenes Verlangen aus dem Nichts zu beschwören.

Elena trat sich den Schlamm von den Schuhen und betrat die Küche, während er ihr die Tür offen hielt. Kaum war er hinter ihr in den Raum getreten, da sank Madame auf die Knie, die Hände vor die Brust geschlagen.

Elena rannte zu der alten Frau und nahm sie in die Arme. »Grand-Mère, was ist los?«

»Fühlst du es nicht?«

»Was?«

Die alte Frau sah durch das Fenster zum Himmel und schluckte schwer. »Wie das letzte Mal, nur schlimmer.«

Jean-Paul schüttelte verwirrt den Kopf. »Ist sie krank? Soll ich einen Arzt holen?«

»Sie hat eine Vorahnung. Wenn die Gefahr groß genug ist, spürt sie einen Stich der Warnung in ihrer Brust.« Elena sah ebenfalls zu den Wolken, die sich am Himmel sammelten. »Das letzte Mal, als sie so intensiv empfunden hat, folgte ein unerbittlicher Frost. In jenem Jahr haben wir die Hälfte der Reben verloren.«

»Frost?« Der Gedanke an eine solche Bedrohung erschütterte Jean-Paul. »Kannst du nichts unternehmen? Einen Zauber sprechen, um die Rebstöcke zu schützen?«

Elena ignorierte ihn und eilte in den Salon. Sie zog den Almanach heraus, den sie und Grand-Mère angefertigt hatten, und öffnete ihn auf der Anrichte. Ihre Fingerspitzen glitten über Monde und Sterne, Sonnen und andere Symbole, als sie die Daten und Voraussagen kontrollierte.

»Stimmt es?«, fragte Jean-Paul. »Kannst du es in deinen Kalkulationen sehen?«

Elena schüttelte den Kopf. »Nein, es gibt keine Warnung vor Frost. Außer, wir haben etwas übersehen. Eine Sonneneruption könnte die Prognosen durcheinanderbringen, doch die sind selten. Und eigentlich ist es schon zu spät im Jahr für ernsten Frost.« Sie trommelte mit den Fingern auf den Almanach, bevor sie in die Küche zurückkehrte und Madame an der Schulter packte. »Was spürst du jetzt?«

Madame bewegte unsicher den Kopf. »Es kommt näher.«

Selbst wenn er nur ein Viertel der Trauben verlor, wäre Jean-Paul nach drei schlechten Jahren ruiniert. »Wenn es Frost gibt, sollten wir uns vorbereiten«, sagte er, weil er nicht länger warten wollte. »Ich werde die Brandtonnen für die Feuer vorbereiten.«

»Ich werde dich begleiten.« Elena folgte ihm aus der Tür, den Blick auf den Horizont gerichtet. Sie kam gerade mal bis in die Mitte des Hofs, bevor sie rief: »Es geht nicht um Frost.«

Er öffnete die Tür zum Lagerraum und griff nach dem Blasebalg und einem Karton Kerzen, um damit die Feuer zu entfachen. »Ich werde kein Risiko eingehen. Wenn es nötig ist, laufe ich die ganze Nacht durch die Weinberge, um die Feuer am Laufen zu halten.«

Elena starrte auf die Straße. »Es geht nicht um Frost.«

Ihr Tonfall und die absolute Sicherheit in ihrer Stimme, als sie ihre Aussage wiederholte, sorgten dafür, dass Jean-

Paul seine Arbeitsmittel wieder zur Seite legte. Eine Hand in den Türrahmen gestützt, streckte er den Kopf aus dem Raum, um zu sehen, warum Elena wie erstarrt im Hof stand. Eine schwarze Kutsche hinter einem Vierergespann und mit dem roten Wappen des Chanceaux-Tals auf der Seite hielt direkt auf das Château zu. Selbst ohne die Gabe der Vorahnung wusste Jean-Paul, dass von dieser Kutsche genauso viel Gefahr ausging wie von jedem Froststurm. In seiner Vision sah er viel mehr Schäden als nur verlorene Trauben. Instinkte, die er sich selten eingestand, schrien in seinen innersten Tiefen, dass etwas Schreckliches geschehen war. Und immer noch geschah.

Jean-Paul schloss sich Elena im Hof an. Schulter an Schulter stellten sie sich der Gefahr, die auf sie zukam. Die Kutsche bog um die letzte Kurve der Straße. Ihr folgten drei helmtragende Männer auf Motorrädern. Der Kutscher trieb seine Tiere mit der Peitsche an und hielt direkt aufs Tor zu. Die Geschwindigkeit ließ die Speichen verschwimmen, doch die Räder verloren nie den Kontakt zum Boden.

Jean-Paul legte einen schützenden Arm um Elena, bereit, notfalls mit ihr zur Seite zu springen, um der rasenden Kutsche auszuweichen. Der Kutscher schrie »Halt!« und die Pferde reagierten fast unnatürlich schnell, sodass das Gefährt direkt vor ihnen stehen blieb. Die Motorräder fuhren ebenfalls auf den Hof, dann stellten die Fahrer die Maschinen ab.

»Rücksichtsloser Narr, fast hätten Sie uns überfahren!«, rief Jean-Paul, während die drei Motorradfahrer ihn und Elena umzingelten. Der Kutscher blieb still sitzen, den Blick nach vorne gerichtet, sein Gesicht so ausdruckslos wie das einer Leiche.

Die Tür der Kutsche schwang auf und der Wachtmeister des Chanceaux-Tals erschien im Türrahmen. Sein Umhang flatterte im Wind, als er mit einem eleganten Schritt aus der Kutsche stieg. Er trug einen Ausdruck milder Sorge zur

Schau, rückte seine von goldenen Kordeln gezierte Kappe zurecht und sah schließlich das Paar direkt an. »Sie sind Monsieur Martel?«

Jean-Paul schluckte. »Das bin ich. Welche Angelegenheiten führen Sie auf mein Weingut, Wachtmeister?«

Der Polizist, nach dem Streifen auf seiner Schulter ein Hauptmann, öffnete einen kleinen Notizblock. »Und Sie sind Mademoiselle Boureanu, eine Weinhexe, die auf Château Renard beschäftigt ist?«

Elena verriet ihre Angst durch den nervösen Seitenblick zu Jean-Paul, bevor sie antwortete. »Ja. Worum geht es bei alldem hier?«

Der Hauptmann ignorierte sie. Er gab den Motorradfahrern ein Signal, woraufhin sie die Helme auf ihre Räder legten und sich auf einen Befehl des Wachtmeisters hin im Hof verteilten. Der Hauptmann schlug mit militärischer Präzision die Hacken aneinander, trat einen steifen Schritt nach rechts und öffnete erneut die Tür zur Kutsche. Inspektor Chardons kahl werdender Kopf erschien, dann lächelte der Mann mit der Aufrichtigkeit eines tollwütigen Hundes. Mit selbstgefälliger Aura stieg er aus der Kutsche, bis seine kurzen Beine ihn zwangen, die letzte Stufe im Sprung zu überwinden. Jean-Paul fühlte, wie Elena beim Anblick des schrecklichen Inspektors nach seiner Hand griff. Er packte ihre Finger und drückte sie.

»Soso«, sagte Chardon und schlug seinen Kragen hoch, als die ersten Regentropfen fielen. Selbstgefällig näherte er sich Elena, musterte ihre anständige Arbeitskleidung und grinste über die Veränderung ihres Aussehens. »Es scheint, als wäre unser Gespräch doch noch nicht beendet, *Ziegenhirtin*.«

Jean-Paul trat einen drohenden Schritt vor. »Ich habe Sie bereits im Dorf gewarnt, dass Sie nichts mehr mit ihr zu schaffen haben.«

»Oh, hat der Hauptmann Ihnen nicht gesagt, dass es einen offiziellen Grund für unseren Besuch gibt?« Damit ließ Inspektor Chardon jeden Anschein von Höflichkeit fahren. »Ich habe einen Haftbefehl für diese Frau.« Chardon nickte dem Hauptmann zu. Sofort zog dieser ein offiziell wirkendes Dokument aus der Brusttasche seiner Jacke, das mit einem roten Wachssiegel und der Unterschrift des Magistrats unten auf der Seite versehen war.

»Haftbefehl? Das können Sie nicht ernst meinen.« Jean-Paul sah von einem Mann zum anderen, in der Hoffnung, dass Chardon tatsächlich einen Sinn für Humor besaß. »Wie lautet die Anklage?« Er zog dem Hauptmann den Haftbefehl aus den Fingern und ließ den Blick über das Dokument gleiten.

»Mord an Bastien du Monde. Ich denke, Sie werden erkennen, dass alles seine Richtigkeit hat, Monsieur Martel.«

Die letzten Sonnenstrahlen wurden von einer Wolke verschluckt, die Temperatur fiel abrupt und Nordwind pfiff durch das Tal.

»Mord?«, keuchte Elena. »Bastien ist tot?«

»In der Tat, Mademoiselle. Er wurde heute Morgen ausgeweidet wie eine Katze am Rand des Dorfs gefunden.«

»Du Monde? Tot?« Bevor er es verhindern konnte, gaben Jean-Pauls Gedanken den Hexen die Schuld – diesen namenlosen, gesichtslosen Kreaturen, die er als Kind gefürchtet hatte. Dann sah er Elena an und musste gegen seine Scham anschlucken, weil ihm bewusst wurde, wie falsch seine ehemalige Sichtweise gewesen war.

»Das ist Wahnsinn. Ich habe niemanden ermordet«, sagte sie gerade. Ihre Arme hingen schlaff an ihren Seiten. »Ich habe das Château Renard seit Tagen nicht verlassen.«

Der Inspektor wandte sich an Jean-Paul. »Können Sie das bestätigen?«

»Natürlich. Sie war die ganze Zeit über bei mir.«

Chardon leckte sich die Unterlippe, was auf seinem Gesicht unendlich anzüglich wirkte. »Tag *und* Nacht, Monsieur?«

Die implizierte Unterstellung brachte Jean-Paul zum Stottern. »Ich … nein, nachts nicht.«

»Ich schlafe in meinem Arbeitsraum im Weinkeller.«

Chardon hob die Augenbraue. »Zwischen Ihren Zauberbüchern und Tränken?«

Jean-Paul faltete den Haftbefehl stirnrunzelnd zusammen. »Was hat das hiermit zu tun?« Er wandte sich an Elena. »Sprich kein Wort mehr.«

Chardon ignorierte ihn und trat einen Schritt näher an Elena heran. »Und stand Ihnen je der Sinn nach einem Spaziergang im Mondschein, allein in der Schattenwelt, wenn alle anderen schlafen?« Regen fiel auf Elenas Haar und bildete dünnen Nebel um sie herum. Sie starrte den Mann aus kalten, blauen Augen an, sagte aber kein Wort. »So etwas hatte ich schon vermutet, als ich Sie zum ersten Mal gesehen habe«, sagte der Inspektor und beugte sich leicht vor. »Ich habe ein Talent für solche Dinge.« Er richtete sich wieder auf und winkte die Motorradfahrer heran. »Nehmt sie in Gewahrsam. Und durchsucht das Anwesen.«

Zwei der Motorradfahrer drängten sich an Jean-Paul vorbei, um Elena zu erreichen. Der dritte ging auf das Haus zu.

»Moment. Das können Sie nicht machen. Wo sind die Beweise?« Jean-Paul stellte sich einem der Männer in den Weg, doch einen Moment darauf lag er auf dem Boden, weil der Hauptmann ihm seinen Schlagstock in die Kniekehlen gerammt hatte. Hilflos kniend sah Jean-Paul zu, wie metallene Handschellen um Elenas Handgelenke gelegt wurden. Er traute seinen Augen kaum, als er ein leises, blaues Glühen entdeckte, das von einem Runenkreis auf jeder der Schellen ausstrahlte.

»Der Modus Operandi ist der Beweis, Monsieur.« Chardon glättete seine Handschuhe, bevor er Elenas Messer aus ihrem Gürtel zog. Er hielt es mit den äußersten Fingerspitzen, als wolle er vermeiden, eventuelle Beweise zu vernichten, dann sah er triumphierend auf Jean-Paul herab. »Sind Sie sich bewusst, wer ich bin?« Als Jean-Paul nicht antwortete, zog der Inspektor eine Augenbraue hoch, als müsse er ein weiteres Mal Unwissende informieren. »Ich untersuche Akte illegaler Magie. Hauptmann Girard hier untersucht Verbrechen gegen Sterbliche. Wenn sich die zwei Bereiche des Gesetzesvollzugs überschneiden, haben wir ein Verbrechen, das gegen den Pakt verstößt. In diesem Falle haben wir einen toten Sterblichen, der offensichtlich von einer Hexe getötet wurde. Unser Opfer wurde durch eine bestimmte Art des Ausblutens getötet. Ein Ritual, das nur wenige fähige Hexen ausführen können.«

Elena wurde bleich, als hätte sie ihr Schicksal aus der nebeligen Luft gelesen. »Blutmagie.«

»Finstere, böse Magie, die gegen die Gesetze des Allwissenden selbst verstößt, Mademoiselle, und für die Sie ein scheußliches Schicksal erleiden werden, sobald das Urteil gesprochen wurde.«

Der Blick des Inspektors huschte zum Haus, gerade als Madame offensichtlich erregt über die Türschwelle humpelte.

»Ist es wahr? Er wurde ermordet?« Sie presste eine Hand gegen die Brust, als sie sah, dass Elena in Ketten lag. »Sie können sie nicht mitnehmen. Nein, nicht schon wieder. Sie hat nichts getan.«

»Und doch haben wir unzählige Zeugen dafür, mich selbst eingeschlossen, wie sie den Mann vor kaum einer Woche öffentlich auf der Straße bedroht hat. Ich bedauere sehr, Madame, dass so viel Schande über ein so altes und respektables Haus gebracht wurde.«

Elena trat einen Schritt auf Madame zu, doch die zwei Männer neben ihr rissen sie sofort zurück. »Es ist in Ordnung, Grand-Mère. Das ist nur ein Missverständnis. Der Magistrat wird das klären. Ich werde bald wieder zu Hause sein. Ich habe nichts getan.«

Die alte Frau zerrte aufgewühlt an ihren Haaren, bis die weißen Strähnen sich aus ihrem Dutt lösten und feucht vom Regen an ihrem Gesicht kleben blieben. »Sie können doch nicht wirklich glauben, dass Elena etwas mit einem Mord zu tun hatte. Wir machen Wein, mehr nicht.«

»Inspektor!« In diesem Moment rannte der Polizist, der ins Haus gegangen war, um es zu durchsuchen, wieder aus dem Gebäude und zeigte auf die Mauer neben dem Tor. »Ich konnte es aus einem Fenster im ersten Stock sehen.« Der junge Mann eilte zur Mauer, streckte die Hand nach oben und tastete auf der Mauerkrone nach etwas. Als er sie wieder senkte, hielt er eine vertrocknete Katze in der Hand, aus deren Körper offensichtlich vor Kurzem das Blut geraubt worden war.

Bei diesem Anblick schnalzte der Inspektor mit der Zunge. »Madame, ich bin aus vollem Herzen von ihrer Schuld überzeugt. Bringt die Hexe weg.«

18

Die Steinstufen, die in den Hexenturm führten, waren in der Mitte glattgetreten, als wären vor Elena bereits Tausende Füße den Weg gegangen, den sie jetzt nehmen musste. Ihre Hände waren immer noch gefesselt, als Chardon sie am Arm durch das Haupttor führte. Mit ihrer Schattensicht konnte sie das hellblau glühende Licht einer Zauberwand erkennen. Elena war schon auf der langen Fahrt aus dem Tal nervös gewesen. Sie hatte lange die Rebstöcke beobachtet, die hinter ihr verschwanden. Doch jetzt, als die Eichentür mit einem schweren Eisenschloss drohend vor ihr aufragte, begann sie, merklich zu zittern. Wie hatte das geschehen können? Ja, sie war mit der Absicht nach Hause zurückgekehrt, Bastien zu töten, doch dem Gedanken war nie der Sprung aus ihrem Kopf zu ihrer Hand gelungen. Selbst als Bastien direkt vor ihr gestanden hatte, hatte sie nur mit feuchter Handfläche ihr Messer umklammert und nichts unternommen.

Das Tor zur Maison de Chêne klaffte offen vor ihr, als wollten die eindrucksvollen grauen Wände des Turms sie verschlingen. War das ein weiterer Fluch? Elena musste an den Moment zurückdenken, kurz bevor der Verwandlungsfluch sie vor sieben Jahren überwältigt hatte. Sie hatte neben der Straße Augentrost gepflückt, um daraus nach ihrer

Heimkehr einen Tee zu brauen. Doch sie hatte ihre Gedanken in die Schatten wandern lassen, besorgt wegen ihres Streits mit Bastien. Plötzlich hatte sie ein stechender Schmerz in der Leber in die Knie gezwungen. Gefangen in der Metamorphose war ihr wahres Selbst geschrumpft und in die Haut einer Kröte gezwungen worden. Die Enge darin hatte ihr Bewusstsein so zusammengepresst, dass nur ein leiser Schimmer von mentalem Licht in den Amphibienaugen leuchtete. Durch diese verengte Sicht hatte sie sieben Jahresläufe lang beobachtet, wie sich das Rad der Zeit drehte.

Tick.

Tack.

Tick.

Tack.

Elena war während der Verwandlung nur ein kurzer Moment geblieben, um etwas Bedeutsames zu bemerken, irgendetwas, was sie sich einprägen konnte. Sie hatte mit der Nase im Gras gelegen, die grünen Stängel wie ein Vorhang vor ihren Augen, die Blüten des Augentrosts neben ihr verstreut. Und dann hatte sich eine Hand gesenkt, um eine verlorene Taschenuhr aufzuheben. Ein grünes Auge mit einem gelben Sehschlitz war darauf zu erkennen. Mit ihrem letzten klaren Gedanken hatte Elena sich an die Farbe Grün geklammert und hatte sie zu ihrem Talisman gemacht. Das war das Letzte, was sie gesehen hatte, bevor sie im Fluch versunken war.

Elena starrte zum Gefängnistor auf. Die Angst vor einer zweiten Gefangenschaft raubte ihr jede Wärme, bis sie unkontrolliert zitterte. Die Hausmutter des Gefängnisses, eine Frau mittleren Alters, die eine schillernde, blaue Robe trug, musterte sie abschätzend, bevor sie Chardon knapp, aber höflich begrüßte. »Ist sie das?«

»Das ist sie. Habe sie quasi auf frischer Tat dabei ertappt, wie sie dunkle Magie zum Zwecke des Mordes beschworen hat. Wir haben ihre Waffe, ihre Vorgehensweise und ein Motiv ermittelt. Und wir haben sogar eine tote Katze bei ihr gefunden.«

Die Hausmutter tippte sich nachdenklich mit dem Finger an die Lippen, bevor sie ihren harten Blick auf Elena richtete. »In diesem Fall: Willkommen in der Maison de Chêne. Ich bin Madame Dulac. Du wirst mich als Matrone ansprechen. Bis zu deinem Prozess bist du hier untergebracht. Sei dir bewusst, dass wir hier niemanden verwöhnen oder verzärteln. Und hier gibt es auch keine Privilegien. Wir sind hier, um die Gefährlichen, die Geistesgestörten und die Ausgestoßenen zu bewachen. Doch alle, die hier untergebracht sind, sind harmlos … denn wir ziehen allen Möchtegern-Wespen wie dir die Stacheln.« Um ihr Argument zu unterstreichen, zog Matrone einen Zauberstab aus Eibenholz aus ihrem Ärmel, strich kurz mit den Fingern über das glatte Holz und zeigte dann damit auf Elena. »Du wirst hier keine Zauber ausführen. Du wirst keine Magie irgendeiner Art wirken. Sei versichert, dass jede Hexe, die dabei ertappt wird, wie sie versucht, die physische Welt zu beeinflussen, den Stich dieser Bienenkönigin spüren wird.«

»Aber ich war es nicht. Ich habe nichts Falsches getan.«

Die Hausmutter sah mit einem genervten Kopfschütteln Chardon an. »Haben Sie mir je jemanden gebracht, der etwas anderes behauptet hat?«

Elena entzog sich Chardons Griff. »Sie machen einen Fehler. Jemand anderes hat Bastien ermordet und diese Person ist immer noch dort draußen unterwegs.«

»Du solltest dankbar sein, weißt du?«, sagte Chardon und schlug sich die Hände sauber. »Dir wird ein schneller Prozess gewährt. Anscheinend wollen die hohen Tiere schnell bekannt machen, dass wir die Hexe gefangen haben, die aus unbekannten Gründen Katzen getötet und Blutmagie beschworen hat. Hätte ich etwas zu sagen, würde ich dich wahrscheinlich einfach sofort hängen lassen.« Chardon räusperte sich. »Vergiss, dass ich das gesagt habe, Eugenie.«

»Ich bin immer diskret, Aubrey.« Die Hausmutter tat so, als verschlösse sie ihre Lippen mit einem Schlüssel.

Panik kribbelte auf Elenas Haut. Ihre Welt hatte sich auf den Kopf gestellt, sodass oben unten war und unten oben. Gefangen zu sein, abgeschnitten von ihrer Magie, unfähig, ihren Namen reinzuwaschen – sie würde dem Wahnsinn verfallen, wenn sie das noch einmal durchmachen musste. Ihr eiskaltes Blut schien sich aus ihrem Herzen zurückzuziehen. Zum Teufel mit den Konsequenzen. Sie musste sich befreien. Sie murmelte Worte, von denen sie als Weinhexe geschworen hatte, sie nie zu äußern – Worte der finsteren Beschwörungsmagie –, und neigte die Handgelenke, um ihre Hände zu einer auf dem Kopf stehenden, heiligen Geste zu formen, bereit, die Hölle zu entfesseln, nur um der Gefangenschaft zu entkommen.

Elena beschwor die Sonne, den Mond und den Ostwind, in der Hoffnung, einen Tornado zu entfesseln, der aus den Qualen bestand, die sich in ihr aufbauten. Ihr Haar hob sich leicht, als wäre eine leise Brise über ihre Schulter geglitten …

… und dann passierte nichts. Keine Zerstörung, keine Magie, kein Entkommen – nur die verzweifelte Stille eines misslungenen Zaubers. Zitternd stand sie da.

»Die Magie von dieser Frau ist stärker als bei den meisten«, sagte die Matrone zu Chardon. »Gerade hat sie die Energie dazu gebracht, sich um sie zu rühren. Den meisten gelingt es mit diesen Handschellen nicht einmal, eine Beschwörung zu vollenden.« Matrone zerrte an den Ketten um Elenas Handgelenke, auf denen blaue Runen leuchteten. »Aber jetzt, wo du dich an deinem kleinen Trick versucht hast, erkennst du sicherlich, dass deine Zauber und Flüche hier keinen Wert haben.«

Elena starrte auf die Handschellen, weil die Magie in den

Metallbändern sie entgeisterte. Der Fesselungszauber im Metall zwang die Schellen, sie fester zu packen, sodass ihre arkane Energie vollkommen erstickt wurde. Sie versuchte, einen weiteren Zauber zu wirken, doch je mehr sie sich wehrte, desto schwächer wurde sie. Bezwungen ließ sie den Kopf sinken, um ihre Tränen zu verbergen. Falls sie je in der Gunst des Allwissenden gestanden hatte, war das in einem anderen Leben gewesen.

Chardon tippte sich an den Hut und verneigte sich kurz vor der Hausmutter. »Ich werde sie dir jetzt überlassen. Offensichtlich hast du alles unter Kontrolle.« Damit verschwand er und überließ Elena dem Terror des Gesetzesvollzugs für Hexen.

Sie wurde einen Gang entlanggeführt, in dem der schwere Gestank von Schimmel und feuchtem Stroh hing. Leere Zellen gingen davon ab, Käfige, in denen die Gefangenen eines vergangenen Zeitalters untergebracht worden waren. Seltsamerweise konnte Elena immer noch das Stöhnen der Gefolterten und Gequälten in den Steinen und dem Mörtel des Gefängnisses hören, trotz ihrer Fesseln. Während ihre Füße denselben Boden beschritten wie all diese Leute vor Hunderten von Jahren, kroch Kälte in Elenas Körper und eroberte den Teil ihrer Seele, in dem sie ihre tiefsten Ängste verborgen hatte. Und dort rollte sie sich zusammen, bereit zum Angriff.

Die Hausmutter blieb stehen, als sie eine Gittertür am Ende des Korridors erreichte. Aus dem Inneren der Zelle klirrte eine Kette und Füße schlurften durch trockenes Stroh, als hätte ein Eindringling einen Stall voller Kühe geweckt. Der Geruch, der aus diesem höhlenartigen Raum drang, war allerdings schlimmer als in jedem Stall. Es stank nach Vernachlässigung und Hoffnungslosigkeit.

Elena hob den Kopf und sah, wie ein schelmisches Gesicht aus den Schatten auftauchte und sich gegen die Gitterstäbe drückte. Wache Augen glitzerten unter fettigen Strähnen ungepflegten Haares. Ein schiefes Lächeln verzog die helle Haut der Wangen einer jungen Frau. Über ihre linke Backe zog sich eine längliche Narbe.

Die Matrone scheuchte sie weg. »Wir haben eine neue Gefangene, Yvette. Tritt zurück.«

Die nymphengleiche junge Frau zog sich in einer schwungvollen Pirouette von der Tür zurück. Die Matrone zog den Zauberstab aus ihrem Ärmel und öffnete das Schloss mit einem Beeinflussungszauber. Elena kannte ihn. Sie hatte diese Worte gesprochen, wann immer die Tür zum Weinkeller sich verklemmt hatte. Doch jetzt taumelte der Zauberspruch durch ihren Kopf, schlüpfrig wie ein Aal, und machte es ihr unmöglich, die Beschwörung zu fassen. Ein Stoß gegen den Rücken ließ sie in die Zelle stolpern. Der verwahrloste Raum überwältigte ihre Sinne mit dem Gestank ungewaschener Körper, der Härte des Steins unter ihren Füßen und dem finalen Klirren von Metall gegen Metall, als die Tür hinter ihr ins Schloss fiel.

Die Hausmutter schwang auf der anderen Seite ein weiteres Mal ihren Zauberstab, woraufhin Runen an den Eisenstäben aufglühten. »Hände hoch«, sagte sie. Elenas Handschellen glitten von ihren Gelenken. Sofort sprang die bleiche junge Frau mit den glitzernden Augen nach vorne, hob sie auf und reichte sie höflich der Matrone. »Die Schuhe ebenfalls.«

»Was?«

»Zieh deine Schuhe aus und schieb sie durch das Gitter.« Die Hausmutter tippte ungeduldig mit dem Zauberstab an die Stäbe. »Häftlinge tragen keine Schuhe.«

Die junge Frau griff gierig nach den abgeschüttelten Schuhen und drehte sie kurz, um die Signatur des Schuhmachers auf der Sohle zu mustern. Sie musterte Elena mit hochgezogener Augenbraue, bevor sie die weichen Schnürschuhe aus Leder an die Matrone weiterreichte.

»Danke, Yvette. Kümmere dich um unseren neuen Gast.«

»Mit Vergnügen«, sagte die junge Frau. Ihr freundliches Lächeln verweilte genau so lange auf ihrem Gesicht wie die Hausmutter im Flur. Sobald die Wache verschwunden war und die Tür am Ende des Ganges sich mit einem Knall geschlossen hatte, begannen ihre Augen im Dämmerlicht hell wie Saphire zu glühen und sie schien Elena quasi mit Blicken zu verschlingen.

»Soso, was haben wir hier?« Die Frau umkreiste sie, gerade außerhalb von Elenas Reichweite. »Ich würde sagen, du siehst aus wie eines von Dubois' fingerfertigen Mädchen, doch für kleine Diebstähle werfen sie niemanden in dieses Loch. Vielleicht eine Arbeiterin bei der Maison de Miel? Hm, nein. Deine Kleidung ist von Qualität, aber zu gewöhnlich. Und du kannst kein Karneval-Käthchen sein. Von dort komme ich.«

Elena war sich nicht sicher, wie sie auf dieses Verhör reagieren sollte. Sie war sich ziemlich sicher, dass ein »Karneval-Käthchen« ungefähr dasselbe war wie eine *Illusioniste* für Herren der besseren Gesellschaft – eine Frau, die Magie einsetzte, um zahlenden Kunden sexuelle Fantasien zu erfüllen. Die schwarze Seidenstrumpfhose der Frau mit den eingestickten Bourbon-Lilien darauf verriet eigentlich alles – wenn sie auch zerrissen und fadenscheinig war. Auf Yvettes Augenlidern klebten Reste von Kajal und ihre Kleidung roch immer noch entfernt nach Männern. Doch die gezackte Narbe auf ihrer bleichen Wange verriet, dass ihre Geschichte auch eine gewalttätige Seite haben musste. War sie ein Opfer ihres Gewerbes? In was für eine Hölle hatte Chardon sie geworfen?

»Ich bin nicht … also, solche Arbeit mache ich nicht.«

»Oh, zu geschmacklos für eine wie dich, hm?« Die zierliche Frau spitzte die Lippen, dann lehnte sie sich weit genug vor, um ihren sauren Atem über Elenas Gesicht gleiten zu lassen. »Einige von uns sind begabt genug, um nicht schlecht damit zu verdienen. Willst du wissen, wie gut ich bin?«, fragte sie und strich mit den Fingern über Elenas Kiefer.

»Setz dich, Yvette. Nicht alle Frauen praktizieren ihre Magie auf dem Rücken liegend.« Eine zweite Gestalt – sie saß im Schneidersitz am einzigen Fenster – lehnte sich vor, bis ein Lichtstrahl auf sie fiel. Langes schwarzes Haar umrahmte ein braunes Gesicht und lebensüberdrüssige Augen, die kaum Trost zu bieten hatten. Diese zweite Frau trug eine verblasste Seidenrobe in Rot und Gold über einer Leinentunika. In beiden Ohren steckten drei kleine, goldene Ringe. Von ihrer Haut stieg der Geruch von verbrannter Zitrone und Räucherwerk auf. Fremd. Exotisch. Wie das große Warenhaus für Gewürze in der Stadt, das Elena einmal als Kind mit Grand-Mère besucht hatte.

»Oh, là, là, Sidra. Ich versuche doch nur herauszufinden, welche Art von Kriminelle sie hier zu uns hereingeworfen haben. Man sollte meinen, du wärst froh, dass ich mich um unsere Sicherheit sorge.«

»Sie ist eine Mörderin, genau wie wir. Ende der Geschichte.«

Elena antwortete nicht, weil in diesem Moment ein kleiner Zaunkönig zwischen den Gitterstäben auf dem Fenstersims landete. Er putzte sich kurz, dann flog er in die Zelle, um auf Sidras ausgestreckter Hand zu landen. Die Frau flüsterte dem Vogel etwas zu und der Vogel antwortete singend. Nach einem kurzen Austausch tätschelte Sidra dem Vogel den Kopf, dann zog sie einen Weberknecht aus dem Stroh und ließ ihn vor dem offenen Schnabel des Zaunkönigs baumeln.

»Wieso kannst du mit dem Vogel sprechen? Verhindern die Runen nicht jede Anwendung von Magie?«

»Sie blockieren Zauber«, erklärte Sidra. »Aber nicht einmal ein Ort wie dieser kann die Essenz einer Person unterdrücken. Ich brauche keine Zaubersprüche, um mit Vögeln zu sprechen.«

War das möglich? Es musste so sein. Hatte Elena nicht das Klagen der Toten am Rande ihres Hörvermögens wahrgenommen, als sie durch den Gang geführt worden war?

Yvette packte eine Handvoll feuchtes Stroh und warf es vor Elenas Füße. »Die Neue riecht nach Alkohol. Ich kann Betrunkene als Zellengenossen nicht ertragen.«

»Das sind Wein und Eiche.« Sidra zerquetschte ein Silberfischchen zwischen den Fingernägeln und bot es dem Vogel an. »Es ist der Geruch von jemandem, der in einem Weinkeller arbeitet.«

Yvette verzog das Gesicht. »Du meinst, sie ist eine Weinhexe? Hier drin? Von so was habe ich noch nie gehört. Was für einen Grund sollte eine feine Hexe wie sie haben, jemanden zu töten?«

»Gute Frage.« Sidras Blick verweilte für einen Moment auf Elena, bevor sie ihrem gefiederten Freund eine letzte Botschaft zuflüsterte. Er schlug mit den Flügeln und verschwand durch das Fenster. Die Blicke der Zauberin folgten dem Vogel über den Himmel und ihr Wunsch, ihm zu folgen, war unübersehbar.

Elena setzte sich an die freie Wand, zog die Beine an und schlang die Arme darum. »Ich habe niemanden getötet.«

»Nun, man wird nicht dafür eingesperrt, dass man schlechten Wein gemacht hat.« Die junge Frau, die nicht älter sein konnte als zwanzig, verwandelte sich erneut von einem naiven Mädchen in ein verschlagenes Straßenkind. Ihr Gesicht verhärtete sich, als sie die Zähne zusammenbiss. Sie schlich näher an Elena heran und wedelte mit einem zehn Zentimeter langen, scharfen Metallstück, das sie aus ihren Haaren gezogen hatte. »Du solltest besser nicht die Augen zum Schlaf schließen, bevor wir zu einer Übereinkunft gekommen sind.«

Das improvisierte Messer, das einst eine kunstvoll geschaffene silberne Haarnadel gewesen sein musste, war geschliffen worden, bis die Spitze zweifellos scharf genug war, um Wunden zu schlagen. Solche Gegenstände hätten eigentlich von der Matrone beschlagnahmt werden müssen, doch Yvette war es scheinbar irgendwie gelungen, ein wenig Schutz in ihre Zelle zu schmuggeln, der nichts mit Magie zu tun hatte. Klug.

Elena starrte die Spitze der Haarnadel an, die auf ihre Kehle gerichtet war. »Welche Art von Vereinbarung meinst du?«

Yvettes Augen begannen zu leuchten, als ihr klar wurde, dass sie ihren Kopf durchsetzen würde. »Du wirst für deine Seite der Zelle zahlen.«

»Mit was?«

Sidra schnalzte missbilligend mit der Zunge. »Müssen wir das jedes Mal machen?«

»Für dich da drüben ist ja alles in Ordnung«, blaffte Yvette zurück. »Du hast diesen Vogel, der dir die Zeit vertreibt. Aber was habe ich?« Sidra tat ihre Worte mit einem Kopfschütteln ab und Yvette richtete ihren giftigen Blick wieder auf Elena. »Eine Hexe wie du sollte jede Menge reiche Freunde haben. Was auch immer sie dir bringen, wenn sie dich besuchen, bringen sie auch mir. Ich will eine saubere Decke, Essen und frische Kleidung. Und eine neue Seidenstrumpfhose. Ich kann diese zerrissenen Fetzen keinen weiteren Tag mehr ertragen.«

»Niemand wird dir solche Dinge bringen«, sagte Sidra.

»Wieso nicht?«

»Weil niemand Geld an ein Karneval-Käthchen wie dich verschwenden wird.«

»Lieber will ich so bleiben, wie ich bin, als zu einer vertrockneten Vettel zu werden, deren Hals kurz davorsteht, den Kuss von *la demi-lune* zu spüren. Deine Vögel können dich nicht vor deinem Schicksal auf der Guillotine bewahren.«

Die scharfe Zunge der jungen Frau hatte ihr Ziel nicht verfehlt. Die Zauberin stand auf, gefolgt vom Rasseln von Metall. Unter ihrer Robe wurde eine schwere Metallkette um ihr Fußgelenk sichtbar, die mit einem Metallring in der Wand verbunden war. So, wie die ältere Frau über die schlecht gelaunte Elfe aufragte, fürchtete Elena, sie könnte Yvette angreifen. Hätten die Ketten sie nicht zurückgehalten, hätte die Zauberin ihre Kontrahentin wohl mit einem einzigen magischen Spruch vernichtet, so drohend wirkte ihr Blick. Stattdessen zog sich Yvette eilig ans andere Ende der Zelle zurück, beruhigt durch das Wissen, dass zumindest momentan sie die Gefährlichere der beiden war. Sidra trat wütend gegen das Stroh, dann zog sie sich ihr Tuch über den Kopf. Sie kehrte zur Wand zurück und wandte den anderen den Rücken zu – die einzige Privatsphäre, die in einer so engen Unterbringung möglich war.

»Stimmt es?«, fragte Elena die junge Frau. Sie riskierte damit, die Wut beider Zellengenossinnen auf sich zu ziehen, doch sie konnte nicht anders, als sich Gedanken um ihr eigenes Schicksal zu machen. »Das mit …?« Schnell zog sie sich einen Finger über die Kehle.

Yvette hob den Kopf, um das kleine Stück Himmel anzustarren, das man durch das Fenster sehen konnte. Eine Andeutung von Bedauern schwang in ihrer Stimme mit, als sie sagte: »Sidras Hinrichtung ist in drei Tagen. Deswegen ist sie angekettet.«

Die Kälte von Elenas Haut schien in ihre Adern überzugehen, wo sie sich um Herz und Lunge legte, bis Elena kaum mehr atmen konnte. Ja, sie hatte Bastien tot sehen wollen. Ja, sie hatte das Gift destilliert, um die Tat auszuführen. Sie hatte sogar einen Zauber notiert, um den Trank in seinem Magen zu bannen, damit er ihn nicht wieder herauswürgen konnte. All das hatte sie getan, in voller Akzeptanz der Konsequenzen für ihre Seele, sollte sie ihren Plan vollenden. Doch dann hatten Zweifel, die sie einfach nicht überwinden konnte, ein Loch in ihre Entschlossenheit gebrannt. Seine Unschuldsbeteuerung, ausgesprochen nur Augenblicke nachdem er sie fast überfahren hatte, hatte in ihrem Geist zu gären begonnen. Bastien war immer stolz auf die Macht gewesen, die er über andere besaß, hatte damit angegeben, dass er Nachbarn hatte verzaubern oder die Felder seiner Konkurrenten hatte verfluchen lassen. Wäre er für den Verwandlungsfluch verantwortlich gewesen, hätte er sich den Moment des Triumphs nicht entgehen lassen, wenn er sich den Verdienst anrechnen lassen konnte. Diese Erkenntnis hatte ausgereicht, um Elena nachdenklich zu machen, und so hatte sie das Gift im Schrank über ihrem Arbeitstisch verstaut und sich stattdessen darauf konzentriert, einen herausragenden Wein zu schaffen, der den Namen Du Monde aus der Erinnerung des Tals tilgen konnte. Nur dass sie jetzt hinter Gittern saß und beschuldigt wurde, Bastien ermordet zu haben, und wahrscheinlich vom selben tödlichen Schicksal bedroht wie die Frauen neben ihr.

Nach einem langen Moment des Schweigens lehnte Sidra ihren Kopf gegen die Gitterstäbe der Tür und spähte in den Gang hinaus, in dem die Lampen gelöscht worden waren. »Hörst du sie? Sie klagen wieder.«

Elena sah über die Schulter. Sie hatte das leise Jammern und die erbärmlichen Rufe um Gnade im Stein bisher ignoriert, weil sie zu sehr mit ihren eigenen Sorgen beschäftigt war. Doch Sidra rief ihr die Stimmen wieder ins Bewusstsein, die in der Dunkelheit widerhallten, als drängen sie aus einem finsteren Tunnel zu ihnen in die Zelle.

Die Zauberin zog ihre Kette heran und ordnete sie neben sich zu einem ordentlichen Kreis. »Die da«, sagte sie mit einem Kopfnicken zu Yvette, »glaubt mir nicht, wenn ich sage, dass Stimmen durch den Korridor hallen. Zu Beginn haben sie mich nachts wach gehalten. Ich lausche auf das, was sie sagen. Sie tun mir leid, auch wenn ich nicht weiß, wer sie sind oder warum sie schreien.«

Elena fragte sich, woher Sidra wohl kam. Aus welchem Land sie auch stammte, es musste weit entfernt sein, wenn sie noch nie die tragische Geschichte über die falsch Beschuldigten aus dem Chanceaux-Tal gehört hatte. »Es sind die Stimmen der Verurteilten«, sagte Elena. Ihr Blick folgte dem Pfad eines leisen Stöhnens zu einer Stelle an der Wand, an der zwei Metallringe die Arme einer Person über dem Kopf halten konnten. »Sie wurden vor zweihundert Jahren hier eingesperrt und gefoltert, weil sie Hexerei betrieben haben. Männer, Frauen und Kinder.«

»Was, du kannst sie auch hören?« Yvette schüttelte den Kopf, dann zog sie ein Bein an und rückte ihre Strumpfhose zurecht. »Wenn ihr mich fragt, seid ihr beide irre, wenn ihr auf einen Haufen tote Hexen lauscht.«

Elena erinnerte sich an eine Reise in die Stadt, die sie einmal mit Grand-Mère unternommen hatte. Sie wollten ein paar seltene Zutaten kaufen, die sie im Tal nicht erwerben konnten: Safranwurz, getrocknete Fischblasen und feines Hennapulver, das sie mit einem Bindungszauber ins Garn übertrugen. Unfähig, in den fremden Straßen den richtigen Laden zu finden, hatten sie angehalten, um eine Frau, die gerade ihren Hausflur fegte, nach dem Weg zu fragen. Als sie näher getreten waren, hatte die Frau ein Amulett gegen den bösen Blick aus der Rocktasche gezogen und vor ihnen ausgespuckt, bevor sie sie mit ihrem Besen vertrieben hatte. Elena hatte nicht verstanden, was vor sich ging, also hatte Grand-Mère ihr in einem Café ein Eis gekauft, um ihr dann eine Geschichte zu erzählen, die erklärte, warum es immer noch Leute gab, die Hexen mit Verachtung betrachteten.

»Die meisten Stimmen, die man hier hört, gehörten keinen Hexen.« Elena stand auf, umklammerte mit beiden Händen die Gitterstäbe ihres Gefängnisses und schloss die Augen. Sofort erkannte sie die Wahrheit in Sidras Erklärung, dass dieser Ort die Essenz einer Hexe nicht ersticken konnte. Die Energie des Runenzaubers summte unter ihren Fingern, vibrierte im Metall wie ein Puls, der ihre Verbindung zum Allwissenden blockierte. Sie öffnete die Augen wieder und rieb sich die Hände, um die seltsame Energie des Zaubers zu vertreiben. »Als die Verurteilten noch lebten, war dies ein normales, menschliches Gefängnis. Es war noch nicht mit Magie belegt worden. Jede gesunde Hexe hätte keinerlei Probleme gehabt, aus diesen Zellen zu entkommen.«

Yvette schnaubte. »Oder sich gar nicht erst fangen zu lassen.«

Elena stimmte zu, dann dachte sie an Grand-Mère. »Doch jede Hexe, die zu alt oder zu schwach war, um sich zu verteidigen, wäre genauso hilflos gewesen wie die Sterblichen.«

Sidra bewegte sich, sodass die Kette an ihrem Knöchel rasselnd über den Boden glitt. »Oder jemand, der verflucht worden ist?«

Es war, als hätte die Zauberin eine Kristallkugel eingesetzt, um in Elenas Seele zu spähen und ihre Verletzlichkeit zu erkennen. Sie rieb sich die Gänsehaut auf ihren Armen und nickte, während der Geist eines Gedankens durch ihren Kopf huschte. Hätte sie die Stärke besessen, den Hexenjagden zu entkommen, wenn man sie in ihrem verfluchten Zustand gefangen hätte?

»Was für schreckliche Zauber haben diese Verlorenen entfesselt, dass ihre Schreie immer noch in den Steinen hallen?«

»Sie wurden beschuldigt, mit dem Teufel zu verkehren und böse Taten gegen ihre Nachbarn begangen zu haben. Und es stimmt, es gab ein paar Hexen – überwiegend allerdings waren es Hexer –, die zerstörerische Mächte beschworen haben, um damit Dörfer zu verwüsten. Doch es waren nicht sie, die gefangen und ins Gefängnis geworfen wurden. Überwiegend waren es irgendwelche unglücklichen Sterblichen aus dem Tal, die unter Folter ein falsches Geständnis ablegten.«

»Ich höre das Betteln um Gnade und«, Sidra legte den Kopf schief, »um ein Ende der Schmerzen.«

»Viele wurden misshandelt. Gefoltert. Damals haben die Ankläger Frauen zum Fluss gezerrt und ihren Kopf wieder und wieder unter Wasser gedrückt, bis ihre Lungen fast platzten. Oder sie haben ihnen den Kopf rasiert. Oder Daumenschrauben eingesetzt. Oder einen Fingernagel gezogen und dafür gesorgt, dass die Wunde stundenlang schmerzte, bis die Angeklagte alles tat oder sagte, damit die Pein endete.«

»Erzähl Sidra von den Steinen«, sagte Yvette, die die Geschichte zu kennen schien und nicht länger vorgab, das Gespräch zu ignorieren.

Elena nickte. »Auf manche wurden auch Steine gestapelt. Bei jeder Leugnung wurde das Gewicht erhöht, bis die Person entweder unter der Last erstickte oder glaubwürdig genug ihre Schuld gestand, sodass die Steine wieder heruntergenommen wurden. So oder so bekam das Gesetz, was es wollte.«

»Pein war schon immer die Magd des Anklägers«, sagte Sidra zustimmend. Dann schloss sie die Augen und atmete tief durch, während sie lauschte. »Die Stimmen sagen auch, dass sie das Züngeln der Flammen auf dem Scheiterhaufen fürchten. Wurden diese Leute auch verbrannt?«

»Ja.«

»Bei lebendigem Leib?«

»Manchmal.«

Sidra hob den Kopf vom Gitter. »Doch jetzt wird Verbrechern in diesem Land mit einer gebogenen Klinge der Kopf abgetrennt.« Sie starrte mit derselben Sehnsucht in den leeren Gang, mit der sie vor Kurzem den Vogel am Himmel beobachtet hatte. »Ich würde mit jeder von ihnen den Platz tauschen, um das Feuer zu bekommen«, sagte die Zauberin, dann beugte sie sich vor und griff nach einer dünnen Wolldecke, die sie zuvor als Kopfkissen verwendet hatte, und streckte sie Elena entgegen. »Hier, das wirst du heute Nacht brauchen. Und lass sie dir nicht von Yvette stehlen.«

»Warum gibst du sie mir?«

»Wo ich herkomme, bezahlen wir unsere Geschichtenerzähler.« Die Frau lächelte kurz und enthüllte dabei eine Reihe von Zähnen aus Gold und Elfenbein.

»Und wo ist das?«

»Die schönste Wüste mit grauem und pinkfarbenem Sand. Wo Palmen in der Morgenbrise schwanken und die Feigen so groß sind wie deine Faust.«

Elena wollte die Decke haben, doch sie zögerte trotzdem, sie entgegenzunehmen, weil sie sich nicht sicher war, ob an das Geschenk einer Zauberin aus der Wüste nicht Bedingungen geknüpft waren. Welche Schuld würde sich daraus vielleicht ergeben?

»Nimm sie«, sagte Sidra und warf die Decke vor Elenas Füße, scheinbar amüsiert von ihrem inneren Konflikt. »Ehrlich, ich spüre die Kälte nicht.«

»Danke.« Sie ergriff die Decke und suchte sich einen Platz, der so weit wie möglich vom Toiletteneimer entfernt war. Gefangen zwischen dem kalten Steinboden und ihren eigenen belastenden Ängsten würde sie keine Ruhe finden, doch Elena wusste, dass sie nichts zu gestehen hatte. Sie hatte niemanden getötet.

Allerdings war Bastien dennoch tot. Ermordet im Zuge eines Blutmagierituals, wenn man dem Inspektor glauben durfte. Das war alte, finstere Magie, die in der modernen Welt kaum noch eine Rolle spielte. Und das aus gutem Grund. Wie viele Sterbliche waren während der Hexenjagden gestorben, weil sie sich nicht mit derselben Geistesgegenwart verteidigen konnten wie eine heimtückische Hexe? Elena streckte sich unter ihrer Wolldecke aus und dachte an die Hebammen, die Kräuterfrauen und die armen Witwen, die den Preis für Verbrechen gezahlt hatten, die von Hexenzirkeln begangen worden waren, die zu schlau gewesen waren, um sich fangen zu lassen. Um die Hexenjagden zu beenden, hatten schließlich einige Hexen, die das Töten leid waren, Reformen angestoßen. Die Große Konklave von 1745 hatte alle Parteien an einen Tisch geführt. Dort waren die Gesetze des Pakts formuliert worden, an die heute noch alle gebunden waren.

Das konnte jedoch die unschuldigen Seelen, die immer noch in den Gängen des Gefängnisses um Gnade wimmerten, kaum beruhigen.

19

Jean-Paul stand in seiner Küche, vollkommen verwirrt von der Unzahl von Schränken und Schubladen um ihn herum. Er lebte nun seit drei Jahren im Château, hatte aber noch nie gekocht oder irgendeine Mahlzeit zubereitet. Nicht einmal einen Imbiss spät am Abend. Madame hatte sich, wie ihm jetzt klar wurde, um jedes seiner Bedürfnisse gekümmert. Manchmal sogar schon, bevor ihm überhaupt bewusst gewesen war, dass er etwas brauchte. Jetzt hätte er sich ob seiner eigenen Ignoranz am liebsten erwürgt. Wie sollte er herausfinden, an welcher Stelle in der Küche sich eine Schachtel Streichhölzer befinden mochte?

Er hatte keine Ahnung, wohin Madame verschwunden war. Eben hatte sie sich noch im Vorratsraum im Keller zu schaffen gemacht, aufgebracht von Elenas Verhaftung, und im nächsten Moment hatte sie sich ihren Regenschirm geschnappt und war aus der Eingangstür gestürmt, wobei sie etwas über Charlatans und Verrückte gemurmelt hatte. Sie hatte ihm erklärt, er solle sich keine Sorgen machen und sich um das Château kümmern, während sie weg war. Oder hatte sie gesagt, *wenn* sie weg war? Auf jeden Fall war sie bisher nicht zurückgekehrt. Jean-Paul fühlte sich aufgeschmissen, und das ausgerechnet jetzt, wo Elena sich auf ihn verließ.

Er schlug die Stirn gegen einen Hängeschrank, einmal,

zweimal. Wie konnte er Elena jetzt verlieren? Er hatte sie doch gerade erst gefunden.

Er richtete sich auf, rückte seinen Anzug zurecht und zwang sich, logisch zu denken. Er war ein ausgebildeter Anwalt, um Himmels willen. Er sollte fähig sein, sich in der Küche einer Hexe zurechtzufinden. Normalerweise sollten die Streichhölzer irgendwo in der Nähe des Herdes zu finden sein, aber wenn er jetzt so darüber nachdachte, hatte er Madame nie dabei beobachtet, wie sie ein Streichholz entzündete. Kein einziges Mal. Aus einer Ahnung heraus drehte er sich um und öffnete die Schublade neben dem Kühlfach. Darin lagen verschiedene Schnüre und zerbrochene Kerzen, die darauf warteten, noch einmal von Nutzen zu sein. Wie durch ein Wunder fand er die Streichhölzer unter einer vergessenen Dose mit Anisbonbons. Er schob die Schachtel in die Jackentasche, schloss die Knöpfe seines Jacketts und setzte seinen grauen Homburger Hut auf. Gerade hatte er den Hut auf seinem Kopf zurechtgerückt, als ein lautes, hartnäckiges Klopfen an der Vordertür erklang.

Jean-Paul erwog, die Person einfach zu ignorieren, doch spätestens im Hof würden sie ihn entdecken. Und er konnte seinen Aufbruch nicht länger hinausschieben. Das Gefängnis lag zwölf Meilen entfernt und die erste Anhörung sollte heute Nachmittag stattfinden. Wenn er vorher noch mit Elena sprechen wollte, musste er so bald wie möglich aufbrechen. Nach einem Blick auf seine Taschenuhr öffnete er die Eingangstür und sah sich einer erhobenen Faust gegenüber, die gerade ein weiteres Mal auf das Holz herabsinken wollte. Fast hätte ihn ein Schlag mitten zwischen den Augen getroffen.

»Nun, willst du uns hineinbitten oder den Nachmittag damit verplempern, uns anzustarren?«

Auf der Türschwelle stand Marion Martel, gekleidet in ein eierschalenfarbenes Ensemble aus Rock, Jacke und Hut mit breiter Krempe. Die Kleidung wirkte ein wenig extravagant mit der weißen Feder und den weißen Hortensien über der Krempe, aber war dennoch dezent genug, um tagsüber getragen zu werden – zumindest für eine Frau, die so wohlhabend war wie die Witwe von Monsieur Philippe Martel.

Jean-Paul küsste seine Mutter auf beide Wangen. »Was tust du hier?«

»Das ist ja ein schönes Willkommen.« Sie drängte sich an ihm vorbei und zog sich – einen Finger nach dem anderen – die Leinenhandschuhe von den Händen, während sie den bescheidenen Salon des Châteaus musterte. Jean-Pauls Onkel, hochgewachsen und dünn, aber mit einem Teint, der von Magenproblemen sprach, folgte ihr ins Haus.

»Wir haben den ersten Zug heute Morgen genommen. Sobald wir davon gehört haben.« Georges Martel zog seinen Strohhut vom Kopf und kämmte kurz sein Haar mit den Fingern aus.

»Was gehört?«

Sein Onkel wirkte wütend. »Gute Güte, was glaubst du denn, wie das aussieht? Bastien du Monde war einer der wichtigsten Klienten unserer Firma. Er wird tot aufgefunden und eine deiner Angestellten wird für den Mord an ihm verhaftet? Natürlich mussten wir sofort kommen.«

»Sie ist keine Angestellte. Sie ist …«

»Sie ist was?« Jean-Pauls Mutter faltete die Handschuhe in ihren Händen und musterte ihren Sohn, wie sie es in seiner Kindheit immer getan hatte, wenn sie vermutete, dass er etwas im Schilde führte. Er wandte den Blick ab … und damit hatte sie ihn erwischt. »Oh, nicht schon wieder so ein Flittchen vom Land.«

Er riss den Kopf hoch. »So ist es nicht, *Maman*. Sie ist eine … Winzerin.« Er hielt das Wort *Hexe* zurück, weil er sich nicht sicher war, ob er diese Wahrheit schon aussprechen konnte.

»Ein Frau, die als Winzer arbeitet?«

»Du hast eine Kiste ihres preisgekrönten Pinot noir in deinem Keller liegen. Ja, sie ist diejenige, die diesen spektakulären Renard-Jahrgang geschaffen hat, den du so gerne Gästen servierst. Und wenn ihr mich jetzt entschuldigen wollt, ich wollte gerade aufbrechen, um sie zu besuchen. Heute Nachmittag gibt es eine Anhörung und ich brauche Zeit, um vorher mit meiner Klientin zu sprechen.«

»Deiner Klientin?« Das Gesicht seines Onkels nahm einen leicht orangefarbenen Ton an. »Das kannst du nicht ernst meinen! Du vertrittst Bastiens Mörderin? Das ist empörend. Wir haben dich nicht Jura studieren lassen, damit du diese skrupellose Frau verteidigen kannst.«

»Ganz im Gegenteil. Das ist das erste Mal, dass ich meinen Abschluss für etwas Nobles einsetze.«

»Jean-Paul, sei vernünftig.«

Als er nur die Zähne zusammenbiss und seine Mutter stumm herausforderte, noch etwas zu sagen, sackte sie in sich zusammen wie eine gelandete Trauertaube.

»Möchtest du damit erklären, dass diese Frau dir wirklich etwas bedeutet?«

»Das tut sie. Natürlich tut sie das. Sie ist von unschätzbarem Wert für das Weingut«, sagte er. »Und ich weiß, dass sie unschuldig ist.«

»Mehr ist da nicht?«

Er zögerte. Verdammt sollten seine Mutter und ihr Fingerspitzengefühl sein. So, wie sie ihn durchschaute, hätte sie genauso gut selbst zur Hälfte Hexe sein können. Er hatte es noch nicht laut ausgesprochen, hatte den Umstand kaum für sich selbst akzeptiert. Doch bei Gott, ja, er verliebte sich gerade in Elena … und das aus vollem Herzen.

Das Eingeständnis hatte sich offensichtlich in seiner Miene abgezeichnet. Seine Mutter nickte ihm mitfühlend zu, dann verzogen sich ihre Lippen zu einem halben Lächeln.

»Es ist nicht zu spät, mit dem Abendzug in die Stadt zurückzukehren«, sagte sie. »Um deinen Ruf in der Stadt zu retten.«

Er nahm ihre Hand und hielt sie sanft. »Doch, *Maman*, es ist zu spät.«

Die sanfte Zurückweisung trieb ihr Tränen in die Augen, doch sie hielt die Feuchtigkeit zurück. »Nun, ich nehme an, ich sollte dem Urteil meines Sohnes Glauben schenken. Offensichtlich hat die Frau einen Vertrauensvorschuss verdient.«

Jean-Pauls Onkel stand offenbar kurz davor, ihn mit Anschuldigungen zu überschütten, doch seine Mutter legte ihrem Schwager eine Hand auf den Arm, um ihn zum Schweigen zu bringen – so wie sie es zu seinen Lebzeiten auch bei ihrem Ehemann getan hatte. »Komm. Ich glaube, es wäre nur angemessen, wenn wir einen kleinen Imbiss für deine Klientin zusammenstellen, nicht wahr?«

Sie hakte sich bei ihrem Sohn unter und packte, trotz seinem Drang zum Aufbruch, schnell einen schön bestückten Korb zusammen, mit einem Leib knusprigem Brot, einem Stück frisch gereiften Käse und einer Handvoll getrockneter Aprikosen, die sie in der Vorratskammer entdeckte. Wie eine Magierin ließ sie alles unter einem schwarzen Wolltuch verschwinden, das sie von einem Haken im Flur genommen und zu einem ordentlichen Dreieck gefaltet hatte.

Geschlagene drei Stunden später, nachdem er seine Familie zu einem respektablen Hotel gebracht hatte, damit sie morgen mit dem Zug in die Stadt zurückkehren konnte, stand Jean-Paul endlich auf dem Gehweg vor der Maison de Chêne und löste den Korb vom Sattel seines Pferdes. Er hatte es festgebunden und kratzte sich am Hinterkopf, wo sich langsam Kopfschmerzen bildeten. Auf dem Ritt hatte er über nichts anderes nachgedacht als Rechtsfragen – die Argumente der Anklage, die Grundlagen für seine Verteidigung und die Schwierigkeiten, die daraus entstanden, dass es um ein Verbrechen ging, das sich seinem vollen Verständnis entzog. Die einzige Tatsache, die für ihn feststand, war Elenas Unschuld. Deswegen würde er ihr helfen. Er würde zum Recht zurückkehren und noch ein letztes Mal in die Fußstapfen seines Vaters treten, um sie zu befreien. Danach konnte er letztendlich zum Winzer werden und Antragsschriften, Schriftsätze und *corpus delicti* für immer hinter sich lassen.

Elena saß allein und mit gesenktem Kopf an einem Tisch, als er den Raum betrat. Sobald sie ihn entdeckte, stand sie auf. Hoffnung brannte in ihren Augen. Und für eine Sekunde erlaubte er sich ebenfalls, sich dem Gefühl hinzugeben. Dann stießen die Ketten um ihre Handgelenke klirrend gegen die Tischkante und vertrieben jede Vorstellung, dass dies ein normaler Besuch sei.

»Geht es dir gut?« Das war eine dumme Frage, doch Elena nickte tapfer. Der unangenehme Geruch des Kerkers hing in ihrer Kleidung und ihrem Haar. »Natürlich geht es dir nicht gut. Wie wäre das auch möglich?« Er hob den Arm und ergriff ihre Hand, zum Teufel mit den Konsequenzen.

Die Wächterin, die ihn in den Raum geführt hatte, räusperte sich. »Mir wurde mitgeteilt, Sie wären ihr *Anwalt*, Monsieur.«

Er drückte Elenas Finger, um sie wissen zu lassen, dass alles in Ordnung kommen würde, dann richtete er sich höher auf, um dem Bild seiner Position gerecht zu werden. »Ja, ich vertrete diese Frau, also werden Sie freundlicherweise vor der Tür warten, während ich unter vier Augen mit meiner Klientin spreche.«

Jean-Paul schloss die Tür hinter der Wächterin, dann setzte er sich Elena gegenüber an den Tisch. Die Runen an ihren Fesseln leuchteten in einem hellen Blau, das sogar er sehen konnte.

»Sag mir, dass das nicht wirklich passiert«, flüsterte sie und spähte aus ihren goldenen Augen zu ihm auf, als er seinen Hut abnahm. »Habe ich einen Traumtrank zu mir genommen? Hat jemand mir die Lamellen eines schlechten Pilzes ins Essen gemischt?« Sie lehnte sich in ihrem Stuhl zurück, sah zur Decke auf und stützte ihre gefesselten Hände auf dem Tisch ab.

Jean-Paul konnte nicht antworten. Er verstand kaum, was ihr vorgeworfen wurde, doch er wusste, dass sie in ernster Gefahr schwebte, alles zu verlieren – ihr Leben eingeschlossen.

»Ich werde mein Bestes geben, um dich hier rauszuholen.« Er hielt inne, gerade rechtzeitig, um nicht die Worte *meine Geliebte* hinzuzufügen. Wie schnell die Worte aus freiem Willen über seine Lippen drängen wollten.

Elena stand auf und begann, im Raum auf und ab zu wandern. »Wo ist Grand-Mère? Hat sie dich begleitet? Geht es ihr gut?«

Er räusperte sich, dann zog er einen Block und seinen Füller heraus. »Madame ist heute Morgen verschwunden und war noch nicht zurück, als ich aufbrechen musste.« Als er die Sorge in Elenas Blick erkannte, fügte er hinzu: »Ich bin mir sicher, es geht ihr gut.« Doch dann zögerte er. Er konnte sich nicht vorstellen, wo die alte Frau hingegangen war. In der gesamten Zeit ihrer Bekanntschaft hatte sie das Haus kein einziges Mal ohne seine Begleitung verlassen.

»Hat sie nicht gesagt, wo sie hinwollte?«

»Um ehrlich zu sein, haben ihre Worte nicht viel Sinn ergeben. Sie hat ständig etwas von ›diesem Verrückten‹ gemurmelt.«

»Was für ein Verrückter? Chardon? Bastien? Wer?«

»Ich weiß es nicht. Sie ist in deinen Arbeitsraum im Keller gegangen … und als sie wieder herauskam, hat sie mich angewiesen, gut auf das Weingut aufzupassen. Ich habe angeboten, sie hierher mitzunehmen, doch sie hat erklärt, es gäbe etwas, was sie tun müsste. Und dann ist sie auf dem Pfad über den Hügel verschwunden.«

Elena ließ sich in ihren Stuhl fallen und starrte die Wand hinter ihm an, als könne sie sich keinen Reim aus seiner Erzählung machen. Einen Augenblick später richtete sie den Blick wieder auf ihn und fragte: »Wie groß ist deine Hoffnung, mich freizubekommen?«

Er legte seinen Stift zur Seite. »Wenn ich dich verteidigen soll, müssen wir vollkommen ehrlich zueinander sein.« Er lehnte sich vor und legte erneut die Hand auf ihre. »Ich werde alles in meiner Macht Stehende tun, um dich auf Kaution hier herauszuholen, aber wenn ich versage, wirst du bis zu deinem Prozess hierbleiben müssen. Das könnte Monate dauern. Die Anklage hat angedeutet, dass sie ein Exempel an dir statuieren will, um der Allgemeinheit zu zeigen, dass sie die Situation unter Kontrolle hat.«

»Aber das haben sie nicht. Und wenn wir später im Prozess versagen, werde ich meinen Hals für das Verbrechen eines anderen unter die Guillotine legen, während der wahre Mörder davonkommt.«

Jean-Paul sah, wie die Wahrheit ihre Krallen in ihr vergrub, und doch versuchte sie, sich nichts anmerken zu lassen, als er ihre Aussagen bestätigte. Und in diesem Moment wurde ihm klar, dass sie vielleicht an seinen Fähigkeiten zweifelte.

»Ich kann versuchen, einen anderen Anwalt für dich zu finden«, bot Jean-Paul an. »Wenn du dich nicht wohl damit fühlst, dass ich dich vertrete, muss es jemanden geben, der sich auf Fälle mit übernatürlicher Beteiligung spezialisiert hat. Aber ich werde das Weingut dafür verpfänden müssen. Ich habe kein Geld mehr übrig und niemanden, von dem ich mir etwas leihen könnte.« Das hatte sein Onkel klargestellt, als Jean-Paul ihn am Hotel abgesetzt hatte. *Verteidige sie, wenn du willst, aber es darf keine Verbindung mit der Kanzlei hergestellt werden. Niemals.* Diese Konfrontation hatte ihn härter getroffen, als er erwartet hatte. Ohne Verbindung zum Familienbetrieb blieb er so arm zurück wie jeder Bettler auf der Straße. Wenn seine Versuche, guten Wein zu erzeugen, nicht bald von Erfolg gekrönt wurden, wäre er verloren. Und ohne Elena würde ihm das niemals gelingen.

»Nein, ich will dich«, sagte sie. »Nur dich.«

Ihre Worte gaben ihm sein Selbstbewusstsein zurück, als hätte Elena damit einen Zauber gesprochen. Jean-Paul griff nach seinem Füller und sie verbrachten den Rest ihrer gemeinsamen Zeit damit, die Gerichtsanhörung vorzubereiten. Nachdem sie alle Anklagepunkte durchgegangen waren und entschieden hatten, wie die Verteidigung aufgebaut werden sollte, klopfte Jean-Paul an die Tür, um der Wächterin anzuzeigen, dass er bereit war zum Aufbruch. Als der Schlüsselbund vor der Tür klirrte, schob er Elena eilig eine Dose mit Zigaretten und die Schachtel mit Streichhölzern aus der Küchenschublade in die Tasche ihres Kleides.

»Was ist das?«

»Sieh es als Währung. Zumindest lief es in der Stadt immer so. Ich gehe davon aus, dass es in einem Hexengefängnis ohne Zugriff auf deine … Fähigkeiten ähnlich sein dürfte.«

Er wünschte, er könnte sie umarmen, ihre Hände in seinem Haar spüren. Ihnen blieben nur noch wenige Augenblicke zusammen. Die Tür war bereits aufgeschwungen und bald schon würde Elena in den Gerichtssaal gebracht werden.

»Eine Sache noch«, sagte er, als die Wärterin den Korb mit Essen ein weiteres Mal nach Schmuggelware durchsuchte. »Ich habe mich für morgen früh bei Gerda du Monde angemeldet, um mir ihre Aussage anzuhören. Ich möchte selbst sehen, was sie von den Anklagepunkten hält. Es wäre möglich, dass Bastien in etwas verwickelt war, was seinen Tod nach sich gezogen hat. Vielleicht kann sie mir darüber Aufschluss geben.«

Elenas Miene wirkte besorgt, doch sie nickte. »In Ordnung. Bitte achte darauf, sie nicht gegen dich aufzubringen. Und schau, ob du noch mehr über diese Hexenschwestern herausfinden kannst, von denen ich dir erzählt habe. Irgendetwas stimmt mit ihnen nicht.« Mit diesen Worten verschwand Elena durch die Tür und Jean-Paul fühlte ein weiteres Mal, wie der Schuh des Anwalts ihn drückte, als er selbst zum Gerichtssaal ging.

20

Elena lehnte mit dem Rücken an der Wand ihrer Zelle, rutschte langsam daran herunter und landete in einem niedergeschlagenen Haufen am Boden. Sie hatte die Fassung bewahrt – vor Jean-Paul, dem Richter und sogar dem Wächter, der sie zurückgebracht hatte –, doch jetzt nagten Wut und Frust an ihrer Entschlossenheit. Eine Kaution war abgelehnt worden. Sie kam nicht frei. Sie würde monatelang hier festsitzen. Wieder einmal gefangen zwischen den Zähnen des alten Fuchses. Sie vergrub die Finger in ihrem Haar und zerrte daran. Am liebsten hätte sie geschrien.

»Das heißt noch nicht, dass du verurteilt wirst«, sagte Yvette.

Die junge Frau kaute auf einer Aprikose, während sie Elena von ihrem Platz an der gegenüberliegenden Wand erwartungsvoll musterte. Sie drohte nicht länger mit ihrer angespitzten Haarnadel, doch Elena konnte sich nicht sicher sein, ob dieser Sinneswandel von Dauer sein würde oder ob sie nur einen schweigenden Waffenstillstand geschlossen hatten, nachdem sie ihren Korb voller Essen verschenkt hatte.

»Ich kann das nicht noch mal.«

Yvette spuckte einen Kern aus. »Was haben sie vor Gericht gesagt?«

Sidra hatte sich ihre Gedanken bisher nicht anmerken lassen, doch nun riss sie ihre Aufmerksamkeit von dem Spatz auf ihrem Schoß los, um zuzuhören.

»Der Ankläger hat mich pervers genannt und gemeint, es sei ein Verbrechen, jemanden zu entlassen, der so gefährlich wäre wie ich. Anscheinend war der Magistrat seiner Meinung.«

»Du? Pervers?« Yvette blieb der Mund offen stehen. »Glaub mir, ich kenne Perverse … und das Einzige, was an dir seltsam ist, ist dieser fehlende Zeh.«

Beschämt bedeckte Elena ihre nackten Füße mit dem Saum ihres Rocks, womit sie die Aussage der jungen Frau nur bestätigte. Die Reaktion sorgte für ein Glucksen von Sidra, deren goldene und elfenbeinfarbene Zähne in einem breiten Lächeln strahlten. Das Lachen steckte Yvette an, die erst anfing zu kichern, um dann hemmungslos wiehernd zur Seite umzufallen. Schließlich brach auch Elena zusammen. Sie lachte wie eine Irre, bis Tränen aus ihren Augenwinkeln rannen.

Einen Augenblick später, außer Atem, aber irgendwie von einer erdrückenden Last befreit, wurde sie wieder ernst und wischte sich mit dem Ärmel die Augen trocken. Sie konnte Jean-Pauls Duft immer noch auf ihrer Haut riechen. Sie atmete tief ein und spürte, wie sich Ruhe in ihr ausbreitete. Mit etwas Glück würde der Geruch die Nacht über halten, sodass sie von ihm träumte und nicht von dem Albtraum, zu dem ihr Leben geworden war.

»Hast du vor Gericht deinen Mann gesehen?« Der Kajal unter Yvettes Augen hatten durch die Lachtränen schwarze Striche auf ihrer vernarbten Wange hinterlassen.

»Er ist mein Anwalt.«

Die junge Frau schniefte, als versuche auch sie, Jean-Pauls Duft einzufangen. »Wie praktisch. Das muss ich mir für das nächste Mal merken, wenn ein Anwalt *meine* Dienste in Anspruch nimmt. Vielleicht schließen wir einen Handel ab.«

Das Wort Handel erinnerte Elena an etwas. Sie griff in die Tasche und tastete nach den Zigaretten. Als Währung waren sie nicht zu gebrachen. Abgesehen von dem Korb, den sie selbst mitgebracht hatte, gab es hier nichts zu kaufen – kein zusätzliches Essen, keine Decken, keine Schuhe. Aber wenn die Zigaretten Gespräche anregen konnten, konnte sich Elena zumindest die Zeit vertreiben und sich das Leben auf diese Weise einfacher machen.

Sie zog die blaue Dose und die Schachtel mit den Streichhölzern aus der Tasche und winkte Yvette damit. »Hier. Ein kleiner Trost für die Perversen.«

»Ziggis!« Beim Anblick der Dose sprang Yvette auf, elegant wie eine Tänzerin, und wirbelte zu Elena herüber. »Wie hast du es geschafft, sie an den Wachen vorbeizuschmuggeln?«, flüsterte sie.

»Zigaretten sind verboten?« Sie betrachtete die Gegenstände auf ihrer Handfläche.

Yvette schnappte sich beides mit einer schnellen Bewegung. »Pst!«, sagte sie, bevor sie sich umdrehte, um die Reaktion ihrer Zellengenossin abzuschätzen.

Jeder Muskel in Sidras Körper verspannte sich. Ihre Lippen wurden dünn. Ihr Blick, jetzt dunkel und verschleiert, hielt mit der Wachsamkeit eines Raubtiers im Gang nach Hinweisen auf die Matrone Ausschau.

»Streichhölzer«, sagte Yvette zu Sidra. In dem Wort schwang eine Schärfe mit, die Elena nicht verstand. Dann ließ die junge Frau die Schachtel spöttisch klappern. »Komm und hol sie dir.«

Die Zauberin sprang nach vorne, doch Yvette zog sich leichtfüßig auf die andere Seite der Zelle zurück. Sidras Ketten hinderten sie daran, die andere Frau zu erreichen. Sie versuchte zwar, Yvette mit ihren langen Nägeln zu kratzen, doch die junge Frau grinste nur und verhöhnte Sidra erneut mit dem Klappern der Streichhölzer. Davon überzeugt, außer Sidras Reichweite zu sein, zog Yvette eine Zigarette heraus und rieb ein Hölzchen mit einer schnellen Bewegung an. Ihre Lippen waren zu einem harten Lächeln verzogen, als sich mit einem gelben Blitz der Phosphor entzündete. Im selben Moment blitzten Sidras Augen auf. Mit harter Miene beobachtete sie Yvette, während diese mit einem tiefen Zug den Tabak entzündete.

Elena fürchtete fast, dass Sidra sich den eigenen Fuß abtrennen würde, um ihre Kette loszuwerden, so intensiv beobachtete die Zauberin den Rauch, der von Yvettes Zigarette aufstieg. Elena wusste, dass Tabak ein mächtiges Kraut war. Sie kannte sogar ein oder zwei Tränke, in denen man das Zeug verwenden konnte, doch sie hatte noch nie jemanden gesehen, der sich so sehr nach dem Geschmack verzehrte.

Sidra streckte die Hände aus. »Gib sie mir, *sharmoota*!«

»Und noch dazu eine ägyptische Luxusmarke«, sagte Yvette, nachdem sie das Etikett gemustert hatte. »Passt das nicht perfekt?«

»Gib ihr die Zigaretten«, sagte Elena. »Sie sind für alle.«

Ein dünner Faden Rauch stieg aus Yvettes Mund auf, als sie den Kopf schief legte. »Willst du wissen, warum in unserer Zelle Ziggis nicht erlaubt sind?« Die junge Frau grinste bösartig. »Schau dir das an«, sagte sie und warf Sidra die brennende Zigarette zu.

Die Zauberin warf sich bäuchlings auf den dreckigen Boden, die Hand ausgestreckt, um die halb verbrannte Zigarette einzufangen, die auf sie zurollte. Sobald sie sie in der Hand hielt, erhob sie sich wie in Trance und kehrte zu der Stelle zurück, an der ihre Kette mit der Wand verbunden war.

Plötzlich schien sich Sidras Verzweiflung in Luft aufzulösen, obwohl sie noch gar nicht an der Zigarette gezogen hatte. Sie hatte sie nicht einmal an den Mund gehoben. Stattdessen schloss sie die Augen und dankte ihrem Gott, als gäbe es nichts Wertvolleres als den ausrangierten Stummel.

»Vergiss nur nicht, wer dir das gegeben hat«, warnte Yvette, als sie sich selbst eine neue Zigarette anzündete.

»Wieso dürfen wir nicht rauchen?«

Elena wartete auf eine Antwort, doch die junge Frau stieß nur den Rauch aus und deutete auf Sidra. Die Wüstenhexe hob den Arm und schüttelte den Ärmel ihrer Robe aus. Ihre Augen weiteten sich in fast fanatischer Erwartung, als sie die glühende Spitze der Zigarette gegen den Stoff drückte. Ein schwarzes Loch mit orangefarbenem Rand erschien, dann fing die Robe Feuer.

»Was tut sie da? Sidra, nein!«

»Sie können unsere Magie und Zauber abschirmen«, sagte Sidra, als das Feuer sich an ihrem Ärmel höher fraß und dabei in unnatürlicher Intensität glühte, »aber sie können uns nicht die Essenz dessen nehmen, was wir sind.« Sidras Zähne blitzten in einem triumphierenden Lächeln auf, dann hob sie die Arme, als hieße sie das Feuer willkommen und flehe die Hitze an, ihre Kleidung, ihre Haut und ihr Haar zu verschlingen.

Elena griff nach ihrer Wolldecke, um die Flammen zu ersticken, doch es war zu spät. Das Feuer hatte sich zu schnell ausgebreitet – als wäre Sidra in Öl getränkt gewesen. Die Flammen hüllten die Wüstenhexe vollkommen ein, dann explodierten sie in einem heißen Tornado.

Die Hitze war so unerträglich, dass Elena sich zurückziehen und eine Hand vor die Augen halten musste. Hilflos sah sie zu, wie die Flammen Sidras Körper verschlangen, bis die Frau zu Boden fiel und in einem Haufen Asche verging. Das Feuer erlosch mit einem Zischen, dann erhob sich eine Rauchsäule aus der metallenen Fußfessel und schlängelte sich wie von einer unsichtbaren Macht geführt nach oben. Ein geisterhaftes Lachen hallte von den Wänden wieder, gefolgt vom vagen Duft nach Räucherwerk. Schließlich glitt der Rauch aus dem Fenster und war frei.

»Wow! Sie hat es geschafft. Sie ist entkommen.« Yvette drehte sich in einer Pirouette. »Ich hatte davon gehört, aber ich hätte nie gedacht, dass ich jemals beobachten würde, wie Sidra vor meinen Augen in Flammen aufgeht.«

Elena presste sich die Decke an die Brust. Sie hatte gedacht, sie kenne jede Magie, die es gab, doch offensichtlich hatte sie sich geirrt. »Wie konnte sie das Feuer ohne Schutzzauber überleben?«

Yvette schnappte sich die Zigaretten und Streichhölzer und versteckte sie hinter einem losen Stein in der Wand. »Ich dachte, ihr Weinhexen wärt so gebildet. Wusstest du nicht, dass Sidra eine Dschinn ist? Sie bestehen aus Feuer. Natürlich hat sie überlebt.«

»Eine Dschinn?« Bei Grand-Mère hatte es immer geklungen, als wären diese Wesen eher Mythos als Realität. Rauchfäden, die vom Wind verweht wurden. Der Geruch der Vorsehung. Ein Funken Wahnsinn in einem ansonsten ruhigen Geist.

»Nach der letzten Weltausstellung hat sich ein Dschinn unserer Jahrmarktstruppe angeschlossen«, sagte Yvette, bevor sie einen letzten tiefen Zug von ihrer Zigarette nahm. »Er hatte zwei Kontinente bereist, um die Wunder des neuen Zeitalters zu bestaunen, bevor er sich dann in unsere Feuerjongleurin verliebt hat. Die beiden waren das Verrückteste, was ich je gesehen habe. Wann immer sie Hände hielten, sprühten Funken.«

Im Flur knallte eine Tür, gefolgt vom Geräusch rennender Füße. Yvette zog sich eilig in ihre Ecke zurück, während sie versuchte, den Zigarettenrauch durch Handwedeln zu vertreiben. Elena stand wie erstarrt vor dem Brandmal auf dem Boden, die Wolldecke immer noch an die Brust gedrückt.

Eine Wächterin eilte an die Gittertür. »Oh, nein, nein, nein!« Sie griff nach ihrer Pfeife und ließ den Alarm erklingen. Zwei Minuten später watschelte mit wehender Robe die Hausmutter heran.

»Was ist passiert? Wo ist unsere dritte Gefangene?« Die Matrone warf einen Zauber, um die Zelle zu erhellen. Sofort entdeckte sie den schwarzen Aschehaufen auf dem Boden. »Sie ist durch Feuer entkommen? Wie ist es ihr gelungen, eine Flamme zu erzeugen?« Sie schüttelte die junge Wächterin so heftig, dass deren Zähne klapperten.

»Die da«, stotterte sie schließlich und deutete auf Elena. »Sie hatte vorhin einen Besucher.« Die Matrone schüttelte sie erneut, also fügte sie verteidigend hinzu: »Es war ihr Anwalt. Anwälte werden nicht durchsucht.«

Die Hausmutter musterte Elena aus zusammengekniffenen Augen. »Das wirst du bereuen«, sagte sie, dann schnippte sie mit den Fingern in Richtung der Wächterin. »Läute die Alarmglocke. Informiere den Bürgermeister. Eine Mörderin läuft frei herum.«

Elena setzte sich auf und zählte durch das Gitter vor dem Fenster die Sterne am Himmel. Mehr als tausend flackerten in der Schwärze hinter der schmalen Öffnung. Sie schlang sich die Wolldecke um die Schultern und sog den Duft des Räucherwerks sein, der noch von der letzten Besitzerin im Stoff hing. Aus Feuer zu bestehen in einer Welt voller Brennstoff – ein wirbelnder Derwisch aus kontrollierter Wut, der sich unter den Augen des Allwissenden drehte –, die Vorstellung jagte kalte Schauder über Elenas Haut.

Zu verbrennen, bis sogar die Knochen zu Asche zerfielen, und diese Verwandlung trotzdem zu überleben … Sidra hatte recht gehabt: Damit die Essenz einer Person überleben konnte, musste sie so tiefgreifend mit ihrer Seele verbunden sein, dass Ketten und Zauber ihr nichts anhaben konnten. Das war auch der Grund dafür, dass Elena in ihrem Krötenkörper genug Verstand hatte bewahren können, um den Fluch zu besiegen. Ihre zweite Sicht hatte ihr einen Pfad eröffnet und ein Entkommen ermöglicht, weil das zu ihrem Wesen gehörte. Genauso wie ein Dschinn aus Feuer bestand. Oder ein Mörder sich zu Blut hingezogen fühlte.

Ja, auch das war etwas, was im Inneren ruhen konnte. Elena hatte einst gedacht, sie wäre fähig, einen Mord zu begehen, ihre Hände aus Rachsucht in Blut zu tauchen, um den Schmerz ihres Fluchs abzuschütteln. Doch inzwischen wusste sie, dass sie eine solche Tat nicht mit ihrer Seele vereinbaren konnte. Als sich die Chance ergeben hatte, war klar geworden, dass sie keine Mörderin war. Wer auch immer Bastien getötet hatte, musste diese Brutalität jedoch unter der Haut tragen, im Haar, im Atem. Diese Person musste förmlich danach stinken, weil Blut und Tod Teil ihrer Essenz waren. Was konnte eine Person dazu bringen, solcher Verdorbenheit anheimzufallen? Elena konnte die Gründe dafür nachvollziehen, dass jemand in Gedanken die Möglichkeiten eines Mordes auslotete – doch die Tat tatsächlich zu begehen war etwas ganz anderes.

Ein warnendes Kribbeln glitt über Elenas Wirbelsäule. Die archaischen Regeln der Blutmagie wirbelten in ihrem Kopf herum. Welchen Wert hatte es, das Blut eines Fuchses oder einer Katze zu vergießen? Oder Bastiens, wenn sie schon dabei war? Welcher Zauber erlaubte so etwas? Trotz ihrer Begabung für das Zweite Gesicht konnte sie die Bedeutung der Taten nicht erkennen. Und in ihrem Gefängnis war sie sowieso nicht in der Lage, etwas gegen Bastiens Mörder auszurichten.

Frustriert schlug sie den Hinterkopf gegen die Wand. »Ich sollte nicht hier sein.«

»Was? Solltest du im Cabaret sein, um dort Champagner zu trinken?« Sogar nach der Drohung der Hausmutter rauchte Yvette nach dem Erlöschen der Lichter trotzig eine letzte Zigarette. Sie blies den Rauch hoch in die Luft, als fordere sie die Wachen heraus, sie zu ertappen.

Dieses Mädchen bedeutete Ärger. Zu jung, um die Konsequenzen ihrer Rebellion abzusehen, aber zu gerissen, um Unwissenheit über die Folgen ihrer Handlungen für andere vorschützen zu können. Die Sterne verrieten es. Ermuntert durch die dunkle Phase des Mondes drehten sich die Konstellationen am unendlichen Himmel, wanderten langsam durch die Schwärze und sagten allen, die noch wach waren und zum Himmel sahen, die verschiedensten Zukunftsverläufe voraus.

»Wenn du dieses Ding nicht wegwirfst, werden sie uns beide an den Boden ketten.«

»Oh, là, là, was sind wir heute Abend frech!« Yvette löschte die Zigarette auf dem Boden neben der Stelle, an der Sidra in Flammen aufgegangen war. »Bist du jetzt glücklich?«

»Absolut nicht.«

Elena ignorierte Yvettes unhöfliche Geste und legte sich auf die Seite, um ihren Kopf auf die verschränkten Arme zu betten. Die Wachen hatten vorhin die verbliebene Asche vom Boden gekratzt, um Beweise zu sammeln, doch ein rußiger Rest war verblieben. Elena starrte ihn neidisch an, bevor sie die Augen schloss.

Nicht einmal drei Atemzüge später roch sie erneut Rauch. Sie stemmte sich auf einen Ellbogen, bereit für einen richtigen Streit. »Ich habe gesagt, mach sie aus.«

»Das habe ich!«

Elena schnüffelte erneut. Ihre Nase füllte sich mit dem Geruch von Räucherwerk, intensiv und vor allem frisch. Sie setzte sich auf und spähte in die Dunkelheit. Als ihr Blick auf der Suche nach der Geruchsquelle durch die Zelle huschte, bemerkte sie einen Rauchfaden, der aus den Fugen der Deckenbalken drang. Mehr Rauch sank von der Decke herab, dann begannen die ersten Flammen, an den Balken zu lecken.

»Steh auf, Yvette.«

»Wieso bist du so zickig?«

Die junge Frau rollte sich herum, ihre Haarnadel in der Hand wie einen Dolch, als schwere Schritte die Holzdecke erschütterten. Yvettes Blick schoss nach oben. Ein Rauchfaden schlängelte sich nach unten und schlang sich um ihre Kehle wie ein Galgenstrick. Angemessen verängstigt zog sich Yvette ihre dünne Bluse über den Mund und floh in Elenas Ecke der Zelle.

»Wachen! Feuer!« Yvette rüttelte an den Gitterstäben der Gefängnistür, während immer mehr Rauch nach unten sank. »Feuer! Macht die Tür auf, ihr Mistkerle!« Sie trat zurück und versuchte verzweifelt, das Schloss mit einem Zauberspruch zu öffnen. Die Magie verlosch jedoch, sobald die Worte über ihre Lippen gedrungen waren.

»Das ist sinnlos«, sagte Elena und sah sich nach etwas – irgendwas – um, was ihnen bei der Flucht helfen könnte. Schließlich griff sie nach der Wolldecke und riss sie in drei Teile.

»Was tust du da?«

»Ich denke wie eine Sterbliche«, sagte sie, während sie die drei Stücke zu einem langen Strick zusammenband. »Gib mir deine Haarnadel.« Die junge Frau tat wie geheißen. Elena befestigte sie mit einem festen Knoten am Ende der Decke. Sie packte das improvisierte Seil mit der rechten Hand, schob den Arm durch das Gitter der Zellentür und schlug mit der Decke nach der Alarmglocke an der Wand. Die Haarnadel an der Decke streifte das Metall und erzeugte dabei ein jämmerlich gedämpftes Geräusch.

»Fester!«

»Ich gebe mir Mühe!« Elena atmete tief durch und versuchte es wieder. Diesmal traf die silberne Nadel die Glocke mit voller Wucht und erzeugte einen lauten, hallenden Ton. Sie tat es wieder und wieder, bis ein Wachmann den Flur betrat, einen Fluch auf den Lippen, weil sie ihn geweckt hatten.

Zwei Rauchfäden waberten durch den Flur und schlangen sich um Hals und Kopf des Wachmanns.

Yvette schlug gegen die Gitterstäbe, um die Aufmerksamkeit des Wachmanns zu erregen. »Mach die Tür auf, du Narr! Lass uns raus, bevor wir hier sterben.«

Der Wächter zögerte und blinzelte, scheinbar genauso sehr wegen des beißenden Rauchs als auch, weil er mit der Entscheidung kämpfte, ob er gegen die Regeln des Gefängnisses verstoßen sollte. Letztendlich gab er nach und steckte den Schlüssel ins Loch. Die Tür zu Elenas und Yvettes Zelle schwang auf und die beiden Frauen rannten durch eine süße Wolke verbrannten Räucherwerks.

»Da lang«, sagte der Wächter und deutete zur Treppe. Gemeinsam eilten sie die Stufen hinunter zum Ausgang. Sie erreichten das Erdgeschoss und wollten schon zur Tür laufen, als der Wächter Elena und Yvette befahl anzuhalten. Die Hausmutter stand am anderen Ende des Flurs und schrie einen Löschzauber, doch die Flammen, die an den Deckenbalken leckten, gewannen nur an Kraft, als hätte sie mit ihren Worten Wasser in ein Fettfeuer geschüttet. Selbst die Steine schienen Feuer zu fangen und die Flammen klammerten sich an die Mauern der alten Festung.

»Es ist sinnlos«, rief die Matrone. »Evakuier die Hexen. Ich kümmere mich um die anderen Gefangenen im Ostflügel.«

Der Wächter suchte in wilder Panik nach seinen Schlüsseln. »Ihr beide, hier rein.« Er deutete auf einen kleinen Raum, an dessen Wänden in ordentlichen Reihen metallene Fesseln hingen.

Yvette grub die Fersen in den Boden. »Du hast die Matrone gehört … Bring uns hier raus!«

»Nicht, solange ihr nicht gefesselt seid.«

»Dieser gesamte Laden wird in Flammen aufgehen und du willst uns Handschellen anlegen?«

»Ich werde keine weitere Flucht riskieren«, sagte er, bevor er die beiden Frauen mit dem Gesicht gegen die Wand drängte.

Die Schwingungen des Runenzaubers glitten über Elenas Haut, sobald der Wachmann eine Handschelle um ihr linkes Handgelenk schloss. Jede Hoffnung verpuffte, als die andere Schelle Yvettes rechtes Handgelenk fand, sodass sie aneinandergekettet waren. Jede Aussicht auf eine Flucht war damit im Keim erstickt worden.

Die riesigen Holztüren der Maison de Chêne öffneten sich. Der Wächter eskortierte die Hexen die Stufen hinunter zu einem geziegelten Torbogen am Fuß des Hügels. Kaum hatten die Frauen die Rauchwolken hinter sich gelassen, saugten sie die frische Nachtluft in ihre Lungen und lehnten sich an die Säulen des Bogens. Angst schlug in Ehrfurcht um, als Elena die hoch schlagenden Flammen betrachtete, die inzwischen das Dach der uralten Festung krönten. Im Erdgeschoss, am Haupteingang, trieb die Matrone ein Dutzend verängstigter Frauen durch den Türrahmen und befahl ihnen, ruhig zu bleiben. Dabei wedelte sie mit ihrem Zauberstab. Doch bevor sie eine Beschwörung aussprechen konnte, gab der Stützbalken über dem Haupteingang nach. Die Gefangenen eilten trotz ihrer Fußfesseln die Steinstufen nach unten wie eine in Panik geratene Gazellenherde, wobei sie über ihre eigenen Füße und andere Leute fielen. Die Wachen, inklusive des Manns, der auf Elena und Yvette aufpassen sollte, rannten los, um die Gefangenen wieder zusammenzutreiben und das Chaos zu zügeln.

Ein vertrautes Lachen hallte von den Wänden des Gefängnisses wider und brachte Elenas übernatürliche Instinkte zum Kribbeln.

»Es ist Sidra«, flüsterte sie Yvette zu. »Sie ist dafür verantwortlich.«

Yvettes Gesicht begann zu leuchten. »Ich wusste, dass sie nicht vergessen würde, dass ich ihr diese Ziggi geschenkt habe. Komm, das ist unsere Chance.«

»Was? Du meinst, wir sollen fliehen?«

»Ja!«

»Und was glaubst du, wie weit wir kommen werden, aneinandergefesselt und unfähig, Magie zu wirken?«

Yvette rümpfte die Nase und zerrte an der Kette der Handschellen, sodass Elena fast aus dem Gleichgewicht geriet. So gut es ging, hielt Elena dagegen, bis sie bemerkte, dass sich neben ihnen eine Rauchsäule bildete. Sie wedelte mit ihrer freien Hand, um den überwältigenden Geruch nach Räucherwerk zu vertreiben, während sich eine menschliche Gestalt in der Säule bildete.

»Ich dachte, du wärst schon halb auf dem Weg in die Wüste«, meinte Yvette.

»Vielleicht war ich das. Aber eine Schuld ist eine Schuld.« Sidra, die jetzt in Fleisch und Blut vor ihnen stand, lächelte breit, sodass ihre mit Gold verzierten Zähne blitzten. Als sie ihre aneinandergefesselten Arme sah, schüttelte sie den Kopf. »Das macht die Sache komplizierter, nicht wahr?«

Yvette hob den Arm und zerrte damit auch Elenas nach oben. »Kannst du dafür sorgen, dass wir diese Dinger loswerden?«

Sidra zuckte mit den Achseln. »Das ist möglich. Ich verdanke euch beiden meine Freiheit, daher schulde ich euch einen Gefallen. Doch ich hatte nicht damit gerechnet, dass ihr aneinandergekettet seid.«

»Was macht das für einen Unterschied?«, kreischte Yvette, bevor sie eilig über die Schulter sah. »Befrei uns einfach, bevor dieser verdammte Wächter zurückkommt.«

Sidra bewegte flink die Finger und sofort erhob sich eine

Rauchwand, die die Blicke der Wächter abschirmte. Dann suchte sie Elenas Blick. »Eure Schicksale wurden aneinander gebunden.«

»Was soll das bedeuten?«, fragte Yvette.

»Das bedeutet, dass ihr beide die Freiheit herbeisehnen müsst, damit ich den Wunsch erfülle.«

»Natürlich tun wir das!«

Sidra klopfte mit den Fingerknöcheln gegen Yvettes Stirn, dann deutete sie auf Elena. »Ist dir je der Gedanke gekommen, dass diese da wirklich unschuldig sein könnte? Wenn ich dir deinen Wunsch gewähre und euch befreie, dann wird auch sie zur Flüchtigen. Ich kann nicht über das Schicksal anderer entscheiden. Sie muss ihren Weg wählen.«

Yvette senkte den Arm und starrte Sidra böse an.

Elena fühlte das Gewicht der Fesseln an ihrem Handgelenk. Eine Flucht würde sicherlich als Schuldeingeständnis gedeutet werden, doch sie befürchtete, dass ein Verweilen an diesem Ort in einem sicheren Rendezvous mit *la demi-lune* enden würde, Unschuld hin oder her. Sie fühlte sich erneut in denselben hinterhältigen Verwicklungen des Schicksals gefangen wie zu dem Zeitpunkt, als man ihr die Freiheit geraubt hatte, während Bastiens wahrer Mörder immer noch durch die Gassen und Hügel ihrer Heimat wanderte. Wie zu dem Zeitpunkt, als eine unbekannte Hexe sie vor sieben Jahren verflucht hatte.

Ihr Verlangen nach Gerechtigkeit erwachte erneut zum Leben. Sie streckte der Dschinn ihr Handgelenk entgegen. »Befrei uns.«

Sidra zog eine Augenbraue hoch, bevor sie nickte. »Wie du wünschst.« Eine Sekunde später huschten Funken über die magischen Handschellen, welche die Hexen aneinanderbanden. Das Metall glühte auf, als wäre es in die Esse eines Schmieds geschoben worden, bevor es als Asche zu Boden rieselte. Elena und Yvette rieben sich ihre vom Feuer unberührten Handgelenke, drückten der Dschinn einen Kuss auf die Wange und rannten los.

Die Mondsichel schob sich hinter den Wolken hervor, als das erste Heulen der Bluthunde und der schrille Klang einer Alarmpfeife über die Uferböschung hallten. Die dünnen Rauchschwaden, die ihre Bewegungen verbergen und die Bluthunde verwirren sollten, lösten sich auf und enthüllten Lichter, die sich in ihre Richtung bewegten. Elena kauerte neben Yvette in einer schmalen Schlucht. Es war närrisch gewesen, in die Nacht davonzurennen wie eine gewöhnliche Kriminelle. Doch Elenas verzweifelter Wunsch, die Wahrheit zu finden und ihre Unschuld zu beweisen, hatte ihren Verstand überwältigt. Sie hatte einem Impuls nachgegeben, wie es dem natürlichen Instinkt einer Hexe entsprach, da dieser sie bisher noch selten im Stich gelassen hatte.

Die Hunde waren so nah, dass die beiden jungen Frauen ihr Schnüffeln auf der Erde hören konnten.

Yvette reckte den Hals, um zu lauschen. »Wieso kommen sie näher?«

»Die Wachen müssen Gegenzauber eingesetzt haben, um Sidras Rauchwall zu vertreiben.«

»Was sollen wir tun?«

»Wir geben ihnen, was sie wollen.« Elena musterte den Boden und pflückte einen fluffigen Löwenzahn. Sie zog die empfindlichen Flugsamen über ihren nackten Unterarm, dann hielt sie diese an die Lippen. »Die Luft soll diese Samen verteilen, mein Geruch damit in die Welt enteilen.« Sie pustete, um die Samen auf einer leichten Brise in alle Windrichtungen zu schicken. Die kleinen Schirme schimmerten kurz in der Dunkelheit, dann wurden sie dank Elenas Magie über die steinige Böschung und in den Wald getragen, um dort eigene Geruchsspuren zu erzeugen.

»Lass uns hoffen, dass dies die Hunde verwirrt. Komm.«

Mit Yvette auf den Fersen lief Elena so schnell wie möglich in die entgegengesetzte Richtung. Dornen, Zweige und Steine bohrten sich in ihre nackten Fußsohlen, als sie über eine Wiese rannten. Sie durchquerten einen flachen Bach, der von Silberbirken gesäumt war, dann kämpften sie sich durch den Schlamm und das Gestrüpp am Ufer. Als sie den feuchten Boden hinter sich gelassen hatten, folgten sie einer Straße, soweit sie es wagten. Schließlich duckten sie sich hinter eine Steinbrücke, um frischen Atem zu schöpfen.

»Folgen sie uns?«

Elena lauschte und hielt nach dem Flackern von Fackeln Ausschau. Ein Frosch quakte im Schilf. Ein Glühwürmchen blinkte über der Wiese. »Ich glaube nicht.«

»Ich bin nicht mehr so schnell gelaufen, seit ich als Kind Brot aus der *Boulangerie* an der Ecke gestohlen habe.« Yvette ließ keuchend, aber lächelnd den Kopf gegen die Steinmauer sinken.

Elena bemühte sich, nicht darüber nachzudenken, in was für eine Katastrophe sich ihr Leben verwandelt hatte. Stattdessen musterte sie die Kräuter, die am Fuß der Brücke wuchsen. Sie entdeckte vertraute Stängel und pflückte eine Handvoll grau-grüne Malvenblätter.

»Zeig mir deine Füße.«

Yvette gab vor, genervt zu sein, zog aber wie befohlen ihre Strümpfe herunter. Elena untersuchte die Schnitte an den Fußsohlen, dann rieb sie die Malvenblätter über Yvettes Füße und flüsterte dazu einen schnellen Heilzauber, um die Haut als Vorbereitung für ihre weitere lange Wanderung zu verschließen.

»Woher weißt du, wie man so etwas macht? Und woher kanntest du den Trick mit dem Löwenzahn?«

»Den Heilzauber? Den kenne ich, seit ich acht Jahre alt war. Ich habe mir beim Barfußlaufen im Weinberg oft Splitter eingezogen, das kann ich dir sagen.«

»Ist deine *Maman* auch eine Hexe?«

»So wurde es mir erzählt. Eine Heckenhexe vom Lande, die Tränke anfertigte und Wein machte. Ich kann mich kaum erinnern. Sie ist gestorben, als ich noch klein war.«

»Wer hat dir dann all diese Zauber beigebracht?«

»Grand-Mère … Na ja, sie ist nicht wirklich meine Großmutter. Sie hat mich aufgenommen, großgezogen und zur Weinhexe ausgebildet.«

»Ich kannte meine Mutter auch nicht.«

Die Frösche quakten wieder und beide Frauen zuckten zusammen.

Elena reckte den Hals, um noch einmal nach Fackeln oder Hunden Ausschau zu halten. »Hätten wir bessere Chancen, wenn wir uns trennen?«

»Machst du Witze?« Yvette rollte ihre zerrissenen Strümpfe wieder nach oben und stemmte testweise die Füße auf den Boden. Sie war bereit zum Aufbruch. »Ohne mich würdest du nicht mal durch die Nacht kommen. Komm. Ich weiß, wo wir hinmüssen.«

Ihre Verfolger waren ihnen scheinbar noch nicht auf die Spur gekommen. Und anhand der Sterne konnte Elena erkennen, dass sie sich in die Richtung bewegten, in der sie Antworten vermutete. Eilig rieb sie sich die restlichen Malven über die eigenen nackten Füße, dann eilte sie hinter Yvette her, die elegant wie eine Elfe durch das Gras der Aue lief.

21

Jean-Paul kam zehn Minuten zu früh am Château du Monde an, klopfte aber trotzdem. Eine Magd in einem schwarzen Kleid mit weißer Schürze öffnete die Tür und ließ ihn ein. Er wartete mit dem Hut in der Hand im Foyer, während die Magd im hinteren Teil des Hauses verschwand, um ihn anzukündigen. In ihrer Abwesenheit starrte er zuerst auf den Boden, weil er einfach nicht anders konnte. Doch das wilde Schwarz-Weiß-Muster der Marmorfliesen löste Schwindel bei ihm aus, also ließ er den Blick stattdessen über den handgeschnitzten Mahagoni-Handlauf der Treppe gleiten, die in die oberen Stockwerke führte. Das Holz bog sich in eleganter Sinnlichkeit, so wie eine Frau beim Liebesspiel den Rücken wölbte. Jugendstil in vollendeter Form. Fasziniert ließ Jean-Paul den Blick höher gleiten. Über seinem Kopf glitzerten Hunderte tränenförmige Kristalle an einem mit Gas betriebenen Lüster. Instinktiv trat er ein paar Schritte zur Seite, um ausweichen zu können, sollte der Kronleuchter sich plötzlich aus seiner Halterung lösen. Das große Château war alt und die elegante Bausubstanz stammte noch aus den Zeiten vor der Revolution, doch gleichzeitig stank es förmlich nach neu erworbenem Reichtum. Seine Mutter hätte die Eigentümer als *nouveau riche* bezeichnet. Für einen Moment fragte sich Jean-Paul, ob die frisch verwitwete Gerda wohl vorhatte, das Weingut zu verkaufen.

Die Magd kehrte zurück und führte ihn in den hinteren Teil des Hauses, wo ein gläserner Wintergarten mit einer beeindruckenden Kuppel über die südlichen Hänge der Weinberge hinwegsah. Der Anbau erinnerte an andere Häuser von Wohlhabenden, die Jean-Paul besucht hatte. Er bestand aus einem grün angelaufenen Metallgerippe und gebogenen Glasscheiben. Doch innen sah dieser Wintergarten ganz anders aus. Ein *Bureau Mazarin* aus Walnuss- und Ebenholz stand an einer Wand. Es erinnerte an einen Tisch, wie er ihn einst in einem Museum gesehen hatte, nur dass dieses hier viel extravaganter gestaltet war. Dieser Schreibtisch musste Hunderte Jahre alt sein … und trotzdem hingen darüber an einem Regalbrett getrocknete Kräuter und verdorrte Pflanzen an ihren erdverkrusteten Wurzeln und warfen Dreck auf die Flaschen, Tiegel und Reihen von uralt aussehenden Büchern auf der Tischplatte. Jean-Paul hätte gerne in die Schubladen gespäht, doch die Magd vereitelte das, indem sie ihn zu einem der vier mit Damast bezogenen Stühle führte, die in der Mitte des Raums um einen Mahagonitisch herumstanden.

Jean-Paul dankte der Magd und warf seinen Hut auf den Stuhl, während er die erstaunliche Vitalität der Pflanzen bewunderte, die vor den Glasscheiben in Töpfen standen. Exotische Palmwedel streckten sich zur Decke und winzige Sukkulenten standen unter eigenen Glaskuppeln. Es gab auch Töpfe mit Fingerhut und Belladonna sowie einen wunderschönen Zierbusch, den Jean-Paul nicht kannte. Rötliche Blätter und gezackte Blütenknospen, die sich gerade erst öffneten. Allerdings konnte er keine Lilien im Raum entdecken, auch wenn die Luft mit ihrem Duft geschwängert war. Plötzlich erinnerte er sich an das Parfüm. Er wandte sich nach links und entdeckte Gerda du

Monde an einem zweiten Arbeitstisch hinter einer breiten Palme.

Gekleidet in schwarze Trauerspitze stand sie vor einer Reihe weißer Orchideen – ein Kontrast so heftig wie ein Rabe im Schnee. Sie schnitt mit einer Schere einen Faden ab, um damit einen von Blüten beschwerten Stängel an einem Stützstab zu befestigen. »Soso, wenn das nicht Monsieur Martel ist«, sagte sie, ohne aufzusehen. »Der Anwalt der Mörderin meines Ehemanns.«

»Ich hoffe, das Gegenteil beweisen zu können.«

Madame du Monde kommentierte seine Aussage mit einem humorlosen Lachen.

»Danke, dass Sie zugestimmt haben, mich zu empfangen«, sagte er. »Wie ich in meinem Telegramm schon angekündigt habe, würde ich Ihnen gerne ein paar Fragen über die Nacht des Mordes stellen.«

»Sie können gerne fragen, auch wenn ich meine Aussage bereits bei der Polizei zu Protokoll gegeben habe – und dieser närrische Schwätzer vom Bureau zur Regelung des Pakts hat mich auch schon befragt.«

»Ja, ich habe das Protokoll gelesen. Dort steht, dass Sie die Leiche Ihres Ehemanns gefunden haben. Daraufhin haben Sie verlangt, dass die Polizei Inspektor Chardon kontaktiert und ein übernatürliches Verbrechen meldet. Das gehört zu den Punkten, die mich neugierig gemacht haben. Ich möchte Ihnen kein Unwohlsein verursachen, aber könnten Sie mir verraten, was am Tatort Sie davon überzeugt hat, dass beim Verbrechen Hexerei eine Rolle spielte? Gab es ein Mal? Hing der Geruch von Schwefel in der Luft? Haben Sie irgendeine Art einer Aura gespürt?«

Madame du Monde drehte ihren Orchideentopf hin und her, als wolle sie entscheiden, in welchem Winkel die Pflanze am besten zur Geltung kam. »Haben Sie viel Erfahrung mit dem Okkulten, Monsieur?«

»Nein, eigentlich nicht.« Mit Mordfällen war er sogar noch weniger vertraut, doch er hatte nicht vor, diesen Fakt preiszugeben.

»Haben Sie jemals an einer Séance teilgenommen? Sich das Schicksal aus der Hand lesen lassen? Auf einem Markt einen Liebestrank gekauft?«

»Lässt sich nicht jeder in seiner Jugend einmal auf diese Spielchen ein?«

Endlich drehte sie den Kopf und musterte ihn aus eisigen blauen Augen. »Also betrachten Sie solche Dinge nicht als Teil des Übernatürlichen? Ist es möglich, dass Sie bereits ahnen, dass es bei echter Magie nicht um solchen Humbug geht? Vielleicht haben Sie mehr verstanden, als ich dachte.«

Jean-Paul dachte an sein Gespräch mit Pater Anselm zurück, in der Nacht, als er dieses Biest in seinem Weinberg gesehen hatte. Allein bei der Erinnerung daran, dass es so etwas wirklich gab, wurden seine Handflächen feucht. Diese Erfahrung hatte seine Sicht auf das Übernatürliche fundamental verändert.

»Ich habe vor, Elena – also Mademoiselle Boureanu – so gut ich kann zu verteidigen. Ich bin bereit, alles über das Übernatürliche zu lernen, was dafür nötig ist. Und ich bin mir durchaus bewusst, dass ich dafür engere Bekanntschaft mit Magie schließen muss, als es bisher der Fall war.«

»Nicht einfach mit irgendwelcher Magie.« Madame du Monde drehte die Orchidee ein letztes Mal, dann tippte sie mit dem Finger unter das Kinn einer delikaten Blüte. »Blutmagie ist eine sehr alte und bemerkenswerte Form der Zauberei. Und sie ist wirklich grausig. Heutzutage haben die meisten Hexen nicht den Mumm dafür«, sagte sie, als sie den Orchideentopf hochhob und zum Schreibtisch ging.

Um von dem Unbehagen abzulenken, den das Thema bei ihm auslöste, zog Jean-Paul Stift und Papier aus seiner Jackentasche. Er schwor sich, Elena zuliebe so professionell wie möglich aufzutreten. »Können Sie mir erklären, was genau Blutmagie von anderen Formen der Zauberei unterscheidet? Wofür wird sie eingesetzt?« Noch während er die Worte aussprach, lief ihm ein kalter Schauder über den Rücken und warnte ihn, dass er sich auf gefährliches Terrain begab.

Mit dem Rücken zu ihm ließ Madame du Monde einen Finger über die Fläschchen auf dem Schreibtisch gleiten, doch er hörte das Lächeln in ihrer Antwort. »Blut ist das Benzin, das gewisse Zauber antreibt«, sagte sie und griff nach einer Phiole mit einer aquamarinfarbenen Flüssigkeit darin. Sie löste den Korken und schnüffelte an dem Fläschchen. »Das Ausbluten setzt die Lebensenergie frei, sodass sie eingefangen und benutzt werden kann. Es bestehen durchaus Ähnlichkeiten zum Benzin eines Automobils.«

Trotz des makabren Themas ergab der Vergleich Sinn. Magie konnte funktionieren wie Chemie oder Physik oder vielleicht sogar Mathematik, nur in größerem Maßstab. Sie musste ihrem eigenen Regelwerk, einer Formel oder irgendeinem exotischen Prinzip folgen, so wie es auch bei der Wissenschaft der Fall war –, obwohl sie über das hinausging, was ein normaler Mensch begreifen konnte.

Und dann trafen Gerdas Worte auf Jean-Pauls Gewissen. Ausbluten. Das Durchtrennen einer Arterie oder Vene, das hatte sie gemeint.

Sie wirbelte herum, als hätte sie seine Gedanken gelesen, Tränen in den Augen und das Gesicht schmerzerfüllt verzogen. »Mein Ehemann wurde für sein Blut getötet. Hätten Sie die Leiche gesehen, würden Sie den Unterschied zwischen einem Ritualmord und einer gewöhnlichen tödlichen Wunde begreifen. Ihm wurde das Herz aus dem Körper gerissen.«

Jean-Paul nickte, als würde er ihren Schmerz verstehen, doch eigentlich war es unmöglich, etwas so Abscheuliches nachzuvollziehen. Er sprach ihr erneut sein Mitgefühl aus, dann entschied er sich, dass es besser war, das Gespräch wieder in Richtung der profaneren Aspekte der Ermittlung zu lenken, damit sie nicht dichtmachte und sich weigerte, weitere Fragen zu beantworten.

»Ich weiß, dass das schwierige Zeiten für Sie sind, aber können Sie sich an den Tagesablauf Ihres Ehemanns an diesem Tag erinnern? Hatte er ungewöhnliche Besucher oder Termine?«

»Ungewöhnlich?« Gerda goss einen Tropfen der blauen Flüssigkeit auf einen quadratischen Lappen, dann betupfte sie damit die Blätter und Blüten der Orchidee. »Bastien war ein beliebter, mächtiger Mann. Er bekam ständig Besuch. Alle wollten etwas von ihm.«

»Elena nicht.«

»Sie wollte ihn tot sehen. Das ist auch etwas.«

Vor den Kopf gestoßen von ihren direkten Worten versuchte Jean-Paul, eine Antwort zu formulieren, wurde aber von der Magd unterbrochen. Sie kehrte mit einem Tablett in den Wintergarten zurück, auf dem ein silbernes Kaffeeservice für zwei und ein Umschlag ruhten.

»Das ist gerade gekommen, Madame. Der Kurier meinte, es wäre dringend.«

Gerda beendete ihre Behandlung der Orchidee mit der blauen Flüssigkeit – Kupfervitriol wahrscheinlich, dieselbe Substanz, die Jean-Paul verwendete, um Pilzbefall zu behandeln. Dann stellte sie die Pflanze auf dem Tisch direkt vor ihrem Besucher ab, bevor sie nach dem Umschlag griff und ihn mit einem Fingernagel aufschlitzte. Beim Lesen des Inhalts wanderte ihre linke Augenbraue nach oben. »Danke, Marguerite. Ich gebe dir den Rest des Tages frei. Du kannst in dein Zimmer gehen.«

»Soll ich erst den Kaffee eingießen?«

»Dieses Vergnügen möchte ich mir selbst vorbehalten.«

Die Magd neigte den Kopf, als wüsste sie um die Gefahren eines Widerspruchs, dann verschwand sie eilig. Gerda schob die Nachricht zurück in den Umschlag und bedeutete Jean-Paul, sich zu setzen.

Er dagegen war der Meinung, es wäre Zeit, sich wieder auf den Weg zu machen. Angesichts von Gerdas Laune bezweifelte er, dass er noch weitere nützliche Informationen erhalten würde. Und er musste sich noch beim Bureau nach den Schwarzmarkt-Hexen erkundigen, die Elena erwähnt hatte. Dennoch wollte er nicht unhöflich wirken. Widerwillig ließ Jean-Paul sich auf einem der Damastsessel nieder. Ein wenig Koffein konnte nicht schaden, um die Recherchen zu bewältigen, die noch vor ihm lagen.

Er hatte es sich gerade mit überschlagenen Beinen gemütlich gemacht, als Madame die Nachricht fallen ließ, die sie erhalten hatte. Er beugte sich vor, um sie aufzuheben, wobei er den Arm ungelenk unter den Tisch strecken musste.

»Eine Frage: Wissen Sie, ob der Inspektor versucht hat, Ihre Klientin zu einem Geständnis zu überreden?«, fragte Gerda, als sie sich auf den Sessel ihm gegenüber setzte und Kaffee eingoss. »Ich habe gehört, dass er beim Verhör recht grob werden kann.«

Jean-Pauls Blick senkte sich auf die Nachricht, bevor er sie Gerda reichte. Der Absender war das Gefängnis Maison de Chêne. »Sie wurde natürlich befragt«, antwortete er geistesabwesend, »doch sie hat nichts zu gestehen.«

»Sahne?«

»Bitte.« Er nahm die Tasse entgegen und nippte daran. Neugier über den Inhalt der dringenden Nachricht erfüllte ihn.

Madame rührte Zucker in ihre Tasse und lächelte. »Sind Sie in die Frau verliebt?« Sie blies auf den Kaffee, dann nahm sie einen Schluck. Die Orchidee bewegte sich leicht, als hätte Gerdas Atem sie angestoßen. Der seltsame Duft der Blüte traf Jean-Paul genauso heftig wie ihre unverblümte Frage. »Ich bin neugierig, weil ich gesehen habe, wie Sie die Tarte ausgespuckt haben, an dem Tag, an dem wir uns im Dorf begegnet sind. Tilda irrt sich nur selten, also wusste ich nicht, was ich von Ihrer Reaktion halten sollte.«

Jean-Paul stieß eine Reihe von »Ähs« und »Hms« aus, während er seine Tasse abstellte. »Ich bin mir nicht sicher …«

»Wissen Sie, ein großer Teil dessen, was ich als Hexe tue, ist vergleichbar damit, die Teeblätter des Lebens einer Person zu lesen, nachdem der schöne Schein abgeflossen ist. Meine magischen Künste haben viel damit zu tun, Umstände richtig zu deuten.« Sie stellte ihre Tasse ab und beugte sich vor. »Lassen Sie mich die Frage anders formulieren: Empfindet Mademoiselle Boureanu dasselbe in Bezug auf Sie, was Sie mit all Ihren ›Hms‹ und ›Ähs‹ ausgedrückt haben?«

Gott, was stand in dieser Nachricht? »Worum geht es hier? Ist etwas geschehen?«

Gerda zog einen Schmollmund und schnalzte dreimal mit der Zunge. »Es scheint, als wäre Ihre Klientin entkommen.«

»Was? Sind Sie sich sicher?« Sie zeigte ihm die Nachricht gerade lange genug, sodass er einen kurzen Blick auf die Unterschrift von Inspektor Chardon erhaschen konnte. Jean-Pauls Körper verspannte sich, bereit, Elena zu Hilfe zu eilen. »Ich muss sofort aufbrechen.«

»Oh, das denke ich nicht.« Gerda wedelte mit dem Brief vor der Orchidee herum, sodass eine Wolke aus Pollen in Jean-Pauls Gesicht geweht wurde. »Wäre es nicht viel unterhaltsamer herauszufinden, wie lange es dauern wird, bis sie zu Ihnen kommt?«

Jean-Paul hatte genug von dieser Frau, egal, welche Tragödie sie auch getroffen hatte. Entschlossen griff er nach seinem Hut und stand auf. Oder zumindest dachte er, er wäre aufgestanden. Stattdessen schienen seine Beine den Bodenkontakt zu verlieren. Sie fühlten sich weich und schwach an. Jean-Paul fiel in den Damastbezug zurück und sein Kopf drehte sich, als wäre er in einem Wasserstrudel gefangen. Der Boden schien sich zu bewegen, das Licht verblasste und ein letzter Gedanke huschte durch seinen Kopf.

In dieser Flasche befand sich kein Kupfervitriol.

22

Elena erwachte in einer Wolke aus Kampfer. Sie öffnete die Augen und stellte fest, dass sie mit der Nase an die Seite einer hölzernen Kiste gepresst lag – ein dekoratives Möbelstück, wie es verwendet wurde, um Decken und Kleidung vor dem Befall mit hungrigen Insekten zu schützen. Der medizinische Duft des Holzes half wie ein Riechsalz beim Erwachen. Elena rollte sich auf den Rücken. Über ihr hing ein Kaleidoskop aus farbenfrohen Stoffen, die mit Federn und Pailletten verziert waren. Das bestätigte, dass sie die Nacht auf dem hölzernen Boden eines Jahrmarktswagens verbracht hatte.

»Guten Morgen, freies Vögelchen.« Eine fröhliche Yvette mit kohlverschmierten Augen grinste aus einer Schlafpritsche über ihr auf sie herab.

Irgendetwas bohrte sich unangenehm in Elenas Rücken. Sie tastete danach und entfernte einen roten Schnürstiefel mit leicht verbogener Spitze. »Wie spät ist es?«, fragte sie, während sie den Schuh zur Seite warf.

Yvette hatte mitten in der vergangenen Nacht geschworen, dass sie ein paar Meilen von ihrem Aufenthaltsort entfernt einen sicheren Platz kannte, an dem sie sich verstecken konnten. Elena hatte nicht nachgefragt, was genau sie meinte. Zu diesem Zeitpunkt hatte sie nur daran denken können, wie kalt und feucht ihre Kleidung war, weil sie so lange durch hüfthohes, taubedecktes Gras gestapft waren. Sie hätte jedes Versteck akzeptiert, vorausgesetzt, es wäre trocken. Yvette hatte sie direkt zu einer reisenden Jahrmarktstruppe geführt. Scheinbar wurde sie von einem Instinkt geleitet, um den sie jeder Bluthund beneidet hätte.

Die junge Frau begann gedankenverloren an ihrem Fingernagel zu kauen. »Wir haben verschlafen. Der Laden hier brummt bereits vor Geschäftigkeit. Gott, ich verzehre mich nach einer Zigarette.«

»Hier drin wirst du das Rauchen schön sein lassen.« Diese herausfordernden Worte erklangen vom vorderen Ende des Wagens, wo eine zierliche Brünette in der Nähe der Tür auf einer gepolsterten Klappbank saß. Sie kämpfte gerade mit einem Paar weißer Strümpfe, um sie an einem Strapsgürtel unter einem goldenen Fransenrock zu befestigen, der kaum ihre Oberschenkel bedeckte. »Bei meinem Pech sorgst du sonst noch dafür, dass alles in Flammen aufgeht.« Ihre Worte waren geprägt von einem starken fremdländischen Akzent.

»Du hast mich vermisst, nicht wahr, JuJu?«

»Wie eine Schlange Schuhe vermisst.«

Elena spähte durch die Vorhänge vor dem kleinen Fenster, während die beiden anderen Frauen sich freundschaftlich kabbelten. Ein halbes Dutzend Männer in Arbeitskleidung saß unter einem Zelt mit aufgerollten Seitenwänden an einem Tisch, der nur aus einem Brett auf Böcken bestand. Sofort machte sich Elena Sorgen um die schiere Anzahl der Leute, die ihre nächtliche Ankunft vielleicht zur Kenntnis genommen hatte. »Sind wir hier wirklich in Sicherheit?«

»Das sind meine Leute. Kümmere dich nicht um sie. Wir halten zusammen wie Pech und Schwefel.«

JuJu nickte, dann schob sie ihre Brüste in ihrem rot-goldenen Korsett nach oben. »Lass dich von meinem Spott nicht verunsichern. Yvette ist meine beste Mitbewohnerin.

Schnarcht nur ein bisschen. Ich habe nicht mal ihre Sachen rausgeworfen, als sie weg war. Und ich werde niemandem verraten, dass ihr hier seid.«

»Komm schon, Ju. Ich brauche wirklich eine Zigarette.«

»Hier drin wird nicht geraucht. Zu viele hübsche Dinge.«

Elena sah zu der Sammlung von Kostümen, die ordentlich an einer Wand aufgereiht hingen. Jedes davon erinnerte an einen tropischen Vogel, federbesetzt und schillernd.

»Oh, là, là, von einem Gefängnis ins nächste.« Yvette warf ihre Decke zur Seite und schwang die Beine über den erhöhten Rand des Bettes. »Also, wie ist die Stimmung da draußen? Gibt es Neuzugänge, von denen ich wissen sollte?«

JuJu hob einen Handspiegel und tupfte sich Rouge auf die Wangen. »Zwei Schwestern, die Tricks mit kleinen Hunden aufführen. Nicht so gut wie ich auf dem Einrad, aber als Show ganz in Ordnung. Außerdem hat sich uns vor Kurzem ein neuer Mann angeschlossen, als Ersatz für den alten Antoine.« Sie griff nach einem Kajalstift und zog dunkle Linien um ihre Augen. »Sonst alles beim Alten.«

Yvette sprang auf die Beine und drückte den Rücken durch wie eine Katze. Der enge Innenraum des Wagens schien noch kleiner zu werden, jetzt, wo alle wach waren und sich bewegten. Elena erhob sich vom Boden und setzte sich vorsichtig auf die Bettkante.

Als sie kurz vor Morgengrauen beim Lager des fahrenden Jahrmarkts angekommen waren, hatte Yvette in einem speziellen Rhythmus an ein Fenster geklopft, um die Besitzerin des Wagens zu wecken. Ohne Nachfrage waren sie eingelassen worden und hatten sich einen Platz zum Schlafen suchen dürfen. Jetzt, wo die Sonne am Himmel stand, konnte Elena erkennen, dass der Wagen ein kleines, aber gemütliches Nest war, ausgestattet mit allem, was man eben brauchte: ein kleiner Herd, auf dem man Wasser kochen konnte, ein einzelner Schrank, um Trockengut zu verstauen, ein Klapptisch für zwei, eine Kampfer-Truhe und ein maßgefertigtes Gestell, um ein Dutzend farbenfrohe Kostüme aufzubewahren.

»Ist es in Ordnung, wenn wir uns an deinem tollen Tee bedienen, JuJu?«

»Nimm ruhig. Aber geraucht wird nicht«, antwortete sie, bevor sie eine federbesetzte Tiara auf ihrem Kopf befestigte.

JuJu küsste Yvette auf beide Wangen, winkte Elena kurz zu und verließ den Wagen.

»Ich kann nicht den ganzen Tag in diesem engen Wagen bleiben«, sagte Elena.

Yvette stapelte Holz in dem kleinen Herd, dann riss sie ein Streichholz an. »Nun, du kannst auch nicht rausgehen. Ich werde nicht eine erneute Verhaftung riskieren, nur weil du nicht bis nach Einbruch der Dunkelheit warten konntest.«

Elena fragte sich, ob sie wohl einen Zauber wirken konnte, der groß genug war, um das gesamte Lager abzudecken. Mit den wenigen Dingen, die ihr zur Verfügung standen, fiel ihr jedoch keine Möglichkeit ein. Trotzdem wollte sie in dieser drückenden Umgebung zumindest einen kleinen Lüftungszauber sprechen. Dafür brauchte sie nur ein paar Beinwellblätter, die wirklich jede Hexe besitzen sollte. Ihre Finger kribbelten erwartungsvoll bei dem Gedanken daran, ein Glas mit dem Zeug zu öffnen.

Doch eine zweite Durchsuchung des Wagens verriet ihr, dass etwas fehlte. »Deine Mitbewohnerin hat gesagt, sie hätte deine Sachen nicht aussortiert. Wo sind dann deine Vorräte? Deine Kräuter, deine Zauber und Amulette?«

Yvette zuckte mit den Achseln. »So etwas habe ich nicht.«

»Aber du musst doch ein Buch der Schatten haben. Wie wirkst du sonst deine Zauber?«

Yvette verschränkte die Arme und verlagerte herausfordernd ihr Gewicht. »Nicht alle sind so schick wie ihr Weinhexen. Ich kenne alle Zauber auswendig, die ich so brauche, und bisher hat das für mich vollkommen gereicht.«

Elena hatte schon vermutet, dass die junge Frau keine richtige Ausbildung erhalten hatte, doch bisher war sie noch nie einer Hexe begegnet, die nicht lesen und schreiben konnte. Sie ließ sich auf die gepolsterte Bank sinken. Sie war davon ausgegangen, dass Yvette ein Zauberbuch hatte, das sie benutzen konnte … ein Buch über das Okkulte, irgendetwas, was ihr helfen konnte zu verstehen, auf welche Weise Blutmagie im Chanceaux-Tal eingesetzt worden war. Das war einer der Gründe, warum sie zugestimmt hatte, die Nacht eingequetscht zwischen einem Dutzend spitzer Schuhe und einer Truhe zu verbringen, die roch wie der Keller eines Bestatters. Wenn sie sich schon verstecken musste, konnte sie in dieser Zeit zumindest herausfinden, wie und warum man ihr den Mord an Bastien angehängt hatte.

Nun führte jedoch kein Weg daran vorbei: Sie musste von hier verschwinden. Elena fuhr sich mit den Fingern durchs Haar, um sie zu einer respektablen Hochfrisur aufzustecken. »Es tut mir leid, aber mir fehlt die Zeit, bis zum Einbruch der Nacht zu warten.«

Yvette knallte den Kessel auf den Herd. »Willst du dich erwischen lassen?«

»Du kannst offensichtlich auf dich selbst aufpassen, doch es gibt Dinge, die über mein Wissen hinausgehen und die ich verstehen muss. Und zwar so schnell wie möglich.«

»Welche Art von Dingen?«

»Zuallererst Theorien über das Töten von Tieren und Blutmagie.«

Auf Yvettes Armen stellten sich die Haare auf. Erschrocken rieb sie sich die Gänsehaut. »In was zur Hölle bist du verwickelt?«

Elena erzählte ihr von dem Mord und ihrer Verhaftung, von den Katzen, dem Blut und dem Praktizierenden, der immer noch auf freiem Fuß war und erneut jemanden töten könnte. Yvette lauschte, während sie Tee aufbrühte. Elena musste ihr zugestehen, dass sie kein einziges Mal zusammenzuckte, nicht einmal, als Elena zugab, dass sie zu Beginn durchaus vorgehabt hatte, Bastien zu ermorden.

Schließlich reichte Yvette Elena eine Tasse Tee. »Wie ich vorhin schon sagte, ich kannte meine *Maman* nicht. Falls sie ein Zauberbuch besessen hat, hat sie es mir nicht hinterlassen. Das bedeutet allerdings nicht, dass ich nicht wüsste, wie ich eines in die Finger bekomme. Ich bin nicht die einzige Hexe, die mit diesem lausigen Jahrmarkt reist.«

Elena hatte geglaubt, Yvette wäre ein Einzelfall – jemand, der zu früh durch die Maschen gerutscht war, um ihren Platz in der Welt der Magie zu finden. Das Leben beim fahrenden Jahrmarkt zog diejenigen an, die sich der Konformität der Gesellschaft widersetzten. An einem solchen Ort konnte auch ein hässliches Entlein ein Zuhause finden. Vermutlich ergab es Sinn, dass noch andere in ähnlicher Lage existierten … Aber würden sie wirklich mehr wissen als die junge Frau?

»Wie finden wir diese andere Hexe, wenn wir den Wagen nicht verlassen können?«

Yvette beäugte die Reihe von hübschen Kostümen an der Wand. »Vielleicht gibt es doch eine Möglichkeit, wie wir zwischen den Jahrmarktswagen herumlaufen können.« Sie stellte ihre Tasse ab und zog ein glitzerndes grünes Kostüm heraus, bevor sie Elena ein schiefes Grinsen schenkte. »Was hältst du von Pfauen?«

Eine Stunde später trat Elena in geborgter Kleidung aus dem Wagen. Ihre geliehenen Schuhe waren weich, besaßen keine Absätze und eigneten sich perfekt für akrobatische Vorführungen. Elena fand diese Ballerinas um einiges angenehmer als die zehenfolternden Schuhe, welche die meisten Frauen trugen. An ihr restliches Aussehen würde sie sich allerdings noch gewöhnen müssen.

Es war Elena gelungen, den Mantel voller Pfauenfedern abzulehnen, in den Yvette sie hatte kleiden wollen. Doch danach hatte sie sich dem befremdlichen Geschmack ihrer Zellengenossin unterordnen müssen. Der Preis für das Verlassen des Wagens bestand darin, dass Elena eine keinesfalls salonfähige Haremshose, einen federbesetzten Turban und ein perlenbesetztes Mieder anziehen musste, das glücklicherweise den Großteil ihres Bauchs bedeckte, ihre Arme aber frei ließ. Der Seidenstoff der Hose rauschte bei jedem Schritt und bewegte sich ähnlich wie ein Rock. Gleichzeitig bot er allerdings viel mehr Bewegungsfreiheit, sodass Elena darüber nachdachte, die letzte Stufe vom Wagen einfach herunterzuspringen. Es war jedoch der silberne Schleier, der sich von einem Ohr zum anderen zog, der ihr letztendlich die Freiheit schenkte. Über der Seide waren nur ihre Augen zu erkennen, die jetzt wie die von Yvette von dunklen Kajalstrichen umrahmt waren.

Elena stopfte die Enden des Schleiers tiefer unter den Turban, während Yvette die Tür des Wagens schloss und hinter ihr von den Stufen sprang.

»Hier entlang.«

Die junge Frau schien keinerlei Probleme damit zu haben, im hellen Sonnenschein in einem hautengen Harlekinkostüm herumzulaufen. Falls sie sich schämte, blieb ihre peinlich berührte Miene hinter der schwarzen Maske verborgen. Elena folgte Yvette und gewöhnte sich dabei schnell an die Freiheit, die ihre unanständige Hose ihr schenkte.

Nachdem sie sich zwischen zwei eng beieinanderstehenden Wagen hindurchgeschoben hatte, sah Elena zum ersten Mal die Gesamtheit des Lagers. Zwei riesige, rot-weiß gestreifte Zelte erhoben sich in der Mitte einer grasbewachsenen Fläche. Drum herum standen ein Dutzend oder mehr Wohnwagen. Vielen trugen Symbole für Glück und ein gutes Leben auf den Seiten – einen Stern, einen Mond, eine fünfblättrige Blüte. Die Bilder berührten etwas in Elena, doch die flüchtige Erinnerung trieb davon wie der Morgennebel.

Bisher hatten noch nicht viele Menschen ihre Wagen verlassen, doch diejenigen, die Elena sehen konnte, wirkten, als wären sie zum Leben erwachte Märchenfiguren. Ein Mann mit einem gezwirbelten Schnurrbart stampfte auf meterhohen Stelzen herum und verstaute Dinge auf dem Dach eines Wohnwagens. Auf der anderen Seite der Grasfläche fachte eine tätowierte Frau ein Kochfeuer an, während neben ihr ein junges Mädchen mit einer echten Boa constrictor auf dem Bauch den Rücken in einer Brücke durchdrückte. Die Frau lächelte anerkennend, während sie fürs Frühstück Honig auf Brotscheiben verteilte.

Elenas Magen grummelte beim Anblick des Essens, doch selbst ihr Hunger konnte sie nicht von dem Schreckgespenst ablenken, das sie nun sah: ein Clown, der reglos und offensichtlich betrunken hinter einem Wagenrad lag. Die weiße Schminke in seinem Gesicht war vom taubedeckten Gras verschmiert, sodass Mund, Nase und Augen eine groteske Grimasse bildeten. Wie auch immer er gestern Abend ausgesehen hatte, am heutigen Morgen präsentierte er der Welt das makabre Gesicht hinter der Maske. Als Elena an ihm vorbeiging, hob er den Kopf und sah sie aus geschwollenen Augen an.

»Was starrst *du* denn an?« Er hob eine Ginflasche an die Lippen. Als er feststellte, dass sie leer war, warf er die Flasche weg und rollte sich grummelnd auf die andere Seite.

»Kümmere dich nicht um ihn«, sagte Yvette mit einer wegwerfenden Geste. »Jaques mag gerade nicht gut aussehen, aber zur Vorstellung wird er wieder nüchtern und frisch sein. Wenn er aufrecht steht, ist er ein liebenswerter Pierrot. Ein echter Doktor Jekyll und Monsieur Hyde, dieser Kerl.«

Zwei Wesen, die in einem Körper wohnten. Elena versuchte, den kalten Schauder zu unterdrücken, der ihr über den Rücken rann, als sie sich daran erinnerte, wie die Welt durch die Augen der Kröte ausgesehen hatte.

Yvette trat gegen den Fuß des Clowns, um erneut seine Aufmerksamkeit zu erregen. »Wo steht Rackhams Wagen?«

»Was willst du denn von der vertrockneten, alten Pflaume?«

»Ein paar Bücher ausleihen.«

Jaques stieß ein fast raubtierhaftes Knurren aus. »Die Pflaume besitzt zwar eine ganze verdammte Bibliothek, aber nichts von ihren Mitteln hilft gegen mein Kopfweh.«

Elena zog eine Augenbraue hoch. »Versuch einmal, deine Fußsohle direkt hinter dem dritten und fünften Zeh zu massieren. Und trink ein paar Becher Weidenrindentee. Dann wird dein Kopf schnell wieder klar.«

»Gehört die zu dir?«, fragte er an Yvette gewandt. Sie nickte. Sofort zog er sich hinter das Wagenrad zurück. »Rackhams Wagen steht am hintersten Ende, neben der Schlangenbeschwörerin«, sagte er, bevor er in die andere Richtung davonkroch.

Yvette zog Elena am Arm mit sich. »Hör mal, mach so was nicht bei Rackham. Bei ihm solltest du dich besser dumm stellen. Er weiß, was für eine hundsmiserable Hexe ich bin, aber genau deswegen hilft er mir. Er mag es, sich überlegen zu fühlen und mich ständig daran zu erinnern, was ich alles nicht weiß.«

»Also ist Rackham ein Mann?«

Yvette grinste. »Genau. Und du bekommst am ehesten vom ihm, was du willst, wenn du ihm schön ins Lametta kriechst, wenn du verstehst, was ich meine.«

Elena wusste genau, was Yvette meinte, und stimmte zu, den Mann mit gerade genug Lob zu überschütten, um von ihren wahren Motiven abzulenken.

**Der unglaubliche Professor Rackham,
Seher anderer Welten!**

Die handgemalten Buchstaben auf der Seite des Wagens schimmerten golden. Natürlich war die Farbe verzaubert. Nachts, im flackernden Fackelschein, würde sie leuchten wie ein elektrisches Schild in der Stadt, um die Liebestollen, die Verlorenen und die Neugierigen anzuziehen wie Motten. Das gesamte Spektakel wirkte so kommerziell, dass Elena fast bezweifelte, ob Professor Rackham ein echter Hexer war. Das aufgemalte »dritte Auge« über der Tür zwinkerte ihr förmlich zu, als sie die Stufen nach oben stieg.

Yvette klopfte an die Tür, deren Rahmen – selbstverständlich – mit den üblichen astrologischen Symbolen bemalt war.

»Die Matinee beginnt um zehn«, erklang eine Männerstimme. »Dann könnt ihr zurückkommen.«

»Hier ist Yvette, Professor. Meine Freundin und ich bräuchten Ihre Hilfe. Sie wissen schon … es geht um Magie.« Das letzte Wort flüsterte sie verführerisch, als wäre es ein honigbestrichener Köder.

Ein Mann in einer schimmernden, grün-goldenen Robe und dem dazu passenden Turban öffnete die Tür. Kalte, von Kohl umrandete Augen starrten unter aufgeklebten, übertrieben buschigen Augenbrauen heraus. Der Kleber, mit dem ein ähnlich lächerlicher Schnurr- und Spitzbart in seinem Gesicht befestigt waren, hatte eine Spur unter den Lippen des Manns hinterlassen. Er trat zurück und hielt ihnen die Tür auf. »Natürlich. Für hilfesuchende Lehrlinge stehe ich immer zur Verfügung. Kommt herein.«

Elena setzte sich wie angewiesen neben Yvette auf das eingebaute Sofa, während Rackham sich in einem üppigen samtbezogenen Sessel niederließ und die Beine überschlug. Der Geruch von Ambra – wohlriechend, aber auch wild – erfüllte den gemütlichen Innenraum und ließ Elena an ein *Déjà-vu* denken. Sie war klug genug, dieses Gefühl nicht zu ignorieren, doch gleichzeitig erschien ihr nichts im Wagen vertraut. Na ja, bis auf Teile der Einrichtung. Rackham besaß in der Tat eine ganze Bibliothek. Alte Bücher. Neue Bücher. Manche in Leder gebunden, andere in Stoff und ein oder zwei in die schuppige Haut irgendeiner lange toten Meereskreatur. Die Bände füllten die Regalbretter hinter Rackhams Sessel. Und wo keine Bücher standen, gab es Kräuter, Amulette, einen Wahrsagespiegel und winzige konservierte Frösche, die in alkoholgefüllten Gläsern in speziellen Nischen präsentiert wurden. In der Mitte von alledem, gehalten von einem Paar goldener Hände, stand eine teure Kristallkugel auf einem kleinen Mahagonitisch. Ein wenig zu teuer für einen Jahrmarktswahrsager, dachte Elena, aber vielleicht beherrschte Rackham seine Kunst besser, als sein übertrieben dekorierter Wagen vermuten ließ.

Rackham schien zu bemerken, dass Elena seine Besitztümer bewunderte, denn als er ihren Blick auffing, lächelte er leise. »Ich weiß, dass es schrecklich unhöflich ist, das anzusprechen«, sagte er dann, während er sich Yvette zuwandte, »aber solltest du nicht im Kerker sitzen?«

Yvette schob ihre Maske auf den Kopf. »Bin aufgrund von guter Führung früher entlassen worden.«

»Ah.« Er zuckte leicht mit den Achseln, als ginge ihn das nichts an. »Also, welche Hilfestellung kann ich dir und deiner Bekannten heute leisten?« Sein scharfer Blick glitt über ihre Silhouetten, als Yvette mit dem Daumen auf Elena deutete, bevor sie nach einem Satz Tarotkarten auf einem Beistelltisch griff.

»Ich würde mir gerne ein Buch ausleihen«, sagte Elena. Sie hielt ihr Gesicht bedeckt, weil sie lieber durch ihren Schleier mit dem Professor sprechen wollte. Er konnte ihre Aura anstarren, solange er wollte, denn auch diese hatte sie gut verschleiert.

»Gibt es ein besonderes Buch, für das du dich interessierst?« Er faltete die Hände im Schoß. Seine Fingernägel hoben sich gelblich vor seiner fahlen Haut ab. »Liebestränke, Glücksamulette oder vielleicht Mondmagie?«

»Darf ich?« Elena lehnte sich vor und legte den Kopf schräg, um die Titel auf den Einbänden zu lesen: »Ein Kompendium der Kräutermagie«, »Lady Everlys Grimoire«, »Schamanische Praktiken der südlichen Hemisphäre«, »Das Buch der Toten«. Es gab Abhandlungen über Voodoo, Nekromantie, Schattensicht und ein handflächengroßes Buch mit dem Titel »Flüche und Verwünschungen«, bei dessen Anblick Elena blinzeln musste. Tatsächlich konnte Rackhams Sammlung durchaus mit Bruder Anselms magischer Bibliothek in der Abteil konkurrieren, abgesehen von einer Ausgabe des »Buchs der Sieben Sterne«. Doch als sie das unterste Regalbrett musterte, wurde deutlich, dass Rackhams Geschmack eher zum finsteren Ende des Spektrums tendierte. Ein gutes Zeichen für ihr aktuelles Anliegen. Sie deutete auf ein schwarz-rotes Lederbuch mit dem Titel »Sanguinem Artes Ocultus«. »Das da wäre ein guter Anfang.«

Rackham zuckte überrascht zusammen und sein Blick huschte zwischen ihr und dem Buch hin und her. »Keine leichte Kost für eine junge Frau an einem schönen Sommermorgen.« Er zog das Buch aus dem Regal und blätterte geistesabwesend durch die Seiten, als wolle er sich erneut mit dem Inhalt vertraut machen. »Dürfte ich mich erkundigen, wofür du es brauchst? Das ist ziemlich komplexe Magie, die einen standfesten Geist erfordert.«

Trotz ihres Versprechens gegenüber Yvette konnte Elena nicht länger das unwissende Landei spielen – nicht, wenn sich so wichtige Informationen in Reichweite befanden. »Um ehrlich zu sein, interessiere ich mich dafür, welche Rolle das Ausbluten bei rituellen Zaubern spielt und wofür es eingesetzt wird.«

Yvette klopfte mit dem Kartenspiel gegen den Tisch und mustert sie aus wütenden Eulenaugen.

Rackham dagegen versuchte nicht länger, das Lächeln zu unterdrücken, das seine Mundwinkel verzogen hatte. »Ah, es geht um die Katzenverstümmelungen und den kürzlichen Mord im Tal. Du wärst nicht die Erste, die Spekulationen zu diesem Thema anstellt. Das ist schon seit Jahren ein Gesprächsthema unter den magisch Begabten der Gegend. Doch ich habe gehört, dass jemand verhaftet wurde ... Was einem die Freude daran vergällt, über die Identität des Schuldigen zu spekulieren.«

Elena blätterte durch die Seiten des Buchs, ließ ihren Blick eilig über den Inhalt gleiten und spürte dabei, wie Rackham sie beobachtete.

»Blut«, sagte er, »ist in Zaubern verwendet weder gut noch böse. Es ist einfach nur ein sehr konzentrierter Energieträger. Blut *ist* schließlich Leben. Das Ergebnis wird dadurch bestimmt, wie man diese Energie verwendet.«

»Keiner dieser Zauber ist von Dauer«, sagte Elena und sah vom Buch auf. »Das sind Einzelzauber, die auf eine bestimmte Wirkung ausgerichtet sind. Aber die Katzentötungen wirken ritualisiert, da sie sich ständig wiederholen. Vielleicht wurden sie auf eine bestimmte Mondphase oder ein anderes kosmologisches Signal abgestimmt?«

»Du scheinst über das Thema recht gut informiert zu sein.«

Elena spürte, wie Yvette sie in den Oberschenkel kniff. Das Signal, sich dumm zu stellen. »Ich bin einfach neugierig.«

»Also schnupperst du in die dunklen Künste hinein, hm?« Rackham leckte sich den Eckzahn. »Irgendwann beschäftigt sich jeder einmal mit Schattenmagie. Es schadet nicht, die eigene Neugier zu befriedigen. Schließlich könnte das Gute ohne die Dunkelheit niemals leuchten.«

»Ich könnte nie meinen Lebensunterhalt verdienen, wenn die Leute nicht hin und wieder neugierig wären auf die dunkle Seite«, fügte Yvette hinzu und rückte ihr Dekolleté zurecht, bevor sie erneut begann, die Tarotkarten zu mischen.

Rackhams Lider senkten sich. »In der Tat.«

»Wozu benötigt man den Tod so vieler Tiere?«

»Mehrere scharfsinnige Denker aus den Kreisen der Praktizierenden, ich selbst eingeschlossen, glauben, dass die Katzentötungen vielleicht nur Zierrat waren … eine Ablenkung vom wahren Mord. Sie täuschen das ritualisierte Muster vor, das auch du bemerkt hast.« Rackham ließ seine Finger über ein Regal gleiten, bevor er ein gefaltetes Stück Papier zwischen zwei Büchern herauszog. »Andere haben eine zeitliche Bindung an den Mond oder Saturn oder sogar Jupiter vermutet«, sagte er. Er faltete den Zettel auseinander und zeigte Elena eine Liste von Daten und Orten. »Aber wie du meinen Aufzeichnungen über die tot aufgefundenen Tiere im Tal entnehmen kannst, gab es kein Muster. Und wie ich sagte, die schuldige Person wurde bereits verhaftet, also ergibt es wenig Sinn, sich weiter den Kopf darüber zu zerbrechen. Das Verbrechen wurde aufgeklärt. Wir können nur hoffen, dass die Hexe ihre Vorgehensweise erläutert, bevor sie hingerichtet wird.«

Elena umklammerte den Rand der Bank, um sich zurückzuhalten. »Sie glauben tatsächlich, dass all diese Katzen nur getötet wurden, um einen Mord zu vertuschen? Dass die Kadaver nichts mit einem Blutritual zu tun hatten? Das waren eine Menge toter Tiere, Professor. Ein halbes Dutzend hätte ausgereicht, um ein Muster zu etablieren und für Gerede zu sorgen, wenn die Mörderin nur das wollte.«

Rackham rutschte unangenehm berührt auf seinem Stuhl herum. »Es gibt andere, die davon ausgehen, dass etwas Finsteres vor sich geht. Doch dafür gibt es keine Beweise.«

»In welcher Hinsicht finsterer?«, fragte Elena und dachte erneut an die Charlatan-Schwestern und ihre Schwäche für das Konservieren toter Tiere.

Rackham kniff die Augen zusammen. »Würde es dir etwas ausmachen, den Schleier abzunehmen?«

Sie sprachen über gefährliche Dinge. Nichts, was man in guter Gesellschaft diskutierte. Oder mit Fremden, die man gerade erst kennengelernt hatte. Yvette legte eine Hand auf Elenas Arm, um sie aufzuhalten, doch Elena konnte keinen Schaden darin erkennen, Rackham ihr Gesicht zu zeigen. Er wusste nicht, wer sie war. Und vor Einbruch der Nacht wäre sie sowieso verschwunden. Wenn das der Preis für die Informationen war, die sie suchte, dann waren die Kosten überschaubar. Sie löste die Enden ihres Schleiers. »Inwiefern finsterer, Professor?«

Er starrte im Dämmerlicht ihre Lippen an, während sie sprach. Sein Adamsapfel hüpfte hinter seinem falschen Ziegenbart. Seine Stirn warf leichte Falten und er begann, einen Ring am Finger zu drehen. Ein Krötenstein, bemerkte Elena. Genau die Art von nutzlosem Amulett, in die ein Jahrmarktshexer wie Rackham Vertrauen setzen würde. Elena fragte sich, warum er sich vor einer Vergiftung fürchtete.

»Das kann ich wirklich nicht sagen.« Er gab den Ring frei und drehte den Kopf, um auf die Uhr an der Wand zu sehen. »Und anscheinend läuft mir die Zeit davon. Bald beginnt ein neuer Markttag. Und wie du sicher schon vermutest, werde ich oft von massenweise Leuten belagert, die ihre Zukunft vorhergesagt haben möchten.«

Er wusste mehr, dessen war Elena sich sicher, und so einfach würde sie ihn nicht davonkommen lassen. »Inwiefern finsterer?«, wiederholte sie, diesmal ohne jede Unterwürfigkeit in der Stimme.

Rackham zögerte und wich ihrem Blick aus. Irgendetwas an ihrem Gespräch hatte ihn verängstigt. Was auch immer er wusste, es musste wirklich verstörend sein.

Er sah erneut auf die Uhr, dann gab er nach. »Es heißt, es gäbe Zauber, die nie in einem Buch niedergeschrieben wurden«, erklärte er nach einem letzten Moment des Zögerns. »Alte Magie, die in einem verborgenen Winkel der Zeit überlebt hat. Gebunden an die Erde. Manche nennen es Teufelsbeschwörung, weil man einen Handel eingehen muss, um den Zauber zu vollenden. Es ist die schwärzeste Magie, die es gibt. Die Art, die eine Seele vernichten kann, wenn nur ein Wort falsch gesprochen wird.«

»*Démon dansant*.« Elenas Speichelfluss verstärkte sich, als sie die Worte aussprach. »Aber das ist nur ein Kinderreim. Wollen Sie erklären, dass es dieses Ritual wirklich gibt?«

»Mehr als eine Hexe hat diesen Glauben in Worte gefasst. Glaubst du, euer kleines Tal hier ist der einzige Ort, an dem immer wieder tote Tiere gefunden werden? Ich habe den gesamten Kontinent bereist. Wo immer ich hinkomme, gibt es andere Geschichten. Theorien. Verdachtsfälle. Die Polizei mag solche Dinge nicht im Blick behalten, aber die Hexen tun es.«

»Was bedeutet *démon dansant*?«, fragte Yvette, ein Kissen an den Bauch gedrückt.

Elena rezitierte den Reim, den sie als Kind gelernt hatte, dann erklärte sie: »Das ist Magie, die sich in den Schatten versteckt, außerhalb der Sicht des Allwissenden. Und jenseits des Pakts.«

Rackham fügte hinzu: »Sich auf einen Handel mit einem Dämon einlassen bedeutet, dass man ihm Herz, Geist und Seele öffnet … im Austausch gegen das Versprechen auf gewaltigen Einfluss. Ich weiß nicht genau, in welcher Form. Geld, Macht oder vielleicht sogar Unsterblichkeit, würde ich vermuten.«

»Was die große Anzahl der toten Tiere erklären würde.«

Yvette zog die Königin der Stäbe aus ihrem Kartendeck. »*Merde*, ihr beide macht mir Angst.«

»Aus gutem Grund«, blaffte Rackham und fand seine abgeklärte Ausstrahlung wieder. »Doch wenn sich diese Mörderin mit einem Dämon eingelassen hat, wird kein Prozess nötig sein. Ohne weiteres Blut für ihre Zauber wird das Abkommen mit dem Dämon gebrochen. So funktioniert dunkle Magie. Sie wird zu einem Stück Leder vertrocknen, wie die Tiere, die sie getötet hat.«

»Aber was, wenn die Person noch nicht festgesetzt wäre?«, bot Elena an. »Gäbe es einen Weg, sie zu erkennen? Eine dunkle Aura im Blick? Oder ein Mal auf der Haut, um das Abkommen zu besiegeln?«

»Ein Geruch. Zumindest mutmaßen das die Gelehrten. Ein verräterisches Zeichen wäre der Geruch, den der Dämon infolge der Abmachung zurücklässt.«

Sauer, unangenehm, schwefelig – das war immerhin etwas, so vage es auch sein mochte.

Rackham brach den Blickkontakt mit Elena. »Und wenn ihr keine weiteren Fragen habt, muss ich jetzt meine Chakras harmonisieren und mich auf meine Kunden vorbereiten.«

Yvette mustert Elena aus dem Augenwinkel, bevor sie ihre Maske wieder übers Gesicht zog. »Danke, dass Sie uns empfangen haben, Professor«, sagte sie und legte das Kartendeck zurück auf den Beistelltisch.

»Aber natürlich. Allerdings möchte ich euch bitten, den Inhalt dieses Gesprächs für euch zu behalten«, sagte er. »Kurze Ausflüge in die dunklen Künste sind gut für den Ruf, aber ich möchte als Medium nicht mit dieser Dämonensache in Verbindung gebracht werden, falls es hier wirklich um so was geht. Die meisten Sterblichen sind schon nervös genug, wenn sie meinen Wagen betreten … auch ohne die Erwähnung des Teufels.«

»Natürlich, Professor.«

Rackham streckte den Arm aus, um Elena das Buch abzunehmen, doch sie kam ihm zuvor und stellte den Band selbst aufs unterste Regalbrett zurück. Für einen Moment ließ sie ihre Finger über die anderen Buchrücken gleiten, dann sah sie über die Schulter zu Rackham. »Sie haben eine wunderbare Sammlung«, sagte sie, bevor sie ihren Schleier wieder befestigte.

Er versuchte sich an einem höflichen Nicken, doch gleichzeitig verzog er besorgt das Gesicht. »Ich hoffe, du fandest das Gespräch hilfreich ... wie war noch einmal dein Name?«

Doch Elena hatte den Wagen bereits verlassen, einen faustgroßen Kristall in den Tiefen der Tasche ihrer Haremshose verborgen.

Die beiden Frauen hielten die Köpfe gesenkt, bis sie um den nächsten Wagen herumgetreten waren. Das Lager war zum Leben erwacht und überall beeilten sich Arbeiter, alles für die erwarteten Besucher vorzubereiten. Yvette packte Elena am Arm und führte sie an eine ruhige Stelle, zwischen den Toilettenhäuschen und dem Zelt der Schlangenbeschwörerin. Dort zog die junge Hexe ihre Zigaretten heraus und zündete ein Streichholz an. Sie nahm einen tiefen Zug, dann stieß sie langsam den Rauch aus. »Du hast lange Finger«, sagte sie, sobald sie sich beruhigt hatte.

»Das hast du gesehen?«

»Du magst gut darin sein, Zauber zu wirken, aber ich bin eine begabe Diebin.« Yvette setzte sich auf einen Heuballen und schnippte die Asche von ihrer Zigarette. »Niemand überlebt auf der Straße, wenn man nicht weiß, wie man hier und dort mal etwas mitgehen lässt.«

»Bisher musste ich noch nie etwas stehlen.«

»Du Glückliche. Warum dann jetzt?«

Elena zog den Kristall aus der Tasche. »Ich konnte die starke, schützende Aura spüren, die von diesem Stein ausgeht. Falls ich den wahren Mörder finde, werde ich allen Schutz brauchen, den ich kriegen kann. Du wirst Rackham nichts sagen, oder?«

»Man überlebt auch nicht lange auf der Straße, wenn man Leute verpfeift.« Yvette nahm einen weiteren Zug von ihrer Zigarette.

Der abwesende Blick in ihren Augen löste beinahe schwesterliche Instinkte in Elena aus. Sie musste sich davon abhalten, der jüngeren Frau die Haare aus dem Gesicht zu streichen und ihr zu sagen, dass alles gut werden würde. Stattdessen setzte sie sich ebenfalls auf den Heuballen und genoss durch den Schleier die warme Morgensonne auf ihrem Gesicht.

»Du hast gesagt, die Katzentötungen hätten kein Muster, aber das stimmt nicht«, meinte Yvette nach einem Moment. »Ich wollte es vor dem Professor nicht sagen, aber ich habe so etwas schon mal gesehen.«

»Du hast etwas wiedererkannt?«

»Es geht um Verlangen. Deswegen wird wieder und wieder derselbe Zauber gewirkt. Um irgendeinen Hunger damit zu stillen«, sagte Yvette. Ihr Blick war leer, als blicke sie in die Vergangenheit. »Nur, dass der Zauber nach einer Weile nicht mehr ausreicht, sodass man beim nächsten Mal ein wenig mehr wagen muss, um dasselbe Resultat zu erhalten. Kanntest du je einen feinen Herrn, der es kaum erwarten kann, weißes Pulver zu schniefen? Vertrau mir, du willst auf keinen Fall zwischen ihn und seinen nächsten Trip kommen. Oder zwischen einen Trinker und seine nächste Flasche«, sagte sie mit einem Nicken zu Jacques, dem Clown, der gerade aus einer der Toiletten trat, gekleidet in seinen spitzen Hut und ein weißes Hemd mit schwarzen Knöpfen.

»Du meinst, es geht um eine Sucht?«

Yvette nickte und warf ihre Zigarette zur Seite. »Der schlimmsten Art von Sucht.«

Unsterblichkeit. Macht. Geld. All diese Dinge konnten als mächtige Drogen angesehen werden. Und Rackham zufolge trieben diese Ziele den Mörder an, wie durch einen Zwang, der jedem Gesetz und jeder Logik widersprach.

Bilder teuflischer Besessenheit blitzten vor Elenas innerem Auge auf. Visionen unstillbarer Gier. Der Mörder musste außer sich sein vor Wahnsinn. Doch dann sah sie zu Jacques, der vor einer Stunde noch seine Ginflasche umklammert hatte. Er schlenderte an ihnen vorbei und winkte, rief ihr sogar einen Dank für ihre Kur gegen seine Kopfschmerzen zu. Er taumelte nicht und sprach deutlich. Selbst sein Gesicht, das vorher eine verschmierte Grimasse gewesen war, war inzwischen mit neuer Fettcreme geschminkt.

Wenn eine Sucht der Antrieb für die Katzentötungen war, würde der Mörder genauso zwischen zwei Extremen schwanken wie Jacques? Zwischen dem Verlangen und seiner Befriedigung? Zwischen seinem normalen Leben und dem Auslöschen des Lebens anderer? Ja, natürlich. Aber das Mal des Dämons wäre permanent, so wie Jacques sein Kostüm trug, egal, ob er betrunken oder nüchtern war. Der Gestank eines Dämonenpakts wäre dauerhaft. So musste es sein.

Elena riss den Kopf hoch. »Der Geruch.«

»Ja, die Außenbereiche eines Jahrmarkts riechen nun einmal so.«

»Nein, ich meine den Dämon. Man kann eine Sucht verbergen, aber der Gestank lässt sich nicht überdecken. Oder nur mit heftigem Duft.«

»Ich könnte mir einfach eine Flasche L'Origan über den Körper schütten. Ha, das täte ich sowieso, wenn ich eine hätte. Tolles Zeug.«

»Parfüm …«

Elena erinnerte sich plötzlich an das Bild einer duftenden Geschenkverpackung, die an einem femininen Handgelenk hing. Ihr Geruchsgedächtnis ergänzte den Gestank von faulendem Fleisch, der in diesem Moment im Dorf so deplatziert gewirkt hatte. Eine Erkenntnis durchfuhr sie und die Wahrheit brachte jeden Nerv in ihrem Körper zum Kribbeln.

»Wie konnte ich nur so dumm sein?«

23

Jean-Paul erwachte in der Dunkelheit. Er lag auf dem Rücken auf rauen Brettern und konnte seine Beine nicht bewegen. Auch seine Arme waren nutzlos, im rechten Winkel zu seinem Körper gefesselt, als hätte er sich in einem Gebet vor Gott niedergeworfen. Auf seiner Brust ruhte ein großes, quadratisches Brett und ließ ihm gerade genug Raum, um zu atmen. Über diesem Brett schien sich eine große Spirale nach oben zu schrauben, verbunden mit einer schweren Metallkurbel, die nur durch ein einzelnes Seil gesichert war.

Instinktiv schnappte er nach Luft, um sich zu beruhigen. Der schwere Duft von Eiche, Erde und gärenden Früchten verdrängte den Gestank von Schweiß und Angst, der von ihm aufstieg. Offensichtlich befand sich Jean-Paul in einem Keller, wenn auch nicht in seinem eigenen. Und doch wirkte die Umgebung vertraut. Er versuchte, sich zu orientieren, doch sein Kopf schwirrte und ihm war übel. Er schluckte schwer und schmeckte Reste von schwarzem Kaffee in seinem Gaumen.

Da fiel ihm wieder ein, was geschehen war.

Hinter ihm ertönte das Rauschen eines langen Rocks, der über Pflastersteine strich. Vorsichtig drehte Jean-Paul den Kopf und zwang sich, den daraus resultierenden Schwindel zu ertragen. Sofort stieg ihm ein modriger Geruch in die

Nase und verstärkte seine Übelkeit – der Geruch erinnerte ihn an Schnittblumen, die zu lange im Wasser gestanden hatten. Eine Kerze erhellte flackernd die Dunkelheit und Gerdas Gesicht erschien über ihm.

»Die Wirkung des Schlafpuders vergeht bei Ihnen schneller, als ich erwartet habe«, sagte sie. »Ich muss Ihr Gewicht falsch eingeschätzt haben.« Sie stellte den Kerzenhalter auf einen polierten Holztisch, der wahrscheinlich dafür gedacht war, dass Gäste daran stehen konnten, um neue Weine zu probieren oder vielleicht auch eine kostbare Flasche eines älteren Jahrgangs, die zu einer besonderen Gelegenheit geöffnet worden war. Natürlich. Er befand sich in Monsieur du Mondes berühmtem Weinkeller. In den Katakomben, die sich anschlossen, lagerten Hunderte Fässer. Und, wie Jean-Paul sich unangenehm berührt in Erinnerung rief, stand hier auch noch die originale Weinpresse aus dem sechzehnten Jahrhundert, unter der er jetzt hilflos gefesselt lag.

»Für einen hochnäsigen Städter sind Sie in erstaunlich guter Form«, sagte Gerda gerade. Gleichzeitig entfernte sie den Stopfen aus einem Weinfass.

Er hob die Schultern, um die Kraft der mittelalterlichen Vorrichtung zu testen, die ihn fesselte. Dabei stellte er fest, dass er sich kaum bewegen konnte. »Warum tun Sie das?«

»Es ist nichts Persönliches.« Sie lächelte und enthüllte damit den Blick auf eine Reihe perfekter, weißer Zähne. Dann versenkte sie eine Weindieb-Pipette im Fass, um eine Probe zu entnehmen. Rote Flüssigkeit stieg in dem großen Röhrchen auf.

»Das ist absurd. Lösen Sie meine Fesseln.«

»Eher nicht.«

Wütend warf er sich gegen das Holz der Weinpresse, doch das konnte seine Fesseln nicht lockern.

»Sie müssen sich beruhigen, Monsieur Martel«, sagte Gerda, während sie die Flüssigkeit aus dem Weindieb in einen silbernen *tastevin* überführte, der an ihrem Gürtel hing. Sie bewegte die flache Schale leicht und musterte den Inhalt.

Jean-Paul starrte zur Decke. An seinen Schultern spürte er den dumpfen Schmerz einer Prellung und seine Schläfen pochten von den Nachwirkungen der Schlafdroge, doch es war vor allem seine zunehmende Angst, die ihm das Hirn vernebelte. Er schloss fest die Augen und flehte zu Gott, dass sich das alles nur als ein schlechter Traum entpuppte. Doch als er die Lider öffnete, sah er erneut das Gesicht seiner Entführerin, so unwirklich es ihm auch erschien. Plötzlich bemerkte er eine kleine Veränderung. War es nur ein Trick des Kerzenlichts, ein Fleck auf seiner Brille oder sah Gerdas Gesicht anders aus? Jean-Paul hob den Kopf, um sie genauer betrachten zu können. Nein, er irrte sich nicht. Die Haut unter ihrem Kinn hing schlaff herunter und ihre Augen wirkten verschleiert. Selbst ihr Haar hatte seinen Glanz verloren und löste sich in stumpfen Strähnen mit gespaltenen Spitzen aus der strengen Hochsteckfrisur. Die faszinierende Veränderung vertrieb Jean-Pauls Angst lange genug, dass er sich fangen konnte.

Die Hexe – denn ihm war schmerzhaft bewusst, dass sie das war – schnüffelte an dem Wein in ihrer Probierschale. »Im Bierbrauen war ich immer besser«, sagte sie, nachdem sie sich mit der Zunge über die Zähne gefahren war. »Aber dieser Rotwein wird einen beneidenswerten Geschmack entwickeln, wenn er erst gereift ist.« Sie trat an die mittelalterliche Weinpresse heran und hob die Schale. »Möchten Sie mal probieren, Herr Winzer?«

Der Wein, der dunkelrot an den Seiten des silbernen *tastevin* klebte, hatte die Farbe und Viskosität von Blut. Jean-Paul zuckte zurück, weil sein Geist eins und eins zusammenzählte und Erkenntnis in ihm aufstieg. »Sie waren es, nicht wahr? Die Katzen, das Blut, Monsieur du Monde.«

Gerda steckte einen Finger in den Wein und rührte. »Ich war es«, sagte sie, dann leckte sie sich den Wein vom Finger und richtete sich auf. »Und ich werde es wieder tun.«

Sie griff nach der Kerze auf dem Tisch und trug sie in die Mitte des Weinkellers. Das Licht enthüllte einen Kreis aus Symbolen, die mit Kreide auf den Boden gezeichnet waren. Jean-Paul erkannte keines der Zeichen, doch seine tiefsten Instinkte merkten warnend auf, weil sie erkannten, was dort vor ihm lag: Symbole bösartiger, verbotener Magie.

Er würde das hier nicht überleben. Gerda würde ihn umbringen und ihm sein Blut rauben. Bei dem Gedanken stieg Galle in seine Kehle. Aber wieso hatte sie es nicht längst getan? Worauf wartete sie? Musste sie noch irgendein Ritual vollziehen?

Und dann erinnerte er sich an die Nachricht.

»Vorhin. Im Wintergarten«, sagte er, während die Hexe Worte intonierte, die in seinen Ohren unendlich fremd klangen. »Da haben Sie gesagt, Elena wäre entkommen.«

»Hm.« Die Hexe machte sich nicht die Mühe, von ihrer Arbeit aufzusehen. Stattdessen zeichnete sie drei neue Symbole über die restlichen. »Weswegen Sie nun mein Opferlamm werden.«

Wie er befürchtet hatte, ahnte die Hexe, dass Elena versuchen würde, ihn zu finden. »Aber warum? Warum Elena in die Sache verwickeln? Warum nicht einfach fliehen? Von hier verschwinden, so schnell es geht?«

»Weil Elena jetzt weiß, wer ich bin und wie sie mich finden kann. Und weil ich noch ein langes Leben genießen möchte.«

Die Hexe kniete sich in die Mitte ihrer makabren Kritzelei, dann goss sie den Wein aus dem *tastevin* über die Pflastersteine, als wäre er eine Opfergabe. Jean-Paul blinzelte ins Kerzenlicht. Gerdas Haar verlor immer mehr sein goldenes Glänzen, bis es sich in stumpfes Grau verwandelt hatte.

Auch die Hüften der Hexe waren nicht länger gerundet. Ihre Hand, mit der sie immer noch die Weinschale hielt, war dünn und an den Knöcheln von Gicht verformt. Sie lächelte, weil sie zu wissen schien, dass er ihre Verwandlung beobachtete. Plötzlich stieß sie ein bösartiges Lachen aus.

Entsetzen ließ Jean-Pauls Körper erschaudern, weil er wusste, dass er der Gnade und der Magie einer Mörderin ausgeliefert war.

24

Yvette beobachtete, wie Elena mit einem Stock einen Kreis in die Erde kratzte. Sie zeichnete ein Kreuz in die Mitte und trat zurück, um die Gleichmäßigkeit der vier Viertel abzuschätzen.

»Du bist dir sicher, dass du deinen Mann auf diese Weise finden kannst?«

»Ich muss es versuchen.« Elena wusste, dass ihre Chancen nicht gut standen, doch etwas anderes fiel ihr nicht ein. Sie musste Jean-Paul warnen, bevor er die Bierhexe besuchen ging.

»Ein Kreis auf dem Boden wirkt nicht wie ein besonders guter Schutz.«

Elena warf den Stock zur Seite. »Ist er auch nicht.« Sie tastete in ihrer Hosentasche nach dem Kristall. »Aber ich hoffe, dass ich mithilfe des Symbols in die Schattenwelt gleiten und ihn finden kann, ohne selbst entdeckt zu werden. Halt die Augen offen, während ich … weg bin.«

Mit Jean-Pauls Streichholzschachtel und den Zigaretten in der Hand kniete Elena sich in den Kreis. Sie schloss die Augen und konzentrierte sich auf die Gegenstände in ihren Fingern. Das Gefühl, das sie empfing, war schwach, wie ein einzelner Faden, der im Wind wehte, doch es war da – ein Nachhall von Jean-Pauls Aura. Sie atmete tief durch und konzentrierte sich auf ihren Geist, bis die Schattenwelt sich über ihr schloss. Ein leise geflüstertes »Viel Glück« drang an ihre Ohren, bevor sie aus der physischen Welt in die der Schatten glitt.

Jean-Pauls Energie war fast nicht wahrnehmbar. Besorgt fragte sich Elena, ob er die Streichhölzer nicht lange genug in seinem Besitz gehabt hatte, um seinen Aufenthaltsort zu bestimmen. Doch sie blieb standhaft, erweiterte ihren Fokus. Sie konzentrierte sich auf Jean-Pauls warme braune Augen, auf den Duft seiner Haut, nachdem er sich rasiert hatte, und die Art, wie sein Haar ihm in die Augen fiel, wenn er ohne Hut die Weinberge pflügte. Und sie rief sich in Erinnerung, wie seine Berührung ihre Haut erwärmte, als er ihre Hand gehalten hatte.

Es funktionierte.

Die emotionale Anziehung, die sie nicht länger leugnen konnte, lenkte ihre Sinne, bis ihr Schattenselbst in einem kalten, dunklen Raum erschien. Die Steine unter ihren Füßen und der Hall um sie herum ließen sie an die Kreuzgänge der Abtei oder an eine unterirdische Höhle denken, doch der Geruch war falsch. Ihre Nase nahm Eiche, Vanille und gärenden Wein wahr. Sie befand sich in einem Weinkeller, einem großen, doch die Stille ließ sie fürchten, dass sie die Situation falsch eingeschätzt hatte.

Sie kam zu spät.

Dann flackerte eine Kerzenflamme am anderen Ende des Raums auf und die Gewölbedecke wurde samt ihren gotischen Kreuzrippen und Stützsäulen sichtbar. Elena erkannte den Ort sofort. Es war Bastiens berühmter Weinkeller, der aus einer Reihe von Höhlen und Tunneln bestand und vor achthundert Jahren von denselben strebsamen Mönchen angelegt worden war, die auch die ersten Weinreben in der Gegend gepflanzt hatten. Elena wusste, dass sie, hätte sie einen Finger an eine der Säulen gedrückt, immer noch die Arbeitsgesänge der Mönche im Stein hören könnte. Doch sie wagte nicht, sich zu rühren, falls ihr Geist die Luft bewegen und die Kerze zum Flackern bringen sollte. Stattdessen legte sie den Kopf schräg und lauschte auf einen Herzschlag.

In einer Ecke des Raums, in der Nähe des Lichts, entdeckte sie schließlich zwei davon. Nein, drei. Ein Herz schlug im panischen Takt eines verängstigten Menschen, eines mit dem kalten Schlag einer sich anpirschenden Schlange und das dritte Herz schlug hektisch, wie Flügel in einem Sturm. Dieser Herzschlag gehörte keiner Kreatur aus dieser Welt. Dann beugte sich ein Kopf ins Licht, das Haar grau, die Haut faltig und schlaff vom Alter.

Es war das Gesicht einer alten Frau ... aber die Augen ... sie leuchteten beim Blick in die Flamme in einem vertrauten, glitzernden Blau. Dann spähte die alte Frau in die Dunkelheit und ihre Nase zuckte, als wittere sie Elenas Duft.

Elenas Geist ergriff die Flucht. Sie wich zurück, stürzte durch den unwirklichen Raum, um in ihren Körper zurückzukehren. Mit klopfendem Herzen und wirbelnden Gedanken erwachte sie aus ihrer Trance.

»Für eine Minute dachte ich, ich hätte dich verloren. Du bist unheimlich still geworden«, meinte Yvette.

Elena löste ihren Schleier und schnappte nach Luft. »Ich habe sie gesehen.« Sie schüttelte sich, als sie sich an dieses faltige Gesicht mit dem stechenden Blick erinnerte. Die Augen hatten dasselbe atemberaubende Blau gezeigt, an das Elena sich erinnerte, doch sie waren auch von Boshaftigkeit erfüllt gewesen. Als wäre eine Maske von einem Gesicht gerissen worden.

»Du hast sie gesehen? Die Hexe, die die Katzen getötet hat?«

»Ich komme zu spät. Sie hat ihn in ihrer Gewalt. Im Verkostungsraum ihres Weinguts. Ich glaube, er war gefesselt.«

»*Merde*«, sagte Yvette und schlug die Hand vor den Mund. »Du glaubst doch nicht, dass sie ihn auch töten wird, oder?«

Der Gedanke bohrte sich in Elenas Herz wie ein Angelhaken. »Doch, aber noch nicht. Sie wartet auf etwas. Mich, wahrscheinlich. Aber warum ist sie in diesem Keller? Wieso versteckt sie sich im Dunkeln?«

Yvette sah über ihre Schulter und die Jahrmarktszelte hinweg, die zum Leben erwacht waren. »Weil sie sich dort sicher fühlt. Die Umgebung ist ihr vertraut. So wie der Jahrmarkt der Ort war, an den ich instinktiv geflohen bin.«

Elena riss den Kopf hoch. »Sie zieht ihre Energie aus der feuchten Dunkelheit. Aus Dingen unter der Erde. Unsichtbar. Jenseits des Lichts.«

»Wie ein …«

»Wie ein Dämon.«

Elena erhob sich, reichte Yvette die zerdrückte Streichholzschachtel und die Zigaretten und entschuldigte sich geistesabwesend für den Schaden.

Die junge Frau warf die nutzlose Schachtel auf den Boden. »Das ist doch egal. Was werden wir jetzt tun?«

»Wir? *Wir* werden gar nichts tun.« Elena zog den Kristall aus ihrer Tasche und dachte an die wenigen Kräuter, die sie hier vielleicht für einen Zauber sammeln könnte. Es würde niemals reichen.

Yvette schob ihre Maske nach oben. »Zum Teufel!« Sie trat Elena in den Weg. »Du kannst sie nicht einfach damit durchkommen lassen.«

»Das habe ich auch nicht vor.«

»Hör mal, ich weiß, dass du nicht viel von mir hältst, aber ich will helfen.«

»Sei nicht böse, aber wie soll mir eine Zirkusdame, die nebenbei sexuelle Fantasien erfüllt, dabei helfen, eine machtgierige Hexe zu stellen, die wahrscheinlich mit einem Dämon im Bunde steht? Du kannst kaum ein Zauberbuch lesen.«

»Richtig, bei Magie stinke ich ab. Und im Leben. Aber ich bin trotzdem eine Hexe und du wirst meine Hilfe brauchen.«

»Wirklich? Und welche Art von Hilfe wäre das?«

Yvette richtete sich höher auf. »Lass uns einfach sagen, dass von uns beiden nicht *ich* diejenige bin, die ihre Unschuld beteuert.«

Dieses Geständnis versetzte Elenas Gewissen einen Stich. Sie hatte gewusst, dass die junge Frau wegen Mordes eingesperrt worden war, doch sie hatte sich davon überzeugt, dass die Verhaftung ein Irrtum gewesen sein musste, wie bei ihr auch. »Yvette …«

»Es mag vielleicht stimmen, dass ich bereits beschädigte Ware bin. Ich habe in meiner Jugend nicht viel Bildung bekommen, aber so viel weiß ich über Magie: Wenn es dazu kommt … Wenn diese Hexe versucht, deinem Mann das anzutun, was sie schon mit dem anderen gemacht hat … wirst du mich brauchen. Vielleicht kann ich ihr endgültig den Garaus machen, wo du es nicht kannst.«

Und bei dem Versuch könntest du sterben, dachte Elena. Doch bevor sie die andere Frau überzeugen konnte, brach auf der anderen Seite des Festplatzes ein Tumult aus. Künstler, die eigentlich in Position sein sollten, um die Gäste auf dem Markt zu begrüßen, rannten zu ihren Wagen. Irgendwo hörte man einen Mann brüllen.

»Das ist Gustave, der Besitzer des Jahrmarkts«, sagte Yvette und reckte den Hals, um zu sehen, was vor sich ging. Es folgte ein schrilles Pfeifen, das wie eine Warnung klang. »Ohoh.«

»Was ist los?«

»*Les flics.*«

»Die Polizei? Sie haben uns schon gefunden?«

»Noch haben sie das nicht.« Yvette wandte sich wieder Elena zu. »Nimm mich mit und ich verspreche dir, dich heil hier rauszubringen.«

»Warum tust du das?«

Die junge Frau zuckte mit den Achseln. »Ich mag keine Leute, die Katzen foltern.«

»Und wenn ich dich nicht beschützen kann?«

Yvette zog eine kleine, aber tödliche Haarnadel aus ihrer Steckfrisur. »Auch Hexen bluten, oder? Ich kann auf mich selbst aufpassen.«

Mit einem Seufzen gab Elena ihren Widerstand auf. »Uns bleibt nicht viel Zeit.«

»Dann ist es ja gut, dass ich den einen oder anderen Trick kenne.« Yvette zog sich ihre Maske wieder übers Gesicht und setzte sich in Bewegung. Sie schien ans andere Ende des Geländes zu wollen. »Geh zurück zu JuJu und warte dort. Wir treffen uns in fünf Minuten«, rief sie über die Schulter, bevor sie hinter einem Trio von Stelzenläufern verschwand.

Elena riss ergeben die Hände in die Luft. Langsam vermutete sie, dass sie ihrem Fluch noch nicht entkommen war. Er schien sich mit ihrem Blut und ihren Knochen verbunden zu haben, um alles zu beeinflussen, was sie sah oder berührte oder liebte. Grand-Mère eingeschlossen. Die alte Frau musste schrecklich beunruhigt sein. Elena blieb kaum Zeit, doch sie wollte nicht, dass ihre Mentorin sich Sorgen um sie machte. Nicht nach dem, was sie in den letzten sieben Jahren hatte ertragen müssen.

Daher ließ Elena den Blick über die Bäume in der Ferne gleiten und murmelte einen schnellen Rufzauber. Eine Felsentaube und ein Storch erschienen am Himmel und landeten vor ihren Füßen. »Du könntest die falsche Botschaft schicken«, sagte sie zu dem Storch und schickte ihn weg, bevor sie der Felsentaube in einfachen Worten das Wichtigste über die Bierhexe erzählte und erklärte, dass es ihr gut ging, auch wenn sie nicht nach Hause kommen konnte. Der Vogel gurrte und Elena schickte ihn auf die Reise, unterstützt von einem Zauber, der ihm helfen sollte, Grand-Mère zu finden. Sie wünschte sich, sie könnte zusammen mit der Taube davonfliegen. Sie mochte durch den Fluch immer noch vom Pech verfolgt sein, aber trotzdem wollte sie sich nicht erneut erwischen lassen. Elena zog sich den Schleier vors Gesicht und brach zu JuJus Wagen auf.

25

Auch wenn die Presse alt und nicht mehr in Verwendung war, wusste Jean-Paul doch, dass der uralte Mechanismus mit seiner gewundenen Archimedesschraube immer noch fähig war, genug Druck zu produzieren, um aus fünfzig Tonnen Trauben *vin de presse* herzustellen. Er hatte eine stolze Demonstration davon erhalten, als er vor drei Jahren auf Du Mondes Beharren hin an einer Führung durch den Keller teilgenommen hatte.

Als hätte das Kerzenlicht seine Gedanken erahnt, ließ es flackernd die Kurbel aufleuchten, was Jean-Paul an ein Zwinkern denken ließ. Dann drehte sich die Schraube ein paar Zentimeter und presste das Brett fester gegen seine Brust.

»Nicht mehr lange.« Gerda stieg die Stufen am Fuß der alten Presse hinauf. »Sie weiß, dass Sie hier sind.«

»Dafür werden Sie in der Hölle brennen.«

Die Hexe schnaubte abfällig. »Was lässt Sie glauben, dass ich das nicht bereits getan habe?« Sie kniete sich mit einem Messer in der Hand neben Jean-Paul, der Blick in ihren Augen fast zärtlich. »Nur zur Sicherheit«, sagte sie, bevor sie einen fünf Zentimeter langen Schnitt über seinen nackten Unterarm zog.

Er verfluchte sie, spuckte sie an und wand sich in seinen

Fesseln, als sie ein Weinglas an seine Haut drückte, um den Lebenssaft aufzufangen.

»Immer mit der Ruhe, wir haben noch nicht mal angefangen«, sagte Gerda, während sie in ihren Kreis zurückkehrte. »Sie sollten sich Ihre Kraft für den Moment aufsparen, wenn das Schreien wirklich losgeht.«

Vorsichtig rührte sie das Blut mit dem Finger um und sprach weiteren Kauderwelsch. Jean-Pauls Magen hob sich, als müsse er sich übergeben, doch er schluckte die Galle wieder herunter, weil er fürchtete, in seinen Fesseln daran zu ersticken. Gerda sprach die letzten finsteren Worten ihres Zaubers und näherte sich Jean-Paul dann mit einem kleinen Tiegel in der Hand. Er wappnete sich für den nächsten Schnitt, doch statt ihn zu verletzen, tupfte die Hexe eine Salbe auf seine Wunde, sodass der Schmerz nachließ. Wieso versorgte sie ihn? Sie musste geistesgestört sein. Wahnsinnig.

»Weg von mir, Sie Teufelin.«

Sein Blut klebte auf ihrem Fingernagel. Sie leckte es ab und lächelte. »Oh, Sie haben ja keine Ahnung«, sagte sie, dann drehte sie die Kurbel, um das Brett einen weiteren, schmerzhaften Zentimeter zu senken.

26

Elena zwängte sich zwischen zwei Zirkusponys mit federbesetztem Kopfschmuck und glitzernden Sätteln. JuJus Wagen sollte sich eigentlich direkt vor ihr befinden, doch dort war er nicht. Sie war irgendwo falsch abgebogen und jetzt hatte sie sich in einem Gewirr aus wütenden Schaustellern verlaufen, die panisch versuchten, der Polizeirazzia zu entkommen.

»Durchsucht den Markt! Durchsucht jeden Schrank, jede Truhe, jede Abstellkammer. Sie sind hier irgendwo, ich weiß es einfach!«

Der Inspektor.

Er war ganz in Elenas Nähe, gerade mal zwei Wohnwagen entfernt, und suchte offensichtlich nach ihr. Seine gebrüllten Befehle rissen Elena aus ihrer Verwirrung. Sie zog sich hinter die Ponys zurück und bog nach links ab, um sich hinter der Wagenreihe so weit von ihm zu entfernen, wie sie es wagte. Für den Moment war sie in Sicherheit, doch es war nur eine Frage der Zeit, bis die Polizei auch diesen Bereich durchsuchte. Konnte sie losrennen und die Bäume erreichen, bevor jemand sie bemerkte? Gab es einen Zauber, mit dem sie eine ausreichend große Ablenkung schaffen konnte, um eine ganze Armee von Beamten zu täuschen?

Sie zermarterte sich den Kopf, um einen Spruch zu finden,

der Feuerwerk oder Schüsse imitierte – irgendetwas, das den Inspektor verwirren konnte –, als sie hinter sich einen Motor schnurren hörte wie einen Löwen. Ein leuchtend blaues Zweisitzer-Cabrio rollte neben sie. Hinter dem Lenkrad, die Augen hinter einer Schutzbrille verborgen, saß Yvette.

Die junge Frau ließ den Motor aufheulen und nickte in Richtung des Beifahrersitzes. »Ich dachte schon, dass sie dich erwischt haben, als ich dich nicht bei JuJu gefunden habe.«

»Ich habe mich verlaufen.«

»Dein Glück. Sie durchsuchen den Wagen nach uns. Komm schon, steig ein.«

Elena fehlte die Zeit für Diskussionen. Trotz ihrer Vorbehalte sprang sie auf den Beifahrersitz des diabolischen Gefährts und klammerte sich fest. Yvette legte den Gang ein, dann drückte sie aufs Gaspedal und der Wagen raste los. Elena wagte es, kurz über die Schulter zurückzuschauen. Der Inspektor rannte aus JuJus Wagen und bedeutete seinen Männer verzweifelt, zu ihren Pferden zurückzukehren und die Verfolgung aufzunehmen, doch das neumodische Automobil hatte bereits die unbefestigte Straße erreicht und sauste davon.

Yvette beschleunigte das Auto auf fünfunddreißig Meilen pro Stunde. Der Schotter knirschte unter den Reifen, als sie in ihrem schicken Zweisitzer die Landstraße entlangbretterten. Elenas Haar flatterte hinter ihr und sie packte sicherheitshalber die massiven Messingbeschläge neben der Windschutzscheibe, um sich festzuklammern.

»Was ist los? Hast du noch nie in einem Auto gesessen?« Yvette zwinkerte ihr durch die Fahrerbrille zu und grinste.

»Noch nie«, schrie Elena über das Röhren des Motors. Sie stemmte die freie Hand am Armaturenbrett ab, als sie um eine Kurve segelten. Der Fahrtwind riss ihr den Schleier vom Gesicht und ließ ihn durch den Staub davonfliegen. Sie warf ihm einen schnellen Zauber hinterher, der den Eindruck erwecken sollte, eine Silberbirke wäre auf die Straße gestürzt – für den Fall, dass die Motorräder des Inspektors versuchten, sie einzuholen. Der Trick würde ihre Verfolger nicht aufhalten, aber vielleicht eine Weile ablenken, sodass die Polizisten wertvolle Zeit verloren.

Yvette tätschelte das Metall der Autotür. »Es ist eine Schönheit. Das beste kleine *bébé*, das ich je gefahren habe.«

»Oder gestohlen.«

»*Geliehen*«, stellte Yvette richtig. »Das Automobil ist Gustaves ganzer Stolz. Er wird es in einem Stück zurückbekommen … irgendwann.«

Auf jeden Fall bot das Automobil die schnellste Fluchtmöglichkeit, auch wenn Elena sich dafür auf sterbliche Mechanik verlassen musste. Falls die Männer des Inspektors sie verfolgten, waren sie zumindest nirgendwo zu sehen. Sobald Elena tatsächlich glaubte, dass das Vehikel nicht auseinanderfallen würde, wann immer sie durch ein Schlagloch holperten, löste sie ihren verzweifelten Griff von der Windschutzscheibe. Doch das Gefühl, dass sie direkt auf eine andere Gefahr zuhielten, verweilte.

Doch welche andere Wahl hatte Elena? Jean-Paul hatte um nichts von alldem gebeten. Er hatte von Anfang an erklärt, dass er nichts mit Magie und Hexen zu tun haben wollte. Trotzdem hatte er sofort ihre Verteidigung vor Gericht übernommen. Damit hatte er sich selbst in Gefahr gebracht. Jetzt musste Elena ihre Angst besiegen und dasselbe für ihn tun. Erfüllt von frischer Entschlossenheit murmelte sie mit dem gestohlenen Kristall in der Hand leise einen Schutzzauber. Der Stein leuchtete warm in ihrer Hand. Als sie nach der dritten Beschwörungsformel den Blick senkte, entdeckte sie Jean-Pauls Namen auf dem Quarz. Sie küsste den Kristall, um den Zauber zu besiegeln, dann schob sie den Stein wieder in ihre Hosentasche.

Als sie sich einem Wegweiser näherten, verlangsamte Yvette die Fahrt. »In welche Richtung?«

Sie hatten eine Kreuzung erreicht, an der eine Abzweigung direkt ins Dorf führte, während die andere sich durch die tiefer liegenden Weinberge schlängelte – das wäre die sicherere, aber längere Route. Elena spähte in Richtung des Kirchturms der Abtei, die über dem Dorf aufragte – und spürte ein Drängen in diese Richtung.

»Das Dorf«, sagte sie.

Yvette sah über die Schulter zurück auf die Straße, dann legte sie zögernd den Gang ein, um den Hügel hinaufzufahren. Natürlich war es gefährlich, die Hauptstraße zu benutzen. Ein Automobil erregte in dem kleinen Ort immer noch Aufmerksamkeit. Besonders, wenn zwei Frauen darin saßen, die wegen Mordes gesucht wurden. Doch Elena musste sich auf ihre Intuition verlassen, und die wies sie an, an der Abtei anzuhalten.

»Warte hier«, sagte sie, sobald das Automobil die Abtei erreicht hatte. »Wird nur eine Minute dauern.«

Yvette ließ den Motor aufheulen. »Ich hoffe, wir haben die Zeit.«

Elena kommentierte die Warnung mit einem entschlossenen Nicken, dann schob sie die schwere Holztür zur Abtei auf. Die tausend Jahre alte Apsis empfing sie mit farbenfrohen Lichtstrahlen, die durch die Buntglasfenster ganz oben im Gewölbe fielen.

Ein fast kahler Mönch in einer blau-weißen Robe sah mit einem Besen in der Hand von seiner Arbeit auf, als die Tür hinter ihr ins Schloss fiel.

»Elena?«

»Hallo, Bruder Anselm.«

Er stellte den Besen beiseite und näherte sich. Verwirrt verzog er das Gesicht, als er Elenas Haremshose und das silberne Mieder bemerkte. »Gute Güte, ich habe schon einige

Geschichten über deine Heimkehr gehört, aber in keiner davon hattest du dich dem Zirkus angeschlossen.«

»Mir fehlt die Zeit für Erklärungen. Ich brauche Ihre Hilfe.«

»Sicher. Was kann ich tun?«

»Luft, Feuer, Wasser und Erde.«

Der Mönch hielt nachdenklich inne. »Ein Zauber?«

»Das Leben eines Manns steht auf dem Spiel. Jean-Pauls. Meines ebenfalls, wenn ich ehrlich bin.«

»In Ordnung«, sagte er und setzte sich eilig in Bewegung. »Nimm dir Kerzen. Und im Taufbecken ist Wasser. Ich werde den Rest holen.«

»Könnte ich stattdessen das Öl nehmen?«

Anselm kniff besorgt die Augen zusammen. »Natürlich«, sagte er, dann eilte er durch eine Tür, die in den Klosterbereich führte.

Einen Augenblick später kehrte er mit einer Umhängetasche über der Schulter zurück. »Ich habe ein wenig Räucherwerk genommen. Es ist einfacher Weihrauch, aber er sollte als Zeichen für die Luft dienen können. Und ist Salz als Symbol für die Erde geeignet? Ich habe eine Menge davon in die Tasche gepackt. Und ein kleines Stück Käse, eingeschlagen in ein Tuch.«

»Das wird gehen.« Elena nahm den Beutel entgegen, dann schob sie die Kerzen und eine verschlossene Flasche mit Olivenöl zu den anderen Gegenständen. »Danke«, sagte sie und vollführte eine Dankesgeste, die an das Allwissende gerichtet war. »Wenn ich kann, werde ich Ihnen eines Tages alles erklären.«

Die Antwort des Mönchs bestand darin, sich zu bekreuzigen. »Übrigens, Ariella war vorhin hier. Sie schien zu wissen, dass du … frei bist.«

»Ich habe eine Taube ausgeschickt, um Grand-Mère zu finden und ihr zu sagen, dass es mir gut geht.«

Der Mönch dachte einen Moment darüber nach. »Nun, also, sie hat eine Kerze entzündet und eine zwanzig Jahre alte Flasche Wein auf dem Altar zurückgelassen. Auf dem Weg nach draußen hat sie eine ziemlich ansehnliche Menge Münzen in die Spendenbox für die Waisen geworfen. Das hat sie in vierzig Jahren noch nie getan.«

Dieser Bericht ergab keinen Sinn, doch Elena blieb keine Zeit, um darüber nachzudenken. Verwirrt versprach sie, später eine weitere Taube auszusenden. Sie dankte Bruder Anselm ein letztes Mal, dann eilte sie zur Tür. Draußen ließ Yvette bereits den Motor aufheulen.

Das Weingut Domaine du Monde wirkte verlassen. Keine Arbeiter wanderten zwischen den Reben hindurch, keine Magd spähte durch die Vorhänge, während sie die Fensterbretter abstaubte, und kein Diener erschien, um Elena und Yvette zu begrüßen, als sie vor Bastiens imposantem Haus vorfuhren. Zusätzlich fiel Elena auf, dass die Schutzzauber um das Anwesen entfernt worden waren.

Doch es gab Geister. Erinnerungen aus Elenas Vergangenheit stiegen auf und erinnerten sie daran, wie sehr sie sich einst darauf gefreut hatte, das Weingut zu besuchen und sich mit dem gut aussehenden Winzer zu treffen, der die Führung des Guts von seinen kränkelnden Eltern übernommen hatte. Sie hatte Bastiens Selbstsicherheit bewundert, seinen Ehrgeiz und seinen Traum, eine leuchtende Zukunft in diesem leuchtenden neuen Zeitalter zu schaffen. Er hatte sie mit Lob und honigsüßen Küssen umgarnt. Wie schnell das Gefühl der Liebe umgeschlagen und in Flüche und Mordbeschuldigungen übergegangen war. Bastien war ein Erfinder und erfolgreicher Geschäftsmann gewesen, sicher, aber er konnte auch grausam sein. Manipulativ. Selbstzentriert. Nachtragend. Deswegen war Elena sich so sicher gewesen, dass er für ihren Fluch verantwortlich war. Ein endgültiger

Abschluss nach einem schiefgelaufenen Heiratsantrag. Doch sie hatte die Situation falsch eingeschätzt und nun war Bastien tot.

Yvette schaltete den Motor ihres Automobils aus und sofort spürte Elena, wie ein Schatten bösartiger Energie über ihre Haut glitt.

»Und was jetzt?«

Elena atmete tief durch und klärte ihre Gedanken. »Sie sind im Weinkeller.«

»Schön. Und wie kommen wir da runter?«

»Wir gehen nicht hinein. Noch nicht. Da ist noch etwas, was wir vorher tun müssen.« Sie stieg aus dem Auto, warf sich die Umhängetasche über die Schulter und ging zu einem Nebengebäude zu ihrer Linken.

Yvette folgte ihr in einen Arbeitsraum und starrte die Messer, Spitzhacken und Hammer an, die an Haken an der Wand hingen. »Seit wann braucht man so etwas, um Wein herzustellen?« Sie griff nach einer Säge mit kurzem Griff und wog das Werkzeug in der Hand.

»Hier befindet sich die Böttcherei«, erklärte Elena und stellte ihre Tasche auf einer Arbeitsbank ab. »In diesem Gebäude werden Weinfässer hergestellt.«

Yvette nahm eine Axt in die Hand, ließ sie einmal im Kreis wirbeln und fing sie dann sicher wieder am Griff auf, als hätte sie nur eine Münze geworfen. »Hier sind genügend scharfe Dinge, um zehn üble Hexen zu zerteilen.«

Wenn das nur der Wahrheit entspräche. »Ich werde ein Athame brauchen«, sagte Elena. »Schau, ob du etwas Passendes finden kannst, während ich Platz schaffe.«

»Das ist ein schickes Messer, richtig?«

Elena warf Yvette einen ungläubigen Blick zu.

»Oh, là, là. Wir haben nicht alle eine so feine Erziehung genossen, schon vergessen? Manche von uns arbeiten auf dem Jahrmarkt, um sich ihren Lebensunterhalt zu verdienen.«

»Ja, es ist ein zeremonielles Messer. Das Schärfste, das du finden kannst.«

Yvette wurde bleich. »Du meinst, du willst wirklich einen echten Zauber wirken? Hier? Während sie da unten ist?«

»In der Tat. Jetzt beeil dich. Uns läuft die Zeit davon.«

Während Yvette die Werkzeuge an der Wand durchsuchte, griff Elena nach einem Besen und kehrte die Hobelspäne zur Seite, die den Boden zwischen Werkbank und Kamin bedeckten.

Einen Moment später trat Yvette an sie heran und streckte ihr ein *cochoir* mit abgerundetem Griff entgegen – ein bösartig aussehendes Böttchermesser mit gebogener Stahlklinge, das verwendet wurde, um hölzerne Oberflächen zu glätten. »Ist das schick genug für dich?«

»Es wird gehen«, sagte Elena und schob das Messer in ihren Gürtel.

Zusammen leerten sie eine Kiste und stellten sie mit der Öffnung nach unten auf den Boden. Elena öffnete ihre Tasche und zog zwei Kerzen heraus, beide weiß mit sauberen Dochten, und stellte sie zur Seite. Dann legte sie das Salz, das Öl und den Weihrauch auf die Kiste. Zu ihrer Überraschung hatte Bruder Anselm noch etwas eingepackt, was er nicht erwähnt hatte. Das Tuch um den Käse wurde von einer Schnur geschlossen gehalten und in der Mitte, von einem Knoten gehalten, steckten ein Zweig getrockneter Lavendel und ein Lorbeerblatt. Die Geste trieb Elena fast Tränen in die Augen, weil sie wusste, dass es als schützendes Amulett gedacht war.

Wieder stieg Entschlossenheit in ihr auf. Sie atmete tief durch, dann wandte sie sich an Yvette: »Komm her und stell dich neben mich.«

Zur Abwechslung gehorchte Yvette schweigend, scheinbar in Ehrfurcht erstarrt bei der Vorstellung, an einem richtigen Ritual teilzunehmen. Elena schwor sich, später einen

Weg zu finden, sich der jungen Frau anzunehmen und ihr zumindest ein paar einfache Zauber zu zeigen, damit sie ihr eigenes Buch der Schatten beginnen konnte – sofern Elena denn die Chance dazu vergönnt war. Denn zuerst musste sie die finstere Magie der Hexe im Weinkeller überleben.

Elena schob all ihre Zweifel beiseite, konzentrierte sich auf den kleinen Tiegel mit Weihrauch und rieb Daumen und Finger aneinander. Winzige Funken tanzten über ihre Fingerspitzen, um dann zischend zu verlöschen. »*Merde.* Ich schwitze zu sehr, um eine Flamme zu halten. Gib mir die Streichhölzer.«

Yvette klopfte ihre Taschen ab und schüttelte ängstlich den Kopf. »Ich habe sie mit den Ziggis am Lager zurückgelassen.«

Elena fuhr sich mit dem Handgelenk über die Oberlippe und versuchte, sich ihre Panik nicht anmerken zu lassen. Sie wischte sich die Handfläche an der Haremshose trocken, auch wenn die paillettenbestickte Seide nur wenig Feuchtigkeit aufnahm.

Konzentrier dich!

Sie atmete tief durch und rieb sich die Hände, bereit, es erneut zu versuchen, als plötzlich ein Wirbelwind durch den Hof fegte und gegen die Tür der Böttcherei brandete. Ein Zyklon aus Staub und Schmutz fegte durch den Türrahmen, traf die Werkbank und verwüstete mit wilder Energie die Werkstatt.

»Das ist *sie*«, sagte Elena alarmiert, während sie sich bemühte, die armseligen Gegenstände auf ihrem Altar zu schützen. Um sie herum zersplitterten Fässer. Sägen und Eisenzangen bohrten sich in den Boden und das Fensterglas zersprang, bevor die Energie in einem letzten Windstoß durch Elenas Haare verebbte. »Sie weiß, dass wir hier sind. Wir müssen das zu Ende bringen. Schnell.«

Sie konnte sich keine Furcht mehr leisten. Elena stellte

sich breitbeinig hin, sammelte ihre Gedanken und rieb ihre Handballen aneinander. Es entstand Hitze, aber kein Feuer. Sie schloss die Augen und ließ ihren Gedanken freien Lauf, bis sie das prickelnde Brennen von Flammen an ihren Fingern spürte. Als sie die Augen öffnete, erblühte ein orangefarbener Feuerball in ihren Händen wie eine Mohnblume. Voller Erleichterung führte sie die Flamme an den Weihrauch und beobachtete, wie das Räucherwerk zu glühen begann. Sie hielt ihre Konzentration, brachte ihre Gedanken mit ihrem Ziel in Einklang und hob das Böttchermesser in den Rauch. Sie bat das Allwissende um seinen Segen und reinigte die grobe Athame, indem sie die Klinge dreimal durch den Rauch führte. Das Metall begann zu schimmern, als hätte sie es in Öl getaucht.

Dann begann Elena ihr Ritual.

»Ich möchte, dass du zur Ruhe kommst, die Augen schließt und dir vorstellst, vor dir wäre einen Stern auf den Boden gezeichnet«, sagte sie zu Yvette. »Die obere Spitze des Sterns liegt direkt vor dir.« Während die junge Frau die Lider schloss, griff Elena nach dem Beutel mit Salz und wog ihn in der Hand. Wenn sie vorsichtig vorging, sollte das reichen. In einem dünnen Rinnsal ließ sie das Salz aus dem Beutel gleiten und zog so eine schmale, kreisrunde Linie um sich und Yvette. Innerhalb des Kreises würden sie und Yvette ein unsichtbares Pentagramm beschwören. Sie schloss den Kreis an der Spitze des im Geiste erdachten Sterns und stellte fest, dass sie noch einen Löffel voll Salz übrig hatte. Erleichtert kehrte sie zu ihrem improvisierten Altar zurück und hob die Hände, um das Allwissende zu preisen.

Sie arbeitete schnell, doch ihr fehlte die Zeit für einen sorgfältigeren Zauber. Niemand konnte sagen, was Gerda Jean-Paul antun würde, wenn ihre Geduld endete. Elenas Instinkte würden die Lücken in der Vorbereitung schließen müssen.

Sie hob den Tiegel mit Weihrauch und ließ den Rauch über ihren Kopf gleiten. »Sei gesegnet«, sagte sie, dann stellte sie den Weihrauch direkt vor Yvette an die oberste Spitze ihres unsichtbaren Sterns. Als Nächstes griff sie nach Lavendel und Lorbeer. Zuerst führte sie die Kräuter unter ihrer Nase entlang, um ihren beruhigenden Duft aufzunehmen, dann legte sie sie an die linke Spitze des Sterns. »Ich werde uns beide salben«, warnte sie Yvette, bevor sie der jungen Frau Olivenöl auf die Stirn tupfte. Sie wiederholte die Geste bei sich selbst, sprach ein schnelles »Sei gesegnet« und stellte die kleine Ölflasche dann auf die rechte Spitze des Sterns.

Yvette hatte die Augen wieder geöffnet, schien jedoch in einer fast ehrfürchtigen Trance versunken. Voller Erstaunen beobachtete sie das Ritual, so wie es eigentlich junge Hexen während ihrer Ausbildung taten. Elena merkte, dass sie sich um die junge Frau sorgte, doch sie durfte sich nicht ablenken lassen. Sie durfte nicht zweifeln. Daher reichte sie der jungen Frau eine der beiden Kerzen und behielt die andre für sich. Yvette starrte sie aus großen, unsicheren Augen an, als wollte sie fragen, was sie mit dem Gegenstand anstellen sollte. Elena schnippte vor dem Docht mit den Fingern und entzündete ihn schnell mit einem Funken. Ein deutliches Zeichen, dass sie die Kontrolle über ihre Macht zurückgewonnen hatte.

»Halt die Kerze vor dich und stell dir vor, wie die Energie des Universums sich um dich sammelt. Nimm die Kraft in dich auf, als wäre sie Nahrung. Lass zu, dass die Energie in dir wächst. Erfülle dich selbst mit Licht.«

Die junge Frau atmete mehrmals tief durch. Elena schob sie sanft in eine sitzende Position, wobei sie Yvette anwies, weiter zu atmen und sich nur auf das Licht zu konzentrieren. Die Energie des Kreises begann, sich um sie zu schließen und vor Intensität zu schimmern. Yvette war in einen meditativen Zustand versunken, einem friedlichen Dämmerzustand. Die Vorbereitungen waren fast abgeschlossen. Alles war etwas schlampig ausgeführt, aber das Allwissende schien ihre Absicht anzuerkennen und gutzuheißen. Ermutigt hielt Elena die zweite Kerze an die Flamme der ersten, bis der Docht ebenfalls Feuer fing. Am linken Fuß des Sterns ließ sie etwas Wachs auf den Boden tropfen und klebte die Kerze an dieser Stelle fest.

Als Letztes ergriff sie den Beutel mit dem verbleibenden Salz vom Altar und legte ihn an den rechten Fuß des Pentagramms. Yvettes Kopf sank nach vorne und Elena stieß den Atem aus. Fünf Spitzen, fünf Elemente. Geist, Luft, Wasser, Feuer, Erde. Und eine heißblütige, naive junge Frau in der Mitte.

Jetzt, wo ihre Gaben an Ort und Stelle waren, rezitierte Elena in Gedanken einen Zauber, schickte ihre Gedanken weit hinaus gen Himmel.

Salz und Kerze, Öl und Rauch,
Sicherheit nach altem Brauch.
Draußen sicher, drinnen auch,
Schutz erwächst mit deinem Hauch.

Nun hatte sie alles getan, was in ihrer Macht stand. Zufrieden öffnete sie mit ihrer Athame einen Durchgang am Fuß des Sterns, verließ den Beschwörungskreis und schloss ihn hinter sich wieder. Der Energieschleier schien zu halten. Yvette sollte innerhalb der Blase geschützt sein. Jetzt, wo das Gewicht der Verantwortung nicht länger auf ihren Schultern lastete, steckte Elena die Athame in ihren Gürtel und verließ die Böttcherwerkstatt.

Die vor Wut kochende Hexe im Weinkeller konnte nicht länger warten.

27

Jean-Paul konnte die Angst auf seiner Zunge spüren, zusammengeknotet wie ein Stück altes Seil, das er nicht herunterschlucken konnte. Das Holzbrett der Weinpresse drückte auf seine Rippen. Die Knochen in seiner Brust bogen sich, brachen aber noch nicht. Jean-Paul beäugte die Schraube mit der Winde über sich, die den Druck kontrollierte. Er war sich nicht sicher, ob er eine weitere Umdrehung überleben konnte.

Gerda rührte im Bodensatz der Weinfässer, führte Winzerarbeiten aus, als wäre es ein ganz normaler Tag auf der Domaine du Monde. Doch sie hatte gesehen, dass er den Kopf zu ihr gedreht hatte. Sobald sie ihre Arbeit beendet hatte, legte sie ihren Stock beiseite und näherte sich. Jean-Paul weigerte sich, ihr in die Augen zu sehen.

»Hassen Sie mich?« Sie wartete nicht auf eine Antwort. »Wissen Sie, wären Sie ein oder zwei Jahre früher ins Tal gekommen, hätte ich Sie Bastien vielleicht vorgezogen.« Ihre Finger glitten durch sein schweißverklebtes Haar und die Berührung sorgte dafür, dass ihm eiskalt wurde. »Wir hätten einen großartigen Wein schaffen können, Sie und ich.«

Bei dem Gedanken wurde ihm schlecht. Wieso machte sie dem Ganzen nicht einfach ein Ende und brachte ihn um? Elena würde nicht kommen. Sie war schon einmal für lange

Zeit aus dem Tal verschwunden und offensichtlich war sie nun wieder weg. Jean-Paul zerrte an seinen Fesseln, erfüllt von dem verzweifelten Wunsch, die Hexe zu erwürgen. »Nehmen Sie Ihre dreckigen Hände von mir, Sie widerliche Vettel.«

»Das bedeutet wohl, dass Sie mich hassen«, antwortete sie seufzend.

Sie drehte die Kurbel einen Viertelkreis weiter.

Er schloss die Augen, als der Druck des schweren Brettes sich verstärkte, als hätte sich ein Elefant auf seiner Lunge niedergelassen. Doch als er die Augen wieder öffnete und nach Luft schnappte, hatte sich etwas verändert. Natürliches Licht durchschnitt in einem Strahl die Dunkelheit des Weinkellers. Er musste den Kopf recken, um die Quelle des Lichts zu entdecken, musste gegen den beißenden Schweiß anblinzeln, der in seine Augen tropfte und seine Brille beschlagen ließ. Nach dieser langen Zeit in der Dunkelheit traute er seinen Augen kaum, doch dann sah er, wie sie die Steinstufen nach unten stieg.

Elena schien zu glühen, umgeben von einem Schleier aus Energie, als zöge sie alles Licht im Keller zu sich – von dem dünnen Lichtstrahl, der durch den Spalt unter der Tür zu sehen war, bis hin zu der unnatürlichen Flamme, die über Gerdas Kerze flackerte. Selbst Elenas seltsame Kleidung funkelte, als wäre sie mit Edelsteinen besetzt.

Gott, sie war wunderschön.

Jean-Paul wollte nicht sterben. Er wollte Elena im Arm halten und ihr sagen, dass die Liebe für ihn keine Bedeutung und keinen Wert gehabt hatte, bevor er ihr begegnet war.

Doch er musste sie warnen. Er musste sie über die finstere Hexe informieren. Wenn er nur die Augen offen halten könnte. Wenn sein Mund nur Worte formen könnte. Stattdessen schien er auf einer sanften Welle davongetragen zu werden. Sonnenlicht wärmte sein Gesicht. Der Schmerz, der seine Brust und seinen Kopf erfüllt hatte, schien sich von seinem Körper zu lösen und auf winzigen Funken strahlender Energie davongetragen zu werden.

All seine Sorgen lösten sich in Luft auf. Er schwebte in einem trancegleichen Traum von einer aufregenden, verlockenden Liebe, die das Leben erst lebenswert machte.

28

Elena hatte einen vorübergehenden Hypnosezauber gewirkt, um Jean-Pauls Leiden zu lindern. Seine Schmerzen bezeugen zu müssen, würde ihre Schwäche offenlegen. Sie konnte sich die Ablenkung nicht leisten, ständig von dem Wunsch erfüllt zu sein, zu ihm zu laufen und seinen fiebrigen Körper zu kühlen. All ihre Energie, all ihre Konzentration musste auf das gerichtet sein, was in der Dunkelheit auf sie wartete.

Elena trat den letzten Schritt in den Weinkeller. Kühle Luft, die nach einer Mischung aus Eiche und Früchten roch, glitt über ihre Haut wie eine vertraute Hand und führte sie in die Dunkelheit – auch wenn immer noch der Gestank von Schwefel im Raum hing, als wären die leeren Weinfässer vor Kurzem damit gesäubert worden.

Das einzige Licht im Raum stammte von zwei Wandlampen über der Weinpresse und einem dreiarmigen Kerzenleuchter, der auf dem Boden stand und flackerte. Elena spähte ins Dämmerlicht, auf der Suche nach der Bierhexe. Sie wusste, dass diese sich gerne in Finsternis und Feuchtigkeit verbarg. Auch wenn Elena ihre Gegnerin nicht sehen konnte, spürte sie doch, wie die Hexe aus der Dunkelheit zu ihr spähte.

»Na, na, ein Schlafzauber könnte als unerlaubte Einflussnahme auf einen Sterblichen ausgelegt werden«, sagte Gerda. Sie trat vor, bis das Licht sie gerade berührte. Ihr langer Rock glitt dabei über einen Katzenschädel, der an der östlichen Spitze ihres auf den Boden gezeichneten Pentagramms lag. Das Gesicht der Hexe blieb halb im Schatten verborgen. »Du willst doch nicht, dass die Pakt-Polizei dich wegen dieses kleinen Vergehens einsperrt, oder?«

»Gib Jean-Paul frei und ich löse den Zauber gerne auf.« Elena trat einen vorsichtigen Schritt auf die Kerze zu, in der Hoffnung, ihre Gegnerin so ebenfalls weiter ins Licht zu locken. »Er stellt keine Gefahr für dich dar.«

»Oh, selbst ein liebeskranker Sterblicher kann gefährlich werden, wenn man ihn herausfordert. Und das wollte ich mir lieber für später aufbewahren.«

»Er ist in gutem Glauben zu dir gekommen.«

»Um dir zu helfen.«

»Lass ihn gehen. Ich bin diejenige, der du schaden willst.«

Gerda schnaubte abfällig. »Erspar mir diese Märtyrerhaltung. Du warst lediglich ein praktischer Sündenbock für meine kleinen Gesetzesbrüche. Auch wenn ich zugeben muss, dass ich deine Fähigkeiten unterschätzt habe. Es ist Jahre her, dass ich einer Hexe mit einer so ausgeprägten Schattensicht wie deiner begegnet bin.«

Gerda hob den Saum ihres Rocks und wandte sich vom Rand des Beschwörungskreises ab, um auf die alte Weinpresse zuzugehen. Elena packte den Kristall in ihrer Tasche fester und wagte es, behutsam näher zu treten, getrieben von der Angst, was Gerda einem bewusstlosen Jean-Paul antun könnte. Die Energie des Schutzkreises in der Böttcherei brandete noch immer in warmen Wellen gegen ihre Haut und beruhigte sie.

»Du kannst nicht davon ausgehen, dass du damit durchkommst«, sagte sie.

»Oh, aber das bin ich schon.« Die Hexe wandte ihr den

Rücken zu, um einen Finger über Jean-Pauls nackten Arm gleiten zu lassen. »Und das wird mir auch wieder gelingen.«

Der Anblick sorgte dafür, dass sich Gänsehaut auf Elenas Armen bildete. »Du genießt das, nicht wahr? Dich in den Schatten zu verbergen. Unheilvolle Blutmagie zu wirken. Und jetzt hast du einen unschuldigen Mann auf eine Maschine gebunden, die eher aussieht, als wäre sie zur Folterung entworfen worden als zur Fertigung von Wein.«

Gerda stieß zischend den Atem aus. »Und was weißt du schon von der Folter?«

»Ich sehe, wie viel Vergnügen es dir bereitet, andere zu verletzen.«

»Du weißt gar nichts.« Gerda drehte den Kopf, um zu dem monströsen Mechanismus aus Holz und Zahnrädern und Seilen über sich aufzusehen. Sie hob die Hand und die Kurbel der Presse stöhnte. Das Seil um die Kurbel quietschte und das schwere Holzbrett sank tiefer, als wäre es verzaubert worden. Luft entwich Jean-Pauls Lunge, begleitet von einem Geräusch, als hätte man auf ein Kissen eingeschlagen. »Hätte ich es gewollt, hättest du seinen Körper aufgeplatzt wie eine Traube aufgefunden, zerquetscht unter dem Gewicht der Presse. Ich gestehe, dass ich eine gewisse Neugier empfinde, welche Säfte aus einem Mann austreten würden, der solchem Druck ausgesetzt wird.« Gerda hob erneut den Arm.

»Warte!« Unwillkürlich streckte Elena den Arm aus, als könnte sie den Druck auf Jean-Pauls Brust so mildern. Sie verstand das Spiel noch nicht, das sie spielten. Sie wusste nur, dass sie lange genug Züge auf dem Spielbrett machen musste, um Jean-Paul am Leben zu halten. »Sag mir einfach, was du willst.«

Die Bierhexe wirbelte herum und zeigte Elena damit endlich ihr Gesicht. Doch das dämmrige Licht der Öllampen schien Illusionen zu erzeugen, weil ihre Haut faltig wirkte – wie die einer Frau, die mindestens doppelt so alt sein musste wie Gerda. Das glänzende Haar, das Gerda normalerweise streng auf dem Hinterkopf aufgesteckt hatte, war zu Grau verblasst und stand mit gespaltenen Spitzen wirr von ihrem Kopf ab. Die elegante, junge Hexe, die Elena auf der Dorfstraße zu Hilfe geeilt war, schien verschwunden. Doch welche Art von Zauber konnte dem Gesicht einer Frau die Jugend rauben, als wäre eine Lackschicht entfernt worden?

»Was ist los? Du siehst aus, als hättest du in eine unglückliche Zukunft geblickt.« Gerda grinste und enthüllte dabei braun verfärbte, faulende Zähne.

Elena umklammerte den Kristall in ihrer Tasche. »Was geschieht hier? Warum tust du das?«

»Es ist nichts Persönliches. Aber ich bin entschlossen, meinen Willen zu bekommen.« Eine kühle Brise glitt durch den Keller und die Deckenbalken knirschten. »Dieses ›In den Schatten verbergen‹, wie du es nennst, hat mich sehr lange Zeit über am Leben erhalten und ich habe vor, an dieser Gewohnheit festzuhalten.«

Gerda trat von der Weinpresse weg und ging so nah an Elena vorbei, dass diese die gekrümmte Wirbelsäule unter der Spitze von Gerdas Trauerkleid erahnen konnte. Die Bierhexe schien zu schrumpfen, doch die Aura ihrer Macht gewann noch an Stärke. Dann bemerkte Elena die Beine der Hexe. Auch sie wirkten seltsam verformt unter ihrem Rock, tatsächlich humpelte sie, als sie sich auf ihren magischen Kreis zubewegte. Sobald Gerda innerhalb ihres Schutzkreises stand, wurde ihre Verwandlung noch offensichtlicher und ihr Alter schien sich ein weiteres Mal verdoppelt zu haben.

Professor Rackham hatte vermutet, dass das Versprechen von Macht, Geld und Unsterblichkeit Magiepraktizierende in eine Falle locken konnte, denn die Mächtigen gierten nach immer mehr Macht. Dies sorgte dafür, dass gefährliche Bündnisse eingegangen wurden.

Der unangenehm süße Duft von Fliederwasser folgte Gerda wie eine Bugwelle, auch wenn es ihr nicht gelang, den Gestank von Fäulnis darunter zu überdecken. Doch warum sollte sie diese scheußliche Gestalt annehmen? Welche Macht schenkte ihr diese greisenhafte Verunstaltung?

Und dann verstand Elena plötzlich. Die Bierhexe verwandelte sich nicht in etwas Neues. Sie kehrte in ihren Urzustand zurück. Verborgen hinter der Fassade einer mächtigen Illusion lag ihre wahre Form. Wahrscheinlich testete sie damit die Grenzen der Unsterblichkeit aus – in einem Körper, der aufgrund einer unnatürlichen Verlängerung des Lebens an den Rändern bereits verrottete.

»Wie lange geht das schon?« Allein die Frage sorgte dafür, dass Elena unwohl wurde.

Die alte Hexe stand bucklig und fast kahl vor ihr, dann erschien ein vertrockneter Fuß unter dem Rock. »Oh, ich habe Könige und Eroberer kommen und gehen gesehen. Dauphins, Kaiser, Premierminister, Präsidenten.« Gerda nahm ihren schwarz-silbernen Gehstock von seinem Platz auf einem Fass und stützte sich schwer darauf. »Merk dir meine Worte: Mode ändert sich, Beweggründe ebenso, doch Ehrgeiz ist unendlich.«

Die Geschwindigkeit der Verwandlung erfüllte Elena mit Grauen, doch gleichzeitig erwachte auch die Neugier einer Magiepraktizierenden in ihr. »Welcher Zauber erlaubt es einer Person, die Zeit und das Schicksal endlos zu betrügen?«

Gerda starrte sie an, aus Augen, die inzwischen von einem Schleier getrübt waren. »Als ich erfahren habe, dass du aus dem Gefängnis entkommen bist, hat das meine bisherigen Vermutungen bestätigt. Weißt du, ich hatte bereits so eine Ahnung, dass wir uns ähnlicher sind als gedacht«, sagte sie. »Deswegen habe ich beschlossen, dich hierherzulocken. Um dir zu zeigen, wie das Leben für jemanden sein kann, der mutig genug ist, es an der Kehle zu packen. Wenn du es sehen willst.«

Elena wollte der Bierhexe entgegenschreien, dass sie nichts gemein hatten, abgesehen von dieser zufälligen Begegnung in Raum und Zeit. Doch gleichzeitig hätte sie alles getan, damit die Mörderin weitersprach … nicht erneut an der Winde der Weinpresse drehte und Jean-Paul einen weiteren Zentimeter Atem raubte.

Gerda umklammerte ihren Gehstock mit einer Hand, dann beugte sie sich vor, um die Probierschale aufzuheben, die sie an die westliche Spitze des Pentagramms gestellt hatte. Sie schnüffelte am Inhalt, während sie auf Elenas Antwort wartete. Wäre da nicht ihr groteskes Äußeres und ihre Begeisterung für Morde gewesen, hätte man sie für eine weise Muhme halten können, eine Lehrerin, eine Magierin.

Schließlich stimmte Elena mit einem kurzen Nicken zu. »Erzähl mir von deiner Schattenmagie.« Sie hatte erkannt, dass selbst die Monster der Welt Licht in die Dunkelheit der anderen bringen konnten.

Die Zähne der Hexe waren inzwischen zu Stumpen verfault, sodass sie leise schmatzte, als sie zum Reden ansetzte. Ihre Augen wirkten unfokussiert, was vermuten ließ, dass sie erblindet war. Trotzdem ging Elena davon aus, dass Gerdas Magie immer noch so schnell zustoßen konnte wie die Klaue eines Falken. Obwohl die Vettel wie einfache Beute wirkte, hätte nur ein Narr die Bierhexe in ihrem eigenen Revier angegriffen.

»Als mir das Geheimnis zum ersten Mal enthüllt wurde, war ich immer noch jung genug, um zu erröten, wenn ein Mann mir ein verschmitztes Lächeln schenkte. Vollkommen unschuldig, absehen von einer starken Neugier auf den Teil der Welt, der meinem Geschlecht nicht offenstand. Ich wollte alles wissen.«

Mit einer rhythmischen, fast hypnotisierenden Bewegung

ihres Handgelenks ließ Gerda die Flüssigkeit in der Probierschale kreisen. »Ich stamme aus einer guten Familie. Bin eine direkte Nachfahrin der Bierhexe, die die Magie im Hopfen entdeckte, was die Bierbrauerei für immer verändert hat. Seit diesem Zeitpunkt können die Brauer mit zuverlässigeren Ergebnissen rechnen und die Hexen werden nicht länger verantwortlich gemacht, wenn eine Naturkatastrophe die Felder zerstört oder ein Fass Bier sauer wird. Aufgrund meiner Abstammung bin ich bei dem bekannten Braumeister Hans Steinacher in die Lehre gegangen. Ach, welche Geheimnisse er über den Fermentationsprozess kannte! Doch bald erhielt ich auch Einblick in andere Geheimnisse. Ich sah, wie er seine Kunden betrog und ihr Wechselgeld in die Tasche schob, wenn sie zu viel getrunken hatten. Und einmal beobachtete ich, wie Steinacher einen Fluch wirkte, um die Ernte eines Rivalen mit Schimmel zu verderben.« Gerda zuckte mit den Achseln, als wäre das kein besonders schlimmes Vergehen. »Doch alles veränderte sich, als ich von seinen scheußlichen Begierden erfuhr«, flüsterte die alte Hexe verschwörerisch, als gäbe sie Gerüchte weiter, die sie auf dem Fischmarkt gehört hatte. »Ich habe ihn gesehen, weißt du, mit dem Fassjungen im Kühlraum. Finger und Münder, wo sie nicht sein sollten.«

»Er wusste, dass du ihn beobachtet hast«, meinte Elena, um Gerda zurück ins Jetzt zu ziehen, denn sie drohte, sich in der Vergangenheit zu verlieren.

»Hm. Ich hätte seine Gelüste durchaus ignorieren können, um weiterhin seine Magie zu lernen, aber …« Ein Schauder überlief Gerdas Körper, vielleicht ausgelöst von ihren Erinnerungen. »Ich war zu naiv, um zu erkennen, wie weit ein mächtiger Mann gehen konnte, um zu behalten, was er bereits erlangt hatte. Aber ich würde es noch lernen.«

Die alte Hexe hielt inne und schob einen dürren Finger in die rote Flüssigkeit ihrer Probierschale. Sie rührte einmal um, dann leckte sie sich den Finger ab und schmatzte, bevor sie die Schale wieder mit dem Griff Richtung Norden an die Spitze des Pentagramms stellte.

»Um mich zu bestrafen und sein Geheimnis zu bewahren, verfluchte er mich«, fuhr Gerda fort. »Er bot mir einen Becher mit seinem neuesten Bier an, unter dem Vorwand, meine Meinung einholen zu wollen.« Sie brummte, als schäme sie sich, auf diesen Trick hereingefallen zu sein. »Das ›Bier‹ entpuppte sich als ein Trank mit Haken. Er ließ mich verstummen, weil Tausende unsichtbare Widerhaken in meine Kehle eindrangen und meine Stimmbänder verschnürten. Ich konnte kein Wort mehr sprechen und noch weniger einen Zauber intonieren.«

Elena hatte von solchen Tränken in alten Grimoires gelesen – uralten, staubigen Büchern, die nach unzähligen Jahren in Kellern oder Dachböden nach Feuchtigkeit und Moder rochen. Solch sadistische Zauber waren im Chanceaux-Tal verboten, genau wie in den meisten Regionen darüber hinaus. Doch in den Wäldern des Nordens mochte es anders aussehen.

Gerda rieb sich den faltigen Hals, als spüre sie die Schmerzen immer noch. »Wir haben damals nicht offen praktiziert, wie es heute der Fall ist. Es war eine andere Zeit. Die Welt war gefangen in einer Flut von Korruption und Grausamkeit. Eine Anschuldigung reichte aus, um jemanden zu vernichten. Nachdem der Braumeister meine Stimme gestohlen hatte, beschuldigte er mich öffentlich der Hexerei, in dem sicheren Wissen, dass ich zusammen mit einigen unglücklichen Sterblichen verhaftet würde, die man damals zusammentrieb wie Schafe. Und dann wurde ich ins *Drudenhaus* gebracht.«

Elena legte den Kopf schräg, weil sie glaubte, sich verhört zu haben. Sie war sich bewusst, dass es immer noch Orte gab, an denen Hexen diskret praktizieren mussten. Doch Drudenhäuser waren Gefängnisse aus dem Norden, wie es sie zur Hochzeit der Hexenjagden gegeben hatte. Darin hatte man früher arme Sterbliche festgesetzt, die der bösartigen Zauberei beschuldigt worden waren. Diese Gefängnisse stammten aus einer Zeit, die länger zurücklag als die Geschichte von Celestine, der letzten verbrannten Hexe in dieser Gegend. »Aber es gab kein Drudenhaus mehr seit …«

»Zweihundertachtundsiebzig Jahren.«

»Das ist unmöglich.«

In Elenas Kopf drehte sich alles. Ihre Logik und ihr gesunder Menschenverstand versuchten, diese Zeitspanne zu erfassen. Wenn Gerda die Wahrheit sprach, dann wäre sie fast dreihundert Jahre alt. Während Elena die eingefallene, groteske Gestalt betrachtete, die die Bierhexe angenommen hatte, konnte sie diese unfassbare Behauptung fast glauben.

»Es waren nicht nur Sterbliche im Drudenhaus, egal, was man dir beigebracht hat.« Die Hexe zog den Oberschenkelknochen eines kleinen Tiers aus der Tasche ihres Rocks und legte ihn an das südliche Ende ihres Pentagramms. »Erinnerst du dich, wie schwach du dich gefühlt hast, als du aus deinem Fluch erwacht bist? Erinnerst du dich an dieses Gefühl, in deinem Kopf würden tausend Bienen summen und deine Haut wäre kälter als die eines Aales aus den Tiefen des Wassers?« Gerda nickte, als wüsste sie, dass Elena verstand. »Sie haben damals Hexen gejagt, doch es war wie bei Wölfen, die Hirsche jagen. Die Starken entkamen, nur die Schwachen und Alten wurden erwischt. Leute, die von Flüchen geschwächt waren. Schwachsinnige. Diejenigen von uns, die der Jagd erlagen, waren genauso jämmerlich und verletzlich wie die Magielosen. Und Schmerzen gegenüber genauso empfindlich.«

»Wurde keine Gnade gewährt?«

Die alte Hexe griff in ihre andere Rocktasche und zog eine schwarze Feder heraus, die sie an die südöstliche Spitze des

Sterns legte. »Gnade? Davon konnte man im Drudenhaus nur sehr wenig zusammenkratzen. Niemand verließ diesen Ort je aus eigener Kraft – mich eingeschlossen.« Sie drehte die Feder leicht, damit sie horizontal auf einer Ost-West-Achse lag. »Es gab dort einen Raum, zwei Stockwerke hoch, erbaut aus weißen Steinen. Er hatte ein Fenster ganz oben, durch das dünnes Nordlicht die Decke erhellte.« Die Hexe richtete ihren Blick auf die mittelalterliche Weinpresse, auf der noch immer Jean-Paul lag. »Oben an der Decke, befestigt an einem Deckenbalken, hing eine Winde mit Seil und Seilzug. Das Seil hing von hoch oben herab und endete über einem rötlich-braunen Fleck auf dem Boden. Der Geruch von Kupfer, Salz und Pisse war so stark, dass er in die Wände, das Seil und die Kleidung der Männer eingezogen war, die in dem Raum arbeiteten.«

Elena wusste, was als Nächstes kam. »Du wolltest nicht gestehen, also haben sie dich gefoltert.«

»Sie haben mein Schweigen für die Bockigkeit des Teufels gehalten. Sie hatten mir bereits die Haare vom Kopf gebrannt, meine Kleidung zerrissen und die Sündhaftigkeit des Leberflecks auf meinem linken Schenkel abgewogen, doch ich konnte ihnen immer noch nicht erzählen, was sie hören wollten. Also wurde ich hoch, hoch und höher gezogen, an den Armen, die hinter den Rücken gefesselt waren. Schwere Holzblöcke waren an meine Knöchel gebunden. Dort hing ich stundenlang, während eine Wolke nach der anderen vor der Sonne vorbeiglitt und bittere Winde am Dach rüttelten. Schatten krochen über die Wände, während die Männer ihr Abendbrot zu sich nahmen. Und dann fiel, fiel, fiel ich und landete wie ein Ei, das auf dem Pflaster zerschellt.« Gerda hob ihren Rock und klopfte mit dem Gehstock gegen ihr verdrehtes, rechtes Bein. »Das hier haben sie schon beim ersten Versuch gebrochen, doch es waren zwei weitere Stürze nötig, um das andere zu brechen.«

Elena schloss die Augen und versuchte, die schrecklichen Bilder aus ihrem Kopf zu vertreiben. »Wie hast du das überlebt?« Doch schon als sie die Frage stellte, wurde ihr bewusst, dass sie jetzt schon zu viel Mitgefühl empfand.

»Sie haben mich zurück in meine Zelle gezerrt, haben mir gezeigt, wo sie mein Zeichen unter ein in Tinte geschriebenes Geständnis gesetzt hatten, und mir erklärt, dass ich am Morgen mit den anderen geständigen Hexen auf dem Scheiterhaufen brennen würde.« Gerda trat unruhig von einem Bein auf das andere. »Ich habe die Augen geschlossen, trieb auf Wellen des Schmerzes und betete darum, dass der Tod kommen würde, um mich zu holen. Doch zuerst habe ich das Allwissende angefleht, diese Männer zu zermalmen, die mich in Flammen aufgehen lassen wollten. Danach versank ich in einem Zustand, der halb Schlaf, halb Ohnmacht war, glitt von einem Albtraum in den nächsten. Kurz vor der Morgendämmerung erwachte ich, zitternd und fiebrig. Ich rollte mich in einer Pfütze aus meinem eigenen Schweiß und Urin zusammen und lauschte auf das Knacken des Holzes, das von der Vorbereitung des Scheiterhaufens vor dem Fenster kündigte. Ich wusste, dass ich in wenigen Stunden den Tod finden würde. Das Allwissende hatte mich im Stich gelassen.«

Auch Elena war verflucht worden, ihrer Kräfte beraubt und des Mordes beschuldigt, doch niemals war sie so tief verletzt worden, dass jede Hoffnung sie verlassen hatte. »Selbst im Tod sieht das Allwissende zu, bereit, die Seinen zu sich zu holen«, sagte sie, doch die Worte wirkten im Kielwasser von Gerdas Erzählung unpassend und missgestaltet.

»Aber wo war sein gütiger Blick, als es mein Blut war, das den Boden des Turms rot färbte? Hat es in diesem Moment auf eine der Seinen aufgepasst? Oder als ich darum gefleht habe, Gerechtigkeit gegen meine Foltermeister walten zu lassen?«

»So funktioniert das nicht. Das weißt du. Du kannst keine Forderungen stellen.«

»Das ist schade für dich.«

Gerda wandte sich Elena wieder zu. An die verbliebenen Spitzen ihres Pentagramms legte sie eine Goldmünze und einen kleinen Beutel mit gemischten Kräutern. Elena musste das Bündel nicht an ihre Nase halten, um zu wissen, dass es Ingwer, Fenchel, Gelbwurz und Knoblauch enthielt, medizinische Kräuter, die den Alterungsprozess verlangsamten.

Die Luft füllte sich mit dem Geruch von Magie, sobald der letzte Ritualgegenstand seinen Platz auf den Steinen gefunden hatte. Die Hexe griff nach ihrer Athame. Wenn Elena Gerda nicht zum Weitersprechen animierte, würde die Hexe ihre blutmagische Beschwörungsformel sprechen und ihr Ritual vollenden. Was würde dann mit Jean-Paul geschehen?

»Du bist dem Scheiterhaufen entkommen«, sagte sie, in dem verzweifelten Versuch, die Bierhexe weiter in ihrer Geschichte zu verankern. »Wie bist du mit zwei gebrochenen Beinen aus der Zelle geflohen? Welche Magie ist stark genug, um so viel Schmerz und Leiden zu überkommen? Sag es mir.«

Die Hexe drehte leicht den Kopf, als hätte jemand an ihrem linken Ohr gezogen. Sie sah über die Schulter zurück und einer ihrer faltigen Mundwinkel zuckte. »In der Dunkelheit lässt sich herrliche Magie finden«, sagte sie, als hielten ihre Worte ein kostbares Geheimnis.

»Sag es mir. Du hast gesagt, wir hätten mehr gemeinsam, als mir bewusst sei. Ist es das, was du meinst?«

Gerda wandte sich Elena wieder zu. Ihr Lächeln verblasste. »Also stimmt es, was man sagt«, murmelte sie leise. »In der Nacht sind alle Katzen grau.« Sie musterte Elena einen Moment abschätzend, dann nickte sie. »Nun gut.«

Die Hexe steckte ihren Zeremonialdolch wieder ein. »Träume haben Macht. Das weißt du. Doch Albträume locken eine andere Art von Magie an als die guten oder einfach seltsamen Träume. An diesem Morgen erwachte ich fiebernd, ausgekühlt, meine Beine gebrochen und geschwollen. Erfüllt von der Gewissheit meines Todes. Doch dann drängte sich ein Gewicht gegen mich, fest und warm, als hätte ein großer Hund seinen Kopf auf meine Brust gelegt. Ich öffnete die Augen und da war es, nährte sich von den Resten meiner Albträume. Der Gestank von Schwefel verbrannte mir die Nase.«

Eine Erinnerung flackerte auf wie bei einem Kinematografen – das Bild eines winzigen Dämons, der auf der Brust einer schlafenden Frau saß. Elena hatte das Gemälde als Kind gesehen, als sie über Grand-Mères Ellbogen geschaut hatte, während diese in einem Zauberbuch las. Angst hatte ihre junge Kehle zugeschnürt, als sie erfuhr, dass so etwas wirklich existierte.

»Ein Dämon hat sich dir offenbart?«

Gerdas Augen glitzerten im Kerzenlicht. »Er hat nie gesprochen … und doch wusste ich, dass er gekommen war, um mich zu retten.«

Elenas Gedanken rasten. Sie versuchte, sich das Wenige ins Gedächtnis zu rufen, was sie über diese bösartigen Kreaturen zu lernen gewagt hatte. Der eine Fakt, der ihr als Kind weiter erlaubt hatte, ruhig zu schlafen, war die Versicherung, dass diese Wesen sich nur einem willigen Herzen offenbarten. »Du hast einen Pakt geschlossen? Dafür ist das Blut?«

»Dämonen sind recht großzügige Wesen«, erklärte Gerda und atmete tief ein, ihr Atem zitternd, bevor sie die Luft wieder ausstieß, als könne sie so die Schmerzen vertreiben, die sie vor fast dreihundert Jahren gespürt hatte. »Aber sie brauchen eine Verbindung, um zwischen ihrer Welt und der unseren reisen zu können. Jemanden, der in beiden Welten wandelt.«

»Eine Hexe, die in die Schattenwelt dazwischen sieht.«

»Dämonen sind mehr als bereit, für die Reise zu bezahlen. Sie werden dir alles geben, was du dir wünschst. Geld, Sex, Unsterblichkeit.«

»Freiheit?« Elena sah, wie die Schultern der alten Hexe nach unten sanken. Sie antwortete jedoch nicht auf die Frage.

»Der Dämon hat mir eine Möglichkeit gezeigt, mein Gefängnis zu verlassen. Nötig war nur eine kleine Geste, um Vertrauen zu schaffen.« Gerda rieb sich die Arme, als wäre ihr bei der Erinnerung kalt geworden. »In meiner Zelle war eine Hebamme, die bereits so gut wie tot war. Nachdem die Männer ihre Hände mit Daumenschrauben zerstört hatten, hatte sie gestanden, mit dem Teufel geschlafen zu haben. Danach lag sie stundenlang auf den Knien, die verschwollenen Hände an die Brust gepresst wie aufgedunsene Fische, und schickte ihre Entschuldigungen zum Himmel. Tatsächlich war es eine Gnade, ihr den Scheiterhaufen zu ersparen.«

Elenas Knie wurden weich und sie stützte sich an dem Pfeiler neben sich ab. »Du hast sie umgebracht?«

»Hm, ja. Aber ich habe es verpfuscht, indem ich sie erwürgt habe. Ich sollte Blut fließen lassen. Das ist ein elementares Element von Dämonenmagie. Doch ich musste auf den Ellbogen kriechen, um die Hebamme zu erreichen, und als ich dort war, hatte ich mein Ziel vergessen. Der Dämon hat mich gezwungen, es noch mal zu tun.«

Elena lehnte sich gegen die Säule und presste eine Hand an ihren Bauch. Sie fürchtete, sich übergeben zu müssen. Und der Gestank von Schwefel, der von den Fässern um sie herum aufstieg, machte alles nur noch schlimmer. Wenn es einen Zauber gegeben hätte, den Elena hätte sprechen können, um diese Frau – diese Irre – aus der Welt zu tilgen und ihren Gestank zu vertreiben, hätte sie es sofort getan. Doch die Quelle solcher Magie lag auf der anderen Seite einer finsteren Linie, die sie nicht übertreten durfte. Stattdessen schnappte Elena nach Luft und lauschte weiter auf das wahnsinnige Geständnis, in dem Wissen, dass Jean-Paul am Leben blieb, solange die Vettel weitersprach.

»Der Dämon war dem Allvater auf der Wilden Jagd gefolgt, hatte meine fiebrigen Träume gewittert und war aus der Astralebene auf die Erde gekommen. Sobald ich seinen Wunsch zu seiner Zufriedenheit ausgeführt hatte, hat er mich mit Blut gesalbt. Dann hat er mich in eine Amsel verwandelt, einen kleinen Stein an mein Bein geknüpft, um mich an ihn gebunden zu halten, und mich aus der Zelle befreit. Wir flogen zu den Sternen auf, bis wir die Astralebene erreicht hatten. Dort schlossen wir uns der Schar der Jäger an, die über die Wälder fegten, um die Geister der Toten und Untoten einzufangen.« Gerda stellte ihren Gehstock mittig vor sich und umklammerte ihn mit beiden Händen. »Also siehst du, dass ich ihm für das lange Leben, das ich genossen habe, einiges schulde.«

»Und diese Verwandlung«, Elena machte eine Geste, die das gesamte Aussehen der Hexe einschloss, »ist der Grund, warum du so viel Blut brauchst? Du überträgst Lebensenergie von anderen auf dich, um deine Jugend aufzufrischen?«

»Für den Zauber ist nur ein Teelöffel nötig.«

»Aber all diese Tiere. Und Bastien. Sie wurden ausgeblutet. Warum, wenn du doch nur ein wenig brauchst? Warum hast du sie alle getötet?«

»Du hast mir nicht zugehört, meine Liebe. Die wenigen Tropfen Blut sind für mich, doch der Tod ist immer für ihn. Groß oder klein, Tier oder Mensch, wonach auch immer sein Appetit verlangt.«

Elenas Blick folgte dem ausgestreckten Finger der Hexe zum oberen Ende der mittelalterlichen Weinpresse. Dort, direkt über der Winde, halb verborgen im Schatten, saß eine affenartige Kreatur mit rauem Fell, spitzen Ohren und langen Klauen. Goldene Augen glühten in der Dunkelheit und sahen sowohl hungrig als auch neugierig auf den schlafenden Jean-Paul herunter.

Gerdas Dämon.

Die Kreatur sog durch seine mopsähnliche Schnauze die Luft ein, als wittere sie eines von Tildas Törtchen. Elena schenkte der Dämon dabei keinerlei Beachtung. Er löste sich aus seinem Versteck und folgte kriechend der Witterung von Jean-Pauls Träumen. Da Elena nicht wusste, was das Wesen tun würde, um seinen Appetit zu befrieden, blieb ihr keine andere Wahl, als Jean-Paul zu wecken und das Biest so zurückzuhalten. Sie rieb den Kristall in ihrer Tasche und sprach einen kurzen Weckzauber, womit sie Jean-Paul aus seinem schlafenden Zustand in einen realen Albtraum katapultierte.

29

Er hatte geträumt, er wäre auf einen Scheiterhaufen gebunden und sollte verbrannt werden, weil er einen Wein geschaffen hatte, den niemand trinken wollte. Jean-Paul schüttelte den Kopf, um die letzten bizarren Bilder zu vertreiben. Dann stieg Panik in ihm auf, als ihm wieder bewusst wurde, dass nicht alles nur ein Traum gewesen war. Die Presse hatte sich über ihm gesenkt, presste seinen Brustkorb so eng zusammen, dass er nicht mehr tief einatmen konnte. Und das bisschen Luft, das er atmen konnte, stank nach Schwefel. Er hustete und zerrte an den Fesseln an seinen Handgelenken. Sein Kopf schwang nach rechts und er entdeckte Elena auf der anderen Seite des Raums. Ihr Erscheinen war keine Illusion gewesen. Sie schien im Kerzenschein zu schimmern, und das nicht nur wegen der seltsamen Kleidung, die sie trug. Ihre Haut selbst strahlte Energie aus. Jean-Pauls Herz brach fast, weil er sich so verzweifelt wünschte, er könne sie vor seinem Tod einmal im Arm halten.

»Lauf!«, versuchte er sie zu warnen, doch seine Stimme entkam nur als heiseres Flüstern. »Sie ist es. Gerda ist die Mörderin«, probierte er es wieder, doch Elena drehte sich nicht einmal zu ihm um.

Stattdessen presste sie sich den Ärmel vor den Mund, um nicht denselben widerlichen Gestank einzuatmen, der ihn keuchen ließ, während ihre Augen einer unsichtbaren Bewegung folgten. Dann schien sich etwas zu verändern. Sie hob die Arme gegen eine Bedrohung, die er nicht erkennen konnte. Gleichzeitig grinste eine uralte Frau, kahl und zahnlos, aus dem auf den Boden gezeichneten Kreis in seine Richtung.

Er erkannte ihr schwarzes Kleid mit den weiten Ärmeln. Und den schwarz-silbernen Gehstock. Das musste Gerda sein. Oder zumindest das, was aus Gerda geworden war. Erneut zerrte Jean-Paul an den Lederbändern, die ihn an die Weinpresse fesselten. Sein rechter Arm hatte an Spielraum gewonnen. Wenn er sich noch einen Zentimeter bewegen könnte, könnte er den Arm vielleicht befreien.

Frustriert schlug er den Hinterkopf gegen das Brett der Presse. Als er erneut den Kopf drehte, um Elena anzusehen, erregte stattdessen eine Elfe seine Aufmerksamkeit. Nein, es war eine junge Frau mit fahlblondem Haar, die im Schatten der Kellertreppe kauerte. Auch sie war seltsam gekleidet, in ein Harlekinkostüm mit einem rot-blauen Karomuster. Er reckte den Hals, um ihr Gesicht zu sehen. Ihre Augen waren schwarz umrandet und ihre Wangen von Rouge gerötet, wie bei den Frauen, die er im Cabaret-Viertel der Stadt gesehen hatte. Er hatte Frauen nie besonders gut durchschauen können, doch die Mordlust in diesen Augen war leicht zu erkennen.

Als hätte sie seinen Blick gespürt, sah sie ihn an, presste sich einen Finger an die Lippen und zwinkerte. Er entschied, dass er offensichtlich an Halluzinationen litt, weil es keine andere Erklärung dafür gab, dass ein harlekinesk gekleideter Kobold mit drei glitzernden Äxten in den Händen in einem berühmten Weinkeller lauerte. Die junge Frau deutete auf das Seil über der Winde. Jean-Paul wappnete sich, überzeugt, dass die Presse ihm gleich den letzten Atemzug rauben würde. Er sah zur Decke, um ein Gebet zu Gott zu schicken … und sah stattdessen dieses *Ding*. Es beobachtete ihn von oben, sabbernd und schnüffelnd. Wie der Gargoyle aus den Weinbergen saß auch dieses bestialische Wesen vornübergebeugt und musterte ihn, die Nüstern gebläht. Jean-Paul zuckte zusammen und versuchte zurückzuweichen, doch er konnte sich immer noch nicht bewegen. Dann drehte das Ding den Kopf und verlagerte sein Gewicht, starrte Elena an … und Jean-Paul begann, mit all seiner Kraft an seinen Fesseln zu zerren.

30

Jean-Paul aus seinen schlechten Träumen zu reißen hatte den winzigen Teufel ein wenig zögern lassen. Doch jetzt, wo die Albträume ihn angelockt hatten, schien sich seine Gier auf menschliches Fleisch zu verstärken. Elena stand zwischen dem Dämon und der Bierhexe, eine Hand in die eine, die andere in die andere Richtung erhoben, als könnte sie die jeweiligen Bedrohungen so abwehren.

»Ruf dieses Ding zurück«, rief sie an Gerda gewandt, ohne Jean-Pauls heisere Warnung zu beachten. Sie konnte nur hoffen, dass er stark genug war, um dem Druck der Presse noch eine Weile zu widerstehen.

Gerda zog ihr zeremonielles Messer und schwenkte es über der Probierschale auf dem Boden. »An dem Tag, als du Bastien wiedergesehen hast, wolltest du sein Blut auf der Straße vergießen«, sagte sie. »Die Schwingungen deines mörderischen Wunsches haben sich mit solcher Kraft auf den Boden übertragen, dass ich nicht anders konnte, als unter meinem Rock mit dem Fuß im Rhythmus zu wippen.«

Elena zuckte zusammen. In der Zwischenzeit richtete der Dämon seine goldenen Augen auf sie, als wolle er ihre Kraft abschätzen, bevor er sich erneut seiner Beute auf der Weinpresse zuwandte.

»In diesem Moment wusste ich, dass du diejenige sein

würdest, die für mich den Kopf hinhalten musste. Schließlich kann man nur eine gewisse Zeit über Haustiere töten, bevor die Schuldfrage immer lauter gestellt wird. Nach dem Tod eines Sterblichen wird es definitiv Zeit weiterzuziehen. Aber dann bist du entkommen. Und insgeheim habe ich gehofft, dass du danach strebst, mehr zu sein als nur eine Weinhexe auf dem Land. Ich kann dich den Zauber der Unsterblichkeit lehren. Hier. Jetzt. Wenn du es willst.«

»Und für alle Ewigkeit an einen Teufel gefesselt sein?« Hinter Elena rollte der Dämon seinen Schwanz aus und kletterte kopfüber an der Schraube nach unten, bis er auf der Palette direkt über Jean-Paul saß.

»Komm, sei meine Schwester. Lass mich dir zeigen, wie es geht. Du besitzt das nötige Talent, das kann ich erkennen.«

Wut und Widerwille stiegen in Elena auf, bis sie ihren Hass nicht länger unterdrücken konnte. »Schwester? Du bist eine blutrünstige Mörderin. Eine … eine …«

»Mein Vorschlag wäre ein scheußlicher, widerlicher Sack voll Knochen.« Yvette trat ins Kerzenlicht. »Ich kann nicht glauben, dass du mich zurückgelassen hast.«

»Yvette, nein! Geh wieder nach draußen!« Konnte dieses Mädchen denn niemals tun, was man ihr sagte?

In ihren Händen trug Yvette die drei Äxte aus der Böttcherei, zwei in der linken und eine perfekt ausbalanciert in der rechten. Die erste Axt löste sich mit solcher Kraft aus ihren Fingern, dass man sie durch die Luft sausen hörte. Die Klinge fand den Boden mit einem harten Knall und spaltete dabei die Probierschale zu Gerdas Füßen in zwei Teile, sodass Wein und Blut auf den Rock der alten Hexe spritzten.

»Tut mir leid. Alte Gewohnheiten.« Yvette hob erneut den Arm. »Im Zirkus wird uns beigebracht, unser Ziel zu verfehlen, wisst ihr?«

Die zweite Axt warf sie genauso kraftvoll. Sie traf perfekt. Die Klinge trennte das Ende von Gerdas Fuß ab, bevor sie aus dem Weg humpeln konnte. Die Hexe stieß einen Schrei aus, der an eine Todesfee erinnerte. Sie drehte ihren Körper, löste ihren deformierten Fuß aus dem Schuh und ließ dabei eine blutige Spur zurück.

Yvette hob den Arm. »Die nächste Axt landet zwischen deinen Augen, wenn du dein Monsterchen da nicht zurückrufst.«

Gerda stieß ein Zischen aus, dann hob sie ihren dürren Arm, um dem Dämon ein Zeichen zu geben. »Töte sie!«

Die Kreatur spitzte die Ohren und fletschte die Zähne. In einem Sprung, der der Schwerkraft trotzte, sprang das finstere Wesen von der Weinpresse an die Decke, um im Anschluss kopfüber wie eine Fledermaus an dem Steinbogen über Yvettes Kopf entlangzukriechen. Es war zu spät, um Deckung hinter einem Weinfass zu suchen. Der Dämon sprang erneut und landete auf Yvettes Schulter. Er vergrub die Zähne in ihrem Wurfarm und zerrte sie in die Schatten. Mit einem schmerzerfüllten Zucken gab die junge Frau die letzte Axt frei, sodass die Waffe über den Steinboden rutschte.

Yvettes Schrei ließ eine animalistische Angst in Elena aufsteigen, die sie zur Flucht drängte. Trotzdem blieb sie standhaft, während Gerda in einem der dunklen Gänge verschwand, die tiefer in den Keller führten. Sie konnte Yvette nicht dem Dämon überlassen. Elena grub die Fersen in den Boden und rieb die Handflächen so heftig aneinander, wie es eben möglich war, bis sich ein blauer Lichtbogen zwischen ihren Händen bildete. Erfüllt von der Energie ihrer Wut traf der Blitz das Biest in der Wirbelsäule. Der Dämon drückte den Rücken durch und zog eine Grimasse, während seine Haare rauchend verkohlten, dann stieß er ein unheiliges Lachen aus, das in den Ohren schmerzte. Die clevere Yvette ließ diese Ablenkung nicht ungenutzt verstreichen. Sie packte ihre silberne Haarnadel und rammte sie der Kreatur in den Oberkörper. Der Teufel quietschte, als würde ihn die Wehrhaftigkeit seiner Beute erheitern, dann schleuderte er Yvette mit einer Pfote gegen die Wand. Sie sackte in sich zusammen wie ein weggeworfenes Handtuch. Ein dünnes Rinnsal Blut floss aus ihrer Nase.

Der Dämon hob die Lefzen und enthüllte spitze Zähne, als er auf Elena zuschlich. Auf der anderen Seite des Raums stöhnte Jean-Paul. Er schien an Schmerzen zu leiden. Aus dem Augenwinkel sah Elena, wie er einen seiner Arme aus den Fesseln befreite. Sie trat nach links, damit der Dämon sich weiter auf sie konzentrierte. Wenn sie den Teufel weit genug weglocken konnte, bekäme Jean-Paul vielleicht die Chance, sich ganz zu befreien. Sie wagte nicht, mit ihm zu sprechen. Stattdessen hielt sie Blickkontakt mit dem Biest, um es zu sich zu locken, wobei sie rückwärtsging, immer weiter rückwärts. Ihr Fuß stieß gegen die Böttcheraxt auf dem Steinboden. In der Nähe lag der blutige Schuh. Zischend kroch das Biest näher heran.

Instinktiv zog Elena sich in den Hexenkreis zurück, in der Hoffnung, dass Gerda eine schützende Kraft gegen dieses Monster geschaffen hatte. Doch sobald sie die Kreidelinie übertreten hatte, krochen Ranken dunkler Magie an ihren Beinen hoch. Energie glitt über ihre Haut, so glatt wie Schlangenhaut. Der Dämon hielt sich zurück, als wolle er abwarten, was sie mit der Magie anfangen würde.

Elena ging ein Risiko ein. Sie sammelte die Magie der Bierhexe in ihren Händen. Ein Speichelfaden tropfte aus dem Maul des Dämons. Wunderbarerweise sammelte sich Gerdas Magie tatsächlich zu einem Ball, der auf Elenas Haut knisterte wie statische Elektrizität. Das Biest kauerte sich hin, bereit zum Sprung. Mit zitternden Fingern warf Elena die Kugel aus flackernder Energie. Sie traf die Kreatur mitten auf der Schnauze – doch statt den Dämon wie erhofft in Flammen aufgehen zu lassen, umhüllte die Energie dessen Körper mit einem glühenden, grünen Licht.

Das Fell der Kreatur verdichtete sich, die Schnauze wurde länger, Zähne und Klauen wuchsen und wurden schärfer, dann erhob sich das Monster auf die Hinterbeine, bis es so hoch aufragte wie ein erwachsener Mann. Der Dämon stieß ein Brüllen aus. Als sein Atem Elenas Gesicht traf, roch sie verdorbenes Fleisch.

Sie öffnete den Mund und wollte schreien. Der Dämon grinste sie an, und obwohl er nicht laut sprach, verstand sie jedes Wort, das er in ihre Richtung schickte, als er näher heranschlich: *Die Instinkte der alten Hexe in Bezug auf dich waren richtig*, schien er zu sagen und öffnete zwei ledrige Flügel. *Dein verfluchtes Blut verstärkt die dunkle Energie.* Es leckte sich die Lippen, kostete ihre Magie in der Luft. *Eine Schande, dass du dich uns nicht im ewigen Leben anschließt. Aber du wirst köstlich schmecken, wenn ich dir die Kehle aufreiße.*

Jean-Paul stieß einen schmerzerfüllten Schrei aus und bäumte sich unter der Weinpresse auf, um sich zu befreien. Elena glaubte zu hören, wie eine Rippe brach. Der Dämon hörte es ebenfalls und für eine kurze Sekunde schien er abzuwägen, wer wohl das bessere Mahl abgab.

Elenas Blick huschte von Jean-Paul zu dem Dämon, der leise und voller Hunger knurrte. Sie zog den *cochoir* aus ihrem Gürtel und schwenkte die gebogene Klinge vor sich, während sie sich weiter zurückzog. Magie war keine Option mehr. »Raus hier«, schrie sie Jean-Paul zu. Sie wagte nicht, den Blick noch einmal von dem Dämon abzuwenden. »Nimm Yvette mit.«

»Elena!«

Das Biest stürzte vorwärts, die Zähne gefletscht. Es presste Elenas Körper gegen einen Stapel Fässer und vergrub seine Zähne in dem Fleisch über ihrem Schlüsselbein. Sie hatte gedacht, sie hätte echten Schmerz kennengelernt, als der alte Fuchs ihren Zeh gestohlen hatte, doch das war nichts im Vergleich zu den leuchtenden Punkten der Pein, die jetzt vor ihren Augen tanzten. Jean-Pauls Stimme rief ihr zu durchzuhalten. *Kämpf, Elena, kämpf!* Sie zog die gebogene Klinge des Messers über die dicke Haut des Dämons und er reagierte, indem er seine Zähne tiefer in ihren Körper bohrte. Sie versuchte, das Ding von sich zu stoßen, sich aus seinem Halt zu lösen, zu fliehen … alles, um diesen Zähnen zu entkommen. Doch die Umklammerung des Monsters war zu fest, das Gebiss zu perfekt. Ihr Blut spritzte in sein Maul.

Sie würde ausgesaugt werden wie eine Katze, um den unheiligen Appetit eines Dämons zu stillen.

Doch so plötzlich und brutal der Dämon angegriffen hatte, so abrupt ließ der haarige Teufel sie jetzt los. Seine Zunge bewegte sich heftig, als versuche er, ihren Geschmack aus seinem Maul zu tilgen. Weißer Schaum bildete sich auf den grotesken Lippen. Das Monster fuhr sich mit den Klauen über das Gesicht, rang um Atem, spuckte ihr Blut auf den Boden. Elena stieß den Dämon von sich, weil sie ihn für besessen hielt. Stinkende, gelbe Galle ergoss sich aus seinem Maul, dann sank der Dämon zu Boden, erschüttert von Zuckungen, die seinen gesamten Körper erfassten. Die goldenen Augen weiteten sich ungläubig.

»Was hast du mir angetan?«, zischte das Monster. Dann sank es unbeweglich in sich zusammen und ließ Elena verwirrt und ahnungslos zurück.

Jean-Paul, der sich endlich ganz befreit hatte, humpelte zu ihr, eine Hand an die Rippen gepresst. »Himmel. Ist er tot?«, fragte er.

Der Dämon war definitiv tot. Aber warum?

Blut rann aus den Wunden an ihrer Schulter. Sie ließ die Fingerspitzen durch die Flüssigkeit gleiten und rieb sie zwischen den Fingern. War es möglich? Sieben Jahre lang hatte sie giftige Krötenhaut geschluckt, um ihren Fluch zu brechen. War es möglich, dass die Bufotoxine selbst nach all dieser Zeit noch in ihrem Blut zirkulierten? So musste es sein … auch wenn diese Erkenntnis sie nicht beruhigte.

»Der Dämon wurde vergiftet«, erklärte sie, als sie sich die Hand an ihrem Kostüm abwischte.

»Du blutest«, sagte Jean-Paul. »Bist du schlimm verletzt?« Er griff nach ihrem Kragen, nur um zu stöhnen, weil seine Rippen gegen das Heben des Arms protestierten.

»Ich glaube nicht.« Wenn es möglich gewesen war, den Dämon mit ihrem Blut zu vergiften, musste Elena sich unausweichlich die Frage stellen, ob er ihr nicht mit seinem dreckigen, der Hölle entsprungenen Maul dasselbe angetan hatte. Doch es brannte kein Feuer in ihren Adern, ihr Kopf und ihr Blick blieben klar. Sie entschied, Bruder Anselm zu besuchen, um Sicherheit zu erlangen.

»Kannst du mir jemals verzeihen?«, fragte Jean-Paul.

»Was denn?«

»Dass ich nicht fähig war, dich zu beschützen.«

»Hör auf.« Sie drückte einen Finger an seine Lippen. »Es gab nichts in deiner sterblichen Welt, was du hättest tun können.«

Er zog sein Hemd aus und drückte den Stoff gegen ihre Wunde, um die Blutung zu mildern. »Kannst du mir zumindest erklären, was zur Hölle gerade geschehen ist?«

»Einer ihrer Bewohner hat eine menschliche Brücke genutzt, um uns einen Besuch abzustatten«, sagte sie. »Oh, Yvette! Wo ist sie, geht es ihr gut?«

Sie eilten gemeinsam auf die andere Seite der Fässer und fanden die junge Frau bewusstlos auf dem Boden. Elena dankte den Sternen, dass sie kaum Blut sehen konnte – abgesehen von dem dünnen Rinnsal aus Yvettes Nase und einem Kratzer am Arm.

»Ich habe einen Schutzzauber auf sie gelegt, bevor ich den Weinkeller betreten habe. Eigentlich sollte es ihr nicht möglich gewesen sein, nach unten zu kommen.«

Jean-Paul tätschelte die Wange der jungen Frau, ohne dass eine Reaktion erfolgte.

»Lass mich etwas versuchen«, sagte Elena und schob die Hand in die Hosentasche. Sie hatte den Lavendel und den Lorbeer aus Bruder Anselms Tasche aufgehoben. Jetzt schwenkte sie die Kräuter ein paar Mal unter Yvettes Nase hin und her. Die Lider der jungen Hexe öffneten sich flatternd und Elena machte eine heilige Geste, um dem Allwissenden zu danken.

»Was ist geschehen?«

»Du wurdest bewusstlos geschlagen. Ich fürchte, du wirst später schreckliches Kopfweh bekommen.«

»Wo ist die Bierhexe? Und ihr Teufel? Sind sie entkommen?«

Elena sah über die Schulter zu den dunklen Gängen. »Der Dämon ist tot, aber Gerda ist noch hier. Sie versteckt sich in einem der Fasslagerräume.«

Yvette setzte sich auf. »Lass sie uns holen. Wo ist mein …« Sie schwankte, dann fiel sie wieder zur Seite um.

Jean-Paul packte ihre Schultern und musste die Zähne zusammenzubeißen, um nicht vor Schmerzen aufzustöhnen.

»Du hast einen heftigen Schlag gegen den Kopf bekommen«, sagte Elena. »Du solltest dich besser ausruhen.«

Dann hielt sie inne und presste einen Finger auf die Lippen. Das Klappern von Hufen drang aus dem Hof die Treppe zu ihnen hinunter. Elena trat ein wenig näher an die Stufen heran und hörte nun auch das Brummen von Motorrädern. »Sie sind hier.«

Jean-Paul half Yvette auf die Beine. »Wer?«

»Der Inspektor. Und wahrscheinlich auch die Hausmutter.«

»Du musst hier verschwinden. Sie werden euch einsperren. Euch beide.«

»Ich gehe nicht zurück«, sagte Yvette. »Es muss einen Fluchtweg geben. Ein Fenster oder irgendwas.«

Die Beamten würden zuerst das Haus durchsuchen. Erst wenn sie dort nichts fanden, würden sie sich den Wirtschaftsgebäuden und dem Keller zuwenden. Den beiden Frauen blieb noch ein wenig Zeit, wenn auch nicht viel. Elena hatte keine andere Wahl. Sie musste Yvette hier wegbringen. Das schuldete sie ihr einfach.

»Hier sind keine Fenster, aber es gibt einen Fluchtweg. Zumindest für dich.«

Elena trat einen Schritt zurück und formte mit den Händen erneut die heilige Geste. Sie schloss die Augen und rief sich Bilder von Flammen und Räucherwerk in Erinnerung – Dinge, die sie mit Dschinnen in Verbindung brachte. Dann intonierte sie dreimal Sidras Namen.

»Was? Nein, nicht sie. Alles außer ihr. Sie hasst mich.«

Nach einem langen Moment wurde der Geruch von verkohlten Zitronen und Räucherwerk wahrnehmbar. Das Aroma verstärkte sich und vertrieb den Gestank des Todes und des Schwefels aus dem Keller. Ein dünner Rauchfaden erhob sich aus einem kleinen Riss im Fundament des Kellers – ein Durchgang, der vorher sicher nur Spinnen bekannt gewesen war. Der Rauch erhob sich zu einer Säule, aus der schließlich Sidra trat. Ihre Haut schimmerte magisch.

»Was ist das für ein Ort?«, verlangte sie zu wissen. »Hier drin ist es dunkel wie in der Dschahannam. Hast du mich in ein Gefängnis beschworen?« Sidras Miene war so finster, dass sie damit den Dämon sicherlich zurück in die Hölle getrieben hätte, wäre er noch am Leben gewesen. »Wenn das eine Falle ist, werde ich eure Abkommen bis in alle Ewigkeit verfluchen.«

Mit offenem Mund starrte Jean-Paul die Dschinn, ihre glänzende Seidenkleidung und den Goldschmuck an.

»Es ist ein Weinkeller«, versicherte ihr Elena. »Und ich muss dich um einen Gefallen bitten, falls du mir immer noch einen schuldest.«

»Jetzt schon? Du bist nicht besonders weit gekommen.« Sidras Blick glitt über Elenas Kostüm. »Die Propheten mögen uns schützen, was trägst du da?«

Elena hatte ihre unselige Kostümierung ganz vergessen. »Das ist egal«, sagte sie, während sie den Drang bekämpfte, die Arme über ihren nackten Bauch zu pressen. »Uns bleibt nur eine Minute Zeit.«

Sie ignorierte die Gefahr eines Wutausbruchs von Sidra und erklärte eilig, dass sie eine Fluchthilfe brauchten, zu der nur die Magie eines Dschinns fähig war.

»Bist du dir sicher, dass es das ist, was du willst?«, fragte Sidra. »Yvette den Autoritäten auszuliefern hieße für dich, dass du deinen Gefallen für einen wichtigeren Moment aufbewahren kannst.«

»Oh, so sieht also Dankbarkeit aus!« Yvette verschränkte die Arme. »Vielleicht hätte ich die Streichhölzer aus dem Fenster werfen sollen, damit du den Kuss von *la demi-lune* am Hals spürst.«

»Meine Damen!« Elena deutete auf die Kellertür, um klarzustellen, was auf dem Spiel stand.

Sidra verdrehte die Augen. »Schön. Aber ich bestimme, wie genau die Flucht sich gestaltet.« Elena und Yvette stimmten widerwillig zu. Die Dschinn schob die Ärmel ihrer Robe nach oben und hob die Arme. »Du weißt, dass ich euch beide mitnehmen könnte«, sagte sie mit einem schnellen Blick zu Elena.

»Ich weiß. Aber ich muss hierbleiben und die Sache zu Ende bringen. Ich darf nicht zulassen, dass auch nur ein Schatten von Schuld auf mir verbleibt. Ich habe in Château Renard ein Zuhause, in das ich hoffentlich zurückkehren werde. Wenn der Besitzer mich haben will.«

Jean-Paul reagierte, indem er ihre Hand in ihre schob. Sie umklammerte seine Finger mit aller Kraft.

»In Ordnung. Friede sei mit euch beiden.«

»Und mit dir.«

Sidra musterte Yvette aus zusammengekniffenen Augen. »Komm, lass es uns hinter uns bringen.«

Die junge Frau trat vor. Ihr war offensichtlich immer noch schwindelig, doch sie schaffte es, sich auf den Beinen zu halten. Sidra löste die Schärpe um ihren Kaftan und band sie um Yvettes Handgelenk. Dazu sang sie eine magische Melodie, die in dem höhlengleichen Raum widerhallte. Draußen befahl der Inspektor seinen Leute laut und offensichtlich irritiert, die Außengebäude zu durchsuchen. Bald schon würden sie die Tür zum Keller entdecken. Sidra beendete ihren Gesang. Ihr Körper schimmerte wie die Hitze über der Wüste, als sie verschwand und Yvette mit sich nahm. Dort, wo sie gestanden hatten, flatterte jetzt ein kleiner, grauer Sperling. Er flog zur Weinpresse, um darauf zu warten, dass die Kellertür sich öffnete. Elena entdeckte einen dünnen, roten Faden, der um sein Bein gebunden war. Auch wenn Elena nicht wusste, ob die Verwandlung echt war oder nur eine Illusion, war sie unendlich dankbar, dass beide Frauen bald frei sein würden.

Jean-Paul presste den Arm an seine Rippen und setzte sich auf die Kellerstufen, um zu warten. Er schien immer noch erschüttert von dem zu sein, was er eben bezeugt hatte. Elena ergriff währenddessen den Kerzenleuchter der Bierhexe, um der verschmierten Blutspur auf dem Boden zu folgen. Bastiens Weinkeller war ein riesiges Labyrinth aus miteinander verbundenen Gängen und Räumen, die schon seit Jahrhunderten existierten. Vielleicht sogar schon seit einem Jahrtausend. Jede Generation von Winzern hatte sich tiefer in die Erde gegraben, auf der Suche nach der perfekten Temperatur und Feuchtigkeit für den Reifeprozess des Weins. Das Resultat war ein Gewirr aus ungleichmäßig geformten Räumen und schmalen Korridoren.

Gerda konnte sich in jedem davon verbergen.

Der Blutfluss der Hexe schien nachgelassen zu haben, doch die unregelmäßige Spur aus Tropfen und Schlieren führte Elena zuverlässig in den ältesten Teil des Kellers. Sie folgte der Fährte unter einem uralten, gewölbten Türsturz mit einem keilförmigen Scheitelstein hindurch. Dieser Korridor sank merklich nach unten und wurde immer schmaler. Spinnweben voller Staub hingen von der Decke. Elena entzündete eine Wandlampe, um ihren Weg zu markieren, dann folgte sie dem Gang, der eher wirkte, als führe er in ein Gefängnis als in einen Lagerraum für Wein.

Sie hielt den Kerzenleuchter vor sich, genauso sehr als Waffe wie zur Beleuchtung. Vorsichtig streckte sie den Kopf in jeden Nebenraum, an dem sie vorbeikam. Manche der Räume waren kaum mehr als Nischen, in denen ein paar Dutzend staubige Flaschen standen. In anderen gab es Regale voller Weinflaschen, deren Ausdünstungen die Luft schwängerten. Elenas Erinnerung nach gab es hier unten ungefähr fünf oder sechs ähnliche Räume. Sie bewegte sich vorsichtig, erfüllt von dem Wissen, dass mit jedem passierten Raum die Zahl der möglichen Verstecke für Gerda abnahm. Einen Augenblick später erstarrte sie. Atmete flach und lauschte. Sie spürte eine Veränderung in der Luft. Roch den Gestank von toten Blüten unter dem Atem des Weins. Dann drang ein gemurmeltes Flüstern aus der Dunkelheit, in einem Rhythmus, den ihr Körper instinktiv erkannte. Gerda wirkte einen Zauber.

Elena ließ sich von dem Geräusch führen, als sie auf Zehenspitzen weiterschlich, bis zu einem an eine Gruft erinnernden Alkoven zu ihrer Linken. Im Raum standen zwei Regale mit sehr altem Wein. Die Flaschen waren von Staub und Dreck verklebt und aus den Korken erhoben sich weiße Sporen wie winzige Tentakel, die in jeder noch so leichten Luftregung schwankten. Doch auch wenn die Flaschen schrecklich aussahen, Elena wusste, dass der Wein darin gut geschützt war.

Anders als Gerda, die sie zusammengesackt an der hintersten Wand entdeckte.

Das Bein der alten Hexe war so angewinkelt, dass ihr verstümmelter Fuß in ihrem Schoß lag. Erstaunlicherweise wirkte ihr Haar wieder voll. Es war zwar noch grau, fiel aber in weichen Wellen über ihre Schultern. Und auch der Schleier der Blindheit schien aus ihren Augen verschwunden zu sein. Elena näherte sich langsam, aber Gerda sah weder zu ihr auf noch unterbrach sie ihre Beschwörung.

»Blut gibt Stärke, Kraft und Leben, ob durch Biss oder Messer gewonnen. Seine Gnade in meine Adern gegeben, ist mir die Jugend mit Gunst gesonnen.« Die Hexe tauchte einen Finger in ihr eigenes Blut, um es sich auf die Zunge zu schmieren. »Du kannst dein eigenes verwenden, wenn es keine andere Möglichkeit gibt, aber dann muss man den Zauber wieder und wieder wirken, bis er wirklich Halt findet«, erklärte sie, bevor sie die Augen schloss und den Kopf gegen die Wand sinken ließ. »Sehr anstrengend.«

»Ich bin mir nicht sicher, ob der Zauber wirkt.« Elena ließ die Finger über eine staubige Flasche gleiten, bevor sie den Dreck von ihrer Hand pustete. »Ich vermute, dass du selbst bald nichts anderes sein wirst als Staub.«

Die Bierhexe hielt die Augen geschlossen und begann erneut mit ihrer Intonation, wobei sie ihren Finger in die Blutflecke auf ihrem Kleid bohrte.

»Dein Dämon ist übrigens tot.«

Gerda sah sie an, als wolle sie abschätzen, ob es sich bei Elenas Worten um die Wahrheit oder eine Lüge handelte. »Unmöglich.«

»Anscheinend hat das Heilmittel gegen meinen Fluch mein Blut vergiftet zurückgelassen«, sagte Elena und hob den Kerzenleuchter, um Gerda die Bisswunde an ihrem Hals zu zeigen. »Ich spende gerne ein paar Tropfen für dein Anliegen.«

Die Hexe lachte besiegt. »Deine gehässige Seite hat mich vermuten lassen, du könntest eine von uns werden.« Schmerz schien ihren Körper zu erschüttern, denn sie zog eine Grimasse und schnappte nach Luft. Dann schluckte sie schwer und leichte Röte kehrte in ihre Wangen zurück. Die Falten in ihrem Gesicht glätteten sich und Zähne wuchsen nach, glatt und weiß. Gerda drehte die Hände, um nach Altersflecken zu suchen, und schien zufrieden mit dem Ergebnis.

Am Ende des Korridors war ein dumpfer Schlag zu hören. Elena trat ein wenig zur Seite und lehnte sich gegen die Wand. Um sich abzulenken, verlagerte sie den Kerzenleuchter von einer Hand in die andere. Ihr blieb nur wenig Zeit. »Hat Bastien mich verfluchen lassen?« Selbst jetzt brauchte sie noch Gewissheit.

Gerda berührte vorsichtig ihr Gesicht, um die Glätte ihrer Haut zu testen. »Haben meine Wangen sich gefüllt?« Elena nickte. Die Hexe schenkte ihr ein schiefes Lächeln, bevor der Ausdruck wieder verblasste, als wäre die Anstrengung einfach zu groß. »Er hat sich oft gefragt, was mit dir geschehen ist. Ich glaube … er war immer noch in dich verliebt.« Es fiel Gerda offensichtlich nicht leicht, das zuzugeben … als enthülle sie damit das verletzliche Herz ihres jüngeren Ichs, das sich vor allem nach Liebe gesehnt hatte. »Dein Verschwinden hat ein Loch in seine Seele gerissen, das immer noch klaffte, als wir uns kennengelernt haben. Das hat es so einfach gemacht, ihn für mich zu gewinnen. Ich habe mich einfach an die Form der Leere angepasst, die du hinterlassen hast.«

Die Kerzenflamme verschwamm, weil Tränen in Elenas

Augen traten. »Warum hast du ihn auf diese Weise umgebracht? Warum hast du ihn überhaupt getötet?«

Die Miene der Bierhexe wurde hart, ihr Blick brennend wie der von Medusa, als sie Elena ihr Gift entgegenspuckte: »Weil er mich nach deiner Rückkehr kein einziges Mal mehr angesehen hat.«

Die Blutmagie schien jetzt schneller durch Gerdas Adern zu fließen, begünstigt durch die Hitze ihrer Wut. Sie durchlitt einen letzten schmerzhaften Schauder, dann war ihr jugendliches Erscheinungsbild wiederhergestellt. Sie streckte ihr Bein aus und betrachtete ihren blutverschmierten Fuß. »Ich dachte, er würde nachwachsen, aber wahrscheinlich ist dafür eine andere Art Blut nötig. Ein Kaninchen, vielleicht.« Gerda leckte sich die Lippen und erhob sich mit erstaunlicher Gelenkigkeit. »Aber egal. So ist es wahrscheinlich besser.«

»Warum?«

»Jetzt, wo du alles zerstört hast, werde ich viel Freude daran haben, dafür zu sorgen, dass der Rest deines Lebens aus nichts als Leid besteht. Dieser Fuß ist mein Beweis.« Sie humpelte zu Elena, um die nächste Drohung direkt in ihr Gesicht zu schleudern. »Wenn ich mich nicht irre, ist die Polizei bereits unterwegs. Ich kann es kaum erwarten, ihnen genau zu zeigen, was du mir mit deiner scheußlichen Dämonenmagie angetan hast.«

Wie aufs Stichwort erschien Inspektor Chardon. Er trat aus dem engen Gang, sein Gesicht von der Anstrengung der Verfolgung gerötet. »Eine Bewegung und sie wird eure letzte sein«, sagte er und wedelte mit seiner Fackel. Die Flamme glühte in einem unheimlichen Blau und schien nur darauf zu warten, auf die Frauen überzuspringen.

Gerda sackte in sich zusammen, scheinbar geschwächt. »Oh, Inspektor! Dem Allwissenden sei gedankt, dass Sie hier sind. Sie hat mich nach hier unten gezwungen und hätte mich fast getötet.« Sie wich vor Elena zurück und zeigte ihren verstümmelten Fuß.

Elena wagte es kaum, dem Inspektor in die Augen zu sehen, unsicher, was er als Nächstes tun würde. Er machte keine Anstalten, sich ihr zu nähern, aber vielleicht fühlte er sich einfach unsicher, trotz seines magischen Flammenwerfers. Denn welchen Zauber konnte er schon besitzen, der Dämonenmagie abwehren konnte?

»Welch böse, stinkende Magie«, sagte er und entschied sich damit für List statt für Amulette. »Können Sie zu mir kommen? Solange ich hier bin, haben Sie von dieser Frau nichts zu befürchten.« Er streckte Gerda die Hand entgegen, als hinge sie an einer Klippe.

Sie ging zu ihm, humpelnd und schluchzend. Er flüsterte ihr beruhigende Worte zu und legte ihr einen schützenden Arm um die Schultern, um sie aus dem Lagerraum zu führen.

Elena wartete, während sie sich fragte, ob sie vielleicht doch besser mit Sidra geflohen wäre. Wenn sie sich geirrt hatte, die Situation falsch eingeschätzt hatte ... Dann winkte Chardon sie mit einem harten Blick und einem Nicken heran. Elena füllte ihre Lunge ein letztes Mal mit dem Duft des alten Weins und verließ den Raum.

Es folgte das Klicken von Handschellen.

»Was soll das?« Gerda zerrte an den metallenen Fesseln, in dem Versuch, sich zu befreien. Sie schrie wie ein Fuchs, der mit dem Bein in eine Falle getreten war. »Was tun Sie, Sie Narren? *Sie* ist die Mörderin. Verhaftet sie! Ich bin Madame du Monde. Sie begehen einen schrecklichen Fehler.« Sie fauchte, dann versuchte sie, die Hausmutter in den Arm zu beißen. Der Inspektor drängte sie mit dem Körper an die Wand und legte ihr die zweite Schelle an. Die Runen in den Fesseln glühten blau auf und raubten Gerda jegliche Magie. Sowohl die Matrone als auch der Inspektor atmeten erleichtert auf.

»Wie viel haben Sie gehört?«, fragte Elena, sobald sie die Gefangene unter Kontrolle gebracht hatten.

Der Inspektor hob seinen Lauschzauber in Form einer Muschel. »Ich habe das Geständnis gehört. Ihr Mann im ersten Keller hat uns den Dämon und den Beschwörungskreis gezeigt. Das alles ist ein unglaubliches Schlamassel, aber sobald das Gericht sich damit befasst hat, sollten Sie auf Kaution freikommen.« Elena dankte ihm. Der Inspektor nickte ihr widerwillig zu, dann fügte er hinzu: »Das Verschwinden Ihrer Zellengenossen werden wir später besprechen.«

Elena schwieg dazu. Brav folgte sie den beiden Beamten, die Gerda durch den schmalen Korridor in den Hauptraum des Kellers zurückbringen wollten. Sie waren erst ein paar Schritte weit gekommen, als die Bierhexe stolperte und begann, sich in Schmerzen zu winden. Sie zuckte, als erlitte sie einen Anfall. Es wirkte wie ein Trick. Eine Verzögerungstaktik, um Zeit oder Mitgefühl zu schinden. Als wolle sie eine Verletzung vortäuschen, um auf diese Weise irgendwie zu entkommen. Elena wappnete sich für einen Kampf.

»Ich habe es nicht getan«, flehte Gerda die Matrone an und zerrte an ihren Handschellen. »Was für einen Handel sie auch mit Ihnen geschlossen hat, ich kann Ihnen Leben schenken! Unsterblichkeit. Wir könnten ewig leben. Sie und ich. Nehmen Sie mir einfach nur diese verdammten Dinger ab!«

Die Hausmutter verdrehte die Augen und schob Gerda weiter. Unterwegs erkannte Elena, dass hinter dem Ausbruch der Hexe doch mehr steckte als nur Theatralik. Der Alterungsprozess hatte wieder eingesetzt. Diesmal ergriff er gespenstisch schnell von Gerdas Körper Besitz.

»Die Handschellen«, entfuhr es Elena, weil sie sich an das Gefühl erinnerte, als die Schellen ihr den Zugang zu ihrer Magie abgeschnitten hatten. »Sie verhindern den Zauber, der sie am Leben erhält.«

Gerda riss in entsetztem Verständnis die Augen auf. In Sekundenschnelle verfärbte sich ihr Haar grau und begann auszufallen. Ihre Haut wurde schlaff und ihre Augen blind. Sie verwandelte sich in dieselbe, zahnlose alte Vettel, die sie vorhin gewesen war, doch dann verformte sich ihr Körper noch weiter. Gerda schrie unter Schmerzen, als sie quasi zu einem Sack aus Haut und Knochen wurde, wie ein verdrehtes Stück Leder in der Sonne. Sekunden später, ausgetrocknet wie eine uralte Mumie, zerfielen Schädel und Körper zu einem Haufen Staub und Knochen, bedeckt vom schwarzen Trauerkleid der Bierhexe.

Die Zeit war schließlich gekommen und der Tod forderte das ein, um das er seit dreihundert Jahren betrogen worden war.

31

Im Herd brannte kein Feuer. Der Rost war kalt. Keine Brotkrümel lagen auf dem Tisch, auf dem Geschirrtuch trockneten keine Teller und die Eierlieferung stand immer noch auf der Stufe vor dem Eingang neben den Töpfen mit Geranien. Madame Gardin war nicht nach Hause gekommen.

»Sie ist weder oben noch im Wohnzimmer«, sagte Jean-Paul, als er zu Elena in die Küche trat.

Elena versuchte, ihre Sorge zu verbergen, doch die Art, wie ihr Blick und ihre Fingerspitzen offensichtlich nach Details jenseits seines Wahrnehmungsbereichs suchten, verriet Jean-Paul, dass diese lange Abwesenheit nicht normal war.

»Sie ist wahrscheinlich immer noch durcheinander von den Geschehnissen«, meinte er. »Vielleicht ist sie ins Dorf gegangen, um eine Freundin zu besuchen.«

»Sie war bei Bruder Anselm, aber das ist schon Stunden her. Ich werde ihr später noch eine Nachricht schicken.«

Jean-Paul hängte seine Jacke und seinen Hut an die Garderobe neben der Hintertür. Sein Hemd war mit Blut und Schweiß verklebt – von ihr und von ihm. Obwohl er versuchte, sich nichts anmerken zu lassen, schien sie seine Grimasse zu bemerken, als er die Arme aus der Jacke zog.

»Komm in meinen Arbeitsraum. Ich muss Salbe auf diese Wunden auftragen.«

Er zögerte, die Zähne in der Unterlippe vergraben. Kein Wort drang aus seinem Mund, doch sie wusste trotzdem, was er sagen wollte.

»Ja, in der Salbe steckt Magie. Gute Magie. Du wirst absolut nichts spüren.«

Das bezweifelte er stark. Nichts, was diese Frau tat, ließ ihn unberührt, doch er folgte ihr mit einem gefügigen Nicken. Unglücklicherweise lag der Arbeitsraum im Weinkeller, einem Ort, den eigentlich keiner von ihnen so schnell wieder betreten wollte, aber Jean-Paul klemmte die Tür nach draußen fest, um Luft und Licht einzulassen. Bisher hatte er Elenas Allerheiligstes nicht gesehen. Wann immer er versucht hatte, den Raum zu betreten, war die Tür so fest verschlossen gewesen, als wäre sie von innen verbarrikadiert. Jetzt, als sie ihre Hand über das Schloss hielt und einen Zauber murmelte, erkannte er, dass der Zugang zusätzlich durch Magie gesichert war. Die Tür öffnete sich vollkommen lautlos.

Jean-Paul musste seine Vorstellungen von Normalität relativieren, als er sah, wie klein der Raum war, in dem sie gelebt hatte. Ein schmales Bett, eine Truhe, ein Tisch und Regale, die überquollen von Behältern, in denen sich Blätter, Fell und Tierknochen befanden – Madame hatte die Wahrheit nur gebeugt, als sie erklärt hatte, dies wäre ein alter Lagerraum.

Elena wählte mehrere Flaschen aus, schüttelte ihren Inhalt und dachte eine Weile nach, bevor sie die Behälter wieder auf die Regalbretter stellte. Ihre Finger verweilten an einer Lücke zwischen den ansonsten ordentlich aufgereihten Gläsern. Runzeln erschienen auf ihrer Stirn. Sie presste die Lippen zusammen, als sie ihren Tisch absuchte.

»Stimmt etwas nicht?«

»Seltsam. Hier stand eine Flasche, aber jetzt ist sie weg.«

»Madame war hier drin, bevor sie aufgebrochen ist.«

Elena dachte darüber nach, dann schüttelte sie den Kopf, als wolle sie jetzt nicht darüber grübeln. Sie griff nach ihrem Mörser und begann, eine Handvoll getrockneter Blätter zu zerstoßen. »Du wirst dein Hemd öffnen müssen«, sagte sie, während sie die Kräutermischung einem Tiegel mit süß duftender Salbe hinzufügte.

Als er der Aufforderung folgen wollte, wurde ihm plötzlich bewusst, wie unschicklich es war, dass sie beide sich allein in einem Raum aufhielten. Jean-Paul beschloss jedoch, dass ihn das nicht interessierte. Er öffnete sein Hemd, damit ihre Finger seine empfindlichen Rippen betasten konnten. Als Elena ihn berührte, schnappte er nach Luft.

»Atme«, sagte sie, dann trug sie die Salbe auf. Ihre Hände glitten über seine Seite, während sie sanfte Worte der Heilung murmelte.

»Was ist mit dir geschehen?«, fragte er. Ihre Nähe verursachte ihm leichten Schwindel. »Vorher. Warum bist du für sieben Jahre verschwunden?«

Sie sah aus ihren Katzenaugen zu ihm auf, aber diesmal wandte sie sich nicht ab oder wechselte das Thema. »Jemand hat einen Fluch auf mich gelegt. Einen üblen. Es hat mich sieben Jahre gekostet, ihn zu brechen und meine Freiheit wiederzuerlangen. Deswegen war ich so lange weg.«

»Jemand? Du weißt nicht, wer es war?«

»Ich war überzeugt, Bastien wäre der Schuldige. Doch das stimmte nicht. Und jetzt weiß ich es nicht.«

Jean-Paul wollte die Arme um sie legen. Er spürte das intensive Bedürfnis, Elena beschützen. Eigentlich war es absurd zu glauben, dass jemand mit ihren Kräften seinen Schutz brauchte. Doch er erinnerte sich an die Qualen in ihrem Blick, als sie sich Du Monde auf der Straße im Dorf entgegengestellt hatte. Verzweifelt wie ein wilder Vogel, der darum kämpfte, aus einem Käfig zu entkommen. Jetzt wusste er, was dahintersteckte. Und er wusste auch, dass sich die Person, die sie verflucht hatte, immer noch auf freiem Fuß befand.

Elena reichte ihm den Tiegel mit der Salbe und drehte den Kopf, um ihren Hals preiszugeben. »Kannst du ein wenig Salbe auf die schlimmsten Stellen tupfen?«

»Muss ich dabei irgendetwas sagen?«

Sie lächelte und ließ ihn die Beschwörungsformel wiederholen. Während Jean-Paul die Salbe auftrug und die Worte sprach, fühlte er ein vertrautes Kribbeln auf seiner Haut. Er ging nicht davon aus, dass er wirklich Magie wirken konnte, indem er die Worte sprach – er war sich seiner Position im magischen Spektrum durchaus bewusst –, aber trotzdem schien sie beide plötzlich eine zauberhafte Energie zu umhüllen.

Im Glanz dieser Magie musterte er Elenas Gesicht. Ihre goldenen Augen, die bei einer anderen Frau auf eine sinnliche Natur hingewiesen hätten, hielten nur Wärme und Weisheit. Ihr Haar, ihre Haut, ihre Lippen – er konnte an nichts anderes denken als daran, all das zu liebkosen. Jean-Paul fühlte, wie der Schmerz in seinen Rippen langsam nachließ, nur um von dem fast qualvollen Sehnen ersetzt zu werden, Elena in den Armen zu halten. Er hob die Hand, um seine Finger sanft an ihre Wange zu legen. Sie wich der Berührung nicht aus. Als der Drang, seine Lippen auf ihre zu pressen, so stark wurde, dass der Wunsch fast sein Herz zum Bersten brachte, riskierte er es – er küsste Elena. Und als ihr Körper weich wurde, weil sie sich genauso nach ihm gesehnt hatte wie er nach ihr, ließ er seine Hände von der Leidenschaft leiten und schob das silberne Mieder von ihren Schultern.

32

Elena genoss das Gewicht von Jean-Pauls nacktem Arm über ihrer Taille und die Wärme seines Atems an ihrem Nacken, als er neben ihr im Bett schlief. Die Magie der Liebe konnte, wie Elena langsam bewusst wurde, ein mächtiges Heilmittel sein. Während sich warme Zuneigung in ihrem Körper ausbreitete und die letzten vom Fluch erkalteten Nischen füllte, brachten Elenas Instinkte sie dazu, über die Melancholie nachzudenken, die sie seit ihrer Rückkehr zum Château in den Weinreben spürte. Es war, als hätten die Wurzeln einen Schaden erlitten. Wie eine Prellung oder ein Magengeschwür. Doch das stimmte nicht ganz. Das Problem war emotionaler. Wie der Schmerz eines gebrochenen Herzens. Bisher hatte Elena keinen Grund dafür finden können. Am Morgen würde sie Grand-Mères altes Grimoire aus den Frühzeiten des Weinguts heraussuchen und schauen, ob sie etwas über die Gefühlszustände von Pflanzen finden konnte.

Zufrieden mit ihren Schlussfolgerungen kuschelte sich Elena enger an Jean-Paul. Sie war gerade in einen träumerisch-glücklichen Halbschlaf versunken, als ein Kratzen an der Tür sie dazu brachte, den Kopf zu heben.

Jean-Paul erwachte und drückte ihr einen sanften Kuss auf den Nacken. »Was ist los?«

»Ich glaube, da ist jemand an der Tür.«

Er setzte sich auf, um zu lauschen. »Bleib hier – ich gehe schon«, sagte er und griff nach seiner Brille. Er zog seine Hose an, dann öffnete er die Tür einen Spaltbreit. Er senkte den Blick und seine Schultern entspannten sich. »Es ist nur ein Vogel.«

Elena hob den Kopf und entdeckte eine Wacholderdrossel, die auf und ab hüpfte. »Nein, es ist eine Botschaft. Muss von Grand-Mère sein.« Sie stemmte sich auf einen Ellbogen und rief den Vogel. Gehorsam schlug er mit den Flügeln und landete auf ihrer Hüfte. »Seltsam, dass sie eine Drossel gewählt hat«, sagte sie und musterte den grau-braunen Vogel. »Normalerweise schwört Grand-Mère auf Tauben.«

»Natürlich«, meinte Jean-Paul. Er hob sein dreckiges Hemd hoch und schüttelte es aus. »Aber wo ist die Botschaft? Ich sehe keine Nachricht am Fuß des Vogels.«

Elena warf ihm einen nachsichtigen Blick zu, bevor sie den Vogel zum Reden animierte, indem sie ihn mit dem Finger unter dem Schnabel kraulte. Brav gab er seine Botschaft preis, bis Elena sich so plötzlich aufsetzte, dass der Vogel erschrocken abhob. Er warf ein paar Federn ab und entkam dann schnell durch die offene Tür.

»Die Drossel hat mit dir gesprochen?« Jean-Paul schüttelte den Kopf, als wäre diese Unterhaltung nur eine weitere Seltsamkeit in einer großen Sammlung. »Stimmt etwas nicht? Stammt die Botschaft von Madame?«

»Nein, von jemand anderem.« Doch sie wusste nicht, wie sie es Jean-Paul erklären sollte. Sie warf die Decke ab und sammelte die Vogelfedern ein. »Die Nachricht kam vom Barmann in der Taverne. Ich muss gehen«, sagte sie und begann, in ihrer Truhe nach Kleidung zu suchen.

»Taverne?« Jean-Paul schlüpfte in sein Hemd. »Du gehst aus? Jetzt?«

Sie rollte ihren Strumpf nach oben, bevor sie Jean-Paul direkt ansah. »Ja. Kann ich mir dein Pferd leihen?«

»Darf ich dich begleiten?«

Sie befestigte das Strumpfband. »Es wäre besser, wenn du das nicht tust.«

Er öffnete den Mund, um zu protestieren, doch sie küsste ihn, bevor ein Wort über seine Lippen dringen konnte. Als sie fühlte, wie er nachgab, löste sie sich von ihm, bereit für ein Zugeständnis. »In Ordnung«, sagte sie, während sie sich fragte, wie sie diesem Mann je wieder einen Wunsch verwehren sollte. »Hol das Pferd.«

Die Sonne war bereits zu einem pinkfarbenen Schimmer über den Hügeln verblasst, als sie die *Vettel & Kröte* erreichten. Elenas Herz flatterte wie Mottenflügel an einer Lampe.

Jean-Paul band die Zügel des Pferdes an einen Pfosten, der von einem eisernen Frosch gekrönt wurde. »Wieso habe ich diesen Ort noch nie bemerkt?« Er sah sich um, als müsse er sich orientieren.

»Hast du Spinnweben auf deinem Gesicht gespürt, als wir durch die Gasse geritten sind?«

»Ja. Woher wusstest du das?«

»Für Sterbliche fühlt sich ein Geflecht aus Zaubern oft an wie ein Spinnennetz. Dieses Ende der Gasse wird von Beschwörungen geschützt, um es für nicht magische Passanten uninteressant zu machen. Aber nachdem du mich begleitest, sichst du alles, wie ich es tue.«

»Die Ratten reichen nicht aus, um die Neugierigen fernzuhalten?« Er stampfte mit dem Fuß vor einem großen Nagetier auf dem Boden, das aus seinem Versteck in der Gasse gekrochen war, um ihn zu inspizieren.

Elena nickte der Ratte zu und deutete mit dem Finger. Sofort eilte das Tier davon. »Das ist eine Hexentaverne. Ich habe dir erlaubt, mich bis hierher zu begleiten, aber es wäre wirklich besser, wenn du draußen wartest, während ich mich um alles kümmere.«

»Ich kann dich nicht allein dort hineingehen lassen, wenn es gefährlich ist. Nicht nach allem, was wir gemeinsam durchgemacht haben.«

Elena versuchte, durch das Fenster zu spähen, doch das Glas war immer noch von Schmutz verklebt. »Mir wird nichts passieren«, sagte sie und klopfte auf ihre Rocktaschen. »Ich bin vorbereitet.« Und das war sie. Sie hatte jeden schützenden Talisman, jedes Amulett, jeden Zauber und jedes Kraut mitgebracht, das sie besaß. Diesmal würde sie sich nicht überrumpeln lassen.

Jean-Paul widersprach, doch letztendlich blieb ihm keine andere Wahl, als ihr zu vertrauen. Er drückte ihr einen Kuss auf die Wange und erklärte, dass er beim Pferd warten würde. Er lernte dazu. Trotzdem war Elena dankbar, ihn in ihrer Nähe zu wissen, als sie die Tür zu der heruntergekommenen Taverne öffnete.

Im großen Gastraum, der normalerweise selbst an guten Abenden nur halb gefüllt war, drängten sich heute die Gäste. Es gab keinerlei freie Plätze mehr. Elena bahnte sich ihren Weg durch die Menge, die offensichtlich nicht aus den üblichen Ansässigen bestand. Eine Gruppe Zauberer, die aussah, als wären sie gerade erst aus einem Zug vom anderen Ende der Welt gestiegen, schüttelten ihre turbanbedeckten Köpfe und bliesen Rauch in die Luft, während sie über die Anzahl und Bedeutung der im Tal getöteten Katzen debattierten. Elena wich der Wolke aus Tabakrauch und Gindämpfen aus, die ihre Umgebung erfüllte, und fand sich an einem Tisch am Fenster wieder, wo ein Spinnennetz tief über den Köpfen der Gäste hing. Dort saßen zwei junge Hexen, die ihre Tarotkarten studierten. Eine von ihnen tippte auf die Königin und erklärte selbstgefällig in städtischem Akzent, dass sie den Tod der mit Dämonen tanzenden Hexe vor einer Woche vorausgesagt hatte. Die andere deutete auf das Rad des Schicksals und erklärte, das wäre reines Glück gewesen.

Elena stellte sich auf die Zehenspitzen, um nach Madame Grimalkin Ausschau zu halten. Dabei stieß sie gegen einen Mann, dessen Gesicht mit schwarzen Wirbeln und Punkten tätowiert war. Elena war sofort davon überzeugt, dass diese Tätowierungen ihre ganz eigene Art von Magie hielten. Der Mann musterte sie, geistesabwesend, aber auch voller Neugier, dann atmete er tief durch. Seine Augen weiteten sich aufgeregt. »Du bist eine Winzerin. Wie die mit dem bösen Herzen«, sagte er. »Kanntest du diese Frau? Stimmt es, dass sie das Blut sterblicher Männer getrunken hat?«

Er sprach von Gerda. Alle hier im Raum redeten über die grausame Mörderin. Es schien, als wären sie alle gekommen, um sich an ihren Verbrechen und ihrem Tod zu ergötzen. Wie viele Tauben waren kreuz und quer über das Land geflogen, um die Nachricht zu verbreiten?

»Nein, ich kannte sie nicht«, log Elena. Dann traf sie die Erkenntnis, dass jeder der Fremden in der Taverne die Person sein konnte, die den Krötenfluch gewirkt hatte. Doch da sah sie sie. Die langen, goldenen Locken und die bunten Jacken mit den verblassten Blumenstickereien darauf. Die Charlatan-Schwestern waren hier, hoben mit allen anderen ihre Gläser und bejubelten Gerdas Tod. Oder vielleicht auch ihre Leistungen.

Elena wollte die beiden gerade zur Rede stellen, als eine knochige Hand sie am Arm packte. Bevor sie protestieren konnte, wurde sie in eine dunkle Ecke gezogen. Sie griff nach ihrem Messer.

»Dem Allwissenden sei gedankt, dass du meine Botschaft erhalten hast.« Madame Grimalkin schaute über die Schulter, um sicherzugehen, dass sie nicht belauscht wurde. »Genau, wie du gesagt hast. Ein grünes Drachenauge.«

Elena gab den Griff ihres Messers wieder frei. »Du hast die Uhr gesehen?«

Madame Grimalkins graues Haupt hob und senkte sich. »Sie gehört einem Gentleman.«

»Gentleman?« Erneut sah Elena zu den Charlatan-Schwestern, die lachend durch den Raum tanzten. »Bist du dir sicher?«

»Nun, so präsentiert er sich, auch wenn ich eigentlich niemanden so nennen würde, der herumläuft und seine eigene Art verflucht ... wenn er es denn war.«

Ein Mann? Wann immer sie sich diesen Moment ausgemalt hatte, ihr war nie in den Sinn gekommen, dass sie es mit einem Hexer zu tun bekommen könnte. Wer sollte das sein? Und warum hatte er sie verflucht? Elena fühlte sich, als würden ihr die Antworten, die sie suchte, immer mehr entgleiten.

Madame Grimalkin stellte ihr Tablett auf den Bartresen, hob zwei Finger in Richtung ihres Ehemanns und rief nach Bier. »Und, was willst du jetzt tun?«, fragte sie. »Ich möchte keinen Ärger. Zumindest nicht mehr als üblich. Wir sind heute Abend gut gefüllt, dank der Tatsache, dass diese Dämonenhexe gestorben ist. Die Leute hoffen darauf, dass die Autoritäten ihre Knochen und Asche als Talismane verkaufen. Nicht wahr, Paddy?«

Paddock stellte zwei schäumende Gläser Bier auf das Tablett seiner Frau. »Wenn sie es nicht tun, könnte ich mir überlegen, die Kohlen aus dem Feuer zusammenzukehren und sie als Hexenknochen zu verkaufen. Ich könnte ein Vermögen verdienen.« Er lachte, bevor er davonwatschelte, um ein weiteres Glas zu füllen. »Wurde wirklich Zeit, dass wir hier mal Glück haben.«

»Deswegen liebe ich dich, Paddy.« Madame Grimalkin ergriff ihr Tablett. »Also, wie soll es laufen?«

»Ich will keinen Ärger. Ich will nur erfahren, warum er das getan hat.«

Madame Grimalkin nickte. Sie verstand Elena auf eine Weise, wie es nur jemandem möglich war, der mit einem Verfluchten lebte. »Er ist vor ungefähr einer Stunde aufgetaucht und hat Abendessen bestellt. Wir sind heute voller als gewöhnlich, also dauert alles länger. Er hat ständig diese Taschenuhr herausgezogen, um aufs Ziffernblatt zu schauen, und mir dann böse Blicke zugeworfen. Da habe ich die Uhr erkannt. Ich habe versucht, seinen Aufenthalt bei uns in die Länge zu ziehen. Und dann ist etwas sehr Seltsames geschehen. Ich sollte ihm gerade die Rechnung bringen, als eine Frau sich ihm angeschlossen hat. Ältere Dame. Sehr korrekt. Sie ist nur ein paar Minuten vor dir gekommen und hat zwei Gläser Wein bestellt. Ich kann mir nicht vorstellen, was sie von ihm will, aber sie haben sich in eine private Sitznische ganz hinten im Raum zurückgezogen.«

»Führ mich hin«, sagte Elena, ihre Neugier geweckt.

Madame Grimalkin lieferte die Biere an zwei Beschwörer aus, die Münzen zehn Zentimeter über ihren Handflächen herumwirbeln ließen. Als Bezahlung schnappte sich die Wirtin die Münzen aus der Luft, dann deutete sie zu einer Nische im hinteren Teil des Gastraums. Der Vorhang vor der Sitzecke war halb vorgezogen. Dahinter war das elegant gekleidete Bein eines Manns zu sehen – die Hose perfekt gebügelt, der Lederschuh glänzend poliert. »Das ist er«, sagte sie. »Wahrscheinlich erklärt er der Frau gerade, welche Dienste er anzubieten hat. Pah. Je eher er von hier verschwindet, desto besser.«

Elena fühlte eine beruhigende Hand am Rücken, bevor sie allein zurückblieb, um den halb zugezogenen Vorhang anzustarren. Sieben Jahre der Sehnsucht hatten auf diesen Moment hingeführt. Rache war die süße Frucht gewesen, nach der sie sich im Schlaf gesehnt hatte, Gift das Instrument, mit dem sie den Traum hatte wahr werden lassen wollen. Doch Bastiens Tod hatte dafür gesorgt, dass Elenas Rachedurst erloschen war. Mord war nicht länger das Heilmittel für ihr Leiden. Doch als sie vortrat, um hinter den Vorhang zu spähen und das Gesicht ihres Angreifers zu erkennen, spürte sie trotzdem, wie Wut in ihr aufstieg.

Er war ein gewöhnlicher Mann mittleren Alters in einem grauen Anzug. Glatt rasiert, mit einer Halbglatze und einem Bäuchlein. Und doch war er eitel genug, um eine verzauberte Krawatte zu tragen, die silbern schimmerte. Elena verstand den Schlips als Trick, um seine Augen funkeln zu lassen, jetzt, wo das natürliche Leuchten der Jugend verblasst war. Sie legte den Kopf schief und sah genauer hin. Diese Augen wirkten irgendwie vertraut, doch nicht vertraut genug, um ihn wirklich zu *erkennen*.

Elena senkte den Blick und erspähte eine Kette, die von einem Knopf an seiner Weste zu der Uhr in seiner Tasche führte. Er musste die Taschenuhr nicht herausziehen. Sie wusste auch so, wie sie aussah. Das Bild hatte sich in ihren Kopf eingebrannt – ein kränklich grünes Drachenauge mit einer senkrechten Pupille, halb verborgen hinter einem goldenen Lid. Tick, tack, tick, tack, dann hatte sich der Deckel geschlossen und ihr Leben war eingesaugt worden. Das gewöhnliche Aussehen des Manns verwirrte sie. Was, wenn er doch nicht der Richtige war? Was, wenn es solche Uhren häufiger gab als vermutet?

Dann erhob er die Stimme.

»Wie kannst du es wagen, mich der Täuschung zu beschuldigen?«, ereiferte sich der Mann und ließ die Faust so heftig auf dem Tisch niedersausen, dass das Besteck klapperte. »Du hast mich quasi angefleht, dein kleines Problem zu lösen. Meiner Erinnerung nach hast du mir einen hübschen Stapel Geld gereicht und mir erklärt, ich könne tun, was auch immer ich wolle, um diese Situation zu lösen. Und genau das habe ich getan.«

Seine nasale Stimme, sein hochmütiges Auftreten, der

aufgesetzte, hochwohlgeborene Akzent – all das enthüllte Elena seine Identität. Das Gesicht ohne die dramatischen, angeklebten Augenbrauen und den spitzen Kinnbart. Die Augen ohne ihre schwarze Umrandung. Ein Zauberer ohne seine fließende Robe und die falschen Fingernägel.

»Sie!«, sagte sie und zog den Vorhang zur Seite.

Rackham zuckte zusammen, dann kniff er die Augen zusammen. »Du?« Sobald er die Verbindung hergestellt hatte, sah er überrascht zu seiner Tischgenossin. »Was geht hier vor sich?«

»Gute Güte, was tust du denn hier?«

Elena schob auch die andere Seite des Vorhangs zurück. Gegenüber dem Mann, der sie verflucht und als tot zurückgelassen hatte, saß die Frau, die sie von Kindesbeinen an aufgezogen hatte.

33

War es eine zufällige Begegnung? Ein seltsamer Scherz des Allwissenden? Elena suchte verzweifelt nach einer vernünftigen Erklärung, wieso Grand-Mère mit *diesem* Mann verkehren sollte.

Dann entdeckte sie die braune Phiole in den zitternden Fingern ihrer Mentorin. Die fehlende Flasche aus ihrem Arbeitsraum. Diejenige, die Elena mit Gift gefüllt hatte, als sie noch wahnsinnig gewesen war vor Rachsucht.

Natürlich. Das war die einzige Erklärung, die Sinn ergab. Grand-Mère hatte den Hexer aufgespürt, der Elena verflucht hatte, und wollte zurückschlagen. Vielleicht hatte sie sogar geplant, im Namen der Rache einen Mord zu begehen.

Elena glitt neben Grand-Mère auf die Bank und legte die Hand über ihre Finger. »Bitte, tu es nicht. Ich weiß, was ich über meinen Wunsch nach Rache gesagt habe, aber es ist die Sache nicht wert. Du musst das nicht für mich tun.«

Rackham schob sein Weinglas zur Seite und lehnte sich vor. »Was meint sie damit, dass du irgendwas nicht für sie tun musst? Was für eine Falle hast du mir gestellt?«

Die alte Frau schob Elenas Hand zur Seite. »Es sollte niemals dauerhaft sein, Edmond. Du hast mir geschworen, dass du weißt, was du tust. Dass sie nicht verletzt werden würde.«

»Du wusstest immer, wie ich meinen Lebensunterhalt

verdiene.« Er nahm einen Schluck von seinem Wein, bevor er sich Elena gegenüber verteidigte. »Ich habe getan, wofür ich bezahlt wurde. Eine rein geschäftliche Angelegenheit.«

Grand-Mère traten die Tränen in die Augen. »Deine Lügen haben alles ruiniert.«

Rackham lehnte sich in seinem Stuhl zurück und richtete den Blick zum Himmel, als könne er es kaum ertragen, mit einer Frau übers Geschäft reden zu müssen. Um sich zu stärken, leerte er sein Weinglas in einem Zug.

»Wie kommt es, dass du diesen Mann kennst?«, fragte Elena und wandte sich Grand-Mère zu. »Er ist ein zwielichtiger Handleser vom Jahrmarkt.«

Die Beschreibung entriss Rackham ein empörtes Schnauben. »Oh, Ariella und ich kennen uns schon lange. Ich war derjenige, der dich nach dem Tod deiner Eltern an die Gardins verkauft hat.«

Verkauft?

Er knallte das Glas auf den Tisch, als wolle er seine Aussage so unterstreichen. »Das stimmt. Ich weiß genau, wer du bist. Du magst auf meine Arbeit auf dem Jahrmarkt herabschauen«, fuhr er fort, »aber deine Mutter und dein Vater waren tatsächlich …«

»Edmond, nein!«

»Sie kannten meine Eltern?«

»Natürlich kannte ich sie. All diese Bücher über dunkle Magie, die du so interessant fandest – was glaubst du, von wem ich die bekommen habe?«

Intuition erkennt die Wahrheit, wenn man sie hört, doch sie kann ein schreckliches Klingeln in den Ohren zurücklassen.

»Sie lügen.«

»Ja, du wirst noch feststellen, dass er das sehr gut kann.«

Rackham hustete in ein Taschentuch. »Offensichtlich hat Ariella dich nicht über deine Abstammung aufgeklärt, aber es war deine Mutter, die mir alles über Flüche und Gifte beigebracht hat, was ich heute weiß. Esmé und Raul waren meine Mentoren. Zumindest, bis sie beide gehängt wurden, weil sie ihre Gifte an Frauen der besseren Gesellschaft verkauft haben, die ihre reichen Ehemänner leid waren.« Er vollführte eine *Comme-ci-comme-ça*-Geste mit der Hand, in der er sein Taschentuch hielt, bevor er wieder hustete. »Bisher habe ich die Ähnlichkeit nicht erkannt. Aber ich hätte wissen müssen, dass du Esmés Tochter bist, als du dich in meinem Wagen für nichts anderes außer diesem Buch mit den Flüchen interessiert hast. Andererseits war ich natürlich davon ausgegangen, dass du immer noch durch deinen Sumpf hüpfst und mit der Zunge Fliegen aus der Luft schnappst. Oder inzwischen irgendeinem streunenden Hund Verdauungsprobleme bereitest.«

»Edmond!«

Gehängt?

Rackham beugte sich vor und musterte Elena genauer. »Wie kann es sein, dass du hier vor mir sitzt? Dieser Fluch stammte direkt aus Esmés Grimoire.«

Für einen Moment konnte Elena kaum atmen, kaum denken. Die Welt kippte auf ihrer Achse, wirbelte schwerelos durch das All. Ein Sturm aus Sternen und Staub explodierte in ihrem Kopf. Ungewollt schaltete sich ihre Schattensicht ein und zwang sie, kurze Blicke auf die Vergangenheit und die Eltern zu erhaschen, die sie kaum gekannt hatte. Die Erinnerung trug sie in einen Apothekenwagen, auf dessen Regalen unzählige Flaschen aufgereiht standen. Die Gefäße klirrten, während der Wagen eine schmale Gasse entlangrollte. Aus einigen drang der Duft von Gewürzen. Über Elenas Kopf hingen vertrocknete Schoten, Krüge mit getrockneten Tierherzen und Gläser mit schuppigen Zehen und langen Krallen, die in Formaldehyd eingelegt waren. In einer Flasche, so erklärte ihr eine Stimme aus ihrer Erinnerung, befand sich ein süß duftendes Extrakt aus einer roten Blume, die einen Mann dazu bringen konnte, für immer von der Vergangenheit zu träumen. In einer anderen eine jadefarbene Flüssigkeit, von der grauer Rauch aufstieg, wenn man mit einer kreisförmigen Handbewegung abgeschnittene Fußnägel und Haare hinzufügte. Die Hand, die in Elenas Erinnerung das Gift mischte, gehörte ihrer Mutter. An ihrem Arm klimperten im Takt der Bewegung Dutzende goldene Armbänder.

Die Wahrheit über ihre Abstammung traf Elena wie ein Schlag. Das Wissen griff den Kern ihrer Identität an, über ihre Intuition und ihre Instinkte hinaus. Die Erkenntnis sank in ihr Bewusstsein ein, bis sie die Wahrheit nicht länger leugnen konnte. Sie war als Trankhexe geboren worden, als Beschwörerin von Giften und Flüchen. Eine *venefica*.

Rasselndes Husten riss sie aus ihrer Versenkung und trug sie aus der Vergangenheit zurück in die Gegenwart. Als Elena die Augen wieder öffnete, starrte ihr der Beweis für ihre Abstimmung ins Gesicht. Sie sah, wie sich Rackhams Pupillen weiteten. Schweißperlen bildeten sich auf seinen Schläfen und seine Lippen verfärbten sich bläulich. Ihr Gift kroch durch seine Adern, auf der Suche nach seinem Herzen. Grand-Mère hatte es bereits mit dem Wein vermischt. Es wären nur ein oder zwei Tropfen nötig gewesen. Kein Geschmack, den man bemerken konnte. Keine Verfärbung im Glas. Es gab nichts mehr, was Elena für ihn tun konnte, außer ihm die Möglichkeit zu geben, die Wahrheit zu sagen und sein Gewissen zu entlasten, bevor der Tod ihn vor den Füßen des Allwissenden ablieferte.

»Anscheinend hat meine Mutter Ihnen nicht alles beigebracht«, sagte Elena. »Dieser Krötenstein mag Sie davor bewahren, eine Lebensmittelvergiftung zu erleiden, doch er hilft nicht gegen ein handgefertigtes Gift.« Sie wartete, während er wieder hustete und den Ring einmal drehte. »Und um

Ihre Frage zu beantworten: Wenn Sie auch nur halb so viel wüssten, wie Sie behaupten, dann wären Sie sich bewusst gewesen, dass manche Gifte die Energie des Verwandlungsfluchs schwächen, wenn man ihnen erlaubt, sich über einen gewissen Zeitraum im Körper aufzubauen … ein Beispiel wäre hier regelmäßig oral aufgenommenes Bufotoxin. Es hat sieben Jahre gedauert, aber dann haben sich die Fesseln Ihres Fluchs aufgelöst. Deswegen sitze ich jetzt hier vor Ihnen, Professor. Und deswegen sterben Sie.«

»Was?«

»Sie wurden vergiftet«, sagte Elena. »Das Gift gleitet bereits durch Ihren Blutkreislauf, lässt Ihr Herz gefrieren und wartet auf den richtigen Moment zum Angriff.«

Rackham riss den Kopf hoch und starrte Grand-Mère entsetzt an. »Du hast mich vergiftet?«

»Ja.« Grand-Mère neigte ihr Glas und genoss den letzten Schluck ihres Weins.

Rackham blinzelte ungläubig. »Du bist verrückt. Ihr beide seid verrückt.« Er wollte gerade aufstehen, als der erste Krampf seinen Körper erschütterte. Er rang um Luft und löste mit verzweifelten Bewegungen seine silberne Krawatte. »Hilfe … verdammt noch mal, jemand muss mir helfen!«

Der Raum war voller Hexen, die nach heilenden Kräutern rochen, doch nur die Charlatan-Schwestern unterbrachen ihre Feier, um sich durch die Menge zu drängen. Die vordere griff in ihre bestickte Jacke und zog eine nutzlose Hasenpfote heraus, wahrscheinlich in der Hoffnung, ein oder zwei Münzen dafür zu bekommen … bis sie sah, wer am Tisch des Manns saß. Mit einer höhnischen Grimasse zog sie sich zurück.

Elena zog das Weinkrautamulett heraus, das sie mitgebracht hatte. »Hier«, sagte sie und ließ einen kleinen Zweig des Krauts in Rackhams Hand fallen. »Legen Sie sich das unter die Zunge. Das könnte den Schmerz dämpfen.«

Eilig schob er sich das Kraut in den Mund und zerbiss es. »Wird es das Gift aufhalten?«

»Elena hält nichts von halben Sachen, Edmond.« Ruhig stellte Grand-Mère die leere Phiole auf den Tisch und verschränkte die Hände, als wäre ihre Arbeit getan. »Schließlich ist sie Esmés Tochter und mein Schützling. Ich nehme an, dein Herz wird jeden Moment explodieren.«

Rackhams Stimme nahm einen flehenden Klang an, als könne er sein Schicksal durch Betteln vielleicht noch abwenden. »Es war nichts Persönliches. ›Bring das Mädchen weg‹, hast du gesagt, also habe ich das getan.« Er packte mit erstaunlicher Kraft Elenas Handgelenk. »Gib mir ein Gegengift!«

Wie konnte sie ihm begreiflich machen, dass es so etwas nicht gab? Als Elena dieses Gift gemischt hatte, war sie von Mordlust erfüllt gewesen. Rackham gab ihren Arm frei und hustete noch einmal in sein Taschentuch. Rotes Blut blühte im Stoff auf. Der Anblick erfüllte ihn mit so viel Panik, dass er von der Sitzbank glitt, um die anderen Hexen um Hilfe anzuflehen. Doch inzwischen hatte das Gift sein Herz erreicht. Seine Augen traten hervor und seine teigige Haut wurde blass. Er schlug die Hände vor die Brust und verzog ungläubig das Gesicht. »Ich bin tot«, sagte er, dann sackte er auf dem Boden zusammen.

Eine der jungen Tarotkarten-Leserinnen schrie und löste damit für einen Moment gedämpfte Panik im Raum aus, gefolgt von morbider Neugier. Die Menge drängte näher zur Leiche, nur um sich wieder zurückzuziehen, als sich eine grünlich-schwarze Aura um den toten Professor bildete. Die Menge erkannte eine Vergeltungsvergiftung, wenn sie eine sah. Madame Grimalkin trieb die schaulustigen Hexen und Hexer zurück zu ihren Feiern und versicherte allen, dass sie mit einer Taube die Behörden benachrichtigen würde.

Jean-Paul allerdings war es nicht vergönnt, Auren zu sehen. Er drängte sich durch die Menge. Auf seinem Weg warf er leere Stühle und Bierhumpen um, um Elena so schnell wie möglich zu erreichen.

»Was ist passiert? Ich habe einen Schrei gehört.« Er hielt inne und starrte mit offenem Mund auf die Leiche vor sich. »Ist dieser Mann tot?«

Elena wagte nicht aufzustehen, weil sie sich nicht sicher war, ob ihre Beine sie halten würden, doch sie ergriff die Hand, die Jean-Paul ihr entgegenstreckte.

»Lassen Sie es uns hoffen«, antwortete Grand-Mère.

»Madame! Geht es Ihnen gut? Wir haben nach Ihnen gesucht.«

»Monsieur Martel, ich hatte gehofft, Sie noch einmal zu sehen.«

Er glitt auf die Sitzbank gegenüber den Frauen. »Natürlich. Wieso sollten Sie das nicht?«

Sie schenkte ihm ein schwaches Lächeln, das in einem Hustenanfall endete. Als die alte Frau ihre Fassung zurückgewann, lächelte sie wieder und tätschelte ihm die Hand. »Ich fürchte, mein Schicksal ist mit dem dieses toten Manns auf dem Boden verbunden. Mein Herz wehrt sich, doch es muss für das geradestehen, was wir getan haben«, sagte sie und machte eine Geste mit der Hand, die so viel wie *C'est la vie* ausdrücken sollte. »Ich werde nicht nach Château Renard zurückkehren. Aber Sie sollen wissen, dass das Weingut mir alles auf der Welt bedeutet hat. Ich weiß, dass ich es in den besten Händen zurücklasse.«

»Madame?«

Wir?

Die alte Frau räusperte sich, dann löste sie die silbernen *chatelaine* von ihrem Gürtel – mit all den Schlüsseln, Amuletten und einer kleinen *tastevin* daran – und streckte sie Elena entgegen. »Ich werde dich nicht um Verzeihung bitten. Das obliegt dem Allwissenden. Aber ich hoffe, dass ich dir in gewisser Weise den Seelenfrieden geschenkt habe, den du brauchst, indem ich sichergestellt habe, dass die Person, die dich verflucht hat, nun nicht mehr lebt.«

»Grand-Mère, nein!« Schwindel erfasste Elena. Sie fühlte sich, als würde sie auf einer Abbruchkante über einem Canyon mit einem unendlich tiefen Grund voller Geheimnisse stehen. Sie schüttelte den Kopf und hoffte inständig, sie hätte etwas missverstanden … bis zu dem Moment, in dem ihre Mentorin ihre silberne Halskette in Elenas Hände legte.

»Was meine Beteiligung an deinem Fluch angeht: Ich wollte nur, dass du zu Sinnen kommst. Du hattest es so eilig, Bastien zu heiraten. Du konntest nicht sehen, wie er dich beeinflusst und versucht hat, Château Renard und deine Talente zu stehlen. Nach allem, was ich dir beigebracht hatte? Das konnte ich nicht zulassen. Joseph und ich hatten zu hart gearbeitet und das Weingut zu mühsam aufgebaut, um es von diesem Mann einnehmen zu lassen. Ich konnte einfach nicht mitansehen, dass du seine Weinhexe wirst.«

»Wie konntest du glauben, dass ich dich und Château Renard im Stich lassen würde?«

Grand-Mère zögerte. »Ich bin nicht stolz darauf, aber für eine Weile habe ich mir Sorgen gemacht, dass die wahre Berufung deines Blutes zutage treten könnte. Edmond hat davor gewarnt, dass das geschehen könnte, als er dich als Kind zu uns brachte.«

Jedes Mitgefühl verschwand aus Elenas Stimme. »Weil er euch die Tochter einer *venefica* verkauft hat?«

»Ja.«

Elena sackte in sich zusammen und starrte auf ihre im Schoß gefalteten Hände. Doch sosehr sie es auch hasste, die Worte zu hören, das Geständnis enthielt einen Funken Wahrheit. War ihr erster Impuls nicht gewesen, ein Gift zu brauen, um sich an Bastien zu rächen? Lag nicht deswegen ein Mann tot auf dem Boden?

»Ich weiß, was du denkst, Elena. Und ja, du hattest immer ein unfehlbares Gespür dafür, mit welcher tödlichen Wurzel welchem zerstörerischen Pilz beizukommen war. Oder aus welchem gefleckten Blatt man lieber einen Tee aufbrühen sollte, als es zu einem Pulver zu zerstoßen. Die Kunst der Giftmischerei lag dir im Blut. Und wahrscheinlich hat dir das in diesem Sumpf das Leben gerettet.«

Die alte Frau schwieg einen Moment, wedelte aber abwehrend mit der Hand, als Jean-Paul sich erkundigte, ob es ihr gut ging. Diese Geste sorgte dafür, dass Elena den Kopf hob … und das reichte Grand-Mère, um ihre Hand zu ergreifen.

»Obwohl du so klein warst, als ich dich das erste Mal gesehen habe, habe ich doch dein Potenzial erkannt. Du gehörst nicht in einen Jahrmarktswagen. Und der Alkohol, der im Wein steckt, ist auch eine Form von Gift – das habe ich mir jedenfalls eingeredet. Die Disziplinen liegen nicht so weit auseinander, wie manche vielleicht denken. Und du hast dich wunderbar angepasst. Niemand konnte etwas anderes behaupten. Gifte mögen dir im Blut liegen, aber zweifele bitte niemals daran, dass du zur Weinhexe bestimmt bist.« Die alte Frau brach ab, schloss fest die Augen und drückte eine Hand an ihre Brust. »Doch dann kam dieser verdammte Bastien des Weges. Ehrgeiz und Gier haben ihn vor unsere Tür gezerrt, als würde er von Kutschpferden gezogen. Ich hatte solche Angst …«

»Wovor?«

»Alles an seine verdammte Gier zu verlieren.«

»Also hast du mich verfluchen lassen? Mich dazu verurteilt, allein und halb dem Wahnsinn verfallen zu sterben?«

»Nein«, sagte Grand-Mère. »Das hätte ich niemals getan. Nicht absichtlich. Das musst du mir glauben.« Grand-Mère zog ein Seidentuch aus ihrem Ärmel und wischte sich über die Augen. »Es war dieser Mann«, erklärte sie mit einem Blick zu Rackhams Leiche. »Der Markt machte sich gerade bereit, in eine andere Stadt zu ziehen. Ich dachte, wenn ich dich einfach ein Stück von Bastien wegbringe, würdest du zu Sinnen kommen. Dass eine Zeit der Trennung helfen könnte, dich die Wahrheit erkennen zu lassen. Also habe ich Edmond gebeten, dich mitzunehmen. Nur dass er erklärt hat, es gäbe keinen Platz für dich und das Geld, das ich ihm geboten habe, würde kaum die Kosten decken, dich für ein ganzes Jahr zu versorgen, also … hat er gefragt, ob er dich der Bequemlichkeit halber verwandeln dürfte. Ich dachte, er wolle dich als Vogel halten oder vielleicht als Katze … nur, bis er im nächsten Sommer zurückkehrte … um dich dann aus dem Zauber zu entlassen.«

»Was hast du dir nur dabei gedacht?«

»Ich habe mich fürchterlich geirrt – jetzt weiß ich das. Aber ich habe mich in vielerlei Hinsicht geirrt.« Die alte Frau wandte den Kopf ab, um zu husten. »Als der Jahrmarkt im nächsten Jahr ohne dich in unser Tal zurückkehrte, bin ich zu Edmonds Wagen gegangen. Er schien überrascht, mich zu sehen. Hat behauptet, du hättest jemanden getroffen und wärst weggelaufen. Ich musste ihm glauben … bis du Jahre später auf der Türschwelle erschienen bist und ich die Wahrheit über seine Täuschung erfahren habe. Ich hätte nie gedacht, dass er dazu fähig wäre, dich zu verfluchen und einfach irgendwo neben der Straße zurückzulassen. Nicht Esmés Tochter.«

Grand-Mère presste ihr Taschentuch vor den Mund und hustete, bis ihre Augen tränten. Als der Anfall vorbei war, entdeckte sie einen leuchtend roten Fleck auf dem Seidentuch. Sie musterte ihn voller Neugier. »Blut und Seide, Schlamm und Blut, sie zu mischen tut niemals gut«, murmelte sie. »Nein, das stimmt so nicht, oder?«

Jean-Paul warf der alten Frau einen verwirrten Blick zu, bevor er Elena ansah. »Was ist mit ihr los?«

In diesem Moment fiel Elena das leere Weinglas auf ihrem Tisch ins Auge. Sie war so darauf konzentriert gewesen, Wahrheit von Lüge und Verrat zu trennen, dass sie die Zeichen der Vergiftung bei der alten Frau übersehen hatte. Jetzt griff sie nach der Giftphiole und schüttelte sie, um herauszufinden, wie viel Flüssigkeit sich noch im Fläschchen befand.

Leer.

Ein kalter Schauder der Angst lief Elena über den Rücken, als wäre sie abgestürzt und könne das rettende Seil nicht halten. »Sie hat sich selbst vergiftet«, sagte sie und warf die Phiole auf den Boden.

»Kannst du nichts unternehmen? Deine Magie einsetzen?«

Elena leerte den Beutel mit Weinkraut auf den Tisch und begann, die Blätter zwischen den Händen zu zerdrücken. »Ich werde versuchen, ihren Magen zu reinigen«, sagte sie, doch sie wusste, dass sie einen mächtigen Bindungszauber auf das Gift gesprochen hatte, um genau diese Art von Rettung zu verhindern.

Noch bevor sie ihren Zauber intonieren konnte, verzog Grand-Mère das Gesicht und sackte auf der Sitzbank zusammen. Ihr Kopf fiel nach hinten, sodass sie an die Decke starrte. »Ich wollte dir nie Schmerz verursachen«, keuchte sie. »Ich hatte nur solche Angst davor, alles zu verlieren. Doch die Verwandlung sollte nie dauerhaft sein. Du musst mir glauben. Du solltest immer nach Hause zurückkehren.«

Elena pustete auf die Kräuter und bat das Allwissende, das Gift zu eliminieren … doch es war zu spät. Grand-Mère stieß einen letzten rasselnden Atemzug aus, dann wurde ihr Körper schlaff, weil das Gift ihr Herz erreicht hatte.

Dem zweiten Todesfall folgten keine Schreie. Nach einem kollektiven Keuchen erhob sich besorgtes Flüstern. Ein Löffel wurde sanft auf einem Tisch abgelegt, dann folgten ehrfürchtige Äußerungen, als sich die Aura von Elenas Mentorin in einer silbernen Wolke erhob. Elena hörte anerkennende Worte, die die Weisheit und Erfahrung würdigten, die verloren gehen, wenn eine alte Hexe aus dem Leben scheidet. Stille breitete sich im Raum aus, während Elena – immer noch getroffen von Grand-Mères Geständnis – die Hände in einer heiligen Geste hob, um das Allwissende zu preisen und um Vergebung zu bitten für die Frau, die sie alles über die Kunst der Winzerei und das Leben gelehrt hatte.

34

Die Weinreben bogen sich unter dem Gewicht der Trauben. Ihre breiten Blätter streckten sich der Sonne entgegen, während sich die Ranken an den harten Stützpfosten entlangschoben, auf der Suche nach dem besten Halt. Ehrfürchtig betrachtete Jean-Paul den Weinberg. Er wanderte zwischen den robusten Rebstöcken entlang, pflückte eine Traube und prüfte die Festigkeit der Frucht zwischen den Fingern, bevor er hineinbiss. Der süße Saft glitt über seine Zunge. Seit drei Tagen erklärte er Elena, die Zeit für die Ernte wäre gekommen, doch jedes Mal legte sie ihre Hand auf seine und sagte: »Noch nicht. Erst, wenn der Vollmond vergangen ist.« Langsam vermutete er stark, dass Elenas Geduld genauso Teil ihrer Magie war wie ihre Zauber.

Jeden Morgen kontrollierte Elena ihre Sternenkarte, konferierte mit den Florfliegen, den Käfern, den Motten – und er hätte schwören können, einmal sogar mit einer Eidechse –, während die Tierchen durch das Blattwerk huschten. Dann schloss sie die Augen und ließ ihre Finger über die Reben gleiten, als sei sie in einem stillen Zwiegespräch in einer Sprache, die nur sie und der Wein verstünden. An gewissen Tagen fühlte Jean-Paul sich mutig genug, sie zu bitten, auch ihn lauschen zu lassen. Wenn sie seine Hand ergriff, konnte er das Leben hören, das in den Blättern summte, sah das grün-goldene Leuchten über den langen Reihen der Weinreben und beobachtete, wie Bienen auf ultravioletten Pfaden durch die Luft surrten. Und dann gab er ihre Hand wieder frei. Es reichte ihm zu wissen, dass diese andere Welt existierte und dass Elena darüber wachte.

In den Wochen und Monaten nach Madames Tod hatte er ein letztes Mal zu seinen Gesetzestexten und den Erlassen des Pakts zurückkehren müssen. Auch wenn nie ernsthaft die Gefahr bestanden hatte, dass Elena ins Gefängnis zurückkehren müsste, musste das Gesetz sie doch offiziell bei einer Anhörung aus seinem Klammergriff entlassen. Die Erkenntnisse über Elenas Abstammung hatten alles komplizierter gemacht. Da zwei Personen an einem Gift gestorben waren, das sie geschaffen hatte, würde sie sich beim Bureau zur Regelung des Pakts als *venefica* registrieren lassen müssen, damit für alle weiteren Tränke eine Nachverfolgung auf eventuell böswillige Verwendung stattfinden konnte. Der Erlass bestand aus sieben Seiten offizieller Dokumente, die alle in Juristenjargon verfasst waren – die geheime Sprache, derer *er* mächtig war. Jean-Paul hatte alles gerne für Elena übersetzt, damit sie verstand, dass sie weiterhin ungehindert Wein keltern durfte.

Na ja, überwiegend ungehindert. Der Tod ihrer Mentorin hatte zunächst ihr Selbstbewusstsein gedämpft. Eine natürliche Reaktion auf Verrat und Verlust. Eine Weile lang hatte sie jeden Morgen damit verbracht, durch die alten Reben zu wandern, die Joseph für Arielle gepflanzt hatte. Und wann immer Elena glaubte, Jean-Paul wäre zu weit entfernt, sie noch hören zu können, hatte sie mit den Pflanzen gesprochen. Sie hatte ihnen Worte zugeflüstert, die andere vielleicht an Verstorbene richteten. Worte des Bedauerns, der Verwirrung, der Schuld und schließlich, oder zumindest vermutete er das, der Akzeptanz. Bis zu dem Tag, an dem sie sich bereit gefühlt hatte, seinen Antrag anzunehmen.

Jean-Paul mochte nicht darum gebeten haben, sich mit Hexen zusammenzutun, als er das Weingut von Château Renard gekauft hatte. Doch wie ein Wissenschaftler mit seinem Mikroskop hatte er entdeckt, dass die Welt um ihn herum viel mehr enthielt als nur das, was er mit bloßem Auge sehen konnte. Und dass sein Herz mehr Raum bot, als er sich jemals hatte vorstellen können, bevor er diese katzenäugige Frau mit ihren Amuletten und Zaubern und ihrer betörenden Magie kennengelernt hatte.

35

Man musste die Trauben respektieren. Das war die erste Lektion. Schließlich war Wein ein lebendes, atmendes Wesen. Jeder Wein hatte seine eigene Persönlichkeit. Jeder Jahrgang war so einzigartig wie das Herz und der Geist der Hexe, die ihn erschaffen hatte.

Jean-Paul öffnete die Flasche und stellte sie auf den Tisch, damit der Wein atmen konnte. Auch wenn dieser Wein nach gewissen Maßstäben noch jung war, war er doch zwei Jahre lang gereift und besaß bereits die Würde einer Grande Dame in ihren besten Jahren. Die Zeit war gekommen. Er goss ein und der Wein füllte das Glas wie flüssige Edelsteine, reflektierte das Licht in rubinroter Brillanz. Elena hob das Glas an die Nase. Flintstein und Feuer, Feigen, Gewürz und Sauerkirschen. Sie hatte darauf hingearbeitet, die Eigenheiten der Trauben in diesem Jahrgang bestmöglich zum Ausdruck zu bringen, doch selbst eine Hexe konnte sich nie vollkommen sicher sein, welche Eigenschaften sich durch die Wurzeln und Reben in die Trauben übertrugen.

Sie nippte und schmeckte eine Komplexität aus Frucht und Rauch, Erde und Eiche. Das Vermächtnis des wohlbekannten Renard-*terroir* blühte auf ihrer Zunge auf. Dann folgte wie erhofft der subtile Nachgeschmack, ein Hauch von Melancholie im Abgang. Es war mehr eine Erinnerung als ein richtiges Aroma, doch trotzdem vorhanden, um Elena zu mahnen, die Vergangenheit nicht zu vergessen. Wie der Duft von Geranien im Winter.

Danksagung

Als Schriftstellerin war ich immer der Meinung, dass das Geschichtenerzählen die letzte verbliebene wahre Form von Magie in der Welt darstellt. Doch vielleicht habe ich mich geirrt. Denn es gibt auch Dankbarkeit, die im richtigen Moment genauso mächtig ist. Mit diesem Gedanken im Kopf möchte ich den vielen Leuten danken, die mir dabei geholfen haben, die Veröffentlichung dieses Romans möglich zu machen. Zuerst ein dankbares Nicken in Richtung meiner Agentin, Marlene, die schnell liest und genau weiß, was ihr gefällt, wenn sie es sieht. Danke, dass du dich für mich eingesetzt hast. Ich danke auch Adrienne, deren positive Einstellung und partnerschaftliche Arbeitsweise dafür gesorgt hat, dass die Arbeit zu einer Freude wurde – dafür, dass sie an mein Werk geglaubt hat. Zusätzlich gibt es eine Anzahl von Leuten, deren inhaltliche Vorschläge dafür gesorgt haben, dass ich als bessere Schriftstellerin erscheine, als ich es wirklich bin. Ein von Herzen kommendes Dankeschön an Clarence, Jon, Sarah, Karin und das unglaubliche Team von 47North. Mit vielen Mitarbeitern dieses Teams habe ich nie persönlich kommuniziert, möchte ihnen aber trotzdem für ihre Expertise und ihre professionelle Arbeit danken. Es war wunderbar, mit so vielen engagierten und kreativen Menschen zusammenzuarbeiten.

Noch mehr liegt mir am Herzen, Caitlin dafür zu danken, dass sie den Roman so früh gelesen und mich bei der Überarbeitung unterstützt hat. Und als Letztes möchte ich Rob, David, Autumn, Brett, Matt und meinen Eltern, Jim und Carol, für ihre grenzenlose Unterstützung auf dieser langen und aufregenden Reise danken.

ENTDECKE
NEUE WELTEN
MIT PIPER FANTASY
Mach mit und gestalte deine
eigene Welt!
PIPER
www.piper-fantasy.de